by

Tessa Bailey

IT HAPPENED WITH YOU

Roman

Aus dem Englischen
von Anja Rüdiger

Die Originalausgabe erschien 2022 unter dem Titel «Hook, Line, and Sinker» bei Avon Books/HarperCollins Publishers, New York.

Deutsche Erstausgabe
Veröffentlicht im Rowohlt Taschenbuch Verlag, Hamburg, August 2023
Copyright © 2023 by Rowohlt Verlag GmbH, Hamburg
«Hook, Line, and Sinker» Copyright © 2022 by Tessa Bailey
Redaktion Claudia Wuttke
Covergestaltung ZERO Werbeagentur, München,
nach dem Original von HarperCollins US
Coverabbildung Monika Roe
Satz aus der Abril Text
bei Pinkuin Satz und Datentechnik, Berlin
Druck und Bindung CPI books GmbH, Leck
ISBN 978-3-499-01149-8

Für die Pflegekräfte und Ärztinnen und Ärzte
des NYU Langone Health – im Besonderen 15 West,
Tisch Building, Manhattan

PROLOG

15. September

HANNAH (18:00): Hey. Fox?

FOX (22:20): Hey.

H (22:22): Ich bin's, Hannah. Bellinger? Ich hab deine Nummer von Brendan.

F (22:22): Hannah. Verdammt. Sorry! Ich hätte früher antworten sollen.

H (22:23): Kein Problem. Ist es unverschämt von mir, dir zu schreiben?

F (22:23): Überhaupt nicht, Sommersprosse. Bist du gut wieder nach L.A. zurückgekommen?

H (22:26): Ohne einen Kratzer. Aber ich vermisse den typischen Westport-Fischgeruch (nicht ganz ernst gemeint). Wie auch immer, ich wollte mich nur für die Fleetwood-Mac-LP bedanken, die du bei meiner Schwester vor die Tür gelegt hast. Das wär echt nicht nötig gewesen.

F (22:27): War ja nur eine Kleinigkeit. Ich hab gemerkt, dass du sie gern haben wolltest.

H (22:29): Wie das denn? Weil ich in Tränen ausgebrochen bin, als ich sie auf der Börse zurückgelassen hab? 🥺

F (22:30): Ein Wink mit dem Zaunpfahl sozusagen. 😉

H (22:38): Ah. Na ja. Ich wünschte, du könntest sie hören. Pure Magie.

F (22:42): Vielleicht irgendwann mal.

H (22:43): Vielleicht. Nochmals danke.

F (23:01): Du hättest mir deinen Nachnamen nicht sagen müssen. Ich kenn nur eine Hannah.

H (23:02): Sorry, ich kann nicht das Gleiche sagen. Ich kenne mehrere Foxe. 🦊

3. Oktober

FOX (16:03): Hey Hannah.

HANNAH (16:15): Hey! Was gibt's?

F (16:16): Bin gerade wieder im Hafen eingelaufen, nachdem ich 3 Tage weg war.

F (16:18): Ich weiß, das klingt bescheuert, aber dir geht's gut, oder?

H (16:19): Na ja, meine Therapeutin würde das vielleicht infrage stellen. Aber körperlich bin ich okay. Warum?

F (16:20): Nur ein blöder Traum. Keine Ahnung … Ich hab geträumt, dass du irgendwie vermisst wirst.

H (16:25): Das war kein Traum. Schick mir einen Heli. 🚁

F (16:25): 😔

F (16:26): Fischer glauben immer an die Träume auf See. Manchmal bedeuten sie nichts, aber es kann auch eine Vorahnung sein.

H (16:30): Wenn sich einer von uns in dieser Freundschaft Sorgen machen sollte, dann ich. Ich hab *The Perfect Storm* gesehen.

F (16:32): Macht mich das dann zu Mark Wahlberg?

H (16:33): Kommt drauf an. Siehst du genauso gut in weißen Boxershorts aus?

F (16:34): Besser, Babe.

F (16:40): Das heißt, wir sind Freunde?

H (16:45): Ja. Bist du an Bord? (Ha, ein Seefahrer-Wortspiel) 🐛

F (16:48): Ich … ja, bin an Bord. Heißt das, ich kann dir öfter schreiben?

H (16:50): Ja.

F (16:55): Okay.

H (16:56): Okay.

22. Oktober

FOX (22:30): Hey, Sommersprosse. Was machst du gerade?

HANNAH (22:33): Hey. Nicht viel. Woher weiß man, ob man einen Platten hat?

F (22:33): Warum? Was ist los??

H (22:35): Mein Auto hat so ein komisches Geräusch gemacht. Also hab ich angehalten. Ich schau mal nach, was los ist?

F (22:35): Hannah, es ist schon nach 10. Bleib im Auto. SCHLIESS DIE TÜREN AB und ruf einen Abschleppwagen.

H (22:36): Ja … Aber ich könnte ihnen gar nicht beschreiben, wo ich bin. Ich war bei einer Séance von einem unserer Make-up-Artists. Ich denke, ich bin vielleicht in Los Feliz.

F (22:37): Du weißt nicht, wo du bist?

F (22:37): Hey, das ist mein Traum. Er wird wahr. Eine düstere Vorahnung.

H (22:39): Komm, das kann nicht sein.

F (22:40): Du warst doch gerade erst bei einer Séance, wie kannst du dann Zweifel haben?

H (22:41): Weißt du was? Das geschieht mir recht.

F (22:42): Schau auf deinem Handy nach, wo du bist, und ruf einen Abschleppwagen.

F (22:43): Bitte!

H (22:45): Hast du bei all deinen Freundinnen diesen Beschützerinstinkt?

F (22:48): Ich hab keine anderen Freundinnen.

H (22:49): Gut, ich rufe einen Abschleppwagen.

F (22:49): 🙏

22. November

HANNAH (0:36): Bist du wach?

FOX (0:37): Hellwach.

H (0:38): Bist du allein?

F (0:38): Ja, Hannah. Ich bin allein.

H (0:40): Lass uns *Leaving on a Jet Plane* hören. Gleichzeitig und zusammen.

F (0:41): Bleib dran. Ich muss den Song erst noch runterladen.

H (0:42): Das darf nicht wahr sein. 🙄

F (0:42): Sorry, mein Handy ist kein Musiklexikon wie deins.
Warum diesen Song?

H (0:44): Keine Ahnung. Ich vermisse meine Schwester. Bin ein bisschen depri deswegen. Seid ihr euch in der letzten Zeit mal über den Weg gelaufen?

F (0:45): Ich hab ihren Lippenstift an Brendans Kragen gesehen. Zählt das?

H (0:47): Das ist der Grund, warum ich dich nerve und nicht sie. Ich will die beiden auf ihrer rosa Wolke nicht stören.

F (0:51): Du nervst mich nicht, Sommersprosse. Bist du bereit?

H (0:48): Jep. Los geht's.

F (0:51): Verrückt, wie viel besser der Song ist, als ich ihn in Erinnerung habe. Warum höre ich ihn nicht öfter?

H (0:52): Das kannst du ja jetzt. Ist das nicht wunderbar?

F (0:53): Juchhu. Bin ich jetzt dran?

H (0:55): Ui. Okay. Was hast du für mich, Pfau?

F (0:57): Etwas, um dich aufzuheitern. Hast du die Scissor Sisters in deinem Musiklexikon?

H (0:58): Das Studio-Album oder live? Beides ja.

F (0:59): Jesus, ich hätte es wissen müssen. *I don't feel like dancing* in 3 … 2 … 1 …

1. Januar

FOX (12:01): Frohes neues Jahr.

HANNAH (12:02): Wünsche ich dir auch. Möge es dir einen reichen Krabbenfang bescheren.

F (12:03): 😊 Irgendwelche guten Vorsätze?

H (12:07): Eigentlich nicht. Aber ich will in diesem Jahr etwas mutiger sein. Im Job mal was wagen, weißt du? Aber mach das nicht nach. Dein Job ist gewagt genug.

F (12:09): Wie soll ich sonst an die Krabben kommen?

H (12:10): Im Restaurant, wie jeder normale Mensch.

F (12:10): Da bestelle ich immer das Steak.

H (12:11): Echt ironisch.

5. Februar

FOX (9:10): Hier regnet's. Hast du was Schönes für die Ohren?

HANNAH (9:12): Hm. Wie wär's mit The National? Probier mal *Fake Empire*.

F (9:14): Mach ich. Hast du dieses Wochenende etwas vor?

H (9:21): Nicht wirklich. Meine Eltern sind in Aspen, ich hab also sturmfreie Bude. Das hab ich in letzter Zeit oft. Und ich warte jedes Mal darauf, dass Piper mit einer Aktivkohle-Maske um die Ecke kommt.

F (9:18): Ihr Frauen schmiert euch Kohle ins Gesicht?

H (9:20): Das ist noch gar nichts. Es gibt auch Gesichtsbehandlungen mit Schnecken. 🐌

F (9:21): Oh Gott. Ich werde einfach so tun, als hätte ich nie davon gehört.

H (9:28): Hast du fürs Wochenende etwas geplant? Einen Trip nach Seattle vielleicht?

F (9:35): Wäre möglich.

F (9:36): Aber meine Mutter hat Geburtstag. Ich sollte ihr ein paar Blumen bringen und Hallo sagen.

H (9:38): Du bist ein guter Sohn. War sie schon mal bei dir in Westport?

F (9:45): Nein, noch nicht.

F (9:46): Danke für den Musiktipp, Sommersprosse. Ich melde mich.

14. Februar

HANNAH (18:03): Alles Gute zum Valentinstag! Hast du was Schönes vor?

FOX (18:05): Gott, nein. Ich brenne für mich selbst. 🔥

F (18:09): Und du? Machst du was Schönes?

H (18:22): Yes, Sir. Ich bin verabredet.

F (18:11): Mit wem??

H (18:15): Mir selbst. Sehr charmante Person. Da könnte was draus werden.

F (18:16): Mach die Frau klar. Das ist eine, die man gern seiner Mutter vorstellt.

F (18:20): Wärst du gern auf einem Date? Mit jemand anderem als dir selbst?

H (18:23): Keine Ahnung. Wär nicht schlecht. Aber für den Typ Mann, auf den ich stehe, ist der Valentinstag eine Erfindung der Konsumindustrie. Er würde mir aus Protest vertrocknete Rosen schenken. 😬

F (18:26): Das ist ein ziemlich spezifischer Typ. Sprichst du von diesem Regisseur? Sergei, richtig?

H (18:28): Ja. Meine Schwester ärgert mich immer mit meinem Faible für mittellose Künstler.

F (18:29): Du liebst es düster und dramatisch, hm?

H (18:30): Vorsicht, ich kriege gleich einen Orgasmus.

F (18:30): Wenn ich das vorgehabt hätte, wäre es nicht dein erster.

F (18:33): Shit, Hannah. Sorry. Das ist mir so rausgerutscht.

H (18:34): Schon okay, ich hab ja damit angefangen. Liegt wohl an dem Glas Wein, das ich intus hab. #lightweight 😵

F (18:40): Abgesehen von düster und dramatisch ... Was ist denn so dein Typ Mann? Wie sieht für dich Mr. Right aus?

H (18:43): Ich denke ... einer, der mich an einem schlechten Tag zum Lachen bringen kann.

F (18:44): Das hört sich eher nach dem Gegenteil deines Intellektuellen an.

H (18:45): Stimmt. Muss am Wein liegen.

H (18:48): Er müsste einen Schrank voller LPs haben. Und etwas, worauf er sie abspielen kann, natürlich.

F (18:51): Ist klar.

28. Februar

FOX (19:15): Wie war dein Tag?

HANNAH (19:17): Fühlt sich an wie *Fast Car* von Tracy Chapman.

F (19:18): Also … melancholisch?

H (19:20): Ja. Ein bisschen depri. Ich denke, ich vermisse Westport.

F (19:20): Komm her.

F (19:23): Wenn du möchtest.

H (19:25): Wär schön, aber wir haben gerade mit dem Casting für einen neuen Film angefangen. Schlechtes Timing.

F (19:27): Was ist mit deinem guten Vorsatz, im Job mehr zu wagen?

H (19:28): Fehlanzeige. Ich arbeite dran.

H (19:29): Ernsthaft. Jede Minute.

F (19:32): Darf ich dich daran erinnern, dass du dich, als wir uns zum ersten Mal begegnet sind, mit einem Schiffskapitän angelegt hast, der doppelt so groß ist wie du, bereit, ihm den Kopf abzureißen, weil er deine Schwester angeschrien hat. Du bist knallhart. 👞

H (19:35): Danke, dass Du mich dran erinnerst. Ich schaff das schon. Es ist nur ... Impostor-Syndrom, denke ich. In der Art von: Wie komme ich drauf, dass ich das kann? Filmmusik zu machen?

F (19:37): Ich hab ein Impostor-Syndrom.

H (19:37): Tatsächlich?

F (19:37): Wenn du mich lachen hören könntest.

H (19:39): Ich ... wünschte, ich könnte. Dich lachen hören.

F (19:40): Ja. Ich hätte auch nichts dagegen, dich lachen zu hören.

P (19:45): Wie war dein Tag, Pfau?

F (19:47): Hab mit Sanders auf dem Schiff gearbeitet. Jede Menge Springsteen also.

H (19:49): Hart arbeitende Männer. Die Geld verdienen! Schwitzend in Jeans! Mit Bandanas in der Hosentasche! 😎

F (19:50): Es ist, als ob du dabei gewesen wärst.

8. März

HANNAH (8:45): Hey. Du bist bestimmt draußen auf dem Boot.

H (8:46): Ich hoffe, es geht dir gut.

H (9:02): Es fällt mir wirklich auf, wenn du auf See bist und nicht zurückschreiben kannst.

H (9:03): Du fehlst mir dann.

H (9:10): Was ich damit sagen will, ist … Ich freue mich, dass wir Freunde sind.

H (9:18): Wenn du das nächste Mal von mir träumst, dann bitte, dass ich fliegen oder mich unsichtbar machen kann. Oder dass Cher meine beste Freundin ist. Das ist besser als ein platter Reifen.

H (9:19): Nicht dass ich davon ausgehe, dass du regelmäßig von mir träumst.

H (9:26): Natürlich träume ich auch nicht so oft von dir.

H (9:39): Wie auch immer. Lass bald was von dir hören!

KAPITEL 1

Hannah Bellinger war immer eher eine Nebendarstellerin gewesen. Die Hauptrolle spielten andere. Sie war der Typ «Beste Freundin». Hätte sie zur Zeit des Regency in England gelebt, hätte sie bei jedem Duell als Sekundant die Pistole gereicht, aber nie selbst abgedrückt. Dieser Unterschied wurde ihr glasklar bewusst, als sie in dem dunklen Probenraum der Produktionsfirma *Storm Born* saß und einer offenbar zum Filmstar geborenen Frau dabei zusah, wie sie sich gerade die Seele aus dem Leib spielte.

Hannahs Hände verschwanden in den Ärmeln ihres Shirts wie zwei Schildkröten, die sich in ihre Panzer zurückziehen, wobei ihre Finger sich weiter an das Klemmbrett in ihrem Schoß klammerten. Jetzt war es so weit. Das große Finale. Im Produktionsstudio ging der Hauptdarsteller die Szene mit der hoffentlich letzten Bewerberin des Tages durch. Seit dem frühen Morgen gaben sich die kulleräugigen Jungschauspielerinnen die Klinke in die Hand. Und war es nicht typisch, dass der Funke bei Christian erst dann übersprang, wenn Hannah am Verhungern war und sie von dem vielen abgestandenen Kaffee einen schalen Geschmack im Mund hatte?

Aber so war eben das Leben einer Produktionsassistentin.

«Du hast mir nicht vertraut», flüsterte die rothaarige Schauspielerin gerade mit bebender Stimme, und die vom Mascara durchsetzten Tränen hinterließen schwarze Schlieren auf ihren Wangen. Verdammt, dieses Mädchen hatte Feuer. Sogar Sergei, der Autor und Regisseur des Projekts, saß da wie gebannt. Den Bügel seiner Brille zwischen den traumhaft vollen

Lippen, hatte er die Beine übereinandergeschlagen und wippte ununterbrochen mit seinem Fuß – seine «Ich bin beeindruckt»-Haltung. Da Hannah nun schon seit zwei Jahren für ihn arbeitete – und fast genauso lange heimlich in ihn verknallt war –, kannte sie alle seine Gesten. Und die Rothaarige konnte ihren Hintern darauf verwetten, dass sie die Rolle in *Glory Daze* bekommen würde.

Sergei drehte sich zu Hannah um, die in einer Ecke des eiskalten Probenraums kauerte, und zog vielsagend eine seiner schwarzen Augenbrauen hoch. Der gemeinsame Moment des Triumphs war so unerwartet, dass das Klemmbrett von Hannahs Schoß rutschte und klappernd auf den Boden fiel. Aufgeregt griff sie danach, wollte aber den Moment der Einigkeit mit dem Regisseur nicht verlieren, hechtete also nach vorn, um Sergei den erhobenen Daumen zu zeigen. Nur um dann festzustellen, dass ihr Daumen im Ärmel ihres Shirts steckte und eine seltsame seesternartige Geste dabei herauskam, die er sowieso nicht bemerkte, weil er sich schon wieder der Bühne zugewandt hatte.

Ich bin echt ein Vollpfosten.

Hannah legte das Klemmbrett wieder auf ihre Oberschenkel und tat so, als würde sie sich äußerst ernsthaft ein paar Notizen machen. Zum Glück war es im hinteren Teil des Raums dunkel, sodass niemand sehen konnte, wie ihr Kopf sich tomatenrot verfärbte.

«Ende der Szene!», rief Sergei und erhob sich applaudierend von der Tischreihe, die für die Produzenten vor dem Bühnenbereich aufgebaut worden war. «Hervorragend. Einfach hervorragend.»

Die Rothaarige, Maxine hieß sie, strahlte über das ganze Gesicht, während sie gleichzeitig versuchte, die tropfende Wimperntusche mit dem Saum ihres schwarzen Shirts wegzuwischen. «Oh wow. Vielen Dank.»

«Das hat sich gut angefühlt.» Christian seufzte und gab Hannah mit einem Zeichen zu verstehen, dass sie ihm seinen Cold-Brew-Kaffee servieren solle.

Stets zu Diensten.

Sie erhob sich von ihrem Stuhl, legte das Klemmbrett zur Seite, nahm den metallenen Thermobecher des Schauspielers aus dem Minikühlschrank an der Wand und brachte ihn ihm. Als sie ihn Christian hinhielt und er keine Anstalten machte, danach zu greifen, biss sie die Zähne zusammen und hielt ihm den Trinkhalm an die Lippen. Tatsächlich besaß er die Frechheit, ihr in die Augen zu sehen, während er geräuschvoll saugte, und sie starrte mit versteinerter Miene zurück.

Du hast es so gewollt.

Einen normalen Job, mit dem sie ihr eigenes Geld verdiente – und nicht mehr auf die Millionen angewiesen war, die ihr Stiefvater auf der Bank hatte. Sie müsste nur einmal ihren Nachnamen fallen lassen, und der gute Christian würde sich wahrscheinlich an seinem Cold Brew verschlucken. Aber abgesehen von Sergei wusste niemand, dass Hannah die Tochter des legendären Produzenten Daniel Bellinger war, und dabei wollte sie es auch belassen.

Stieftochter, korrigierte sie sich im Geiste.

Eine Unterscheidung, die sie vor dem letzten Sommer nie gemacht hätte.

Hatte die Reise nach Westport vor sechs Monaten wirklich stattgefunden? Die Wochen, in denen sie über der Bar in dem kleinen Kaff an der Pazifikküste im Nordwesten gelebt und die Kneipe zusammen mit ihrer Schwester Piper liebevoll restauriert hatte, um ihren leiblichen Vater zu ehren, kamen ihr wie ein verschwommener Traum vor. Einen, den sie nicht abschütteln konnte. Er drängte sich in ihr Bewusstsein und machte sie in den seltsamsten Momenten wehmütig. So wie jetzt, als Christian seine stets träumerisch blickenden Augen verdrehte, um ihr mitzuteilen, dass es an der Zeit war, den Strohhalm zu entfernen.

«Danke», maulte er. «Jetzt muss ich wahrscheinlich gleich pinkeln.»

«Sieh es doch mal positiv», murmelte Hannah, um den überschwänglichen Sergei nicht zu unterbrechen. «Im Badezimmer gibt es Spiegel. Da kannst du dich angucken. Deine Lieblingsbeschäftigung.»

Christian schnaubte, und seine Mundwinkel zuckten. «Gott, du bist so ein Miststück. Ich liebe dich.»

«Erzählst du das deinem Spiegelbild?» Sie tauschten schmunzelnd einen Blick.

«Ich glaube, ich spreche für das ganze Produktionsteam, wenn ich sage, dass wir unsere Lark gefunden haben», sagte Sergei in diesem Moment und ging um den Tisch herum, um beide Wangen der vor Freude hüpfenden Schauspielerin zu küssen. «Wir beginnen Ende März mit den Dreharbeiten. Bist du dabei?» Ohne die Antwort der jungen Frau abzuwarten, hielt Sergei eine Hand über die Augen. «Ich sehe jetzt einen ganz anderen Drehort für die Aufnahmen. Die Energie, die Christian und Maxine gemeinsam erzeugen, funktioniert nicht vor der Kulisse von Los Angeles. Da bin ich mir sicher. Die beiden sind so geerdet. So ursprünglich. Passen perfekt zusammen. Wir brauchen einen weicheren Drehort. L.A. würde sie nur blockieren, sie bremsen.»

Hannah verstummte und beobachtete, wie die Produzenten an den Tischen nervöse Blicke tauschten. Das künstlerische Temperament war mehr als ein Klischee – und Sergei neigte dazu, sprunghafter zu sein als die meisten. Er hatte einmal dafür gesorgt, dass die gesamte Crew am Set Augenbinden trug, damit sie die Magie einer Szene nicht zerstörten, indem sie zusahen. *Jedes Paar Augen raubt dem Geheimnis seine Tiefe!* Aber dieses Temperament war einer der Hauptgründe, warum

Hannah sich zu dem Regisseur hingezogen fühlte. Er arbeitete mit dem Chaos und beugte sich den Launen der Kreativität. Er glaubte an seine Entscheidungen und hatte keine Zeit für Bedenkenträger.

Echtes Führungspotenzial.

Wie das wohl war? Der Star im Film seines eigenen Lebens zu sein? Hannah hatte so lange die zweite Geige gespielt, dass sie schon meinte, unter Arthritis in den Fingern zu leiden. Ihre Schwester Piper hatte seit ihrer Kindheit das Rampenlicht für sich beansprucht, und Hannah hatte es nie etwas ausgemacht, am Rand der Bühne auf ihr Stichwort zu warten, um ihre Nebenrolle so gut wie möglich zu spielen. Dabei hatte sie Piper auch schon mal aus dem Gefängnis freikaufen müssen. Darin konnte sie glänzen. Sie unterstützte die Heldin an ihrem Tiefpunkt, sprang ein, um die Hauptdarstellerin zu verteidigen, wenn es nötig war, und sagte im entscheidenden Moment das Richtige.

Nebendarstellerinnen wollen oder brauchen keinen Ruhm. Sie begnügen sich damit, die Hauptdarsteller bei ihrer Mission zu unterstützen. Und Hannah war mit dieser Rolle zufrieden. Oder etwa nicht?

Ungewollt drängte sich ihr eine Erinnerung auf.

Eine Erinnerung, die sie aus irgendeinem Grund nervös machte.

An diesen einen Nachmittag vor sechs Monaten auf einer Schallplattenbörse in Seattle, als sie sich wie die Nummer Eins gefühlt hatte. Als sie mit Fox Thornton, einem Königskrabbenfischer und Frauenheld erster Güte, all die Platten durchstöbert hatte. Als sie Schulter an Schulter gestanden und sich ein Paar AirPods geteilt hatten, um *Silver Springs* zu hören, war die Welt um sie herum wie ausgeblendet gewesen.

Eine kleine Anomalie.

Nur ein Zufall.

Unruhig, wahrscheinlich wegen der neun Tassen schwarzen Kaffees, die sie im Laufe des Tages getrunken hatte, stellte Hannah Christians Thermosbecher zurück in den Kühlschrank und wartete am Rande ab, welchen Curveball Sergei dem Team zuwerfen würde. Tatsächlich liebte sie seine unerwarteten Spielzüge, womit sie allerdings ziemlich alleine war. Der Sturm seiner Fantasie war nicht zu stoppen. Es war beneidenswert. Es war heiß.

Dieser Mann war genau ihr Typ.

Andersrum war das eher nicht der Fall, wenn sie die letzten zwei Jahre richtig deutete. «Was soll das heißen, dass Los Angeles nicht mehr als Kulisse funktioniert?», fragte einer der Produzenten. «Wir haben bereits sämtliche Genehmigungen eingeholt.»

«Bin ich der Einzige, der den Regen in dieser Szene fallen sieht? Die stille Melancholie, die sich um die beiden herum entfaltet?» Wer wollte nicht mit einem Mann zusammen sein, der, ohne mit der Wimper zu zucken, solche Sätze fallenließ? «Wir können sie nicht dem rohen Lärm von Los Angeles aussetzen. Das würde sie überfluten. Wir müssen die Nuancen herauskitzeln. Wir müssen Sauerstoff, Raum und Sonnenlicht hereinlassen.»

«War nicht gerade von Regen die Rede?», bemerkte einer der Anwesenden trocken.

Sergei lachte auf diese Weise, wie es Künstler tun, wenn jemand zu dumm ist, ihre Vision zu begreifen. «Eine Pflanze braucht Sonnenlicht und Wasser, um zu wachsen, nicht wahr?» In hitzigen Momenten wie diesen war Sergeis russischer Akzent nicht mehr zu überhören. «Wir brauchen einen subtileren Ort für das Shooting. Einen Ort, der die Schauspieler in den Mittelpunkt stellt.»

Latrice, die Hannah als Location-Scout abgelöst hatte, hob langsam die Hand. «Wie ... Toluca Lake?»

«Nein! Außerhalb von Los Angeles. Stellt euch vor …»

«Ich weiß einen Ort.» Hannah sagte es, ohne nachzudenken. Ihr Mund bewegte sich, und dann hingen die Worte in der Luft wie eine Comicblase, zu spät, um noch zu platzen. Alle drehten sich um und sahen sie an. Eine sehr unvorteilhafte Position für eine Nebendarstellerin, auch wenn es erfrischend war, dass Sergeis Blick länger als die üblichen flüchtigen Sekunden auf ihr ruhte. Das erinnerte Hannah unpassenderweise an jemand anderen, der ihr seine ungeteilte Aufmerksamkeit geschenkt hatte und ihre Stimmung manchmal aus einer einzigen Textnachricht schloss.

Um diesen nutzlosen Gedanken zu verdrängen, quasselte sie einfach weiter. «Letzten Sommer habe ich einige Zeit in Washington verbracht. In einem kleinen Fischerort namens Westport.» Sie war aus zwei Gründen darauf gekommen: Erstens wollte sie Sergeis Idee unterstützen und sich möglicherweise ein flüchtiges Lächeln von ihm verdienen. Und zweitens: Es wäre eine Möglichkeit, eine Dienstreise zu ihrer Schwester zu machen. Abgesehen von einem kurzen Besuch an Weihnachten hatte sie Piper und ihren Verlobten Brendan in den letzten sechs Monaten nur einmal gesehen. Und sie zu vermissen, verursachte einen ständigen Schmerz in ihrem Magen.

«Ein Fischerort», sinnierte Sergei, rieb sich das Kinn und begann, im Kopf das Drehbuch umzuschreiben. «Erzähl mir mehr davon.»

«Nun.» Hannah wickelte ihre Hände aus den Ärmeln. Denn mit geballten Fäusten in einem UCLA-Shirt konnte man einen genialen Regisseur, einen Location-Scout und eine Gruppe Produzenten nicht überzeugen. In diesem Moment verfluchte sie ihre morgendliche Entscheidung, ihr blondes Haar unter einer Basecap zu verstecken. *Bloß nicht das Kleine-Schwester-Image noch verstärken.* «Westport ist ein malerischer Ort direkt am Meer, nebelverhangen, geheimnisvoll und doch wunderschön.

Die meisten Einwohner leben dort seit ihrer Geburt, und sie sind sehr, ähm» – *stur, unfreundlich, wundervoll, beschützend* – «pragmatisch. Sie leben vom Fischfang, und ich denke, man kann sagen, dass dort eine gewisse melancholische Grundstimmung herrscht. Wegen der Fischer, die ertrunken sind.»

Wie ihr Vater, Henry Cross.

Hannah musste den Kloß in ihrem Hals erst herunterschlucken, bevor sie fortfahren konnte. «Es ist urig. Von der Witterung gezeichnet. Es ist wie» – Hannah schloss die Augen und durchforstete ihre mentale Playlist – «kennt ihr die Band Skinny Lister, die eine Art moderne Interpretation von Seemannsliedern macht?»

Alle starrten sie verdutzt an.

«Schon gut. Ihr wisst doch, wie sich Seemannslieder anhören, oder? Stellt euch eine überfüllte Bar voller mutiger Männer vor, die Achtung und Respekt vor dem Meer haben. Stellt euch vor, sie singen ein Loblied ans Wasser. Das Meer ist ihre Mutter. Ihre Geliebte. Es sorgt für sie. Und alles in dieser Stadt spiegelt diese Liebe zum Meer wider. Der feuchte Nebel in der Luft. Der Geruch von Salzwasser und Sturmwolken. Das Wissen in den Augen der Bewohner, wenn sie in den Himmel schauen, um das kommende Wetter zu beurteilen. Respektvoll. Ehrfürchtig. Überall hört man das Plätschern des Wassers an den Stegen, krächzende Möwen, das Summen der Gefahr ...» Hannah brach ab, als sie merkte, dass Christian sie anstarrte, als hätte sie seinen Kaffee mit Katzenpisse vertauscht.

«Wie auch immer, das ist Westport», schloss sie. «So fühlt es sich an.»

Sergei sagte lange Zeit nichts, und Hannah zwang sich, in dem seltenen Glanz seiner Aufmerksamkeit ruhig stehen zu bleiben. «Das ist der richtige Ort. Dorthin müssen wir gehen.»

Die Produzenten warfen Hannah tödliche Blicke zu. «Uns steht kein entsprechendes Budget zur Verfügung, Sergei. Wir werden neue Genehmigungen beantragen müssen. Reisekosten für die gesamte Besetzung und die Crew. Die Unterbringung.»

Latrice tippte auf ihr Klemmbrett und schien sich auf die Herausforderung zu freuen. «Wir könnten einen Bus chartern. Es ist ein weiter Weg, aber nicht unmöglich. Das ist viel billiger, als zu fliegen.»

«Macht euch um das Geld keine Sorgen», sagte Sergei mit einer wegwerfenden Handbewegung. «Ich kümmer mich um Crowdfunding und investiere mein eigenes Geld. Was auch immer nötig ist. Hannah und Latrice, ihr kümmert euch um die Genehmigungen und die Organisation der Reise?»

«Geht klar», sagte Hannah und nahm damit eine Reihe schlafloser Nächte in Kauf. Latrice nickte und zwinkerte ihrer Kollegin zu.

Noch mehr tödliche Blicke von den Männern, die so dumm gewesen waren zu glauben, sie hätten etwas zu sagen. «Wir haben uns den Ort noch nicht einmal angesehen ...»

«Wir verlassen uns auf Hannah. Sie kennt die Stadt offensichtlich wie ihre Westentasche. Ihr habt doch die Beschreibung gehört?» Sergei musterte seine Produktionsassistentin, als sähe er sie zum ersten Mal, und Hannahs Zehen krümmten sich in ihren roten Chucks. «Beeindruckend.»

Nicht rot werden. Zu spät.

Sie war eine Tomate.

«Danke.» Sergei nickte und suchte seine Sachen zusammen, warf sich seine abgenutzte Ledertasche über die schmale Schulter, wobei seine jungenhaften dunklen Locken durcheinanderwirbelten. «Wir bleiben in Kontakt», rief er Maxine zu und verließ das Studio.

Und das war, wie man in der Branche sagt, ein Wrap.

Hannah floh vor den drohenden Blicken der Produzenten aus dem Raum und nahm auf dem Weg zur Damentoilette bereits ihr Handy aus der Gesäßtasche, um Piper anzurufen. Sie wollte ungestört sein, aber bevor sie den Anrufbutton anklicken konnte, steckte Latrice den Kopf durch die Tür herein.

«Hey», sagte sie und zeigte Hannah den gehobenen Daumen. «Gute Arbeit. Ich brauche dringend mal eine Luftveränderung. Zusammen kriegen wir das hin.»

Gott sei Dank hatten sie zu Hannahs Entlastung Latrice als Location-Scout engagiert. Sie hatte Power. «Das wird super. Ich schreibe dir eine E-Mail, sobald ich telefoniert habe.»

«Perfekt.»

Wieder allein und gestärkt durch das Vertrauen der Kollegin, rief Hannah nun Piper an. Ihre Schwester meldete sich nach dem dritten Klingeln und klang völlig außer Atem.

Begleitet von einem sehr deutlichen Quietschen von Bettfedern.

«Ich will gar nicht wissen, was du gerade gemacht hast», sagte Hannah. «Aber grüß Brendan von mir.»

«Hannah lässt grüßen», richtete Piper ihrem Verlobten aus, der sie offensichtlich gerade vernascht hatte, was in ihrem Haus ständig vorkam. Hannah hatte es unfreiwillig oft genug mitbekommen, nachdem sie im Sommer eine Zeit lang bei den beiden gewohnt hatte. «Was gibt's, Schwesterherz?»

Hannah setzte sich auf die Ablage neben dem Waschbecken. «Ist euer Gästezimmer frei?»

Das Rascheln des Bettzeugs im Hintergrund. «Warum? Oh mein Gott. Warum?» Hannah sah bildlich vor sich, wie ihre Schwester vor Freude herumsprang. «Kommst du her? Wann?»

«Bald», sagte sie, nur um einschränkend hinzuzufügen: «Falls wir eine Drehgenehmigung bekommen.» Für einen Moment war es still.

«Eine Genehmigung für Dreharbeiten in Westport?»

«Ich bin mir ziemlich sicher, dass ich Sergei gerade davon überzeugt habe, dass es der einzige Ort auf der Welt ist, der für seine Vision infrage kommt.» Hannah schnaubte. «Meine Überredungskünste werden oft unterschätzt.»

«Hier wird doch wohl kein Filmteam anrücken», sagte Brendan im Hintergrund.

Hannahs Herz zog sich zusammen. Die überschwängliche Art ihrer Schwester neben der knurrigen, unaufgeregten Persönlichkeit ihres Verlobten war ihr so vertraut. Sie vermisste die beiden so sehr.

«Sag dem Captain, dass es nur für ein paar Wochen ist. Und ich werde dafür sorgen, dass der Hollywood-Staub von jedem kostbaren Pflasterstein geschrubbt wird, bevor wir wieder abreisen.»

«Überlass ihn mir», sagte Piper leichthin. «Er wird schon merken, wie meine Laune steigt, wenn meine Schwester in der Stadt ist. Und natürlich kannst du bei uns wohnen, Hanns. Ja, natürlich. Nur ... Ich hoffe, ihr lasst euch noch einen Monat Zeit. Brendans Eltern kommen bald zu Besuch. Dann brauchen sie das Gästezimmer.»

«Oh», meinte Hannah leicht enttäuscht. «Wenn das mit der Genehmigung schnell geht, könnte es schon Ende März so weit sein. Sergei ist Feuer und Flamme.» Sie drehte sich ein Stück auf der Ablage und zuckte zusammen, als sie im Spiegel die wirren Haarsträhnen entdeckte, die seitlich aus ihrer Cap herausragten. «Mach dir keinen Stress, ich kann auch mit der Crew im Hotel wohnen. Hauptsache, wir sehen uns.»

«Kannst du Sergei nicht ein bisschen hinhalten? Du könntest behaupten, dass das Wetter in Westport im April besonders trübe ist?»

«Woher wusstest du, dass er auf alles Trübe steht?»

«Sein letzter Film hieß immerhin *Fragmented Joy*, nicht wahr?»

«Gutes Argument.» Hannah lachte, presste das Telefon fester an ihr Ohr und versuchte auf diese Weise, die Wärme ihrer Schwester zu spüren. «Aber im Ernst. Mach dir keine Sorgen wegen der Sache mit dem Gästezimmer. Es ist kein großes …»

«Mir fällt da gerade etwas ein», unterbrach Piper sie. «Aber … vergiss es.»

Hannah legte den Kopf schief, als ihre Schwester zurückruderte. «Was?»

«Nein, wirklich. Es war eine blöde Idee.»

«Sag es mir trotzdem. Damit ich es bestätigen kann.»

Piper schien zu überlegen. «Ich wollte sagen, dass bei Fox ein Zimmer leer steht. Und wie du weißt, ist er oft für längere Zeit mit Brendan auf dem Boot unterwegs. Aber ansonsten ist er zu Hause, deshalb ist es eine schlechte Idee. Vergiss es einfach.»

Blöd war eher, dass allein die Erwähnung des teuflischen Charmeurs ausreichte, dass Hannah vom Waschtisch sprang und anfing, ihr Haar zu sortieren. «Ich finde die Idee gar nicht so schlecht», sagte sie und nahm Fox damit gewissermaßen in Schutz, obwohl sie sich seit sechs Monaten nicht mehr gesehen hatten.

Es hatte nur die täglichen Nachrichten gegeben.

Die sie Piper gegenüber bestimmt nicht erwähnen würde. «Schließlich sind wir befreundet.» *Senk deine Stimme.* «Wir verstehen uns gut.»

«Das weiß ich, Hanns», sagte Piper nachsichtig.

«Und du weißt auch …» Hannah senkte ihre Stimme noch mehr: «Dass ich immer noch etwas für eine gewisse Person übrighabe.» Irgendwie hatte Hannah plötzlich das Bedürfnis, Piper – und vielleicht auch sich selbst – davon zu überzeugen, dass sie mit diesem Fischer, der an jedem Finger fünf Frauen hatte, wirklich nur befreundet war. «Bei Fox zu wohnen, wäre eine Möglichkeit. Wie du gesagt hast, wird er ohnehin nur die

Hälfte der Zeit da sein. Ich kann den Kühlschrank mit Essen vollstopfen, was ich in einem Hotelzimmer nicht kann. Das senkt die Kosten fürs Catering und bringt mir ein paar Pluspunkte bei Sergei ein.»

«Apropos Sergei, wirst du ihn endlich fragen?»

Hannah atmete tief durch und blickte zur Tür. «Ja, ich denke, das könnte jetzt, wo ich mich bewährt habe, ein guter Moment sein. Es gibt bereits einen Music Supervisor auf der Gehaltsliste, ihr Name ist Brinley, aber ich werde darum bitten, sie ein wenig unterstützen zu dürfen. Das ist doch zumindest ein Schritt in die richtige Richtung, oder?»

«Verdammt richtig», sagte Piper und klatschte in die Hände. «Du schaffst das, Hanns.»

Vielleicht.

Oder auch nicht.

Hannah räusperte sich. «Würdest du für mich mit Fox über die Sache mit dem Gästezimmer reden? Er könnte sich unter Druck gesetzt fühlen, wenn ich ihn direkt frage. Nur vorsichtshalber, für den Fall, dass wir wirklich im März kommen und dein Gästezimmer schon belegt ist.»

Piper zögerte kurz. «Okay, Hanns. Hab dich lieb.»

«Ich dich auch. Und gib dem Seebären einen Kuss von mir.»

Hannah beendete auf ein Kichern von Piper hin das Gespräch und tippte sich mit dem Handy grübelnd an die Lippen. Warum raste ihr Puls auf einmal so? Doch wohl nicht, weil die Möglichkeit bestand, dass sie ein Zimmer in Fox' Wohnung beziehen könnte? Als sie sich kennengelernt hatten, war Hannah die Attraktivität von Brendans Stellvertreter auf dem Boot durchaus aufgefallen. Aber nachdem sein Handy ununterbrochen geklingelt hatte und jedes Mal eine andere Frau dran gewesen war, hatte sie schnell begriffen, dass er sein Aussehen und seine Chancen beim anderen Geschlecht schamlos ausnutzte.

Fox Thornton war nicht ihr Typ. Für eine Beziehung kam er nicht infrage. Aber er war ihr Freund.

Hannahs Finger schwebte kurz über dem Display ihres Handys, bevor sie die Nachricht antippte, die er ihr am Vorabend kurz vor dem Einschlafen geschickt hatte.

F (23:32): Heute war meine Laune Hozier-würdig.

H (19:29): Und ich war in Amy-Winehouse-Stimmung.

Es war unter guten Freunden üblich, sich darüber auszutauschen, welche Art von Musik ihren Tag bestimmt hatte. Und es spielte keine Rolle, wie sehr sie sich auf diese abendlichen Nachrichten freute. Bei Fox zu wohnen, stellte keinerlei Risiko dar. Es war möglich, mit einem Mann, der puren Sex ausstrahlte, nur befreundet zu sein – und sie würde kein Problem haben, das zu beweisen.

Zufrieden mit ihren Schlussfolgerungen griff Hannah zum Handy und begann mit der Organisation.

KAPITEL 2

Fox ließ sich in die Sofakissen zurückfallen, führte eine Bierflasche zum Mund und nahm einen langen Schluck. Nur so konnte er den Drang unterdrücken, über den ernsten Gesichtsausdruck des Mannes ihm gegenüber lauthals zu lachen.

«Was soll das, Cap? Setzt du mir die Pistole auf die Brust?»

Es war nicht so, dass er Brendan noch nie verärgert gesehen hätte. Gott weiß, das hatte er. Aber nicht in den letzten sechs Monaten. Seit der Captain der *Della Ray* mit Piper zusammen war, hatte er ihn nur noch glücklich erlebt. Das ging sogar so weit, dass er selbst begann, seine Einstellung zu Beziehungen neu zu überdenken.

Ja, tatsächlich.

«Nein, ich setze dir nicht die Pistole auf die Brust», sagte Brendan und rückte die Mütze auf seinem Kopf zurecht. Dann nahm er sie ab und legte sie auf seine Knie. «Aber wenn du das Gespräch über die Übernahme des Bootes weiter hinausschiebst, muss ich es vielleicht doch tun.»

Es war das achte Mal, dass Brendan Fox gebeten hatte, ihn auf der *Della Ray* als Kapitän abzulösen. Am Anfang war Fox vollkommen verblüfft gewesen. Hatte er den Eindruck erweckt, dauerhaft die Verantwortung für fünf Männer übernehmen zu wollen? Wenn ja, dann musste es ein Unfall gewesen sein. Er begnügte sich lieber damit, Befehle entgegenzunehmen, gute Arbeit zu leisten und dann mit seiner Heuer zu verschwinden, ganz gleich, ob er sein Geld im Herbst mit dem Krabbenfischen oder den Rest des Jahres mit Fischfang verdiente.

Einem Königskrabbenfischer lag es im Blut, auch unter

Druck seinen Mann zu stehen. Er hatte neben Brendan auf der *Della Ray* gestanden und dem Tod ins Auge geblickt. Mehr als einmal. Aber gegen die Natur anzukämpfen, war nicht das Gleiche, wie das Kommando über eine Mannschaft zu übernehmen. Entscheidungen zu treffen. Zu den Fehlern zu stehen, die er unweigerlich machen würde. Das war eine ganz andere Art von Druck – und Fox war sich absolut nicht sicher, ob er dafür geschaffen war. Genau genommen war er sich auch nicht sicher, ob die Mannschaft glaubte, dass er dazu geschaffen war, sie zu führen. Er hatte genug Erfahrung, um zu wissen, dass die Mannschaft eines Fischerboots ihrem Kapitän vollstes Vertrauen entgegenbringen musste. Jedes Zögern konnte einem Mann das Leben kosten. Und diese Flachpfeifen nahmen ihn so schon kaum ernst, geschweige denn als denjenigen, der die Befehle erteilte.

Alles, was er brauchte, war ein Platz zum Schlafen und Baseballgucken, ein paar Bier am Ende eines harten Tages und einen willigen weiblichen Körper in der Dunkelheit.

Wobei das Bedürfnis nach bedeutungslosem Sex zuletzt nicht mehr so dringend gewesen war.

Tatsächlich war es kaum zu spüren gewesen.

Fox knirschte mit den Zähnen und konzentrierte sich. «Es ist nicht nötig, mir die Pistole auf die Brust zu setzen.» Er zuckte mit den Schultern. «Ich sagte doch, ich fühle mich geehrt, dass du an mich denkst. Aber ich bin nicht interessiert.» Er klemmte die Bierflasche zwischen seine Schenkel und strich über das geflochtene Lederband an seinem Handgelenk. «Ich bin gerne bereit, dich hin und wieder zu vertreten, aber ich suche nichts Dauerhaftes.»

Brendan betrachtete Fox' kahle Wohnung mit strengem Blick. «Das sieht man.»

Tat man wirklich. Jeder, der Fox' Zweizimmerapartment mit Blick auf Grays Harbor zum ersten Mal betrat, ging davon aus, dass er gerade erst eingezogen war, obwohl er in Wirklichkeit schon das sechsjährige Jubiläum in dieser Wohnung hinter sich hatte.

Dabei hatte er nicht vor, Westport noch mal zu verlassen. Vor Jahren hatte er in Minnesota das College besucht, aber das war nicht gut gelaufen. Selbst schuld. Wie hatte er je glauben können, dass Westport ihn einfach so freigab? Es holte ihn zurück. Würde es vermutlich immer wieder tun. Sein erster Aufbruch hatte ihn den größten Teil seines Einfallsreichtums gekostet, und jetzt? Konzentrierte er sich mit seinen einunddreißig Jahren auf das, was noch übrig war, auf die Fischerei.

Und auf Frauen. Zumindest war das bis vor Kurzem so gewesen.

«Hast du schon mal daran gedacht, Sanders zu fragen?» Fox zwang sich, die Finger von seinem Armband zu lassen. «Er könnte den zusätzlichen Verdienst gebrauchen, wenn das Baby da ist.»

«Sanders gehört an Deck. Dein Platz ist im Steuerhaus – sagt zumindest mein Bauchgefühl.» Brendan sah seinen Freund ernst an. «Das zweite Boot ist fast fertig. Ich werde eine neue Crew zusammenstellen, mit mehr Männern. Aber ich möchte die *Della Ray* in guten Händen wissen. In Händen, denen ich vertraue.»

«Mein Gott, du lässt echt nicht locker», sagte Fox lachend, stand auf und ging zum Kühlschrank, um ein weiteres Bier zu holen, obwohl er das erste nur zur Hälfte getrunken hatte. Hauptsache, er hatte etwas zu tun. «Ein Teil von mir genießt das fast. Ich habe nicht jeden Tag die Gelegenheit, meinem Captain eine Absage zu erteilen.»

Brendan brummte. «Ich krieg dich noch klein, du sturer Mistkerl.»

Fox schenkte ihm über die Schulter ein herausforderndes Lächeln. «Das wird dir nicht gelingen. Und ausgerechnet du bezeichnest mich als stur, nachdem du nach dem Tod deiner Frau noch sieben Jahre lang den Ehering getragen hast.»

«Na ja», grummelte Brendan. «Ich habe einen guten Grund gefunden, ihn abzunehmen.»

Und schon strahlte er wieder wie ein Honigkuchenpferd.

Fox lachte, öffnete sein zweites Bier und warf den Deckel in die Spüle. «Da wir gerade von dem Grund für die Beendigung deines selbst auferlegten Zölibats sprechen: Solltest du nicht zu Hause sein und mit Piper zu Abend essen?»

«Sie hält die Spaghetti für mich warm.» Brendan rutschte unbehaglich auf seinem Platz hin und her und warf Fox seinen Laserblick zu, der in der Crew berüchtigt war. Er bedeutete: Setz dich hin und halt die Klappe. «Ich bin noch aus einem anderen Grund hier.»

«Hoffentlich keine Ratschläge in Sachen Frauen! Denn inzwischen bist du mir weit voraus. Wenn du von mir wissen willst, was deine Liebste will, frag mich lieber nach dem Periodensystem. Denn davon hab ich mehr Ahnung.»

«Ich brauche keine Ratschläge.» Brendan sah seinen Freund durchdringend an. «Hannah kommt her.»

Fox' Kehle wurde eng. Er hatte sich gerade setzen wollen, als Brendan diese drei Worte sagte, weshalb er jetzt schnell noch mal umdrehte, um ein unnötiges Kissen für seinen Rücken aufzuschütteln, damit er seinem ältesten Freund bei seiner Antwort nicht in die Augen sehen musste. Gott, wie absolut erbärmlich das war! «Ach ja? Warum?»

Brendan verschränkte seufzend die Arme vor der Brust. «Du weißt doch, dass sie immer noch für diese Produktionsfirma arbeitet. Und irgendwie hat sie den Regisseur davon überzeugt, dass Westport ein guter Drehort wäre.»

Fox' Lachen hallte in dem kargen Wohnzimmer wider. «Du bist bestimmt total begeistert.»

Brendan war so etwas wie der inoffizielle Bürgermeister von

Westport. Er war bekanntermaßen ein Mann weniger Worte, aber wenn er seine Meinung zu etwas kundtat, hörten ihm alle verdammt gut zu. In anderen Städten wurden Fußballstars verehrt. In Westport waren es die Fischer – und vor allem der Mann am Steuer. «Es ist mir egal, was sie hier tun, solange sie mir nicht auf die Nerven gehen.»

«Leute aus L.A., die dir nicht auf die Nerven gehen», überlegte Fox laut und bemühte sich, das Gespräch über Hannah hinauszuzögern. Es fühlte sich an wie eine seltsame, selbst auferlegte Strafe. «Wie war das noch beim letzten Mal?»

«Das war etwas anderes. Da ging es um Piper.» Die Spitzen von Brendans Ohren leuchteten rot. «Wie auch immer, jedenfalls werden meine Eltern zu Besuch sein, wenn die hier anrücken. Deshalb kann Hannah unser Gästezimmer nicht benutzen.»

Fox tat, als wäre er verärgert. «Also hast du ihr meins angeboten.»

Es war schwer zu sagen, ob Brendan ihm das Schauspiel abkaufte. «Piper hatte die Idee eigentlich schon verworfen, aber Hannah schien interessiert zu sein.»

Fox' Daumennagel grub sich unter das Etikett an der Bierflasche, und er riss einen sauberen Streifen an der Seite herunter. «Wirklich? Hannah will hier wohnen?» Warum wurden seine Handflächen feucht? «Wie lange dauert der Dreh? Wie lange würde sie bleiben?»

«Zwei Wochen oder so. Die Hälfte der Zeit wärst du eh nicht da. Wenn wir auf dem Boot sind.»

«Richtig.»

Aber die andere Hälfte der Zeit würden sie sich diese Wohnung teilen. Wie, zum Teufel, sollte sich Fox dabei fühlen?

Und was noch wichtiger war – und diese Frage stellte er sich selbst viel zu oft –, was sollte er für Hannah empfinden? Er hatte nach der Zeit am College noch nie, nicht ein einziges

Mal, eine feste Freundin gehabt. Letzten Sommer waren Hannah und ihre Schwester in Westport gestrandet, zwei reiche Mädchen aus L.A., denen Daddy das Taschengeld gestrichen hatte. Fox hatte nur versucht, Brendan bei seinen Ambitionen bei Piper zu unterstützen, indem er die jüngere Schwester mit einem Spaziergang zum Plattenladen abgelenkt hatte.

Später waren sie zusammen zur Vinylbörse gegangen. Und in den letzten sechs Monaten hatten sie regelmäßig gechattet, was in ihm Gefühle ausgelöst hatte, die er nicht einordnen konnte.

Sex war kein Thema zwischen ihnen.

Das war schon früh klar gewesen, und zwar aus einer ganzen Reihe von Gründen. Der erste Grund war, dass er nicht in lokalen Gewässern fischte.

Wenn er die Gesellschaft einer Frau brauchte – und das war mal wieder fällig –, fuhr er nach Seattle. So lief er nicht Gefahr, versehentlich mit der Schwester oder der Frau oder der Cousine des Cousins von jemandem zu schlafen, und konnte seine Hände danach in Unschuld waschen. Konnte nach Westport zurückkehren, ohne zu fürchten, dort auf eine der Frauen zu treffen, mit denen er geschlafen hatte. Ganz einfach. Kein Stress. Easy-peasy.

Der zweite Grund, warum er nicht mit Hannah schlafen konnte, war der Mann, der gerade in seinem Wohnzimmer saß. Brendan hatte ihn gewarnt, und die Botschaft war angekommen. Mit Pipers kleiner Schwester zu schlafen, würde das Unheil förmlich heraufbeschwören. Denn wenn Hannah sich in ihn verliebte, würde Fox zweifellos ihre Gefühle verletzen. Und das würde seinem Kapitän und besten Freund das Leben zur Hölle machen, denn die Bellinger-Schwestern hielten zusammen.

Aber es gab für Fox noch einen dritten, und zwar den wichtigsten Grund, die Finger von Hannah zu lassen: Sie war seine

Freundin. Sie war eine Frau, die ihn wirklich mochte, nicht nur seine Fähigkeiten im Bett. Ihre Nähe fühlte sich erschreckend gut an. Mit ihr zu reden.

Sie hatten Spaß. Sie lachten viel zusammen.

Die Art, wie Hannah ihre Umgebung mit Liedtexten kommentierte, brachte ihn zum Nachdenken. In den sechs Monaten, nachdem sie Westport verlassen hatte, hatte er den Sonnenaufgang bewusster wahrgenommen. Er hatte angefangen, auf andere Menschen zu achten, auf das, was sie taten. Er hörte aufmerksam Musik. Sogar seine Arbeit schien eine größere Bedeutung zu haben. Und all das hatte Hannah bewirkt. Sie brachte ihn dazu, sich umzusehen und nachzudenken.

Brendan starrte ihn mit zusammengezogenen Augenbrauen an. Unbehaglich.

«Natürlich kann Hannah hier bleiben. Aber bist du sicher, dass das eine gute Idee ist?» Fox spürte, wie sein Magen sich zusammenzog. «Den Leuten würde auffallen, dass sie hier ist. Mit mir.»

Brendan antwortete ausweichend. «Sicher wird es Gerede geben. Aber solange das, worüber die Leute sprechen, nicht wirklich passiert ...»

«Nun sag es schon.» Fox gab einen ungeduldigen Laut von sich, denn er wusste, was jetzt kommen würde. «Sag mir einfach, dass ich sie nicht ficken soll.»

Der Captain rieb sich die Stirn. «Ich hasse es, darauf rumreiten zu müssen. Dein Sexleben ist deine Sache, aber es könnte schwieriger sein, wenn sie hier wohnt. Auf engem Raum und so weiter.»

Daher wehte also der Wind. Fox hatte sich schon so was gedacht, als Brendan gekommen war, aber so leicht wollte er ihn nicht davonkommen lassen. Sie waren beide Männer, die regelmäßig Verantwortung für das Leben von anderen übernahmen, doch sie belehrten sich nicht gegenseitig. Das war zu viel des Guten. Vielleicht war das der Grund, warum sich das Gespräch dieses Mal wie ein Schlag in die Magengrube anfühlte und nicht mehr wie ein freundschaftlicher Klaps.

Als Fox weiter beharrlich schwieg, seufzte Brendan schließlich auf. «Hannah ist meine zukünftige Schwägerin. Und damit wird sie immer ein Teil meines Lebens sein. Also Hände weg.» Er machte eine entschlossene Geste. «Und das war das letzte Mal, dass ich das Thema erwähnt habe.»

«Bist du sicher? Ich kann dir sonst für morgen einen Termin geben ...»

«Sei kein Idiot.» Beide bemühten sich sichtlich, ihren Ärger abzuschütteln, rückten ihre Shirts zurecht und taten so, als würden sie sich für das Fernsehprogramm interessieren. «Wir hätten dieses Gespräch wahrscheinlich sowieso nicht führen müssen, denn soweit ich weiß, ist Hannah immer noch in diesen Regisseur verknallt. Sergei.» Brendan tippte auf sein Knie. «Soll ich in dieser Sache auch etwas unternehmen? Ihm drohen, dass ich ihm den Kiefer breche, wenn er Hannah wehtut?»

«Nein. Herrgott, es ist doch nicht seine Schuld, dass sie ihn mag.» Fox überschlug sich fast beim Sprechen, um so den Druck in seiner Brust zu lindern. Er wusste seit dem Sommer, dass Hannah etwas für diesen Sergei übrighatte, und sie hatte im Februar immer noch für ihn geschwärmt, also war es wahrscheinlich dumm von ihm zu hoffen, dass sich die Sache erledigt hatte. Er sprach nicht gern darüber, denn sobald der Name dieses Mannes fiel, hätte er am liebsten ein Loch in seine Trockenbauwand getreten. «Du wirst mit deinen Eltern hinreichend beschäftigt sein. Ich behalte es im Auge, wenn du willst. Diese Sache mit dem Regisseur.»

Warum, um Gottes willen, bot er an, das zu tun?

Er hatte keinen blassen Schimmer.

Immerhin sorgte Brendans dankbares Nicken dafür, ihrer

Unterhaltung von eben die Schwere zu nehmen. Fox mochte ein Frauenheld sein, aber man konnte darauf vertrauen, dass er seinen Freunden den Rücken freihielt. Was das anging, konnte man sich blind auf ihn verlassen. «Wirklich?»

Fox zuckte mit den Schultern und nahm einen Schluck von seinem Bier. «Klar. Wenn ich glaube, dass sich dort etwas tut, werde ich ...» Als Erstes fiel ihm Sabotage ein. «Dafür sorgen, dass sie sicher ist.» Er wollte gar nicht wissen, warum diese Worte sich wie warmer Honig auf seinen glühenden Nervenenden ausbreiteten. Hannah beschützen. Was für eine Verantwortung das sein würde. «Nicht dass sie dazu nicht selbst in der Lage wäre», fügte er schnell hinzu.

«Klar, sicher», sagte Brendan. Ebenfalls schnell. «Aber trotzdem ...»

«Ich werde ihn nicht aus den Augen lassen.»

Brendan atmete tief durch und klopfte auf die Armlehne seines Stuhls. «Okay. Gut, dass das geklärt ist.»

Fox deutete mit seinem Bier geradeaus. «Zur Tür geht's da lang.»

Brendan brummte etwas und verabschiedete sich. Fox stellte sein Bier zur Seite, stand auf, durchquerte den Raum und blieb vor dem Schrank stehen, den er auf einem Trödelmarkt erstanden hatte. Er hasste es, Möbel zu kaufen, aber er brauchte einen Platz, um die Schallplatten aufzubewahren, die er zu sammeln begonnen hatte. Die erste hatte er auf ihrer Reise nach Seattle gekauft. Die Rolling Stones. *Exile on Main Street.* Hannah hatte ihn dazu ermutigt, als er sie auf der Schallplattenbörse entdeckt hatte.

Und irgendwie hatte ihn gestört, dass das verdammte Ding so einsam dastand, also war er zu *Disc N Dat*, dem Plattenladen im Ort, gegangen und hatte ein paar weitere gekauft. Hendrix, Bowie, die Cranberries. Klassiker. Der Stapel war so groß geworden, dass er in seiner Stille irgendwie anklagend wirkte, und so hatte er – nachdem er ein paar Wochen lang versucht hatte, es sich auszureden – einen Plattenspieler bestellt.

Fox griff hinter den Schrank, wo er den Schlüssel aufbewahrte, und nahm ihn aus dem Lederetui. Er schloss die Tür auf und betrachtete den bunten Plattenstapel, zögerte nur eine Sekunde, bevor er das Album von Madness herauszog. Dann senkte er die Nadel auf *Our House*. Nachdem er sich den Song bis zum Ende angehört hatte, zückte er sein Handy und startete den Song erneut, nahm einen Audioclip auf und schickte ihn an Hannah.

Ein paar Minuten später schickte sie ihm einen Clip mit der Titelmelodie von *Golden Girls* zurück.

Durch die Musik hatten sie sich gerade darüber verständigt, dass sie in seinem Gästezimmer übernachten würde – und so war es die ganze Zeit gewesen, seit Hannah Westport verlassen hatte. Fox fürchtete jeden Tag, dass Hannah ihm nicht mehr schreiben könnte, hielt jeden Abend den Atem an, und wenn die Nachricht kam, holte er erleichtert Luft.

Er schluckte, drehte sich um und schaute ins Gästezimmer. Hannah war in L.A. Dies war eine Freundschaft, die auf mehr beruhte, reiner war, als er es gewohnt war. Und sie war sicher. Schreiben war sicher. Eine Möglichkeit, jemandem etwas zu geben, ohne allzu viel zu verlieren.

Aber wie würde es weitergehen, wenn sie in seiner Wohnung wohnte?

KAPITEL 3

Zwei Wochen lang hatten Hannah und Latrice Tag und Nacht geschuftet, um den Location-Tausch von L.A. nach Westport im Namen der künstlerischen Vision zu organisieren. Sie hatten die Geschäftsleute in Westport umworben, die Handelskammer bearbeitet, hatten Genehmigungen eingeholt und für die Unterkunft gesorgt. Und nun waren es nur noch ein paar Meilen, bis der gecharterte Bus den kleinen Fischerort in Washington erreichen würde.

Wenn Hannah bei den Dreharbeiten zu *Glory Daze* beruflich vorankommen wollte, hieß es jetzt oder nie. Sie musste endlich ihre Frau stehen und Sergei um ihre Chance bitten. Denn sobald der Bus anhielt, würde er losrennen und der Moment wäre verstrichen.

Nervös lehnte sich Hannah in den Ledersitz zurück und wischte sich mit den Händen über das Gesicht. Sie zog ihre Air-Pods heraus, schaltete Bob Dylans größte Hits aus und steckte die Kopfhörer in ihre Taschen. Dann nahm sie ihre Basecap ab und fuhr sich, ihr Spiegelbild im Fenster betrachtend, mehrmals mit den Fingern durchs Haar. Doch sie verharrte in ihren Bewegungen, als ihr klar wurde, dass der improvisierte Aufhübschungs-Versuch nicht funktionierte. Sie sah immer noch wie eine Assistentin aus. Die niedrigste Stufe in der Nahrungskette.

Und definitiv nicht wie jemand, dem Sergei einen ganzen Filmsoundtrack anvertrauen würde.

Hannah drückte sich mit weichen Knien tiefer in den Sitz und ließ die dröhnenden Geräusche des Busses ihren Seufzer übertönen. Über den Sitz vor ihr hinweg beobachtete sie, wie Sergei und Brinley, die für den Soundtrack zuständig war, die Köpfe zusammensteckten und dann über etwas lachten.

Und Brinley?

Sie hatte im Gegensatz zu ihr eindeutig das Zeug zur Hauptdarstellerin. Ein perfekt aussehender, geschmackvoller brünetter Import aus New York, die zu jedem Outfit eine andere Statement-Halskette trug. Eine Frau, die einen Raum betrat und den Job bekam, für den sie sich beworben hatte, weil sie schon danach aussah. Weil sie Selbstvertrauen ausstrahlte und sich holte, was ihr zustand.

Zum Beispiel Hannahs Traumjob.

Vor zwei Jahren hatte Hannah ihren Stiefvater bewusst darum gebeten, ihr einen Einstiegsjob bei einer Produktionsfirma zu besorgen, und er hatte Sergei bei *Storm Born* kontaktiert. Auf Hannahs Wunsch hin hatte ihr Stiefvater den Regisseur gebeten, ihre Verbindung diskret zu behandeln, damit sie einfach Hannah sein konnte und nicht die Stieftochter des berühmten Produzenten Daniel Bellinger. Hannah hatte einen Bachelor-Abschluss in Musikgeschichte von der UCLA, aber die Filmbranche war Neuland für sie. Hätte sie die Verbindung zu Daniel ausgenutzt, hätte sie wahrscheinlich sogar eine Stelle als Produzentin bekommen, aber was brachte das, wenn sie sich in der Branche nicht auskannte? Es war ihre Entscheidung gewesen, von der Seitenlinie aus zu lernen.

Und das hatte sie. Da sie für eine Menge Organisation und Papierkram zuständig war, hatte sie genug Gelegenheiten gehabt, Brinleys Cue-Sheets und Synchronisationsverträge zu studieren und Insiderwissen zu sammeln. Niemand wusste von ihrem heimlichen Interesse an diesem Bereich der Filmproduktion. Und Hannah hatte die praktische Erfahrung gefehlt. Aber nun, zwei Jahre später, war sie bereit, in der Rangordnung aufzusteigen.

Sie beobachtete Sergei und Brinley mit einem Kloß im Hals. Die beiden arbeiteten hinter den Kulissen, aber sie hatte genauso viel Respekt vor ihnen wie vor den berühmten Schauspielern. Und allmählich war sie es leid, Christians Trinkhalm zu halten und herumkommandiert zu werden.

Eine salzige Brise strömte durch das offene Busfenster herein. Das weckte Hannahs Sehnsucht und schmeichelte ihrer Haut, aber es war auch ein eindeutiges Zeichen dafür, dass es nicht mehr weit bis Westport war. Wenn sie auch nur den kleinsten Schritt in die richtige Richtung machen wollte, musste sie jetzt handeln.

Hannah steckte die Basecap in ihre Tasche und ignorierte die neugierigen Blicke der Schauspieler und der Crew, als sie mit hängenden Schultern nach vorn ging. Ihr Puls raste, und ihr klopfte das Herz bis zum Hals. Als sie schließlich neben Sergei und Brinley stand, lächelten die beiden sie erwartungsvoll an. Freundlich. Wie um zu sagen: *Erklär doch bitte, warum du unser Gespräch unterbrichst.*

Nicht zum ersten Mal fragte sich Hannah, ob Brinley und Sergei etwas miteinander hatten, aber der Abstand zwischen ihnen – und der Ring an Brinleys Finger – sprachen dafür, dass sie nur Freunde waren.

Tatsache war allerdings, dass die beiden eng zusammenarbeiten mussten. Die Koordination der Filmmusik war ein komplizierter Prozess, der oft erst in der Postproduktion entstand. Aber bei *Storm Born* wurde die Liste der Titel, die den Dialogen unterlegt oder zu stummen Bildsequenzen gespielt werden sollten, direkt während der Dreharbeiten entschieden. Das hieß, sie hingen stark von der Stimmung des Moments ab (also von Sergeis Launen). Und anstatt Neukompositionen in Auftrag zu geben, wurde bevorzugt bereits vorhandene Musik verwendet und entsprechend gekürzt.

Für Hannah gab es nichts Schöneres, als einen bestimmten

Moment mit dem richtigen Lied zu untermalen, um die Atmosphäre zu verdeutlichen. Musik war so etwas wie das Rückgrat des Films. Eine Zeile aus einem Lied konnte Hannah helfen, ihre eigenen Gefühle zu definieren, und die Möglichkeit, diese Leidenschaft in Kunst umzusetzen, war etwas, wonach sie sich jeden Tag sehnte.

Frag sie. Der Bus ist gleich da.

«Ähm ...»

Oh, ein guter Anfang. Ein Füllwort.

Hannah suchte in sich verzweifelt nach der Frau, die mutig genug gewesen war, in einem Raum voller Produzenten und kreativer Talente Westport als Drehort vorzuschlagen. Wahrscheinlich hatte die Sehnsucht nach diesem Ort für sie gesprochen. «Brinley. Sergei», sagte Hannah und zwang sich, beiden in die Augen zu sehen. «Ich habe mich gefragt, ob ...»

Natürlich bremste der Bus in diesem Moment ab.

Und natürlich war Hannah zu sehr damit beschäftigt, ihre Kleidung zurechtzurücken, an ihren Ringen zu drehen und überhaupt unruhig herumzuzappeln, um sich abzufangen, sodass sie seitlich zu Boden fiel. Sie landete hart auf der Schulter und der Hüfte und stieß sich den Kopf an der Schläfe. Ein wahrhaft demütigendes «Uff» ertönte aus ihrem Mund, gefolgt von der ohrenbetäubendsten Stille, die es je auf dem Planeten Erde gegeben hatte.

Keiner bewegte sich. Hannah überlegte, ob sie unter einen der Sitze kriechen sollte, bis die Welt den Anstand hatte, unterzugehen, aber der Gedanke, sich zu verstecken, verschwand blitzartig, als Sergei über Brinley hinwegsprang, sich breitbeinig hinstellte und sich bückte, um ihr wieder auf die Füße zu helfen.

«Hannah!» Er musterte sie von oben bis unten. «Geht es dir gut?» Ohne eine Antwort abzuwarten, warf Sergei einen wütenden Blick nach vorn, wo der Fahrer saß und sie unbeeindruckt beobachtete. «Hey, Mann. Wie wäre es, wenn Sie sich vergewissern, dass alle sitzen, bevor Sie eine Vollbremsung machen?»

Hannah hatte keine Gelegenheit, die Schuld auf sich zu nehmen, denn Sergei war bereits dabei, sie aus dem Bus zu befördern, während alle mit offenem Mund auf die Produktionsassistentin mit der Beule am Kopf starrten. Ja, sie konnte praktisch spüren, wie sie anschwoll. Großer Gott! Endlich hatte sie den Mut aufgebracht zu fragen, ob sie den Entstehungsprozess des Soundtracks begleiten durfte. Und jetzt konnte sie genauso gut einfach kündigen und sich nach einer Stelle als Kellnerin in einem Sandwich-Laden umsehen.

Wobei es durchaus schlimmere Konsequenzen für Dummheit gab, als den Arm des verträumten Regisseurs um ihren Schultern zu spüren, während er ihr aus dem Bus half. Sie war ihm so nah, dass sie sein Aftershave riechen konnte, eine Art Nelkenduft mit Noten von Orange. Es war typisch für Sergei, etwas Einzigartiges und Unerwartetes zu wählen. Hannah blickte in sein markantes Gesicht und auf das schwarze Haar, das in der Mitte seines Kopfes zu einem dezenten Faux Hawk gestylt war. Sein Bart war perfekt gepflegt.

Wenn sie nicht aufpasste, würde sie zu viel in seine Besorgnis hineininterpretieren. Sie würde sich fragen, ob Sergei vielleicht doch in der Lage wäre, eine unfallgefährdete Nebenfigur anstatt einer Hauptdarstellerin zu lieben.

Als Hannah merkte, dass sie ihn anstarrte, riss sie ihren sehnsüchtigen Blick von dem Mann los, in den sie seit zwei Jahren verknallt war, und sah in dem Moment Fox, der den Parkplatz in ihre Richtung überquerte. Ihm stand die Besorgnis ins Gesicht geschrieben. «Hannah?»

Ihr Verstand gab ein kratzendes Geräusch von sich, wie es auf einer Schallplatte zwischen zwei Songs zu hören war. Wahrscheinlich, weil sie seit sechs – nein, fast sieben – Monaten jeden Tag mit diesem Mann kommuniziert, aber nie seine

Stimme gehört hatte. Vielleicht, weil seine Identität für sie auf ein paar Worte auf dem Bildschirm reduziert worden war, hatte sie vergessen, dass er, wenn er auftauchte, wie ein großes Feuerwerk am Nachthimmel die Aufmerksamkeit aller auf sich zog.

Ohne sich umzudrehen, wusste Hannah, dass jede Hetero-Frau im Bus ihre Nase ans Fenster presste, um den Meister der weiblichen Sehnsüchte zu beobachten, wie er auf den Bus zuging, während sein dunkelblondes Haar im Wind wehte, Kinn und Wangen mit einem Dreitagebart bedeckt, der etwas dunkler war als das Haar auf seinem Kopf.

Dieses makellos schöne Gesicht hätte zu einem knabenhaften Körper gepasst. Einem kleinen verwöhnten Jungen. Doch stattdessen sah er aus wie ein ungehorsamer Engel, der aus dem Himmel gejagt worden war, groß, gut gebaut, hart im Nehmen und selbstbewusst. Und zu allem Überfluss machte er als Königskrabbenfischer noch den gefährlichsten Job in den Vereinigten Staaten – und das Wissen um die Gefahr und die Launen der Natur spiegelte sich in seinen meerblauen Augen.

Voller Freude über das Wiedersehen wollte Hannah Fox gerade ein Hallo zurufen, als sie merkte, dass sein Blick auf Sergei gerichtet war und dies eine tektonische Verschiebung seiner Kieferknochen auslöste.

«Was ist passiert?», bellte Fox und sorgte damit dafür, dass in Hannahs Wahrnehmung alles wieder in normaler Geschwindigkeit ablief. Moment mal! Wieso hatte sich ihre Umgebung auf einmal in Zeitlupe bewegt?

«Ich bin nur hingefallen», erklärte Hannah, griff sich an den Kopf und zuckte zusammen. Toll, sie hatte sich die Haut aufgeschrammt. «Alles okay.»

«Komm mit», sagte Fox, der Sergei immer noch vorwurfsvoll beäugte. «Ich werde dich wieder zusammenflicken.»

Hannah wollte gerade skeptisch eine Augenbraue hochziehen und nach seinem medizinischen Abschluss fragen, aber dann erinnerte sie sich an eine Geschichte, die Piper ihr erzählt hatte: Fox hatte Brendan einmal eine blutende Wunde an der Stirn notdürftig genäht. Und das auf einem schaukelnden Boot mitten in einem Hurrikan.

So war das Leben eines Königskrabbenfischers.

Aber hätte er nicht etwas weniger attraktiv sein können? War das zu viel verlangt?

«Mir geht's gut», sagte sie und tätschelte Sergeis Arm, um ihm deutlich zu machen, dass sie in der Lage war, auf eigenen Füßen zu stehen. «Es sei denn, du hast ein Mittel gegen verletzten Stolz in deinem Erste-Hilfe-Kasten?»

Fox wandte sich, noch immer mit zusammengezogenen Brauen, wieder an Sergei. «Wir schauen uns die Wunde genauer an, wenn wir zu Hause sind.» Und dann an Hannah gewandt: «Hast du eine Tasche, die ich tragen kann, oder so etwas?»

«Ich ...», begann Sergei und sah Hannah an, als ob er gerade etwas Neues an ihr entdeckt hätte und herausfinden wollte, was es war. «Ich wusste nicht, dass du ... jemandem in der Stadt so nahestehst.»

Nahestehen? Fox? Vor sieben Monaten hätte Hannah das noch weit von sich gewiesen. Aber jetzt? Es war zumindest nicht zu leugnen, dass sie in letzter Zeit öfter mit ihm geschrieben hatte als mit Piper. «Na ja ...»

Fox unterbrach sie. «Wir sollten deinen Kopf so schnell wie möglich verarzten, Sommersprosse.»

«Sommersprosse», wiederholte Sergei und sah ihr prüfend ins Gesicht.

Was war hier los?

Beide Männer näherten sich ihr unauffällig, als wäre sie das letzte Stück von der Pizza.

«Ähm. Meine Tasche ist im Gepäckraum.»

«Ich hole sie», sagten die zwei gleichzeitig.

Löste ihre Kopfwunde eine Art Alpha-Pheromon aus?

Fox und Sergei musterten sich gegenseitig und waren offensichtlich bereit, sich darum zu streiten, wer ihr Gepäck holen durfte. Bei dem Glück, das sie an diesem Tag hatte, würde dies wahrscheinlich in einem Tauziehen enden, bis der Reißverschluss kaputtging und ihre Unterhosen wie Konfetti herunterregneten. «Ich hole sie», sagte Hannah eilig und verließ den Ring, bevor es zum Kampf kam.

Sie wandte sich gerade dem Bus zu, als Brinley die Treppe herunterglitt und Fox einen neugierigen Blick zuwarf, den dieser, wie Hannah in der Spiegelung im Fenster feststellte, nicht erwiderte. Stattdessen waren seine meerblauen Augen noch immer auf ihre Wunde gerichtet. Wahrscheinlich überlegte er, mit welcher Nadel er sie verstümmeln sollte.

«Sergei», rief Brinley und drehte an ihrem Ohrring. «Ist alles in Ordnung?»

«Ja, alles in Ordnung», antwortete Hannah und beeilte sich, zum Gepäckraum zu gelangen und die Tür zu öffnen. Alle sahen zu, wie sie am Griff rüttelte, entschuldigend lachte, noch kräftiger riss, wieder lachte und dann die Hüfte zu Hilfe nahm. Ohne Erfolg.

Bevor sie es ein drittes Mal versuchen konnte, griff Fox ein und öffnete die Tür mit einer leichten Bewegung seines gebräunten Handgelenks. «Scheißtag, oder?», fragte er leise.

Sie atmete aus. «Ja.»

Fox gab ein verständnisvolles Brummen von sich. «Sag mir, welche Tasche dir gehört, und ich bringe dich gleich zu mir nach Hause.» Er zupfte zärtlich an einer ihrer Haarsträhnen. «Dann wird es besser.»

Es war durchaus möglich, dass sie sich den Kopf gestoßen hatte und in einem erotischen Sextraum mit Fox Thornton gelandet war. Es wäre nicht das erste Mal – was Hannah natürlich niemals zugeben würde. Nicht einmal ihrer Schwester gegenüber. Es gab einfach keine Möglichkeit, die subtilen Botschaften zu ignorieren, die er aussandte und die schrien: *Ich bin gut im Bett.* Und zwar so richtig, richtig gut. Dagegen war sie machtlos. Die Sache war nur, dass das auch für jede andere Frau galt, mit der Fox in Kontakt kam. Und sie hatte kein Interesse daran, eine von Tausenden zu sein. Deshalb waren sie nur Freunde. Hatten sie das nicht schon geklärt? Warum machte er sich also an sie ran?

«Wie ...? Was meinst du damit? Dass du meinen Tag besser machen wirst? Wie willst du das denn anstellen?»

«Ich dachte an Eiscreme.» Er schenkte ihr ein Lächeln, das alles andere als unschuldig war – und, Gott, sie hatte die Grübchen vergessen. Grübchen, um Himmels willen. «Warum? Woran hast du denn gedacht?»

Hannah hatte keine Ahnung, was sie erwidern sollte. Sie wollte etwas sagen, aber der Anblick von Sergei und Brinley, die gemeinsam zum Hafen schlenderten, machte sie vorübergehend sprachlos. Er blickte nicht ein einziges Mal zu ihr zurück. Offensichtlich hatte sie sich den neuen Funken des Interesses, den sie in Sergeis Augen gesehen hatte, bloß eingebildet. Er wollte nur ein guter Chef sein und sich vergewissern, dass ihre Kopfverletzung nichts Ernstes war.

Als Hannah ihre Aufmerksamkeit von den beiden abwandte, stellte sie fest, dass Fox sie genau beobachtete.

Sie war zu abgelenkt gewesen, nachdem sie gestürzt und von Sergei aus dem Bus eskortiert worden war. Doch jetzt, da nur noch sie und Fox da waren – abgesehen von ihren Kollegen, die langsam den Bus verließen –, wurde ihr ganz warm ums Herz. Sie hatte diesen Ort vermisst. Er barg einige ihrer wertvollsten Erinnerungen. Und Fox war ein Teil davon. Seine Textnachrichten in den letzten sieben Monaten hatten es ihr ermöglicht, ein Stück Westport bei sich zu behalten, ohne die Glückseligkeit ihrer Schwester zu stören. Dafür schätzte sie ihn sehr, und so überdachte sie ihre Entscheidung, ihn zu umarmen, nicht noch einmal. Mit einem Lachen warf sie sich einfach in seine Arme und atmete seinen Meeresduft ein. Sie lächelte, als er ebenfalls lachte und ihr zärtlich eine Haarsträhne hinters Ohr strich.

«Hey, Sommersprosse.»

Hannah rieb ihre Wange an der grauen Baumwolle seines Shirts, trat einen Schritt zurück und schubste ihn spielerisch. «Hey, Pfau.»

Niemand flirtete hier. Oder balzte.

Freundschaft. Das war es, was ihre Beziehung ausmachte.

Hannah wollte das nicht kaputtmachen, indem sie Fox zum Sexobjekt degradierte. Er hatte mehr zu bieten als ein schönes Gesicht, kräftige Arme und einen Hauch von Gefahr. Genauso wie sie das Zeug dazu hatte, mehr als nur Kaffeeträgerin zu sein und das Klemmbrett zu halten.

Fox schien die ernsten Gedanken zu bemerken, die ihre Freude verdrängten, denn er nahm entschieden die einzige schwarze Tasche aus dem Gepäckraum – in der korrekten Annahme, es sei ihre –, legte ihr den anderen Arm um die Schultern und führte sie in Richtung Hafen und seiner Wohnung. «Wenn du mich deine Birne verarzten lässt, kommt auf das Eis noch ein Keks obendrauf.»

Hannah lehnte sich an ihn und seufzte. «Abgemacht.»

KAPITEL 4

*D*as fängt ja gut an, du Idiot.

Nach seinem Gespräch mit Brendan hatte Fox ein paar Wochen Zeit gehabt, die Tatsache zu verarbeiten, dass Hannah vorübergehend zu ihm ziehen würde. Einen Großteil dieser Zeit hatte er auf dem Wasser verbracht und versucht, wieder einen klaren Kopf zu bekommen. Es würde kein Problem sein. Eine junge Frau würde in seinem Gästezimmer schlafen. Er in dem Zimmer nebenan. Sex würde keine Rolle spielen. Großartig.

Nur jeder One-Night-Stand war einfacher als das hier.

Vor Hannah hatte Fox nur eine einzige Frau gekannt, bei der es ihm um mehr als Sex gegangen war. Doch seine einzige ernsthafte Beziehung ging in die Brüche, vor allem, weil sie nur für ihn ernst gewesen war. Die Sichtweise seiner College-Freundin war eine ganz andere gewesen. Ja, Fox hatte auf die harte Tour gelernt, dass er sich bei der Wirkung, die er auf Frauen ausübte, nichts vormachen durfte: Er war nicht mehr als eine angenehme Abwechslung. Als Fox erwachsen geworden war, hatte er sich danach gesehnt, dieser Stadt und der Rolle zu entkommen, die sein Gesicht – und, um fair zu sein, auch sein Verhalten – ihm zugewiesen hatten. Gott, er hatte es versucht. Aber diese Erwartungen verfolgten ihn überallhin.

Also hatte er seine Bemühungen eingestellt.

Wenn du mit ihnen lachst, können sie nicht über dich lachen, richtig?

Fox blickte auf Hannahs Scheitel hinunter und schluckte. Sie gingen am *Blow the Man Down* vorbei, und er konnte spüren, wie sich jeder auf seinem Stuhl im Lokal umdrehte, um zu beobachten, wie Fox Hannah zu seiner Wohnung begleitete. Sie würden Witze machen. In ihr Bier kichern. Spekulieren. Und, Mist, wie konnte er es ihnen verdenken? Denn die meiste Zeit war Fox selbst derjenige, der sich auf die Schippe nahm.

Wie war es in Seattle?, fragten sie ihn, begierig darauf, von seinen kleinen Abenteuern zu hören. Er lenkte sie für einen Moment von ihren Fischereigeschichten ab.

Ein dreckiger Ort, sagte er und zwinkerte ihnen zu. Dreckig.

Und jetzt hatte er die Frechheit, seinen Arm um Hannah zu legen? Die verwirrend hübsche, unendlich interessante, nicht auf seinen Schwanz abfahrende Hannah. Sie waren der große böse Wolf und Rotkäppchen, als sie die Straße am Hafen überquerten, ihre schlichte Tasche baumelte an seiner freien Hand. Und als sie vor seinem Haus stehen blieben, damit Fox die Tür aufschließen konnte, wurde ihm schmerzlich bewusst, dass Hannah sich noch einmal umblickte, wahrscheinlich, um einen Blick auf ihren Chef zu erhaschen.

Fox war noch nie in seinem Leben wegen einer Frau eifersüchtig gewesen. Es war das erste Mal. Als er gesehen hatte, wie Sergei Hannah die Treppe des Busses heruntergelotst hatte, war er grün vor Neid geworden. Er hatte daran gedacht, was Hannah über ihren Chef gesagt hatte. Sein erster Impuls war gewesen, dem Kerl die Nase zu brechen – das Gegenteil von dem, was er tun sollte. Denn wenn Hannah nur eine Freundin war, warum sollte er ihre aufkeimende Romanze stören wollen?

Vielleicht war er auf eine freundschaftliche Art eifersüchtig. Das war durchaus eine Möglichkeit.

Menschen waren manchmal eifersüchtig wegen ihrer Freunde, oder? Also lag es auf der Hand, dass seine erste rein platonische Freundin dieses Gefühl auslöste. Fox wollte diese Freundschaft, auch wenn sie ihm Angst machte. Wäre er eine Waage, dann läge die Hoffnung auf der einen Seite in der Schale, die Angst auf der anderen. Hoffnung, dass er für Hannah mehr sein könnte als eine flüchtige Affäre. Und Angst, dass er dabei versagen und dumm dastehen würde.

Einmal mehr.

«Danke, dass ich bei dir wohnen darf», sagte Hannah und lächelte zu ihm hoch. «Ich hoffe, du hast meinetwegen nicht alle Baywatch-Poster abgehängt.»

«Ich habe sie in meinem Schrank versteckt, zusammen mit den Playboy-Bildern von Farrah Fawcett.» Das brachte sie zum Lachen, aber Fox konnte sehen, dass sie immer noch leicht beunruhigt war. Er brauchte den ganzen Weg die Treppe hinauf, um sich selbst davon zu überzeugen, dass er es nicht noch schlimmer machen würde, wenn er es ansprach. «Also ...», sagte er, öffnete die Wohnungstür und forderte sie mit einem Nicken zum Eintreten auf. Das erste Mädchen, das er jemals mit zu sich nach Hause genommen hatte. Gar keine große Sache. «Willst du mir sagen, was dich bedrückt?»

Hannah kniff ein Auge zusammen. «Hast du die Sache mit der Kopfverletzung vergessen?»

«Definitiv nicht.» Wenn er nicht bald ein Antiseptikum auf die Wunde geben würde, würde er vor Aufregung sein Shirt durchschwitzen. «Aber das ist es nicht, was dich beunruhigt.»

Hannah trat über die Schwelle, zögerte, als wolle sie ihm die Wahrheit sagen, und blieb dann stehen. «Mir wurden ein Eis und ein Keks versprochen.»

«Bekommst du. Ich würde dich niemals anlügen, Sommersprosse.» Fox stellte ihre Tasche neben dem kleinen Küchentisch ab und suchte in ihrem Gesicht nach einem Hinweis darauf, was sie von seiner Wohnung hielt. «Komm her.»

Es lag einfach in seiner Natur, sich mit einer körperlichen Betätigung abzulenken. In der einen Sekunde stand Hannah noch mit den Füßen auf dem Boden, in der nächsten hob er sie hoch und setzte sie auf die Arbeitsfläche der Kücheninsel. Er war ohne nachzudenken einfach einem Impuls gefolgt. Jetzt aber, als er feststellte, dass ihre hübschen Lippen vor Überraschung geöffnet waren, als ihr Hintern auf dem Küchentresen landete, er das Gefühl ihrer zarten Taille noch an seinen Händen spürte, dachte Fox über Dinge nach, die er nicht denken sollte.

Fox zog seine Hände zurück und räusperte sich heftig. Er trat zur Seite, um einen Schrank zu öffnen und seinen blauen Verbandskasten herauszunehmen. «Sag schon.»

Hannah schüttelte den Kopf, wohl um wieder klar denken zu können. Dann öffnete sie den Mund und schloss ihn wieder, bis sie schließlich zu reden begann. «Weißt du noch, wie ich dir gesagt habe, dass ich bei der Arbeit gern mehr Verantwortung übernehmen will?»

«Ja. Du willst Filmmusik machen.»

Hannah hatte Fox im letzten Sommer von ihren Träumen erzählt, Soundtracks für Filme zu erstellen. Das war an dem Tag gewesen, als sie zusammen zur Plattenbörse gegangen waren. Fox erinnerte sich an jede einzelne Sekunde. An alles, was Hannah damals gesagt und getan hatte. Wie gut es sich angefühlt hatte, mit ihr zusammen zu sein.

Als er merkte, dass er ins Leere starrte und sich daran erinnerte, wie ihre schmalen Finger einen Plattenstapel durchgingen, benetzte er einen Wattebausch mit Antiseptikum und trat dicht an sie heran. Er zögerte nur eine Sekunde, bevor er ihr das Haar aus der Stirn strich. Ihre Blicke trafen sich kurz. «Das brennt jetzt gleich ein bisschen.»

Vorsichtig tupfte er die Wunde mit der Watte ab, und sein Magen krampfte sich zusammen, als sie zischend Luft holte. «Und? Was ist aus den Soundtracks geworden?», fragte er, um sich von der Tatsache abzulenken, dass er ihr Schmerzen bereitete.

«Na ja ...» Hannah atmete erleichtert auf, als er den Watte-bausch zur Seite legte. «Ich bin so etwas wie eine magische Leibeigene in der Firma. Wenn es eine Aufgabe gibt, die niemand übernehmen will, rufen sie mich wie Beetlejuice.»

«Ich kann mir dich nicht als Leibeigene von irgendjemandem vorstellen, Hannah.»

«Ich habe es mir so ausgesucht. Ich wollte die Branche kennenlernen und mich dann aus eigener Kraft hocharbeiten, verstehst du?» Sie sah ihm zu, wie er die Verbände in dem Erste-Hilfe-Kasten durchsuchte. «Wir waren kurz vor Westport, und ich dachte, vielleicht könnte diese Reise meine Chance sein, mal etwas anderes auszuprobieren ... Ich wollte Sergei und Brinley gerade fragen, ob ich ihnen bei der Arbeit an der Musik über die Schulter schauen darf, da bin ich auch schon durch die Luft geflogen.»

«Oh, Sommersprosse.»

«Jep.»

«Du bist also gar nicht dazu gekommen zu fragen?»

«Nein. Und vielleicht war das ein Zeichen, dass ich noch nicht so weit bin.»

Fox schnaubte. «Du wurdest geboren, um Soundtracks zu machen. Ich habe Textnachrichten aus sieben Monaten, die das beweisen.»

Bei der Erwähnung des Chats trafen sich ihre Blicke, und auf Hannahs Wangen bildeten sich rosa Flecken. Sie wurde rot. Mein Gott. Er hatte die errötende kleine Quasi-Schwester seines Freundes vor sich auf seinem Küchentresen sitzen! Bevor Fox die Hand ausstrecken und die Konturen dieser Flecken mit seinen Fingerspitzen entlangfahren konnte, konzentrierte er sich wieder auf das Verbandszeug.

«Und wenn schon», sagte er. «Eine verpasste Gelegenheit. Es werden noch mehr kommen, okay?»

Hannah nickte, sagte aber nichts.

Sie schwieg weiterhin, während er eine Salbe auf ihre Wunde auftrug, ein kleines Pflaster darauf klebte und mit dem Daumen glattstrich.

Sie waren sich so nah, und es fühlte sich seltsam an, sich nicht zu ihr hinunterzubeugen, um sie zu küssen. War er jemals einer anderen Frau als seiner Mutter so nahe gekommen und hatte die Chance auf einen Kuss verstreichen lassen? Fox konnte sich nicht erinnern. Andererseits waren ihm auch nur wenige Küsse im Gedächtnis geblieben.

An einen Kuss mit Hannah würde er sich erinnern.

Nein, verdammt, das wirst du nicht tun.

Mit entschiedenen Bewegungen sammelte Fox die Papierschnipsel des Pflasters ein und warf sie in den Papierkorb. «Nur dabei zusehen zu dürfen, ist ja keine große Sache, Hannah. Ich bin sicher, sie werden Ja sagen.»

«Vielleicht.» Sie nagte einen Moment an ihrer Unterlippe. «Es ist nur so ... Ist dir die Frau aufgefallen, die mit Sergei weggegangen ist?»

«Nein», antwortete Fox ehrlich.

Hannah brummte etwas und sah ihn nachdenklich an. «Sie ist unser Music Supervisor. Brinley.» Hannah zuckte mutlos mit den Schultern. «Ich kann mir nicht vorstellen, irgendetwas zu machen, was auch sie tut. Sie ist ...»

«Was?»

«Eine Hauptdarstellerin», sagte Hannah seufzend, und doch schien es sie fast zu erleichtern, sich diese verwirrende Aussage von der Seele zu reden.

«Du meinst, sie ist eine der Schauspielerinnen?», hakte Fox nach.

«Nein, ich meine, sie ist eine Hauptdarstellerin im Leben. Wie meine Schwester.»

Fox war immer noch verwirrt. «Hilf mir auf die Sprünge, Hannah.»

Sie beugte sich lachend nach vorn. «Ach, vergiss es.»

Verdammt. Sie war erst seit fünf Minuten hier, und schon wurde er dem Freundschaftsstatus nicht gerecht. Wollte sie sich ihm nicht anvertrauen? Es erschreckte Fox, wie sehr er sich ihr Vertrauen verdienen wollte.

Er ging zum Gefrierschrank und nahm das Eis heraus. Chocolate Vanilla Swirl schien ihm am Vortag im Supermarkt die perfekte Wahl gewesen zu sein. Das Beste aus beiden Welten, oder? Er sah zu Hannah, nahm den Deckel ab, holte einen Löffel aus der Schublade, steckte ihn in das Eis und reichte ihr den ganzen Becher. «Ich verstehe nicht, was du damit meinst, dass Piper und diese Betty Hauptdarstellerinnen sind.»

«Brinley», korrigierte Hannah lächelnd.

Fox verzog das Gesicht. «Ein typischer L.-A.-Name.»

«Du klingst wie Brendan.»

«Autsch», beschwerte sich Fox und legte sich theatralisch eine Hand auf die Brust, bevor er sie wieder sinken ließ. «Erklär es mir bitte, Sommersprosse.»

Hannah schien zu überlegen, während sie genüsslich an dem Löffel zwischen ihren Lippen lutschte, um ihn dann langsam wieder hervorzuziehen. Faszinierend.

Fox hustete und versuchte sich erneut auf das Gespräch zu konzentrieren.

«Ich bin gut darin, Leute zu unterstützen. Verstehst du? Ratschläge zu geben und Perspektiven aufzuzeigen. Aber wenn es um mich selbst geht, dann ... nicht so sehr.» Hannah ließ die Worte in der Küche verhallen, bevor sie fortfuhr. «Ich kann zum Beispiel meine Sachen packen, meinen Job auf Eis legen und nach Westport ziehen, weil Piper mich braucht. Aber ich kann meinen Chef nicht um die Chance bitten, etwas Neues auszuprobieren? Wie verrückt ist das denn? Ich bin nicht mal in der Lage ...» Hannah kicherte verblüfft. «Sergei zu sagen, dass ich seit zwei Jahren in ihn verknallt bin. Ich stehe einfach nur herum und warte darauf, dass etwas passiert, während andere Leute einfach tun, was sie sich vornehmen. Ich kann anderen helfen – das mache ich gern –, ich bin eine Nebenfigur, keine Hauptdarstellerin. Das ist es, was ich meine.»

Wow! Hier war sie. Und vertraute sich ihm an. Ihre Gefühle. Ihre Unsicherheiten. In Bezug auf den Kerl, mit dem sie ausgehen wollte. Das war sein erstes Gespräch über Gefühle mit einer Frau. Kein Flirten oder Verstellen. Nur Ehrlichkeit. Bis zu diesem Moment war es noch möglich gewesen, dass Hannah ihn doch nicht nur ausschließlich als einen Freund betrachtete. Dass ihr Chat eine platonische Form des Vorspiels gewesen war. Schließlich hatte sie Augen im Kopf. Seine Attraktivität musste ihr doch aufgefallen sein? Aber nun war es klar: Es gab eindeutig kein unausgesprochenes Interesse von ihrer Seite. Es ging wirklich nur um Freundschaft. Offenbar gefiel ihr, was auch immer in Fox steckte. Und obwohl er sich fühlte, als hätte man ihm in den verdammten Hintern getreten, wollte er ihre Erwartungen erfüllen. Obwohl er vermutete, dass sein Ego voller blauer Flecken sein würde, wenn das hier vorbei war.

«Hey», sagte er und räusperte sich, um seine belegte Stimme zu klären. Gleichzeitig vergrößerte er den Abstand zwischen ihnen um ein paar Zentimeter. «Hör zu, ich will ehrlich sein: Ich habe noch nie in meinem Leben so einen Schwachsinn gehört. Du bist anderen eine Hilfe, ja. Weißt du noch, wie du Piper gegenüber dem Captain verteidigt hast? Du bist kämpferisch und loyal. All diese Dinge, Hannah. Aber du bist … Muss ich es wirklich laut sagen?»

«Sag es», flüsterte sie, und ihre Lippen zuckten.

«Du hast das Zeug zur Hauptdarstellerin.»

Die zuckenden Lippen verzogen sich zu einem Lächeln. «Danke.»

Fox war klar, dass er Hannah vielleicht zum Lächeln gebracht hatte, die Probleme damit aber noch lange nicht gelöst waren. Sie mochte diesen Regisseur, und aus irgendeinem Grund, den Fox nicht nachvollziehen konnte, lief der Dummkopf ihr nicht mit einem Strauß roter Rosen hinterher. Wie konnte er ihr dabei helfen? Wollte er ihr dabei helfen? Es lag in der Natur eines Seemannes, Lecks zu stopfen, Probleme zu lösen, wenn sie auftauchten. Außerdem wollte er, dass Hannah glücklich war. «Der Typ war eifersüchtig, weißt du. Vorhin am Bus, als ich dich abholen wollte.»

Hoffnungsvoll sah Hannah auf, aber das Leuchten in ihrem Gesicht verblasste ebenso schnell, wie der Knoten in Fox' Brust sich immer fester zuzog. «Nein, er wollte nur nett sein», sagte sie und griff wieder nach dem Eis. Nur Schokolade, notierte er sich im Kopf für das nächste Mal.

Das nächste Mal?

«Hannah, vertrau mir. Ich weiß, wann ich einen anderen Typen einschüchtere.»

Sie rümpfte die Nase. «Ist eifersüchtig das Gleiche wie eingeschüchtert?»

«Ja. Wenn Männer von anderen Männern eingeschüchtert werden, vor allem von einem so attraktiven Mann wie mir ...» Hannah schnaubte lachend. «Dann kämpfen sie. Sie tun alles, um die Oberhand zurückzugewinnen. Das ist eine natürliche Reaktion. Das Gesetz des Dschungels. Deshalb wollte er deine Tasche holen. Deshalb hat er seinen Arm viel zu lange um dich gelegt.» Fox legte sich eine Hand in den Nacken. Seine Haut war schweißnass und juckte. «Es hat ihm nicht gefallen, dass du bei mir wohnst, und vor allem hat es ihm nicht gefallen, dass ich dich ‹Sommersprosse› nenne. Das war intim, und deshalb war er eifersüchtig.»

Fox fügte nicht hinzu, dass er aus Erfahrung sprach.

Er, eingeschüchtert von einem Filmfuzzi aus L. A. mit einem lächerlichen Spitzbart. Einem Russen, wohlgemerkt. Die Russen waren während der Krabbensaison ihre Hauptkonkurrenten – als ob er noch einen weiteren Grund bräuchte, um den Wichser nicht zu mögen.

Gott, war er nervös. «Wie auch immer, alles, was ich sagen will, ist ... Er ist nicht *nicht* interessiert.»

«Das ist alles sehr spannend», sagte Hannah mit dem Löffel im Mund. «Aber wenn du recht hast, wenn Sergei wirklich eifersüchtig war, wird er irgendwann merken, dass zwischen dir und mir nichts läuft, und dann hat er keinen Grund mehr ... auf das Gesetz des Dschungels zurückzugreifen.» Beiläufig stocherte sie in dem Eis herum. «Es sei denn, wir lassen ihn in dem Glauben, dass wir etwas miteinander haben. Vielleicht muss er wachgerüttelt werden.»

In Fox' Kopf schrillte ein Alarmsignal. Er war direkt in die Falle getappt. Eine, die er selbst aufgestellt hatte. «Das können wir nicht machen, Hannah.»

«Ich habe nur laut gedacht.» Was immer Hannah in Fox' Gesicht sah, ließ sie die Augen verengen. «Aber warum bist du so dagegen?»

Er versuchte, seine Panik zu verbergen, und lachte kurz auf. «Du willst doch nicht ... Nein. Ich lasse nicht zu, dass du dir mit mir den Ruf versaust, klar? Ein paar Tage in dieser Stadt, und er wird wahrscheinlich alles darüber wissen. Glaub mir, wenn er nicht vollkommen verblödet ist, reicht es schon, dass ich dir die Wunde am Kopf verarzten durfte, um ihn eifersüchtig zu machen.»

Hannah blinzelte. «Wenn er nicht vollkommen verblödet ist, wird er nicht alles glauben, was er hört. Vor allem nicht, wenn es um jemanden geht, den er nicht persönlich kennt.»

«Es sei denn, das meiste von dem, was er hört, ist wahr, richtig?» Fox unterstrich die rhetorische Frage mit einem Lächeln und tat so, als würde Hannahs Antwort ihn nicht interessieren. Da sie ihn jedoch weiter auffordernd ansah, sagte Fox etwas, das er sofort bereute. Um sie von der Sache mit seinem Ruf abzulenken. «Hast du versucht, Sergei zu zeigen, dass du interessiert bist? Du weißt schon, ein bisschen die Lippen schürzen und Über-den-Arm-Streicheln.»

«Ekelhaft.» Hannah musterte ihn von oben bis unten. «Wirkt das bei dir?»

In letzter Zeit hatte gar nichts mehr bei ihm gewirkt. Nichts, außer den drei wippenden Punkten, die zu sehen waren, wenn sie ihm schrieb. Und nun die Kopfwunde. Wie erbärmlich war das denn? «Mach dir keine Gedanken darüber, was mich anmacht. Ich spreche von diesem Kerl. Er hat wahrscheinlich keine Ahnung, und viele Männer brauchen einfach einen Wink mit dem Zaunpfahl.»

Sichtlich amüsiert legte Hannah den Kopf schief. «Gehörst du auch zu diesen Männern?»

Fox seufzte und widerstand dem Drang, sich erneut im Nacken zu kratzen. «Zaunpfähle sind für mich so etwas wie eine Selbstverständlichkeit.»

«Natürlich», sagte sie nach einer Pause, und ihre Augen blitzten.

Das Gespräch nahm einen Verlauf, der Fox gar nicht gefiel. Erst gab er ihr Tipps, wie sie den Regisseur an Land ziehen konnte, und jetzt protzte er versehentlich mit seinem Glück bei Frauen rum? *Das ist gar nicht gut, Mann.* «Schau, ich bin nicht an einer festen Beziehung interessiert und werde es auch nie sein. Bei dir sieht das offensichtlich anders aus. Ich habe nur versucht zu helfen. Mit Sergei zu flirten, ist eine Sache, aber das Entscheidende ist, dass wir nicht zulassen, dass jemand fälschlicherweise annimmt, dass zwischen uns etwas läuft. Das ist nur zu deinem Besten, okay?»

Hannah war anzusehen, dass sie gern weiterreden, alles haarklein auseinandernehmen wollte, aber sie ließ es bleiben. «Du musst mir nicht sagen, dass du nicht an einer Beziehung interessiert bist», sagte sie und biss sich auf die Lippe. «Da braucht man sich nur deine Wohnung anzugucken.»

Dankbar für den Themenwechsel, lachte Fox auf. «Was?» Er tippte an ihre Nasenspitze. «Du glaubst, Frauen stehen nicht auf den Wartesaal-Look?»

«Nein. Ernsthaft, würden dich ein Teppich und eine Duftkerze umbringen?»

Fox nahm Hannah das Eis und den Löffel aus den Händen und stellte es zur Seite. «Den Keks bekommst du jetzt nicht mehr.» Er hob sie hoch, warf sie sich über die Schulter und marschierte mit der protestierenden Hannah in Richtung des Gästezimmers. «Ich dulde keinen undankbaren Hausgast, Sommersprosse.»

«Ich bin dankbar! Sehr dankbar!»

Ihr Kreischen verstummte abrupt, als sie das Zimmer betraten und sie die Duftkerzen, die gefalteten Handtücher und die rosafarbene Himalaya-Salzlampe sah. Fox hatte die Lampe im Schaufenster eines Touristenladens entdeckt und beschlossen, dass Hannah auf jeden Fall eine brauchte. Allerdings kam er sich in diesem Moment völlig albern vor.

Fox schüttelte den Kopf über sich selbst, hob Hannah von seiner Schulter und ließ sie sanft auf das große Bett gleiten. «Oh, Fox ...», murmelte sie und betrachtete all die Aufmerksamkeiten.

«Das ist doch nichts», sagte er schnell und lehnte sich mit dem Rücken an den Türpfosten. Er verschränkte die Arme vor der Brust und dachte definitiv nicht daran, wie einfach es wäre, sich auf dem Bett über sie zu beugen, mit den Fingerspitzen über die Haut zwischen ihren Hüftknochen und ihrer Taille zu fahren, zu flirten, bis sie ihn küsste. Er beherrschte die Choreografie perfekt.

Aber das Freundesein musste er noch üben.

«Also.» Weil seine Stimme in seinen eigenen Ohren ruppig

klang, bemühte er sich um ein wenig Leichtigkeit. «Ich gehe gleich runter, um die *Della Ray* zu beladen. Wir fahren morgen raus. Am Freitag bin ich wieder da. Fackel das Haus nicht ab, während ich weg bin, damit ich meinen ersten Kerzenkauf nicht bereue.»

«Ganz bestimmt nicht», sagte Hannah lächelnd und strich mit der Hand über die Bettdecke. Fox hoffte, sie würde nicht merken, dass sie neu war. «Ich danke dir. Für alles.»

«Jederzeit, Sommersprosse.»

Er wollte gerade gehen, hielt aber noch einmal inne, als sie sagte: «Und nur fürs Protokoll: Es wäre mir eine Ehre, dich als meinen Liebhaber auszugeben. Egal, wie dein Ruf ist.»

Da Fox plötzlich einen Kloß im Hals hatte, konnte er nur nicken und auf dem Weg nach draußen nach seinem Schlüssel greifen. «Kekse sind im Schrank», rief er und ging hinaus in den strahlenden Sonnenschein.

KAPITEL 5

Hannah blieb vor der Tür der Wohnung ihrer Großmutter stehen, nahm ihre AirPods ab und schaltete ihre Playlist *Walking Through Westport* aus. Die setzte sich hauptsächlich aus Modest Mouse, Creedence und den Dropkick Murphys zusammen, die sie alle an das Meer erinnerten, egal, ob es um Piraten oder einen Mundharmonika spielenden Hippie am Hafen ging. Sobald die Musik verstummt war, klopfte sie an die Tür und presste einen Moment später die Lippen aufeinander, um sich ein Lachen zu verkneifen. Von drinnen hörte sie Opal gerade poltern, wer den Vertreter ins Haus gelassen hatte, während sich ihre Schritte der Tür näherten.

Wann würde es sich nicht mehr fremd anfühlen, eine Großmutter väterlicherseits zu haben? Opals Existenz war Hannah und Piper ihr Leben lang verschwiegen worden, und sie hatten sie erst im letzten Sommer kennengelernt. Dabei war Opal großartig. Nicht kleinzukriegen, lieb und lustig. Und sie kannte so viele Geschichten über Hannahs und Pipers Vater. War das der Grund, warum Hannah vier Tage gebraucht hatte, um sich zu dem Besuch aufzuraffen?

Natürlich war sie am Set sehr beschäftigt gewesen. Zusätzlich zu Hannahs anderen Aufgaben hatten sie sie für die Dreharbeiten der Szene gebraucht, in der sich das Highschool-Liebespaar Christian und Maxine vor dem Leuchtturm wiedersah. Die hatte volle vier Tage gedauert, und an den Abenden war sie lieber zurück in Fox' leere Wohnung gegangen, anstatt Opal zu besuchen. Piper war in der Zeit nicht in der Stadt gewesen, weil sie mit ihren Schwiegereltern einen Abstecher nach Seattle gemacht hatte. Also hatte Hannah beschlossen, einfach abzuwarten. So würde sie alle gleichzeitig wiedersehen. Doch ihr Zögern hatte noch andere Gründe.

Hannah legte sich eine Hand auf die Brust, um ihre aufkommenden Schuldgefühle zurückzudrängen.

Jetzt, da ihre Schwester zurück war, hatte sie sie angerufen und sie gebeten, sich mit ihr heute Nachmittag bei Opal zu treffen. Aber wo blieb Piper?

Hannah reckte noch immer den Hals, um sich im Gang umzublicken, als Opal die Tür öffnete. Die ältere Frau blinzelte einmal, zweimal mit offenem Mund. «Du willst mir doch bestimmt keine Zeitschriftenabonnements verkaufen, oder? Du bist meine Enkelin.» Hannah beugte sich vor, und Opal umarmte sie herzlich. «Seit wann bist du in der Stadt? Ich kann es nicht glauben. Alles, was ich dir anbieten kann, ist ein Schinkensandwich.»

«Oh. Nein.» Hannah wich zurück und schüttelte den Kopf. «Ich habe schon zu Mittag gegessen, ich schwöre. Ich bin nur gekommen, um dich zu sehen!»

Ihre Großmutter errötete vor Freude. «Na, dann. Komm rein, komm rein.»

Die Wohnung hatte sich drastisch verändert, seit Hannah das letzte Mal dort gewesen war. Die alten Möbel waren verschwunden, ebenso wie der Geruch nach Zitronenreiniger und Essig, der immer einen Hauch von Einsamkeit in der Luft hinterlassen hatte. Jetzt roch es frisch. Sonnenblumen standen in der Mitte des neuen Esszimmertisches, und auf der Couch war kein Plastikschoner mehr. «Wow.» Hannah stellte ihre Tasche auf den Boden, öffnete den Reißverschluss ihrer Jacke und hängte sie an die Garderobe. «Lass mich raten: Bestimmt hat Piper etwas damit zu tun?»

«So ist es.» Opal stemmte die Hände in die Hüften und betrachtete mit zufriedener und stolzer Miene ihren schicken neuen Wohnbereich. «Ich wüsste nicht, was ich ohne sie tun würde.» Die Zuneigung zu ihrer Schwester mischte sich unter Hannahs Schuldgefühle, konnte sie aber nicht beiseiteschieben. In den letzten sieben Monaten hatte Hannah nur selten mit Opal telefoniert. Zu Weihnachten hatte sie ihr eine Karte geschickt. Dabei war es nicht so, dass sie ihre Großmutter nicht schätzte oder sie sich nicht gut verstanden. Letzten Sommer hatte sie für Opal eine *Woodstock*-Playlist zusammengestellt und sie regelrecht mit ihr abgefeiert. Und auch jetzt hüllte die einladende Atmosphäre der Wohnung Hannah sofort ein und wärmte sie.

Nur wenn ihre Großmutter die Geschichten über ihren Vater erzählte – Opals einzigen Sohn –, fühlte Hannah sich unwohl.

Sie konnte sich schlichtweg nicht an ihn erinnern. Hannah war erst zwei Jahre alt gewesen, als ihr Vater in der Beringsee ertrunken war. Piper konnte sich an sein Lachen erinnern, an seine Energie, aber bei Hannah herrschte, was das anging, absolute Leere. Keine Melancholie, keine Zuneigung oder Sehnsucht.

Für Piper war die Renovierung von Henrys Bar eine Reise in die Vergangenheit gewesen, auf der sie etwas über sich selbst gelernt und die Erinnerung an Henry geweckt hatte.

Für Hannah dagegen war es darum gegangen ... Piper auf dieser Reise zu unterstützen.

Natürlich war es befriedigend gewesen, nach wochenlanger Arbeit das Ergebnis zu sehen, vor allem, als sie den Namen der Bar in *Cross and Daughters* geändert hatten, aber anders als bei Piper hatte sich bei Hannah nicht das Gefühl eingestellt, dass sich der Kreis nun geschlossen hatte. Jedes Mal, wenn sie Opal besuchte und ihre Großmutter Bilder von Henry zeigte oder am Telefon von ihm erzählte, fragte Hannah sich, ob sie unter Gefühlsarmut litt. Sie konnte über ein Lied der Heartless Bastards weinen, aber ihr eigener Vater ließ sie kalt?

Hannah setzte sich zu Opal auf die neue indigoblaue Couch und legte die Hände auf die Knie. «Ich bin in der Stadt, weil die Produktionsfirma, für die ich arbeite, hier einen Film dreht. Eine Art romantischen Arthouse-Film.»

«Einen Film?» Opal zuckte zusammen. «In Westport? Ich kann mir nicht vorstellen, dass die Leute davon begeistert sind.»

«Oh, keine Sorge, daran habe ich gedacht. Wir vergeben so viele Neben- und Statistenrollen, wie wir können. Als die Leute hier begriffen haben, dass sie in einem Film mitspielen dürfen, war alles ganz einfach.»

Opal schlug sich erfreut auf den Oberschenkel. «Das war deine Idee?»

Hannah wickelte ihren Pferdeschwanz um den Finger. «Ja, Ma'am. Aber ich habe meinen Chef glauben lassen, dass es seine Idee war, ein paar Einheimische ins Casting aufzunehmen, um authentisch zu wirken. Gut, dass ich meine magischen Kräfte nicht dem Teufel zur Verfügung stelle, sonst hätten wir alle ein Problem.»

Wenn sie ihre magischen Kräfte doch nur dafür nutzen könnte, ihre Karriere voranzubringen! Es fiel ihr leicht, für eine reibungslose Produktion zu sorgen. Denn dabei stand nichts Persönliches auf dem Spiel. Kein Risiko. Bei der Möglichkeit, am Soundtrack mitzuarbeiten, dagegen schon. Weil es ihr wichtig war.

Sogar sehr.

Opal lachte, ergriff Hannahs Handgelenk und drückte es. «Oh, Süße, ich habe deinen Mumm vermisst.»

Das Geräusch eines Schlüssels im Schloss ließ Hannah herumwirbeln, und Opal klatschte fröhlich in die Hände. Piper war erst halb durch die Tür, als Hannah über die Lehne der neuen Couch sprang und sich auf ihre Schwester stürzte. Piper zu umarmen, war, als würde man einen Raum voller schöner Erinnerungen betreten. Ihr Overall mit den durchsichtigen Ärmeln, die unpraktisch hohen Absätze ihrer Schuhe und der Duft des teuren Parfüms gaben Hannah das Gefühl, wieder zu Hause in Bel Air zu sein, wo sie auf dem Boden von Pipers Zimmer saßen und ihre Schmucksammlung sortierten.

Glücklich hüpften sie im Kreis und lachten, während Opal mit ihrem Handy herumfummelte und vergeblich versuchte, die Kamera-App zu öffnen.

«Du bist da!» Piper schniefte und drückte Hannah fest an sich. «Meine perfekte, wunderschöne kleine Schwester mit dem Hippie-Herzen. Wie kannst du zulassen, dass ich dich so sehr vermisse?»

«Das Gleiche könnte ich zu dir sagen», meinte Hannah, deren Stimme an Pipers Schulter gedämpft klang.

Die Schwestern traten zurück und strichen sich auf sehr unterschiedliche Weise durchs Gesicht. Hannah, um sich das Haar hinter die Ohren zu streichen, während Piper ihren Eyeliner mit einem perfekt gebogenen kleinen Finger reparierte. Dann gingen sie Arm in Arm um die Couch herum und setzten sich aneinandergekuschelt hin. «Also, wann ziehst du für immer hierher?», fragte Piper mit Freudentränen in den Augen. «Wie wär's mit ... morgen?»

Hannah seufzte und lehnte ihren Kopf an die Rückenlehne der Couch. «Ein Teil von mir denkt tatsächlich darüber nach. Wieder im *Disc N Dat* arbeiten und dein Gästezimmer komplett in Beschlag nehmen ...» Hannah stupste eine Paillette an Pipers Overall an. «Aber L.A. hält mich zurück, fürchte ich. Denn dort wartet meine Traumkarriere auf mich.»

Piper strich ihrer Schwester übers Haar. «Bist du damit schon weitergekommen?»

«Ich bin kurz davor», antwortete Hannah und nagte an ihrer Unterlippe. «Glaube ich.»

Opal beugte sich vor. «Traumkarriere?»

«Ja.» Hannah setzte sich aufrechter hin, schmiegte sich aber weiterhin an Pipers Seite. «Film-Soundtracks. Die komplette musikalische Vertonung.»

«Das ist ja interessant.» Opal strahlte.

«Danke.» Hannah strich sich erneut das Haar aus der Stirn und wies auf das Pflaster an ihrer Schläfe. «Leider ist das da passiert, als ich es zur Sprache bringen wollte.» Piper und Opal betrachteten Hannahs Wunde mit angemessener Besorgnis. «Es ist nicht schlimm. Tut nicht weh.» Hannah lachte leicht. «Fox hat mich verarztet und mich mit Eiscreme getröstet.»

Sie sagte es leichthin, spürte aber sofort, wie Piper sich versteifte und die beschützende große Schwester in ihr erwachte. «Ach, hat er das?»

Hannah verdrehte die Augen. «Ich erinnere dich nur dieses eine Mal daran, dass es deine Idee war, mich bei Fox unterzubringen.»

«Ich habe es sofort zurückgenommen», sagte Piper verärgert. «Hat er irgendetwas versucht?»

«Nein!», krächzte Hannah. Und es spielte überhaupt keine Rolle, dass sie immer noch die Form und die exquisit definierte Muskulatur seiner Schulter an ihrem Bauch spüren konnte. «Hör auf, über ihn zu reden, als wäre er eine Art Raubtier. Ich bin erwachsen genug, um mich zu wehren. Und er war ein perfekter Gentleman.»

«Kunststück, wo er die meiste Zeit ja gar nicht hier war», grummelte Piper und glättete ihren Overall.

«Er hat mein Zimmer mit einer Himalaya-Salzlampe dekoriert.»

Piper schnappte nach Luft: «Er wird über dich herfallen!»

«Kann mir mal jemand erklären, worum es hier geht?» Opal schob ihren Stuhl näher heran. «Ich möchte an diesem Gespräch teilhaben, denn ich hab schon seit Ewigkeiten nicht mehr über Männer geredet.»

«Es ist nicht nötig, darüber zu reden», versicherte Hannah ihrer Großmutter. «Ich bin mit einem Mann befreundet, der zufällig ... einen ziemlich großen Verschleiß an Frauen hat. Aber es steht schon fest, dass ich nicht sein Typ bin.»

«Erzähl ihr von dem Fleetwood-Mac-Album», sagte Piper und schlug Hannah auffordernd aufs Knie. «Na los, erzähl es ihr.»

Hannah blickte genervt an die Decke. Hauptsächlich, um das seltsame Gefühl zu verbergen, das in ihr aufstieg, wenn sie an das Album dachte. «Es ist echt keine große Sache, wirklich.» *Das war gelogen.* «Letzten Sommer sind wir alle zusammen nach Seattle gefahren. Piper, ich, Fox und Brendan. Wir haben uns für eine Weile getrennt, und Fox ist mit mir zu dieser Schallplattenbörse gegangen. Dort hab ich ein Album gefunden, das mir gefallen hat. Von Fleetwood Mac. *Rumours.*» Eine dürftige Beschreibung ihres damaligen Rauschzustandes. «Aber es war ziemlich teuer. Zu der Zeit hatten Pipes und ich ein knappes Budget, also habe ich es nicht gekauft.»

«Und dann, an dem Tag, an dem Hannah nach L. A. zurückkehren wollte, stand es da. Auf meiner Veranda. Fox hat es gekauft, ohne dass sie es wusste.»

Opal formte ein «Oh» mit ihren Lippen. «Oje. Das ist romantisch.»

«Nein. Nein, ihr habt das ganz falsch verstanden. Es war nur nett gemeint.»

Piper und Opal tauschten einen wissenden Blick aus.

Ein Teil von Hannah konnte es ihnen nicht einmal verübeln. Dass Fox ihr das Album gekauft hatte, war das Einzige, was sie nicht als hundertprozentig freundschaftlich bezeichnen konnte. Bei ihr zu Hause hatte es einen Ehrenplatz auf dem Regal, in dem ihre ganzen Alben standen. Und jedes Mal, wenn sie daran vorbeiging, erinnerte sie sich an den Moment auf der Börse, als sie ihren Fund angestarrt hatte und mit ihren Fingern über den quadratischen Rand des Albums gefahren war. Damals hatte sie zum ersten Mal mit jemandem ihre Liebe zur Musik geteilt, anstatt sich allein in ihr zu verkriechen.

Hannah schüttelte den Kopf. «Ehrlich gesagt unterstützt du mit deinem Argument meinen Standpunkt. Wenn er mich … flachlegen wollte, warum hat er dann gewartet, bis ich die Stadt verlassen habe, um mir das Geschenk zu geben?»

«Da hat sie recht.»

«Danke, Opal. Die Sache ist also geklärt.»

Piper ordnete ihre perfekt gelockten Haarspitzen neu und akzeptierte, dass das Thema damit vorläufig abgeschlossen war. «Also. Wie geht es L.A.? Ist meine Abwesenheit irgendwie zu spüren?»

«Allerdings. Das Haus fühlt sich noch größer an ohne dich. Zu groß.»

Ihre Mutter, Maureen, hatte Westport zwei Jahrzehnte zuvor nach dem Tod ihres ersten Mannes voller Trauer verlassen und war nach Los Angeles gezogen, wo sie als Schneiderin für ein Filmstudio gearbeitet hatte. Dabei hatte sie ihren zweiten Mann Daniel kennengelernt, den Stiefvater ihrer Töchter, der damals bereits ein erfolgreicher Filmproduzent gewesen war. Von einem Tag auf den anderen waren die drei aus einer winzigen Wohnung in eine riesige Villa in Bel Air umgezogen, wo Hannah nach wie vor wohnte.

Solange Piper noch dort war, hatte sich das auch immer wie ein Zuhause angefühlt. Aber seit ihre Schwester nach Westport gezogen war, kam Hannah sich eher wie eine Besucherin in dem großen Haus vor. Ihre Eltern lebten ihr Leben, und sie sah dabei zu, anstatt dazuzugehören.

«Ich denke darüber nach, mir etwas Eigenes zu suchen», platzte Hannah heraus. «Ich denke über vieles nach.»

Piper wandte sich zu Hannah um und legte den Kopf schief. «Zum Beispiel?»

Im Mittelpunkt des Gesprächs zu stehen, war ungewohnt für Hannah. Es war nicht so, dass es ihr unangenehm war, sie sah nur einfach keinen Sinn darin, andere in Probleme zu verwickeln, die sie selbst lösen konnte. So wie die Reise nach Westport, die zustande gekommen war, weil ihr die Einsamkeit und das Gefühl, etwas zu vermissen, zu schaffen machten. «Ist nicht so wichtig», meinte sie abwinkend. «Wie läuft's mit Brendans Eltern?»

«Sie wechselt das Thema», stellte Opal fest.

«Ja. Hör auf damit.» Piper stupste ihre Schwester mit der Spitze eines ihrer roten Fingernägel an. «Du willst aus Bel Air wegziehen?»

Hannah zuckte mit den Schultern. «Es ist an der Zeit. Ich muss endlich erwachsen werden, und zwar richtig.» Sie dachte an Brinley. «Ich werde niemals auf eigenen Beinen stehen, solange ich noch bei unseren Eltern wohne. So kann ich keine Karriere machen. Wenn ich Verantwortung für andere übernehmen will, muss ich erwachsen sein. Damit ich es mir selbst zutraue.»

«Hanns, du bist der verantwortungsvollste Mensch, den ich kenne», sagte Piper abwehrend. «Hat dein Interesse an Sergei vielleicht etwas damit zu tun?»

«Da ist noch ein Mann im Spiel?» Opal ließ den Blick zwischen ihren beiden Enkeltöchtern hin und her wandern und seufzte. «Ach, wie schön wäre es, noch einmal jung zu sein.»

«Er ist mein Chef. Daran hat sich nichts geändert», erklärte Hannah. «Meine beruflichen Ziele und mein Liebesleben sind zwei verschiedene Dinge. Aber zugegebenermaßen würde es mich freuen, wenn Sergei mich auch als Frau betrachten würde, versteht ihr? Und nicht nur als das Mädchen für alles.»

Der Typ war eifersüchtig, weißt du. Vorhin am Bus, als ich dich abholen wollte.

Fox' Stimme drang in Hannahs Gedanken. Sie hatte in den

letzten vier Tagen viel zu tun gehabt. Die Kolleginnen und Kollegen mussten in ihren Quartieren untergebracht werden, die Sachen in den Anhängern mussten ausgepackt werden, sie musste sich mit den örtlichen Geschäftsinhabern treffen und dann auch noch der Dreh selbst. Aber Hannah war nicht so beschäftigt gewesen, dass sie Sergei nicht wahrgenommen hätte. Natürlich waren sie sich am Set immer wieder über den Weg gelaufen. Mit seiner nicht zu übersehenden Leidenschaft zog er jegliche Aufmerksamkeit auf sich. Und wenn er wirklich eifersüchtig auf Fox gewesen war, hatte er das bereits wieder vergessen und behandelte Hannah wie immer mit höflichem Desinteresse.

Glaub mir, wenn er nicht vollkommen verblödet ist, reicht es schon, dass ich dir die Wunde am Kopf verarzten durfte, um ihn eifersüchtig zu machen. Da war sie wieder, Fox' sonore Stimme in ihrem Kopf, obwohl es gerade um Sergei ging. Denn Hannah musste immer wieder an das denken, was Fox in der Küche zu ihr gesagt hatte. Über seinen Ruf. Darüber, dass er nicht wollte, dass die Leute annahmen, sie wären ein Paar, weil er dachte, dass sie dann einen schlechten Eindruck von Hannah bekommen könnten. Er glaubte diesen Unsinn doch nicht wirklich, oder?

«Na ja.» Piper unterbrach Hannah in ihren Gedanken. «Als jemand, der selbst erst vor Kurzem erwachsen geworden ist, kann ich dir sagen, dass es nicht leicht ist. Aber es lohnt sich. Auch wenn ich Dinge tun muss wie kochen oder Jeans tragen», jammerte sie, und Hannah lachte. «Aber ohne dich hätte ich das nicht geschafft, Hannah. Du hast mich dazu gebracht, Möglichkeiten in Betracht zu ziehen, von denen ich nie zu träumen gewagt hätte. Daher weiß ich, dass du alles schaffen kannst. Lass dich nicht von einer Platzwunde und dem Gefühl, als Mädchen für alles betrachtet zu werden, aufhalten. Meine Schwester ist zuverlässig und kreativ und lässt sich von niemandem etwas gefallen. Wenn diese Produktionsfirma dir nicht die Chance gibt, die du brauchst, dann wird es eine andere tun, scheiße noch mal!» Piper lächelte unschuldig. «Es tut mir leid, dass ich geflucht habe, Opal. Ich versuche nur, meinen Standpunkt klarzumachen.»

«Ich bin die Mutter eines Fischers, Liebes. Fluchen gehört für mich zum Standard.»

In diesem Moment war Piper ausnahmsweise die Nebenfigur in Hannahs Film, und das war ihr nicht entgangen. Der Rollentausch, gepaart mit der Wärme von Pipers Blick, war wahrscheinlich der Grund dafür, dass Hannah etwas völlig Ungewöhnliches tat. «Könntest du mir etwas zum Anziehen leihen? Nur für heute Abend.» Sie steckte einen Finger durch das Daumenloch ihres Sweatshirts. «In einem der Häuser, die wir gemietet haben, findet eine Cast-Party statt.»

Piper legte Hannah begeistert eine Hand auf den Arm. «Du überlässt mir dein Styling?»

«Nur für heute Abend. Ich brauche berufliches Selbstvertrauen.»

«Oh mein Gott», hauchte Piper und hatte Tränen in den Augen. «Ich weiß schon, welches Kleid du anziehen wirst.»

«Bitte nichts Auffälliges.»

«Stopp. Kein Wort mehr. Du musst mir vertrauen.»

Hannah verkniff sich ein Lächeln und tat, wie ihr gesagt wurde. Vielleicht gab es ja doch einen Funken Eitelkeit in ihr, und sie wollte Sergei auf der Party auffallen. Allerdings war sie sich nicht sicher, ob ein Kleid im Piper-Stil das Richtige dafür wäre. Aber der eigentliche Grund, warum sie sich schick machen wollte, war noch ein anderer. Wenn sie in dieser Branche weiterkommen wollte, mussten die Leute anfangen, sie ernst zu nehmen. In Hollywood zählte das Image, ob ihr das nun passte oder nicht. Und Glanz erregte Aufmerksamkeit und zwang die Leute zum Hinsehen. Und zum Zuhören. Niemand würde Piper oder Brinley bitten, einen Trinkhalm zu halten oder den Kaffee gegen den Uhrzeigersinn umzurühren. *Ja, du bist gemeint, Christian.*

Und man würde von Brinley auch nicht erwarten, dass sie die schweren Arbeiten im Studio erledigte, ohne angemessen dafür bezahlt zu werden. Lange Zeit war Hannah der Meinung gewesen, dass es egal war, wie ihr Gehaltsscheck aussah. Schließlich lebte sie mit ihren Eltern in Bel Air. Sie hatten einen Swimmingpool von olympischer Größe im Garten und jede Menge Personal. Seit sie wieder in der Gunst ihres Stiefvaters stand, hatte sie erneut jede Menge Geld zur Verfügung. Aber ihr magerer Verdienst wurde zu einer Frage des Prinzips. Die Drehtage in Westport konnten nur stattfinden, weil sie – und Latrice – mehrere Nächte durchgearbeitet hatten, um sie vorzubereiten. Mit dem Unterschied, dass Latrice angemessen dafür bezahlt wurde.

Sich jetzt für den Erfolg einmal aufzuhübschen, schien fast zu leicht im Vergleich zu der harten Arbeit, die sie in der letzten Zeit geleistet hatte, aber einen Versuch war es wert.

«Dieses ganze Gerede über Film-Soundtracks und Fleetwood Mac hat mich an etwas erinnert», sagte Opal plötzlich und riss Hannah damit aus ihren Grübeleien. «Ich muss euch etwas zeigen.»

Opal stand auf, ging entschlossen durchs Wohnzimmer und nahm eine schmale blaue Mappe aus dem Bücherregal. Hannah wusste, dass das, was darin war, ihren Vater betraf, und ihr wurde flau im Magen. Das war der Moment, den sie jedes Mal fürchtete, wenn sie ihre Großmutter besuchte: wenn Piper und Opal wegen Henry zu Tränen gerührt waren und sie selbst wie ein gefühlloser Klotz danebensaß und vergeblich versuchte, daran teilzuhaben.

«Einer von Henrys alten Schiffskameraden hat die hier am Wochenende ins *Blow the Man Down* mitgebracht. Ich war mit meinen Freundinnen dort», sagte Opal mit Stolz in der Stimme und zwinkerte Piper zu. Lange Zeit hatte Opals Trauer über den Tod ihres Sohnes sie davon abgehalten auszugehen. Bis Piper aufgetaucht war und ihr eine moderne Frisur und schicke Kleidung verpasst hatte, um sie wieder in das Leben in der Stadt einzuführen, das sie so sehr vermisst hatte. Hannah würde gern daran glauben, dass ihre Playlists auch dazu beigetragen hatten, ihre Großmutter aufzumuntern. «Die hier hat euer Vater geschrieben», sagte Opal nun und öffnete die Mappe.

Die Schwestern beugten sich vor und blickten auf die kleinen handschriftlichen Worte, die mehrere Seiten eines fleckigen, vergilbten Papiers bedeckten.

«Sind das Briefe?», fragte Piper.

«Das sind Lieder», murmelte Opal und fuhr mit der Fingerspitze über ein paar Sätze. «Seemannslieder, um genau zu sein. Er hat sie früher immer zu Hause gesungen. Ich wusste nicht mal, dass er sie aufgeschrieben hat.»

Hannah verspürte einen Anflug von fast widerwilligem Interesse. Sie hatte sich immer wieder Hoffnungen gemacht, dass ein Foto oder ein Andenken ihres Vaters den Funken eines Gefühls bei ihr auslösen würde, aber das war nie geschehen und würde auch jetzt nicht passieren. «War er ein guter Sänger?»

«Er hatte eine tiefe Stimme. Kraftvoll. Ähnlich wie sein Lachen, es ging einem durch und durch.»

Piper lächelte, nahm die Mappe in die Hand und blätterte durch die Seiten. «Hannah, das ist doch was für dich.»

«Für mich?» Hannah zuckte innerlich zurück, versuchte aber, Opal zuliebe ihren Tonfall zu mäßigen. «Warum das?»

«Weil es Lieder sind», sagte Piper, als wäre allein die Frage ziemlich dämlich. «Das ist doch dein Ding.»

Opal streckte die Hand aus und tätschelte Hannahs Knie. «Vielleicht hast du die Liebe zur Musik von Henry geerbt.»

Warum wollte sie das unbedingt leugnen? Was war los mit ihr?

Es lag Hannah förmlich auf der Zunge, Nein zu sagen. *Nein, meine Liebe zur Musik gehört nur mir. Ich teile sie mit niemandem. Es ist ein Zufall.* Doch stattdessen nickte sie. «Sicher, ich würde sie gern für eine Weile mitnehmen und sie mir ansehen.»

Opals Augen leuchteten auf. «Fantastisch.»

Hannah nahm die Mappe von Piper entgegen und klappte sie zu. Der vertraute Drang, das Thema zu wechseln, erfasste sie. «Okay, Pipes. Jetzt spann uns nicht mehr länger auf die Folter. Erzähl uns von Brendans Eltern. Wie verstehst du dich mit deinen zukünftigen Schwiegereltern?»

Hannahs Schwester lehnte sich zurück und schlug die schlanken Beine übereinander. «Nun ja. Wie du weißt, wollte ich mit ihnen nach Seattle, während Brendan auf See war. Ich hatte unsere gesamte Zeit dort bis auf die letzte Sekunde durchgeplant.»

«Und?», fragte Opal.

«Und dann ist mir aufgefallen, dass all meine Pläne ... mit Shopping zu tun hatten.» Pipers Stimme wurde zu einem empörten Flüstern. «Und Brendans Mutter hasst Shopping.»

Opal und Hannah lachten.

«Wie kann man Shopping hassen?», jammerte Piper und bedeckte ihr Gesicht mit den Händen. «Zum Glück kommt Brendan heute Abend nach Hause. Mir gehen langsam die Ideen aus, wie ich seine Eltern noch unterhalten soll. Wir haben so viele Spaziergänge gemacht, Hanns. So viele Spaziergänge im Nirgendwo.»

Die Vorfreude, die sich in Hannahs Bauch ausbreitete, hatte selbstverständlich nichts damit zu tun, dass neben Brendan auch Fox am Abend zurückkommen würde. Sie war einfach erleichtert, nicht länger allein in seiner seltsam kargen Wohnung zu sein.

Piper ließ den Blick zwischen Opal und Hannah hin und her wandern. «Habt ihr noch irgendwelche Ideen?»

Hannah dachte kurz nach und schlüpfte problemlos wieder in ihre Nebenrolle. «Bitte Brendans Mutter, dir beizubringen, wie man sein Lieblingsgericht zubereitet. Dann fühlt sie sich nützlich, und du kannst ihn bei einer besonderen Gelegenheit damit überraschen?»

«Das ist genial», quietschte Piper und umarmte Hannah, während Opal lachte. «Das wird meiner zukünftigen Schwiegermutter gefallen. Was würde ich nur ohne dich tun, Hanns?»

Hannah sog den Duft ihrer Schwester ein und genoss den Moment, während in ihrem Hinterkopf *Time After Time* von Cyndi Lauper lief. Es war verlockend, so zu verharren, sich in dem angenehmen Gefühl zu sonnen, diejenige zu sein, die andere unterstützte. Daran war nichts auszusetzen, und Hannah liebte diese Rolle. Aber die Bequemlichkeit hatte dafür gesorgt, dass sie stets die zweite Geige spielte, und an diesem Abend würde sie endlich das Orchester dirigieren.

KAPITEL 6

Hannah ging mit einer Flasche Wein in der Hand extra langsam den Gehsteig entlang. Ihr Schneckentempo hatte viel mit den zehn Zentimeter hohen Absätzen zu tun, aber hauptsächlich war es das Kleid, das sie am schnelleren Vorankommen hinderte. Als Piper den Reißverschluss der Schutzhülle geöffnet hatte, hatte Hannah direkt den Kopf geschüttelt. Rot? *Rot?* Hannah legte bei der Zusammenstellung ihrer Garderobe üblicherweise Wert auf Komfort und Funktionalität. In ihrem Kleiderschrank reihten sich Grau- und Blautöne neben Schwarz und Weiß aneinander, sodass sie sich keine Gedanken darüber machen musste, ob die Sachen zusammenpassten. Die einzigen roten Kleidungsstücke, die sie besaß, waren eine Basecap und ein Paar Chucks. Rot war eine Farbe, mit der man einen Akzent setzen konnte. Keine für das ganze Outfit.

Dann hatte Hannah das Kleid angezogen – und musste widerwillig zugeben, dass Piper recht hatte. Es erinnerte an die Mode der 1990er-Jahre, was zu ihrem Faible für Grunge-Musik perfekt passte. Es war so ähnlich wie das rote Minikleid, das Cher auf der Valley-Party in *Clueless* getragen hatte. Piper hatte zugestimmt und Hannah dazu gebracht, mindestens achtundvierzig Mal Cher zu zitieren – «Ich hab alles unter Kontrolle» –, während sie ihr das Haar glättete.

In den meisten Berufen wäre dieses Outfit vollkommen unangemessen gewesen, aber die Entertainment-Branche hatte ihre eigenen Regeln. Zu vorgerückter Stunde war es nicht ungewöhnlich, Kollegen in dunklen Ecken beim Knutschen zu erwischen. Manche suchten sich dafür nicht einmal ein diskretes Plätzchen. Oft waren Drogen im Spiel, und immer floss reichlich Alkohol. Solange alle am nächsten Morgen wieder auftauchten und ihre Arbeit erledigten, war so ziemlich alles erlaubt. Natürlich zog das Klatsch und Tratsch nach sich, aber wenn man sich außerhalb der Arbeitszeit die eine oder andere Eskapade leistete, wurde man nicht ausgegrenzt, sondern war Teil der Gang.

Noch einen Häuserblock von der Party-Location entfernt, konnte Hannah bereits durch die schwach erleuchteten Fenster die Schauspieler und die Crew sehen und das leise Wummern der Musik hören. Ebenso das schallende Gelächter. Da Hannah wusste, dass Partys in der Filmbranche manchmal ausarteten, hatte sie ein Haus am Rande der Stadt gemietet, damit der Lärm niemanden störte. Und sie hatte gut daran getan, denn es war noch nicht einmal zehn Uhr abends, und im Vorgarten lag bereits die erste Schnapsleiche.

Hannah trat mit einem leisen Pfiff über den reglosen Praktikanten hinweg, stieg in ihren zugegebenermaßen wunderschönen Schuhen die Treppe hinauf – wer hätte gedacht, dass sie sich mit kleinen glitzernden Schleifen an den Zehen so schick fühlen würde – und betrat das Haus, ohne zu klingeln, da es sowieso niemand hören würde. Bevor sie Fox' Wohnung verlassen hatte, hatte sie sich vor dem Spiegel in seinem Badezimmer Mut zugesprochen. In dem Raum hatte ein angenehmer Duft aus kühler Minze und Ingwer in der Luft gelegen.

Ob er ätherische Öle benutzte?

Warum hatte sie plötzlich den Wunsch verspürt, in sein Schlafzimmer zu gehen und nach der Quelle des Geruchs zu suchen, um ihn noch tiefer einatmen zu können?

Mit einem ungehaltenen Zungenschnalzen unterdrückte Hannah den Impuls, den Menschen zu finden, der für die Musik zuständig war. Wenn sie sich nicht beherrschte, würde sie die ganze Zeit über in der Ecke sitzen und nach dem perfekten nächsten Song suchen – wahrscheinlich was von Bon Iver, um nach der verrückten Woche die Gemüter ein wenig zu beruhigen –, aber das war an diesem Abend nicht das Ziel.

Nachdem Hannah sich mit dem Ambient Techno abgefunden hatte, zog sie ihre Jacke aus, hängte sie über den nächsten Stuhl und winkte ein paar Tontechnikern zu, als sie den Flur zum Wohnzimmer entlangging, wo sich alle versammelt hatten.

Die Musik setzte genau in dem Moment aus, als sie den Raum betrat. Vielleicht bildete sie sich das auch nur ein, denn alle – und sie meinte wirklich alle – drehten sich um und starrten sie an. Wenn sich eine Hauptdarstellerin so fühlte, wollte sie doch lieber eine Statistin bleiben.

Nur war sie damit nicht mehr glücklich, oder? Obwohl ihre Handflächen feucht waren und sie sich irgendwie wie eine Idiotin fühlte, weil sie in einem Cocktailkleid zu einer lockeren Hausparty gekommen war, hatte sie nun keine andere Wahl, als darüber hinwegzusehen und den Plan durchzuziehen.

«Bin ich die Einzige, die das Memo zum Dresscode bekommen hat?» Hannah tat so, als wäre sie entsetzt über die Jeans und T-Shirts, die eine Gruppe von Stylisten trug. «Traurig.»

Sie erntete einige Lacher, aber dann widmeten sich die meisten wieder ihren Getränken und Gesprächen, was Hannah die Möglichkeit zum Durchatmen gab. Es konnte nicht schaden, sich ein wenig Mut anzutrinken. Einen Drink, und dann würde sie den nächsten Karriereschritt ihres Lebens in Angriff nehmen. Hoffentlich.

Hannah entdeckte in einer Ecke des Raums den Barwagen mit den Cocktails und ging darauf zu, wobei sie sich in Erinnerung rief, dass sie ein ausgewiesenes Leichtgewicht war und es nicht übertreiben sollte. Unwillig dachte sie an den Kater zurück, unter dem sie nach dem Ausflug mit Piper in die lokale Weinkellerei gelitten hatte.

«Hey», sagte Christian in gelangweiltem Tonfall neben ihr. «Was trinkst du? Gift, hoffe ich.»

Hannah schürzte die Lippen und sah sich die vielen bunten Flaschen an. «Womit kann ich mir dich schöntrinken?»

Christian schaute auf ihr Kleid und pfiff anerkennend. «Seit wann gibst du dir solche Mühe?»

«Solltest du vielleicht auch mal versuchen. Du hast heute Morgen sechzehn Takes gebraucht, um vier Dialogzeilen hinzukriegen.»

«*Gut Ding braucht Weil.*» Der Schauspieler schnalzte ungeduldig mit der Zunge und griff nach einem roten Trinkbecher. «Also, was möchtest du trinken, PA? Ich erfülle dir jeden Wunsch.»

Hannahs Mund blieb vor Erstaunen offen stehen. «Du machst mir einen Drink?»

«Lass es dir nicht zu Kopf steigen.» Während Christian ihr Wodka einschenkte, musterte er sie kurz. «Oder sonst wohin. Das Kleid ist ganz schön eng.»

«Du bist ja nur neidisch.»

Er gab Grapefruitsaft und etwas Eis in den Becher und drückte Hannah das fertige Getränk in die Hand. «Ich hasse es, dass ich dich mag.»

«Ich mag, dass ich dich hasse.»

Es kostete sie beide sichtlich Mühe, nicht zu lachen.

«Hannah?» Christian und Hannah drehten sich gleichzeitig um und sahen Sergei, Brinley und ein paar der Schauspielerinnen auf sich zukommen, darunter Maxine und ihre beste Freundin im Film. Sergei schien ausnahmsweise einmal nach den richtigen Worten zu suchen. «Du hast dich schick gemacht», sagte er schließlich, und sein Blick wanderte kurz zum Saum ihres Kleides. «Wenn ich dich nicht mit Christian gesehen hätte, hätte ich dich nicht erkannt.»

«Ich hab immer so einen entsetzten Blick, wenn ich in ihrer

Nähe bin», sagte Christian und stieß Hannah mit dem Ellbogen an.

«Ja. Du siehst fantastisch aus», sagte Brinley, obwohl sie die Augen auf ihr Handy gerichtet hatte.

«Danke.» Die Situation verlangte nach einem großen Schluck von ihrem Drink: Hannah im Zentrum der Aufmerksamkeit. Der Wodka brannte scharf in ihrer Kehle.

Ob es an dem Kleid lag oder am Alkohol, der ihre Nerven beruhigte, oder an Pipers aufmunternden Worten, jedenfalls entschied sich Hannah, endlich den Mund aufzumachen. Denn sie wusste ganz genau, dass sie das, was sie wollte, niemals bekommen würde, wenn sie es in diesem Moment nicht ansprach.

«Brinley», platzte sie daher heraus, wobei ihre Hände so stark zitterten, dass das Eis in ihrem Becher klirrte. «Ich habe überlegt, ob ich dir nicht in irgendeiner Weise bei der Auswahl der Musik helfen kann. Nicht dass du Hilfe brauchst», beeilte sie sich zu versichern. «Aber ich denke, dass ich von dir viel lernen könnte.»

Keiner sagte ein Wort.

Es war nicht ungewöhnlich, dass jemand die lockere Partyatmosphäre nutzte, um sich zu profilieren. Aber es war durchaus ungewöhnlich, dass eine Produktionsassistentin jemanden ansprach, der so viel weiter oben auf der Karriereleiter stand – und das auch noch vor anderen. Vielleicht hätte sie abwarten oder darum bitten sollen, mit Brinley und Sergei allein sprechen zu dürfen. Aber Hannah hatte die Hoffnung, dass Brinley die Bitte eher akzeptieren würde, wenn sie nicht offiziell, sondern beiläufig vorgebracht wurde. Brinley sollte ja nicht denken, dass Hannah ihr den Job wegnehmen wollte.

«Oh …» Brinley blinzelte und musterte Hannah mit neuem Interesse. «Strebst du eine Karriere als Music Supervisor an?»

«So weit bin ich noch nicht», sagte Hannah und atmete tief durch. «Aber ich würde gern mehr darüber erfahren. Um herauszufinden, ob es auf lange Sicht vielleicht etwas für mich sein könnte.»

Brinley wippte einen Moment auf ihren Absätzen, dann zuckte sie mit den Schultern und schaute wieder auf ihr Handy. «Ich habe kein Problem damit, dass du zusiehst – sofern Sergei dich entbehren kann.»

Hannah fiel auf, dass Sergei ungewöhnlich schweigsam geblieben war. Er betrachtete sie mit gerunzelter Stirn. Als Brinley ihn plötzlich ansprach, zuckte er zusammen. «Ich brauche dich am Set, Hannah. Das weißt du doch.» Die Hitze, die Hannah bei Sergeis Worten in die Wangen stieg, war bestimmt nicht zu übersehen. *Ich brauche dich am Set.* Sie war kurz davor, ihr Getränk an ihre Wange zu drücken, um sie zu kühlen. In der Zwischenzeit dehnte sich das Schweigen aus, und Sergei fuhr mit einem Finger über die Innenseite seines schwarzen Rippstrick-Rollkragens. «Aber wenn du beides unter einen Hut kriegst, habe ich nichts dagegen.»

Hannahs Augen glänzten verdächtig, und ein unerwarteter Schwall von Stolz durchflutete sie. Die Erleichterung – und die unbestimmte Angst vor dem Versagen – schoss ihr so schnell durch die Glieder, dass sie fast ihren Becher fallen ließ. Doch stattdessen zwang sie sich zu einem Lächeln und nickte Sergei und Brinley dankend zu.

«Und wer bringt mir dann den Kaffee zwischen den Takes?», beschwerte sich Christian.

Zum Glück löste ein kollektives Stöhnen, gefolgt von herzlichem Gelächter der ganzen Gruppe, die Spannung, und Sergei kam auf den nächsten Drehtag zu sprechen. Sie hatten auf schönes Wetter gewartet, um am Hafen eine Kussszene von Christian und Maxine zu drehen, und für die kommenden Tage war Sonnenschein angesagt.

Während Sergei die kleine Versammlung mit seiner Vision eines langen, leidenschaftlichen Kusses unterhielt, suchte

Hannah in ihrer mentalen Playlist bereits nach dem richtigen Song, dem richtigen Gefühl, wobei sie überrascht feststellte, dass ihr nichts einfiel. Gar nichts.

Nicht ein einziger Song.

Das war seltsam.

Was, wenn sie endlich diese Chance bekam und nun ihre Fähigkeit verlor, für jede Gelegenheit den richtigen Sound zu finden? Was, wenn sie vergessen hatte, wie man die richtige Atmosphäre erzeugte, etwas, was sie tat, seit sie alt genug war, um einen Plattenspieler zu bedienen?

Der Gedanke beunruhigte Hannah so sehr, dass sie nicht einmal bemerkte, wie Christian ihren Drink auffüllte. Zwei Mal. Die elektronische Musik passte sich dem Tempo ihres Pulses an, und als sie den Drang zu tanzen verspürte, wusste sie, dass das der richtige Zeitpunkt war, um mit dem Trinken aufzuhören. Obwohl ... Dafür war es bereits ein bisschen zu spät. Der Alkohol wärmte ihr Blut, und sie verlor jegliche Hemmungen und redete mit jedem, der ihr zuhörte, über jedes Thema, das ihr in den Sinn kam, vom Stiertreiben in Pamplona bis hin zu der Tatsache, dass die Ohren der Menschen nie aufhörten zu wachsen. Und ihr Gehirn meldete ihr, dass es interessant war. Vielleicht war es das auch? Alle schienen sich zu amüsieren, und eine der Schauspielerinnen zog sie schließlich auf die behelfsmäßige Tanzfläche, wo sie die Augen schloss, die Schuhe auszog und sich dem Rhythmus hingab.

Irgendwann prickelte es in ihrem Nacken, und sie öffnete die Augen und stellte fest, dass Sergei sie von der anderen Seite des Raumes aus beobachtete, nur einen kurzen Moment, bis Christian ihn in ein Gespräch verwickelte. Hannah tanzte weiter und nahm unvorsichtigerweise noch einen Drink von einem der Visagisten an.

Ihre Bewegungen wurden langsamer, als sich die Luft im Raum plötzlich anders anfühlte.

Irgendetwas schien … zu leuchten.

Hannah sah sich um und bemerkte, dass die Augen aller auf den Eingang zum Wohnzimmer gerichtet waren. Dort stand Fox, an den Türrahmen gelehnt, und beobachtete sie amüsiert.

«Oh Mann», murmelte Hannah und zwang sich, ihn nicht wie die anderen weiter anzustarren, denn genau das löste seine Ankunft aus, unbewegliches Staunen. Er war wie ein Hai, der langsam durch einen Schwarm kleiner Fische glitt. Er brachte die Frische des Meeres mit sich, seine gebräunte Haut roch nach Salz, Sonne und harter Arbeit. Er überragte alle und alles. Großspurig und selbstbewusst, wie er war, und dummerweise heiß. Unerhört heiß.

«Das ist er», sagte eine der Frauen in Hannahs Nähe. «Der Typ, den wir vom Bus aus gesehen haben.»

«Gott, den würde ich nicht von der Bettkante stoßen.»

«Er ist schon reserviert.»

«Vergiss es. Ich war schneller.»

Ein Zucken in Fox' Wange zeigte an, dass er gehört hatte, was gesagt worden war, aber er ließ Hannah nicht aus den Augen, und sie wurde langsam sauer. Nein, sie *war* sauer. Stinksauer. Wer bitte *reservierte* einen anderen Menschen? Wie kamen die dazu anzunehmen, dass er so leicht zu haben wäre?

Aber was, wenn es stimmte?

Was, wenn eine von ihnen auch ihm gefiel?

Das ging sie nichts an. Oder doch?

Hannah sah, dass sein Lächeln nachließ, je mehr Getuschel ihn erreichte. Nicht zum ersten Mal in den letzten vier Tagen ging ihr durch den Kopf, was er an ihrem ersten Tag in der Stadt gesagt hatte. *Ich lasse nicht zu, dass du dir mit mir den Ruf versaust, klar?*

Jetzt kam er zögernd auf sie zu. War er unsicher, ob er sich ihr nähern sollte? Weil all diese Leute ihn beobachteten?

Ohne weiter darüber nachzudenken, stellte Hannah ihr Getränk auf einem nahen Fensterbrett ab und ging zielstrebig auf ihren Freund zu. Der Alkohol in ihrem Blut mochte zu ihrem Handeln beitragen, aber vor allem war es Wut. Diese Frauen kannten ihn überhaupt nicht. Und es hörte sich nicht so an, als ginge es ihnen um seinen Charakter. Wie kamen die dazu, so über ihn zu reden?

Aber hatte sie nicht genau das Gleiche über ihn gedacht?

Gleich am ersten Tag hatte sie ihn als Angeber und Aufreißer eingestuft.

Immer wieder, wenn sie Fox schrieb, hatte sie als Erstes gefragt, ob er allein war. Mit einem Augenzwinkern. Als ob sie davon ausgehen müsste, dass sie ihn bei einem Rendezvous störte.

Also trieb sie vielleicht das plötzliche dringende Bedürfnis an, sich zu entschuldigen. Niemand würde Fox verurteilen, wenn sie dabei war, und sie wollte auf keinen Fall zulassen, dass er zögerte, sie auf einer Party anzusprechen. Er stand mitten in einem Raum, in dem er zum Lustobjekt degradiert wurde, und sie wollte sein Anker sein.

Sie wollte ihn trösten.

Okay, vielleicht war sie auch eifersüchtig. Aber darüber wollte sie nicht zu sehr nachdenken. Stattdessen leckte sie sich über die Lippen und überlegte, wo sie ihren Kuss am besten platzieren sollte.

Hannah war ungefähr noch einen Meter von Fox entfernt, als sich sein Gesichtsausdruck veränderte. Er schien ihre Absicht zu erkennen. Seine schleichende Unsicherheit verschwand, und er lief innerhalb von einer Sekunde zur Höchstform auf. Die blauen Augen verdunkelten sich, und der kräftige Kiefer spannte sich an. Er war bereit. Ein Mann, der es gewohnt war, begehrt zu werden, und der wusste, wie man damit umging.

Er flüsterte ihren Namen, kurz bevor sie sich auf die Zehenspitzen stellte und ihren Mund auf seinen presste, genau dort, mitten im Zimmer. Hannah wurde sofort vom Hunger seiner Lippen überwältigt, und dann umfasste er sie fest, öffnete seinen Mund auf ihrem und suchte genießerisch mit seiner Zunge nach ihrer.

Während ihre Gedanken rasten und eine träge Hitze ihre Knie weich werden ließ, wurde Hannah klar, dass sie einen großen Fehler gemacht hatte. Sie war Eva im Garten Eden, und sie hatte gerade in den Apfel gebissen.

KAPITEL 7

Ein Fehler.

Das hier war ein riesiger Fehler.

Nur leider war der Vorsatz, sofort mit dem Küssen aufzuhören, zum Scheitern verurteilt.

Fox wusste, dass er gar nicht erst hätte kommen sollen. Aber er war nach vier Tagen auf dem Wasser in der Erwartung nach Hause gekommen, dass sie da sein würde, und hatte stattdessen nur die Notiz vorgefunden, dass sie zu einer Party gegangen war. Seine Wohnung hatte nach Sommer gerochen, und an der Rückseite der Gästezimmertür hing die Schutzhülle für ein Kleid. Daraufhin war er unruhig auf und ab gegangen, hatte die Hülle angestarrt und sich gefragt, was, zum Teufel, sie trug, das so eine Hülle brauchte.

Er hatte geduscht und ein Bier getrunken, aber es hatte ihm keine Ruhe gelassen. Also war er durch die Stadt gelaufen, um diese Party zu suchen, für die sie sich offensichtlich in Schale geworfen hatte. Es war nicht schwer gewesen, in einem kleinen Ort wie Westport ein Haus voller ausgelassener Fremder zu finden. Er hatte einen Kerl gesehen, der einen der Blocks entlangtaumelte, und ihn gefragt, wo er gewesen war. Dann hatte er sich eingeredet, nur nach Hannah sehen und sich vergewissern zu wollen, dass sie gut nach Hause kam. Hatte er Brendan nicht versprochen, auf sie aufzupassen?

Aber dieses kurze rote Kleid.

Er liebte es – und er hasste es mit jeder Faser seines Wesens.

Denn sie hatte es nicht für ihn angezogen. Genauso wie er nicht derjenige war, den Hannah eigentlich küssen wollte.

Bevor Fox an Bord der *Della Ray* gegangen war, hatte Hannah darüber nachgedacht, wie sie Sergei eifersüchtig machen könnte, zum Beispiel, indem sie ihn glauben ließen, dass sie und Fox mehr als nur Freunde waren. Fox hatte den Mistkerl in der Sekunde entdeckt, in der er den Raum betreten hatte, keine zwanzig Meter von der Stelle entfernt, an der Hannah so hinreißend tanzte. Und nun sah der Regisseur ihnen beim Küssen zu. Offensichtlich hatte Hannah Fox' Warnung, ihren guten Ruf nicht aufs Spiel zu setzen, ignoriert und jetzt ... *Verdammt.*

Er konnte beim besten Willen nicht aufhören, und es fiel ihm nicht schwer, diese Küsse als echt zu verkaufen. Ganz und gar nicht.

Mein Gott, sie schmeckte unglaublich gut. Fruchtig und weiblich, und es fühlte sich richtig an.

Auch wenn Fox schon seit einer ganzen Weile zurück war, hatte er jetzt erst das Gefühl, wieder auf festem Boden zu sein.

War er zu stürmisch? Sein Bedürfnis, eine Frau zu küssen, war noch nie so drängend gewesen. Er hatte noch nie ein solches Verlangen empfunden, das ihn dazu brachte, ihr Gesicht mit beiden Händen zu umfassen, um sie noch inniger küssen zu können.

Hannah ist meine zukünftige Schwägerin. Also Hände weg.

Brendans Stimme in seinem Kopf zwang Fox, die Augen zu öffnen, nur um festzustellen, dass Hannah sie fest geschlossen hatte. Ganz fest. Er fuhr mit dem Daumen an ihrem Hals hinab und spürte, wie sie vor Verlangen vibrierte. Was würde er nicht alles geben, um mehr von ihr zu kosten. Vermutlich könnte er einfach so weitermachen, um sie dann nach Hause zu bringen und mit ihr ins Bett zu gehen, ihr einen rauschenden Orgasmus zu verschaffen – darin war er doch Profi.

Ja, noch ein bisschen länger, und sie würde in seinem Bett landen. Aber wollte sie das wirklich? Nein. Nein, denn sie war in einen anderen Mann verliebt. Er konnte spüren, dass sie

Sex wollte, aber mit Fox zu schlafen, wenn sie eigentlich Sergei wollte, war nicht Hannahs Art. Sie war loyal. Prinzipientreu. Und das würde er ihr nicht nehmen, egal, wie gut sie schmeckte. Egal, wie hart sie seinen Schwanz mit ihrem Kuss machte, mit ihren Händen, die an seinem Hemd zerrten.

Denn Brendan hatte recht.

Hannah war keine Frau für eine Nacht, und für Fox kam etwas anderes nicht infrage. Nichts Festes mehr. Diese Regel hielt ihn davon ab, sich Hoffnungen zu machen, zu glauben, irgendwann doch wieder eine dauerhafte Beziehung führen zu können. Frauen nahmen Fox nicht mit zu ihren Eltern, um ihn vorzustellen. Er war der Typ für eine Affäre. Sein ganzes Leben lang hatte man ihm gesagt, dass er genauso werden würde wie sein Vater, und er hatte schon vor langer Zeit festgestellt, dass er mehr als nur dessen attraktives Gesicht geerbt hatte. Er war perfekt, um Hannahs Regisseur eifersüchtig zu machen.

Ja, genau. Für eine List war er zu gebrauchen. Ein Freund, der einer Freundin half. Dabei wusste er genug über Frauen, um zu spüren, dass Hannah ihre Lust nicht nur vortäuschte. Dieses gehauchte Stöhnen war nur für seine Ohren bestimmt. Also lag es an Fox, dafür zu sorgen, dass sie es nicht zu weit trieben. Nicht miteinander schliefen.

Trotz der Überwindung, die es ihn kostete, brach Fox den Kuss ab und legte seine Stirn an ihre, während sie beide nach Atem rangen. «Also gut, Sommersprosse», sagte er. «Ich glaube, wir haben ihn überzeugt.»

Hannahs Blick war verhangen, als sie ihn ansah. «Was? Wen?»

Zum ersten Mal spürte Fox, dass sein Herz raste, obwohl er nicht auf dem Boot gegen einen Sturm ankämpfte. Hatte Hannah ihn etwa gerade geküsst, um ... ihn zu küssen? Weil sie es wollte? Er dachte daran, wie sie aufgehört hatte zu tanzen, als er hereingekommen war, wie sie sich, wie von einem Magneten angezogen, in seine Richtung bewegt hatte. Hatte er irgendetwas falsch verstanden? Ging es nicht nur darum, den Regisseur eifersüchtig zu machen? «Hannah, ich dachte, du wolltest Sergei zeigen, was er verpasst?»

Sie blinzelte mehrmals. «Oh. Oh. Ja, ich weiß», sagte sie in einem gehetzten Flüsterton und schüttelte ein paarmal den Kopf. «Ich weiß, was du meinst. S-Sorry.» Warum sah sie ihn nicht mehr an? «Danke, dass du so ... überzeugend warst.»

Fox konnte sich den Stich in seiner Brust nicht erklären, als Hannah einen Seitenblick auf Sergei warf, um festzustellen, ob er sie beobachtete.

Oh ja, der Kerl sah zu, ganz recht. Der Plan funktionierte.

Plötzlich hatte Fox das Bedürfnis, seine Faust in die Wand zu rammen.

Als Hannah ihr Gewicht verlagerte, merkte Fox, dass er sie immer noch an sich drückte, und wich zurück, bevor sie seine Erektion spürte.

«Woher, ähm ...» Sie fasste sich an den Hals, als wollte sie ihre errötete Haut dort verbergen. «Woher wusstest du, dass ich hier bin?»

«Ich bin der Spur der Schnapsleichen gefolgt.» Fox dachte an den roten Becher in ihrer Hand, als er gekommen war, und zog besorgt die Brauen zusammen. «Hast du auch so viel getrunken? Ich wollte nicht ...»

«Hör auf, es war nicht so viel, dass du mit mir machen könntest, was du willst, Fox. Nur genug, um zu Techno-Musik zu tanzen.» Sie stieß ein Lachen aus. «Außerdem habe ich dich geküsst, nicht umgekehrt.»

«Ich erinnere mich, Hannah», versicherte er ihr mit leiser Stimme und konnte nicht verhindern, dass sein Blick auf ihre vollen Lippen fiel. «Willst du noch bleiben?»

Hannah schüttelte den Kopf. Hielt inne. Ein Lächeln erschien auf ihrem Gesicht, dem er sich hilflos ausgeliefert fühlte. «Ich habe es getan», murmelte sie. «Ich habe darum gebeten, bei der Auswahl der Musik dabei sein zu dürfen, und sie haben Ja gesagt. Und dieses Mal bin ich nicht gestürzt und habe mir den Kopf gestoßen.»

Dummes Herz. Dummes, nutzloses Herz, bitte hör auf, Purzelbäume zu schlagen.

Das Problem war, dass Hannah besonders süß war, wenn sie sich wie jetzt nach ein paar Drinks über die guten Neuigkeiten freute. Alles, woran Fox denken konnte, war, sie erneut zu küssen, und das durfte er nicht. Er hatte seinen Job erledigt; jetzt musste er schnell wieder zu «nur Freunde» zurückkehren. Hannah schien kein Problem damit zu haben, ihn in seine Schranken zu weisen, oder? Diese Freundschaft war ihm wichtig, also musste er sich an die Regeln halten. Sofort.

«Glückwunsch», sagte er und erwiderte ihr Lächeln. «Das ist super. Du wirst großartig sein.»

«Ja ...» Eine kleine Furche bildete sich zwischen ihren Brauen. «Ja. Das werde ich. Ich werde morgen aufwachen, und die Songs werden wieder da sein.»

Musik war die Art und Weise, wie Hannah Stimmungen und Gefühle ausdrückte. Womit sie alles interpretierte. Fox hatte es schon im letzten Sommer mitbekommen, und es hatte sich in den sieben Monaten durch die Nachrichten, die sie sich geschrieben hatten, immer wieder bestätigt. Genau zu verstehen, was sie meinte, gab ihm das Gefühl ... etwas Besonderes zu sein.

«Wo sind die Songs hin?»

«Ich weiß es nicht.» Ihre Lippen zuckten. «Vielleicht würde ein Eis helfen?»

«Dann müssen wir unterwegs irgendwo anhalten. Es ist nur noch die Vanilleeisseite übrig.»

«Die Nicht-Schokoladenseite, meinst du?» Hannah sah sich im Raum um. «Ich denke, ich sollte mich verabschieden. Oder ...» Ein seltsamer Ausdruck huschte über ihr Gesicht. Etwas wie Widerwillen, aber Fox war sich nicht sicher. «Oder ich könnte dich vorstellen, ähm ... Es gibt da durchaus Interesse ...»

Es dauerte eine Weile, bis Fox begriff, worauf Hannah hinauswollte. «Du meinst die Frauen, die über mich geredet haben, als ich gekommen bin?» Er küsste Hannah auf die Stirn, damit sie nicht sah, wie sehr ihn das ärgerte. Das sollte es nicht. Er hatte sich damit abgefunden, was Frauen in ihm sahen. «No way, Sommersprosse. Lass uns ein Eis essen gehen.»

So wie Hannah auf ihren Absätzen wankte, begann Fox sich Sorgen zu machen, ob es nicht doch ein Drink zu viel gewesen war. Hatte sie diesen Kuss wirklich gewollt? Wenn er gewusst hätte, dass sie so deutlich angezählt war, hätte er ihn zumindest nicht in diesem Maße ausarten lassen.

Aber immerhin lallte sie nicht, das beruhigte ihn – blieb nur die Sorge, dass sie sich mit diesen Absätzen das Genick brechen könnte. Als sie den Mini-Markt verließen, stellte er sich entschlossen vor sie: «Das ist normalerweise nicht die Art, wie ich mich von Frauen besteigen lasse.» Er drehte sich um, ging leicht in die Knie und beugte den Rücken. «Aber das Eis wird schmelzen, wenn wir noch in der Notaufnahme vorbeimüssen. Also los, hopp.»

Er liebte es, dass sie sofort sprang. Sie zögerte keine Sekunde oder erklärte ihm, wie albern Huckepacknehmen sei. Sie klemmte sich einfach den Becher mit dem Schokoladeneis unter den Arm und landete auf seinem Rücken. Den freien Arm legte sie locker um seinen Hals. «Dir ist aufgefallen, dass ich High Heels nicht gewohnt bin, oder? Weißt du, was verrückt ist? Ich mag sie tatsächlich. Piper wollte mir zwar nicht sagen, wie viel sie gekostet haben – wahrscheinlich hat sie nie auf das Preisschild geschaut –, aber die astronomische Summe bedeutet, dass man auf ihnen wie auf Wattebäuschen läuft.» Hannah gähnte in Fox' Nacken. «Ich habe meine Schwester damit aufgezogen, dass sie unbequeme Schuhe trägt, nur weil sie Mode sind, aber sie sind eigentlich ganz gemütlich und verlängern das Bein, Fox. Ich glaube, ich brauche nur etwas Übung.»

Okay, Hannah war nicht besoffen, aber sie hatte genug Alkohol getrunken, um zu schwafeln, und Fox konnte sich ein Grinsen nicht verkneifen, als sie unter einer Straßenlaterne entlanggingen. «Sie stehen dir gut.»

«Danke.»

Was für eine gigantische Untertreibung. Sie ließen ihre Beine zart und stark zugleich aussehen, indem sie ihre Waden streckten. Sie ließen ihn erkennen, wie perfekt sie sich an seine Handfläche schmiegen würden. Wie gern er mit seinen Daumen über sie streichen würde. Fox schluckte und umfasste ihre nackten Knie fester. *Lass die Hände schön, wo sie sind.* «Du hast also grünes Licht bekommen, an der Musik mitzuarbeiten. Was heißt das genau?» Seine Kehle wurde eng. «Wirst du mehr Zeit mit Sergei verbringen?»

Wenn sie den leicht erstickten Ton in seiner Stimme hörte, ignorierte sie ihn. «Nein. Nur mit Brinley. Du weißt schon, die Frau, die der Hauptdarstellerinnen-Typus ist.»

Fox bekam gleich wieder besser Luft. «Ich mag es nicht, dass du sie so nennst. Als ob du selbst nicht in diese Kategorie gehören würdest.»

Hannah senkte ihr Kinn auf seine Schulter. «Ich habe mich heute Abend tatsächlich so gefühlt. Ich hatte meinen großen, dramatischen Filmkuss und alles.»

«Stimmt.» Fox' Stimme klang so hohl, als käme sie vom Boden eines Fasses. Jetzt, da die Euphorie über den Kuss abgeklungen war, machte er sich nur noch Sorgen, dass die Leute in der Stadt davon erfahren könnten. *Hast du gehört, dass Fox sich an die jüngere Schwester rangemacht hat? War ja klar.* «Gab es irgendwelche Fortschritte an der Sergei-Front, während ich weg war?», presste Fox hervor.

«Oh ... nein. Ich bin keinen Zentimeter weitergekommen.»

Die leise Enttäuschung in ihrem Tonfall ließ Fox mit knirschenden Zähnen die Treppe zu seiner Wohnung hinaufstapfen. Schon war die Enge in seiner Kehle zurück, zusammen mit diesem fremden Beigeschmack von Eifersucht, an den er sich wirklich nicht gewöhnen wollte. «Hast du es denn mal mit Lippenschürzen und Über-den-Arm-Streichen versucht?», fragte er widerwillig.

«Ach, komm schon, das war kein echter, brauchbarer Ratschlag. Hast du nicht noch mehr zu bieten, Pfau?»

Was sollte er nun tun? Sich weigern, ihr einen Tipp zu geben, und damit seine sinnlose Eifersucht verraten? Für den Bruchteil einer Sekunde erwog er, sie mit ein paar unbrauchbaren Vorschlägen in die Irre zu führen. Ihr zu sagen, dass Männer es liebten, seltsame Hautausschläge zu diagnostizieren. Oder der einzige männliche Teilnehmer bei einem Karaoke-Abend mit betrunkenen Frauen zu sein. Aber dafür war Hannah zu klug. Er hoffte einfach, dass sie seinen echten Ratschlag einmal mehr ignorierte.

Warum hoffte er schon wieder auf etwas? Sie waren doch nur Freunde.

«Hm.» Fox versuchte, seine Schuldgefühle herunterzuschlucken, was ihm nicht wirklich gelang. «Männer mögen es, sich nützlich zu fühlen. Das weckt unseren Alpha-Männchen-Stolz. Such dir etwas Schweres und sag ihm, dass du es hochheben musst. Damit betonst du eure körperlichen Unterschiede und die Tatsache, dass er ein starker Mann ist und du eine schwache Frau. Mehr Fantasie brauchen Kerle nicht, um das Kopfkino in Gang zu setzen, also um an ...»

«Sex zu denken?»

Himmel, es war, als hätte er etwas Scharfes gegessen. Fox

musste sich immer wieder räuspern, um den Gedanken an Hannah zusammen mit dem Regisseur zu vertreiben. «Genau», knurrte er.

«Ist notiert», sagte sie und tat so, als beschriebe sie einen in der Luft schwebenden unsichtbaren Zettel. «Nach einem schweren Felsbrocken suchen. Um Hilfe bitten. Die männliche Psyche manipulieren. Gott, ich glaube, ich hab's.»

Fox bezweifelte, dass Sergei, der Hungerhaken, auch nur einen Kieselstein heben konnte, geschweige denn einen Felsbrocken, aber das behielt er lieber für sich. «Du lernst schnell.»

«Danke.» Sie lächelte ihn über seine Schulter hinweg an. So bezaubernd, dass er nicht anders konnte, als das Lächeln zu erwidern. «Wie war's auf See?»

Fox atmete tief durch, während er sein Schlüsselbund aus der Tasche zog und das Mondlicht nutzte, um den richtigen Schlüssel zu finden. «Gut. Etwas anstrengend.»

Das hätte er wahrscheinlich nie laut zugegeben, wenn er nicht gegen die ihm bisher unbekannte Eifersucht hätte ankämpfen müssen. Verdammt, das war gar nicht gut.

Es war ja nicht so, dass er Hannah lieber für sich haben wollte.

Gott, nein. Eine feste Freundin? Er? Fox erstickte die aufflackernde Hoffnung, bevor sie größer werden konnte. Es war schon schlimm genug, dass er den Kuss so lange ausgedehnt hatte. Sein schlechter Ruf durfte sich auf keinen Fall auf Hannah auswirken.

Sobald sie die Schwelle zu seiner Wohnung überschritten hatten, schloss Fox die Tür hinter ihnen und Hannah rutschte von seinem Rücken. Er konnte sich nicht verkneifen, zuzusehen, wie sie den Rock ihres Kleides nach unten zog, der ganz schön weit hochgerutscht war. Und, Gott, die Haut an der Innenseite ihrer Oberschenkel sah wunderbar glatt aus. Zum Anbeißen.

«Warum war es anstrengend auf See?», fragte Hannah und folgte ihm mit dem Eisbecher in die Küche.

Anstrengend, in der Tat.

Fox schüttelte den Kopf, während er zwei Löffel aus der Schublade nahm. «Aus keinem bestimmten Grund. Vergiss, was ich gesagt habe.»

Mit großen Augen und geröteten Wangen lehnte Hannah sich an den Küchentresen. «Lag es an Brendan? Ich kann nämlich nicht schlecht über den Verlobten meiner Schwester reden. Es sei denn, dir liegt was auf der Seele.» Ein Augenblick verging. «Okay, du hast mich überzeugt. Was ist sein Problem? Er kann ganz schön gemein sein. Der immer mit seiner Mütze! Als wäre sie angeklebt.»

Fox konnte nicht anders, als zu lachen.

Wie machte sie das? Wie schaffte sie es, ihn mit einem Satz aus den Klauen der Eifersucht zu befreien und ihn an einen Ort voller Behaglichkeit und Wohlgefühl zu bringen? Die Tatsache, dass sie sich zu zweit in seiner Küche befanden und niemand sonst zugegen war, trug natürlich zur Entspannung bei. Nur sie beide. Nur er und Hannah – sie jetzt barfuß –, die den Deckel von dem Eisbecher entfernte und ihm ihre ungeteilte Aufmerksamkeit schenkte. Er wollte darin versinken. Er war egoistisch, wenn es um Hannah ging. Er wollte seine Freundin ganz für sich allein. Regisseure verboten.

«Es hat wirklich mit Brendan zu tun», sagte Fox langsam und reichte Hannah einen der Löffel. «Aber ich bin genauso schuld daran.»

«Habt ihr euch gestritten?»

Fox schüttelte den Kopf. «Kein Streit. Nur eine Meinungsverschiedenheit.» Das war recht milde ausgedrückt, wenn man bedachte, dass er und sein bester Freund die ganze Zeit über wie Feuer und Wasser gewesen waren. Brendan hatte immer wieder das gleiche unangenehme Thema angesprochen:

welche Absichten Fox Hannah gegenüber hegte. Und das hatte dazu geführt, dass Fox versucht hatte, ihm auszuweichen, was mitten auf dem Ozean nicht einfach war. Sobald das Schiff Grays Harbor erreicht hatte, waren sie in entgegengesetzte Richtungen von Bord gestürmt. «Weißt du, dass Brendan ein zweites Boot in Auftrag gegeben hat? Es wird gerade in Alaska gebaut und ist fast fertig.»

Hannah nickte mit dem ersten Bissen Eis im Mund. «Piper hat es erwähnt, ja.»

Fox atmete tief durch. Es fiel ihm nicht leicht, das Nächste laut auszusprechen. Er hatte es bisher niemandem erzählt. «Letzten Sommer, ungefähr zu der Zeit, als du und Piper hier aufgetaucht seid, hat Brendan mich gebeten, das Kommando über die *Della Ray* zu übernehmen. Er will sich auf das neue Boot konzentrieren und eine zweite Mannschaft anheuern, damit wir in der nächsten Krabbensaison besser mithalten können.»

Fox wartete auf die Glückwünsche. Wartete darauf, dass sie beeindruckt war, zu ihm kam und ihn umarmte. Wobei er gegen Letzteres nichts einzuwenden gehabt hätte.

Doch stattdessen ließ sie den Löffel sinken und sah ihn ernst an; eine Fülle von Gedanken tanzte in ihren Augen. «Du willst nicht der Kapitän der *Della Ray* sein?»

«Natürlich will ich das nicht, Hannah.» Fox lachte freudlos. «Es ist eine Ehre, gefragt zu werden. Das Boot ist ein Teil der Geschichte dieser Stadt. Aber ich bin nicht an dieser Verantwortung interessiert. Ich will sie nicht auf Dauer. Und Brendan sollte mich gut genug kennen, um das zu wissen. Auch du solltest mich gut genug kennen, um das zu wissen.»

Hannah blinzelte. «Ja, ich kenne dich gut genug, Fox. Schon bei unserem ersten Gespräch ging es darum, dass du dich damit zufriedengibst, Befehle auszuführen, deinen Gehaltsscheck einzustecken und wieder deiner Wege zu gehen.»

Warum hasste er den ersten Eindruck, den er ihr vermittelt hatte, obwohl sie völlig recht hatte? Er hatte ihn jetzt sogar noch verstärkt. Weil es die Wahrheit war – er war zufrieden mit dem, was er hatte. Musste es sein.

Mit achtzehn hatte er den Ehrgeiz gehabt, etwas anderes als ein Fischer zu sein. Er hatte Wirtschaft studiert, hatte sogar mit einem Kommilitonen und Freund ein Start-up gegründet. Westport und sein Ruf, der Casanova der Stadt zu sein, waren schon fast vergessen, als ihm klar wurde, dass er dem nie entkommen würde. Über eine Entfernung von Tausenden Kilometern hinweg warfen seine Vergangenheit und die Erwartungen, die die Leute in ihn setzten, ihren Schatten. Sie verdarben ihm das Geschäft und die Partnerschaft, die er aufzubauen versucht hatte. Sein Ruf verfolgte ihn und vergiftete alles, was er berührte. Es hatte also keinen Sinn zu versuchen, etwas zu sein, was er nicht war.

Die Männer wollten keinen Anführer, keinen Kapitän, den sie nicht respektieren konnten.

«Das stimmt.» Fox drehte sich um, nahm ein Bier aus dem Kühlschrank und öffnete es. «Mir geht es gut, genau da, wo ich bin. Nicht jeder muss nach Höherem streben. Manchmal ist es genauso gut, einfach nur über die Runden zu kommen.»

«Okay.» Fox drehte sich wieder zu Hannah um und sah sie auf eine Art nicken, die ihm zeigte, dass sie schweigen wollte, es aber nicht konnte. «Hast du dir denn schon mal vorgestellt, wie es wäre, Kapitän zu sein? Es visualisiert?»

«Es visualisiert?» Fox hob eine Augenbraue. «Du hast dich noch nie so nach L. A. angehört wie jetzt.»

«Wenn L. A. eines kann, Pfau, dann ist es Therapie.»

«Ich brauche keine Therapie, Hannah. Und auch niemanden, der mir gute Ratschläge gibt, klar? Deshalb habe ich es dir nicht früher gesagt. Damit du nicht versuchst, mit mir über meine Probleme zu reden.»

Hannah zuckte zusammen und ließ den Löffel fallen. Er fiel klappernd auf den Küchentresen, und sie musste mit einer Hand darauf schlagen, um das blecherne Geräusch zu stoppen. «Du hast recht», hauchte sie. «Das ist genau das, was ich tue. Es tut mir leid.»

Fox wäre am liebsten im Boden versunken, um das fassungslose Erkennen in ihrem Gesicht nicht sehen zu müssen. Hatte er ihr das wirklich angetan? Was, zum Teufel, war los mit ihm? «Nein, es tut mir leid. Das hätte ich nicht sagen sollen. Entschuldige. Ich hab mich unter Druck gesetzt gefühlt.»

Hannahs Mundwinkel hoben sich, aber ihr Herz lächelte nicht mit. «Unter Druck gesetzt? Das klingt jetzt aber auch sehr nach L.A.»

Gott, er mochte sie.

«Hör zu, ich kann es mir nicht ...» Fox verspürte den Drang, einzulenken, einen Schritt auf sie zuzugehen. «Ich kann es mir einfach nicht vorstellen, okay? Wenn ich mir ausmale, dass ich der Captain bin, sehe ich einen Betrüger. Ich bin nicht Brendan. Ich nehme nicht alles unter der gottverdammten Sonne ernst. Ich bin einfach ein Typ, mit dem man Spaß haben kann, und jeder weiß das.»

Fox nahm einen langen Schluck von seinem Bier und stellte es mit einem Klirren ab. Ein paar Jahre zuvor hatte Brendan ihn zu seinem Stellvertreter befördert, und Fox hatte den Posten nur angenommen, weil er wusste, dass der unermüdliche Brendan ihm nur selten das Steuer überlassen würde. Seitdem scherzten die Männer gern darüber, dass Fox ein Mann für gewisse Stunden sei. Er hielt das Steuer nur so kurz, dass es wie ein One-Night-Stand war.

Rein und raus. Gerade lang genug, um deinen Schwanz feucht zu machen, stimmt's, Mann?

Fox lachte dann jedes Mal und tat so, als machten ihm die Scherze nichts aus, dabei gingen sie ihm ganz schön unter die

Haut. Besonders seit dem letzten Sommer. Und jetzt wollte Brendan, dass er Captain der *Della Ray* wurde? Um sich noch mehr Skepsis und mangelndem Respekt stellen zu müssen? Auf gar keinen Fall!

«Irgendwann wird er merken, dass es ein Fehler war, mich zu fragen. Ich versuche nur, rücksichtsvoll zu sein und allen verlorene Zeit zu ersparen.»

Hannah schwieg einen Moment lang. «So fühlst du dich also, wenn ich sage, dass ich keine Hauptdarstellerin bin.»

Die Bemerkung ließ Fox innehalten. Denn die Tatsache, dass sie sich selbst die Rolle der ewigen Nebenfigur zuschrieb, machte ihn wahnsinnig. Aber nein, ihre Situation war völlig verschieden. «Der Unterschied ist, dass du eine Hauptdarstellerin sein willst. Aber ich nicht der Held einer Geschichte. Kein Interesse.»

Hannah presste die Lippen aufeinander.

Fox sah sie aus zusammengekniffenen Augen an. «Machst du das mit deinem Mund, weil du die psychologischen Begriffe zurückhältst, die du mir an den Kopf werfen willst?»

Ihre Miene wurde unglücklich. «Ja.»

Er zwang sich zu einem Lachen. «Tut mir leid, dass ich dich enttäuschen muss, Sommersprosse, aber hier ist nichts zu machen. Nicht jeder verfügt über fruchtbaren Boden, auf dem etwas wächst und gedeiht.»

Hannah zuckte mit den Schultern. «Okay, ich werde es nicht weiter versuchen. Wenn du mir sagst, dass du nicht Captain sein willst, werde ich dir glauben. Ich werde das unterstützen.»

«Wirklich?»

«Ja.» Ein paar Sekunden verstrichen. «Nachdem du dir wenigstens ein Mal vor Augen geführt hast, dass du ein guter Kapitän sein würdest. Versetz dich in Gedanken ins Steuerhaus und stell dir vor, dass es dir gefällt. Die Besatzung denkt, dass du immer für einen Spaß zu haben bist, aber es gibt eine Zeit für Spaß und eine Zeit für Verantwortung. Sie sehen, dass du den Unterschied kennst.»

«Hannah ...» Warum geriet er in Panik? Er wollte sich das nicht vorstellen. Das würde nur zu falschen Hoffnungen führen. War ihr das nicht klar? Und selbst wenn er sich das vorstellen würde, er sah sich im wahren Leben einfach nicht auf Dauer in einer Führungsposition. «Ich kann es nicht», sagte er und zuckte mit den Schultern. «Ich kann es mir nicht vorstellen, Hannah, und ich will es auch nicht. Verstehst du? Ich weiß es zu schätzen, dass du es versucht hast.»

Nach einem Moment nickte sie. «Okay.» Ein kleines, spitzbübisches Lächeln. «Ich fürchte, unsere Zeit ist um. Wir werden dieses Gespräch nächste Woche fortsetzen.»

«Es tut mir leid, dass der große Durchbruch ausblieb.»

Hannah nahm sich die Zeit, einen weiteren Bissen Schokoladeneis zu genießen, und sein Misstrauen wuchs, als sie ganz langsam den Löffel aus dem Mund zog. Seine Hand, die die Bierflasche hielt, blieb einen Zentimeter von seinen Lippen entfernt in der Luft stehen, während er Hannah dabei beobachtete, wie sie ihren Löffel ordentlich in den Geschirrspüler stellte. «Oh, ich glaube, ich habe ein paar Samen gesät.»

Vielleicht stimmte das sogar.

Denn als sie ihm in die Augen sah, schöpfte er genug Kraft daraus, um sich selbst für einen kurzen Moment als Kapitän im Steuerhaus zu sehen. Zum allerersten Mal, seit Brendan ihn gebeten hatte, den Job in Betracht zu ziehen, ergriff er das imaginäre Steuerrad und wusste, dass er es nicht wieder loslassen würde, sobald Brendan zurückkäme, weil er ein Leck gestopft oder im Maschinenraum etwas erledigt hatte. Er würde das Steuer von dem Zeitpunkt an, wenn sie in See stachen, bis zur Rückkehr in den Hafen in der Hand halten. Fox stellte sich vor, seine Stimme über das Funkgerät zu hören, Bewegungen auf dem Deck einzuordnen.

Wenn er aber bei dem Punkt ankam, nach Hause zurückzukehren und alles richtig gemacht, sich den Respekt der Besatzung verdient zu haben – da hakte es dann. Denn das konnte er sich beim besten Willen nicht vorstellen.

Fox verbannte die Bilder so schnell wie möglich aus seinem Kopf und räusperte sich hörbar. «Gute Nacht, Sommersprosse.»

«Gute Nacht», sagte Hannah warmherzig und stellte sich auf Zehenspitzen, um Fox einen Kuss auf die Wange zu geben. «Was für einen Tag hattest du heute, welche Musik passt dazu?»

Fox atmete auf, froh, wieder auf vertrautem Boden zu sein. «Nach vier Tagen auf dem Wasser nach Hause zu kommen? Hm.»

«*Home* von Edward Sharpe and the Magnetic Zeros.»

Fox konnte gerade noch verhindern, dass er seine Hand hob, um ihr Haar zurückzustreichen. «Das kenne ich nicht», brachte er mühsam heraus.

«Ich schicke es dir, bevor ich schlafen gehe. Es ist perfekt.»

Fox nickte. «Und du?»

Sie lächelte und trat zurück. «*Just One Kiss* von The Cure.»

«Sehr gut.»

Er beobachtete, wie sie in ihrem kurzen roten Kleid durch die Wohnung ging und noch einmal über ihre bloße Schulter zurückblickte und ihn wissend anlächelte, bevor sie im Gästezimmer verschwand. Das war der Moment, in dem Fox sich fragte, ob das Zusammenleben mit Hannah nicht in mehr als einer Hinsicht gefährlich werden könnte.

Versetz dich in Gedanken ins Steuerhaus und stell dir vor, dass es dir gefällt. Die Besatzung denkt, dass du immer für einen Spaß zu haben bist, aber es gibt eine Zeit für Spaß und eine Zeit für Verantwortung. Sie sehen, dass du den Unterschied kennst.

Dachte Hannah, dass sie, wenn sie nur ein wenig tiefer grub, unter der Oberfläche etwas Interessantes oder Wertvolles bei ihm finden würde? Vielleicht sogar seinen längst verabschiedeten Ehrgeiz?

Vielleicht sollte vielmehr er ihr das zeigen, was er am besten konnte.

Er könnte jeden Gedanken in ihrem schönen Kopf auslöschen und ihr beweisen, dass er seinem Ruf gerecht wurde. Dass er wirklich nur zu einer Sache taugte.

Fox stellte sich Hannah auf der anderen Seite der Wand vor, das rote Kleid, das nach unten auf ihre Knöchel fiel. Wie sie erröten würde, wenn er durch die Tür käme.

Just one kiss, würde er sagen und in ihren Nacken atmen. *Das wollen wir doch mal sehen.*

Lass es. Vermassel es nicht.

Denn das würde er. Im Handumdrehen. Und genau das wollte er nicht! Zum ersten Mal seit langer, langer Zeit wollte er nicht, dass eine Frau dachte, er könne nur das Eine. Hannah war wie ein Laubbläser, der direkt auf seinen ungenutzten Haufen von Möglichkeiten zielte und eine Hoffnung aufwirbelte, die sich irgendwie gut anfühlte. Doch gleichzeitig wollte er sie sofort wieder bedecken. Abschotten. Verdammt.

Fox machte einen Schritt in Richtung des Gästezimmers, rief sich den Kuss auf der Party noch einmal ins Gedächtnis und stellte sich vor, wie Hannahs Schreie die Wohnung erfüllten. Nur der Gnade Gottes war es zu verdanken, dass er es in sein Zimmer schaffte, ohne an ihre Tür zu klopfen. Doch dann verbrachte er die ganze verdammte Nacht damit, daran zu denken.

KAPITEL 8

A m Samstag wurde nicht gedreht, und die meisten der Schauspieler und Crewmitglieder wollten an ihrem freien Tag nach Seattle fahren. Hannah erhielt um zehn Uhr morgens eine entsprechende Nachricht von Christian, in der stand: *Kommst du mit, ja oder nein? Mir ist es eh egal.* Und obwohl es unglaublich schwer war, eine so freundliche und großherzige Einladung auszuschlagen, wollte Hannah unbedingt ein wenig Zeit mit Piper verbringen. Da Brendan nun wieder da war und sich um seine Eltern kümmern konnte, überließ er Piper klugerweise seine Kreditkarte. Dann mahnte er sie zur Vorsicht, küsste sie, als wäre es das letzte Mal, und schob eine leicht benommene Piper in Richtung Hannah, die in der Einfahrt wartete und so tat, als würde ihr bei dieser öffentlichen Zurschaustellung inniger Liebe schlecht werden.

«Okay, aber jetzt mal im Ernst», sagte Hannah und stieg auf der Beifahrerseite in Brendans Truck, den sie sich für den Tag ausgeliehen hatten. «Hat deine Vagina niemals genug?»

Piper zuckte mit den Schultern. «Manchmal denke ich, dass es so weit ist, aber da bin ich nur dehydriert. Ich trinke also ein Glas Wasser, und weiter geht's.» Hannah lehnte sich lachend zurück, während ihre Schwester ihr mit einem nachsichtigen Lächeln das Haar zerzauste. «Wenn man es richtig macht, kriegt man nie genug.» Piper überprüfte im Rückspiegel ihr Make-up und startete den Wagen. «Eines Tages wirst du einen Grund haben, mir beizupflichten.»

Hannah gefiel nicht, wohin ihre Gedanken wanderten – und das sofort.

Die Art, wie Fox sie gestern Abend angesehen hatte, als sie in ihr Schlafzimmer gegangen war.

Er hatte wohl nicht damit gerechnet, dass sie noch einen Blick zurückwerfen würde, sonst hätte er sicher ein anderes Gesicht gemacht. Ehrlich gesagt hatte sie für das Wort «verführerisch» bislang nicht viel übriggehabt. Es erinnerte sie an alte Sharon-Stone-Filmtrailer. Man hörte es im Fernsehen, wenn man beim Zappen auf die Kaffeewerbung stieß.

Verführerische Mischung. Verführerisches Aroma.

Über die eigentliche Bedeutung des Wortes hatte Hannah bis jetzt nie nachgedacht. Fox war attraktiv. Wahnsinnig attraktiv. Das war nichts Neues. Aber gestern Abend hatte der Ausdruck in seinen Augen ihr zufällig einen Blick hinter den Vorhang gewährt, und es war, als würde sie ein neues Land mit einer anderen Währung und einem anderen Klima entdecken. Man konnte diesen Blick als glühend bezeichnen. Er hatte an Sex gedacht – kein Zweifel. Und obwohl sie lügen würde, wenn sie behauptete, dass zwischen ihnen nicht immer eine gewisse sexuelle Grundspannung herrschte, hatte sie stets angenommen, dass sie für Fox einfach nicht infrage kam. Um in sein Beuteschema zu passen, war sie einfach zu nah an ihm dran.

Aber was war mit gestern?

Gestern Abend, in diesem kurzen Moment, hatte sich die ganze sexuelle Energie auf einmal entladen, und sie war heiß geworden wie ein Ofen, ihr Bewusstsein in höchster Alarmbereitschaft. Wollte Fox mit ihr ins Bett? Die Tatsache, dass er ihr Tipps gegeben hatte, wie sie Sergeis Aufmerksamkeit erregen konnte, ließ diese Möglichkeit unwahrscheinlich erscheinen. Aber der bloße Gedanke, dass Fox sie begehrte, war wie ein Fallschirmsprung. Ein freier Fall mit einem kribbelnden Gefühl im Bauch.

Als Hannah an der UCLA Musikgeschichte studiert hatte, war sie mit einem Kommilitonen zusammen gewesen. Die Beziehung hatte etwa ein Jahr gehalten. Es war ernst genug gewesen, um ihn ihren Eltern vorzustellen und einen gemeinsamen Urlaub auf Maui zu verbringen. Aber ihr Interesse an ihm hatte hauptsächlich auf ihrer Vertrautheit beruht, denn sie gingen zusammen zu Vorlesungen, und er hatte Verständnis dafür, wenn Hannah ihre Kopfhörer aufsetzte und sich zurückzog. Er hatte sich dann einfach vor die Xbox gesetzt und ebenfalls abgeschaltet. Nach einer Weile war ihre Beziehung dann zu einer Art Wettbewerb geworden, bei dem es darum ging, wie man sich am besten gegenseitig ignorierte – was definitiv kein Grund war, das Wort «verführerisch» zu benutzen.

Hannah hatte sich auch noch mit anderen Männern verabredet, als sie schon für Sergei schwärmte. Zum Beispiel mit einem Statisten, den sie am Set kennengelernt hatte und der frisch von einer Farm in Illinois kam, um sich in Los Angeles seinen Traum zu erfüllen. Oder mit einem Stunt-Koordinator, der sie während des gesamten Dates mit obskuren Fakten und Anekdoten über Hollywood-Klassiker bombardiert hatte, was ihr vom Thema her nicht unrecht gewesen war – sie waren jetzt Freunde in den sozialen Medien –, aber es hatte nicht wirklich gefunkt.

Mit anderen Worten: Sie hatte, was die Liebe anging, immer in der zweiten Liga gespielt.

Und wenn der Kuss auf der Party als Hinweis darauf gesehen werden konnte, wo Fox in dieser Hinsicht einzuordnen war, dann war er eine Klasse für sich. Natürlich hatte sie das gewusst. Theoretisch. Er war ein ausgewiesener Frauenheld und machte sich nicht einmal die Mühe, es zu leugnen. Aber dieses Wissen am eigenen Leib zu erfahren, hatte ihr, gelinde gesagt, die Augen geöffnet.

Hannah war sich ziemlich sicher, dass ihr Gehirn und ihre Geschlechtsorgane während dieses Kusses kurzzeitig die Plätze getauscht hatten.

Wenn Fox also nur mit ihr schlafen wollte – wobei es durchaus möglich war, dass sie ihn falsch einschätzte –, wie sollte sie dann ... auf dieses verführerische Glühen reagieren? Warum konnte sie jetzt nicht aufhören, daran zu denken? Wie er sich bewegen würde. Wie er stöhnen würde, wenn er kam. Wie sich seine muskulösen Schenkel an ihren anfühlen würden.

Er würde es richtig machen.

Sodass sie danach einen ganzen Eimer Wasser trinken müsste.

«Hannah.»

«Was?», schrie sie auf.

Piper quietschte erschreckt, und der Wagen machte einen Schlenker, während sie Hannah mit großen Augen ansah. «Ich habe gefragt, ob du auf einen Kaffee anhalten willst.»

«Oh. Tut mir leid.» Schwitzte sie etwa? «Natürlich, gern.»

Hannah schüttelte sich und konzentrierte sich darauf, die weißen Striche in der Mitte der Straße zu zählen. Auf einmal fühlte sie sich schuldig. Sie durfte nicht mehr so an Fox denken. An Sex mit ihm. Der Kuss, gefolgt von diesem sehnsüchtigen Blick, hatte sie aus der Bahn geworfen. Jetzt musste sie wieder in die Spur kommen. Zurück zu den Anfängern in den unteren Ligen. Zurück zu ihrer harmlosen Schwärmerei für Sergei. Wahrscheinlich hatte sie Fox eh falsch eingeschätzt.

Nachdem sie beide einen riesigen Milchkaffee mit Karamell und Schlagsahne getrunken hatten, fuhr Piper mit Hannah noch etwa vierzig Minuten nach Süden zu einer Shopping Mall. Sie verbrachten den Tag damit, in den Regalen zu stöbern, waren aber zu sehr damit beschäftigt, sich zu unterhalten, als dass sie viel gekauft hätten. Piper kam schließlich mit einer kleinen rosafarbenen Tüte aus einem Wäscheladen, und Hannah erwarb eine neue Schildpatt-Sonnenbrille mit runden Gläsern. Die meiste Zeit über saßen sie in einem gemütlichen französischen Bistro, wo sie zu Mittag aßen und immer mehr

Kaffee bestellten, damit sie nicht zum Gehen aufgefordert wurden.

Als sie sich auf den Rückweg nach Westport machten, wurde es bereits dunkel, und Hannah sang laut die Musik im Radio mit, schief, aber das war ihre Schwester ja gewohnt.

«Hey», sagte Piper, als der Song zu Ende war. «Brendan bringt heute Abend seine Eltern mit ins *Cross and Daughters*. Willst du sie kennenlernen?»

«Als ob ich mir die Chance entgehen lassen würde, die Leute kennenzulernen, die für die Geburt dieses Brummbärs verantwortlich sind.» Hannah zog ihr Handy aus der Tasche. «Lass mich nur schnell Fox eine SMS schicken.»

Piper zog eine Augenbraue hoch.

«Ich wohne bei ihm. Da ist das nur höflich.» Hannah tippte eine schnelle Nachricht, doch dann zögerte sie. «Soll ich ihn einladen mitzukommen?»

«Es ist Samstagabend, vielleicht hat er ...» Piper sah ihre Schwester bedeutungsvoll an. «Andere Pläne?»

«Pläne wie ... oh.» Hannahs Herz hatte kein Recht, sich zusammenzuziehen. «I-ich meine, er hat nichts erwähnt. Kein Date. Aber wenn ich ihn einlade, kann er schlimmstenfalls Nein sagen.»

Warum machte sie der Gedanke nervös, dass er sie abweisen könnte? Dass er ihr sagen würde, dass er wie üblich zu seiner Entspannung nach Seattle fahren wollte? Was Fox mit seiner Zeit anstellte, ging sie nichts an. Hannahs Finger schwebten noch ein paar Sekunden über dem Display, bevor sie die Nachricht abschickte.

> **HANNAH (19:18):** Ich gehe mit Piper ins *Cross and Daughters*. Falls du Lust hast, komm gerne auch.

Eine Minute später antwortete er.

FOX (19:19): Wir sehen uns dort, Sommersprosse.

Hannah atmete erleichtert aus und lehnte den Kopf zurück an den Sitz. Die Geschwindigkeit, mit der sich ihr Herz beruhigte, war alarmierend. Aber es war so. Wie ein tosendes Meer, das sich mit fünf Worten in einen ruhigen See verwandelte. Was hatte das zu bedeuten? Freute sie sich einfach nur darüber, die Zeit mit einem guten Freund zu verbringen? Das war doch durchaus möglich, oder?

Wenig später betraten sie das *Cross and Daughters*, das sich langsam füllte. Hannahs Herz machte einen Freudensprung, als sie über die Schwelle trat, denn sofort hatte sie unzählige Bilder von sich und Piper im Kopf, wie sie die alte, vernachlässigte Theke abschmirgelten, wie sie das Foto von Henry hinter einem Stück Sperrholz fanden, wie sie mit einer brennenden Bratpfanne nach draußen sprinteten und wie sie sich auf die große Eröffnung der Bar vorbereitet hatten. So viele Erinnerungen. Und es verschaffte Hannah eine gewisse Genugtuung, wenn sie nach oben blickte und wusste, dass sie es gewesen war, die das mit Goldfarbe besprühte Fischernetz an die Decke gehängt hatte.

Piper ging gleich hinter die Bar, um mit Anita und Benny zu sprechen, der neu eingestellten Kellnerin und dem Barkeeper, von denen Piper Hannah beim Mittagessen erzählt hatte. Piper sah so selbstbewusst aus, als sie auf die Getränkekarte wies und eine Frage zur Bedienung der Kasse beantwortete. Bis vor einem Jahr hatte Piper noch nie einen Kontoauszug gesehen, geschweige denn ein Budget verwaltet. Und jetzt führte sie diese Bar erfolgreich.

Gott, Hannah war stolz auf sie.

«Alles in Ordnung da drüben?»

Sie drehte sich um, als sie Fox' tiefe Stimme hörte, und sah ihn mit einer Bierflasche in der Hand auf einem der Barhocker sitzen. Sie war machtlos gegen das Kribbeln, das ihr sofort über die Kopfhaut, ihren Hals hinunter und nach vorn zu ihren Brustwarzen lief, sodass die Spitzen hart wurden.

Fox beobachtete sie aufmerksam, und das Blau seiner Augen vertiefte sich um eine Nuance, als sein Blick zu ihren Brüsten wanderte. Dann hob er die Bierflasche an seine wohlgeformten Lippen, um einen kräftigen Schluck zu nehmen.

Reiß dich zusammen, Hannah!

Das war nun mal die Wirkung, die Fox auf Frauen hatte. Aber sie musste nicht wie alle anderen sein und darauf reagieren. Sie konnte seine Attraktivität anerkennen und trotzdem vernünftig bleiben, oder?

«Hey. Ja. Ich wollte nur, ähm …» Sich selbst anflehend, keine Idiotin zu sein, hüpfte Hannah auf den Hocker neben ihm. «Ich habe mich gerade an die ganze Arbeit erinnert, die in dieser Bar steckt.»

Fox nickte. «Ihr beide habt sie wieder zum Leben erweckt.»

Hannah stieß ihn mit dem Ellbogen an und seufzte innerlich, als seine festen Muskeln nicht im Geringsten nachgaben. «Du hast auch mitgeholfen.»

«Ich war nur wegen der Gesellschaft hier», sagte er leise und hielt ihren Blick lange genug fest, um einen ganzen Schwarm Schmetterlinge in ihrem Bauch aufzuscheuchen. Dann streckte er die Hand aus und tippte ihr auf die Nase, als ob er sich zwingen wollte, das dünne Eis, auf dem er sich bewegte, zu verlassen. «Was möchtest du trinken?»

«Hm. Nichts Hartes. Was das angeht, habe ich gestern Abend mein Soll für dieses Jahr erfüllt. Ein Bier vielleicht?»

«Bier also.»

Fox nickte Benny zu und bestellte etwas, das sich irgendwie Deutsch anhörte. Einen Moment später nippte Hannah an einem kalten Glas mit einer goldfarbenen Flüssigkeit darin. «Mhm. Schmeckt gut. Das ist Bier?»

Fox grinste. «Oh oh. Da wird wohl jemand auch noch seine jährliche Bierquote erfüllen!»

«Oh nein. Nicht heute Abend. Ich muss morgen früh am Set sein.»

«Wir werden sehen.» Verschmitzt verschränkte Fox die Arme vor der Brust. «Du warst lange nicht mehr hier.»

Hannah nahm ihr Glas von den Lippen. «Was soll das denn heißen?»

Die Antwort auf diese Frage erhielt sie nie, denn im selben Moment stupste Piper sie an der Schulter an und stellte ihr höflich Brendans Eltern vor. «Hannah, das sind Mr. und Mrs. Taggart. Michael und Louise, das ist meine Schwester Hannah.»

Oh, die Ähnlichkeit zu Brendan war nicht zu übersehen. Auch nicht, dass sie sich in der Bar sichtlich unwohl fühlten, so steif und ernst, wie sie dort standen. Aber sie bemühten sich, auch wenn ihr Lächeln etwas angestrengt wirkte. Hannah konnte die Nervosität ihrer Schwester spüren, also tat sie, was sie am besten konnte: Sie unterstützte sie.

Mit einem herzlichen Lächeln rutschte sie von ihrem Barhocker und beugte sich vor, um die Wangen des älteren Paares zu küssen, wobei sie gleichzeitig ihre Hände drückte und so ihre volle Aufmerksamkeit auf sich zog. «Es ist so schön, Sie kennenzulernen. Genießen Sie Ihre Zeit in der alten Heimat?»

Louises Anspannung löste sich ein wenig. «Ja, das tun wir. Hier hat sich nicht viel verändert, und das finde ich sehr beruhigend.»

Wie die Mutter, so der Sohn, hm?

«Piper hat mir schon den ganzen Tag davon vorgeschwärmt, wie sehr sie sich freut, dass Sie hier sind. Sie müssen aufpassen, dass sie Sie nicht im Haus einsperrt und nicht mehr gehen lässt.»

Louise schien entzückt, und ihre Wangen erröteten. «Oh. Das ist ja süß.»

Hannah nickte. «Sie hat zu Ehren Ihres Besuchs sogar einen eigenen Cocktail kreiert. Den ... Taggart-Tini. Stimmt's, Pipes?» Ihre Schwester warf ihr aus weit aufgerissenen Augen einen Blick zu, das Lächeln war auf ihrem Gesicht gefroren. «Worauf wartest du noch? Geh hinter die Theke und mach ihnen einen.»

Piper drehte sich um und ging mit der Geschwindigkeit eines Faultiers zur anderen Seite der Theke.

Um ihrer Schwester die Zeit zu verschaffen, die sie brauchen würde, um den bisher nicht existenten Taggart-Tini zu erfinden, legte Hannah eine Hand auf Fox' Arm. «Sie kennen doch sicher Fox, oder?»

Es war unmöglich, das deutliche Nachlassen von Louises freudigem Strahlen zu übersehen. Allein ihre heruntergezogenen Mundwinkel sprachen Bände. «Ja, natürlich kennen wir ihn. Hallo, Fox.»

Fox drehte sich leicht zur Seite und nickte dem Paar zu. «Schön, Sie zu sehen, Mr. und Mrs. Taggart.» Sein Lächeln wirkte gezwungen. «Ich hoffe, Sie haben einen angenehmen Aufenthalt.»

«Das haben wir, danke», sagte Michael ebenso steif.

Hannah wunderte sich über diesen Austausch und wollte Fox darauf ansprechen, aber Piper nutzte den Moment, um zwei trübe rote Martinis über die Bar zu schieben. «Hier ist er!», flötete sie mit angespanntem Lächeln. «Der Taggart-Tini.»

«Oh, also, ich kann unmöglich ...», begann Louise und nestelte unruhig an ihrem Kragen.

«Oh, aber Sie probieren doch bestimmt?» Hannah reichte die Drinks an das Paar weiter und prostete den beiden zu. «Ein Schluck kann nicht schaden.»

Zwanzig Minuten später hielt Louise Pipers Gesicht in ihren Händen, und ihren Worten hörte man ein ganz leichtes Lallen an. «Ich habe meinen Sohn noch nie so glücklich gesehen. Du bist ein Engel. Ein absoluter Engel, nicht wahr, Michael? Unser Sohn lächelt jetzt! Es ist fast beunruhigend, wie oft er lächelt, und du – du wirst mir Enkelkinder schenken, nicht wahr? Oh, bitte. Du Engel. Mein Sohn ist ein Glückspilz.»

Piper sah zu Hannah hinüber, und in ihren Augen standen Tränen der Rührung.

Danke, formte sie mit den Lippen.

Hannah atmete zufrieden aus und wandte sich wieder ihrem Bier zu, das jetzt leider warm war. Erst nach einigen Augenblicken bemerkte sie, dass Fox sie ansah. «Verdammt, Hannah. Das war geradezu meisterhaft.»

Sie verbeugte sich dezent. «Die Macht des Alkohols, Pfau.»

«Nein.» Entschieden schüttelte er den Kopf. «Das warst ganz allein du.»

«Piper hat nicht gleich einen Draht zu Louise gefunden. Sie brauchten nur einen kleinen Anstoß, das ist alles. Wer würde Piper nicht ins Herz schließen?» Hannah schaute über ihre Schulter zurück zu Louise, die gerade versuchte, mit Piper zu einer Ballade zu tanzen. «Mal sehen, ob meine Schwester morgen noch dankbar ist, wenn sie eine verkaterte zukünftige Schwiegermutter vor sich hat.»

Fox gluckste. «Das ist nichts, was ein Rollmops und ein paar saure Gurken nicht beheben könnten. Das Wichtigste ist, dass das Eis gebrochen ist.»

Erwähne nicht den merkwürdigen Wortwechsel zwischen Fox und Louise. Tu es nicht. Warum musst du immer jede Kleinigkeit ansprechen? «Apropos Eis.» *Nette Überleitung.* «Habe ich mir die leichte Unterkühltheit zwischen dir und Brendans Mutter nur eingebildet?»

Fox ließ sich Zeit mit der Antwort. «Nein, das hast du dir

nicht eingebildet.» Er lachte verlegen und rutschte auf seinem Hocker unruhig hin und her. «Es ist nichts Ernstes. Brendan war ein sehr behütetes Kind, und ich war, du weißt schon, ein schlechter Einfluss.»

Es lag keine Bitterkeit in der Art, wie Fox es sagte. Es war nur eine Feststellung.

«Glaubst du, das stimmt?»

«Nein», sagte Fox langsam, nachdem einige Sekunden verstrichen waren. «Ich war, äh, ziemlich frühreif, was Mädchen anging. Aber ich habe die anderen Jungs nie aufgefordert, das Gleiche zu tun», erklärte er dann. «Nein, das hab ich niemals getan.»

Für einen Moment wirkte es, als wolle Fox noch mehr sagen. Sehr viel mehr.

Und Hannah wollte es hören. Denn hinter dieser Erklärung schien sich etwas Tiefgründigeres zu verbergen. Doch er bestellte ihnen beiden bereits ein weiteres Bier und wechselte das Thema. Damit war der Moment verstrichen, und schon bald lachten sie wieder zusammen. Nach und nach kam auch der Rest der *Della-Ray*-Crew und gesellte sich zu ihnen, bis sie sich alle um zwei Hocker drängten, Geschichten erzählten und Hannah sich unter den Einheimischen wieder so wohlfühlte wie im vergangenen Sommer.

So etwas gab es in L. A. nicht. Und sie hatte es vermisst. Sehr sogar.

In L. A. ging sie zur Arbeit und fuhr wieder nach Hause. Sie verstand sich gut mit ihren Kolleginnen und Kollegen, aber dort hatte sie nie *dieses* Gefühl. Dieses Gefühl, das ihr sagte, dass sie am richtigen Ort war. Dass sie zu Hause war und hier vorbehaltlos akzeptiert wurde. Immer. Während einer besonders langatmigen Geschichte von Deke spürte Hannah, dass Fox sie beobachtete, und sie erwiderte den Blick. Der Alkohol pulsierte in ihren Adern und schickte in einer langsamen Welle eine Gänsehaut ihre Arme und ihren Hals hinauf.

Klar, das ist der Alkohol.

Wie in Trance sah Hannah zu, wie Fox seine Lippen befeuchtete, erst unten, dann oben, sehr männlich. Dabei schaute er sie unverwandt aus seinen blauen Augen an.

Verführerische Mischung. Verführerisches Aroma.

Sharon Stone.

Geh nach Hause, du bist betrunken.

«Es ist Zeit, *Quarters* zu spielen!», rief Benny, der hinter der Theke stand, und läutete die Glocke, die über der Kasse angebracht war. «Wer sind heute die Opfer?»

Fox ergriff Hannahs Handgelenk und hob ihre Hand, bevor sie wusste, was geschah.

«Wie wäre es mit Schwester gegen Schwester?», rief Brendan aus dem hinteren Teil der Bar.

Hannah und Piper blickten sich durch die Menge an wie zwei Revolverhelden aus dem Wilden Westen.

«Bin dabei!», rief Hannah.

Jubelgeschrei erfüllte die Bar.

So viel zum Thema nach Hause gehen.

Fox lehnte sich auf seinem Barhocker zurück, um Hannah besser im Blick zu haben, die in der Mitte der Bar Platz nahm und gegen ihre Schwester in einem Trinkspiel antrat. Es wurde alberner als alles, was er je an Trinkspielen erlebt hatte.

Quarters hatte einfache Regeln.

Man wirft eine Münze so vor sich auf den Tisch, dass sie nach einmaligem Aufprall möglichst in dem Glas landet, das in der Mitte des Tischs steht.

Bei *Cross and Daughters* wurde jedoch eine besondere Variante gespielt: Jedes Mal, wenn die Münze eines Spielers im Glas landete, musste er der ganzen Bar etwas erzählen, was ihm peinlich war. Diese Tradition war an einem Abend eingeführt worden, an dem ein sonnenverbrannter Tourist beschlossen hatte, *Quarters* zu spielen, und davon überzeugt wurde, dass man das Spiel eben so spielte. Und was als Schabernack begann, um einen Fremden zu verarschen, war dann zum Standard geworden.

Hannah zuckte nicht mit der Wimper, als die Regeln erklärt wurden, sondern nickte nur, als ob sie jeden Tag diese Variante von *Quarters* spielte. Nicht zum ersten Mal wunderte sie sich darüber, wie leicht sie sich in diesen Ort einfügte, als wäre sie schon immer hier gewesen. Dabei war sie erst im letzten Sommer gekommen und hatte hin und wieder im *Disc N Dat* gejobbt, wo sie Gleichgesinnte gefunden hatte. Die beiden Bellinger-Schwestern hatten in der Stadt Spuren hinterlassen. Wie würde das Leben hier wohl aussehen, wenn sie nicht aufgetaucht wären? Brendan würde sicher immer noch seinen Ehering tragen, während die Jahre vergingen und er immer verschlossener wurde. Und Fox ...

Bei ihm wäre alles wie immer, bestätigte er sich schnell. Er hatte sich nicht verändert.

Also gut, in Ordnung. Vielleicht würde er jetzt nicht mit einem breiten Grinsen am Rande der Menge stehen und Hannah dabei zusehen, wie sie sich vor Lachen kaum aufrecht halten konnte. Er konnte nichts daran ändern: Sie fühlte sich wie die Sonne an, die nach einem schlimmen Sturm über dem Wasser aufging. Und sie war schrecklich schlecht in *Quarters*. Doch zu ihrem Glück war Piper noch schlechter.

Ihre beiden Münzrollen waren leer, bevor sie auch nur einmal ins Glas getroffen hatten. Schnell hoben sie die Münzen vom Boden auf und spielten weiter, während sie sich vor Lachen krümmten. Fox war nicht der Einzige, der hingerissen zusah, denn es gab in Westport niemanden, der die Schwestern nicht mochte. Aber er hatte nur Augen für Hannah. Alle Gäste in der Bar standen um die beiden jungen Frauen herum und feuerten sie an – und schließlich landete Hannahs Münze im Glas und versetzte die Zuschauer in helle Aufregung.

«Erzähl uns was Peinliches!», brüllte Fox über den Lärm hinweg.

Hannah erschauderte. «Ich bin bei der Führerscheinprüfung durchgefallen, weil ich ständig den Radiosender gewechselt habe.» Sie hielt ihre Finger hoch. «Ich bin drei Mal durchgefallen.»

«Was ihr an Konzentration hinter dem Steuer fehlt, macht sie wieder wett, wenn sie mich aus dem Gefängnis nach Hause fährt», fügte Piper hinzu und drückte Hannah einen Kuss auf die Wange. «War nur ein Scherz, Louise!», rief sie ihrer staunenden Schwiegermutter zu, die daraufhin zusammen mit Hannah in schallendes Gelächter ausbrach. Dabei verlor Hannah fast das Gleichgewicht, was Fox davon überzeugte, dass es besser war, sie nach Hause zu bringen.

Er stellte sein halb leeres Bierglas auf dem nächstgelegenen Tisch ab und ging auf Hannah zu, wobei er sich bewusst war, dass Piper und Brendan ihn nicht aus den Augen ließen. Sie waren misstrauisch, weil Hannah bei ihm wohnte. Jedes Wort aus seinem Mund, jede Handlung wurde genau beobachtet, um sein Interesse und seine Absichten abzuschätzen. Und das Letzte, was Fox wollte, war eine weitere Predigt von Brendan. Davon hatte er auf dem Schiff schon genug gehabt.

Also versuchte er, so lässig wie möglich zu klingen, als er vor Hannah stehen blieb und sich ein wenig zu ihr hinunterbeugte, bis sie sich in die Augen sehen konnten. «Hey, ich gehe nach Hause, willst du mitkommen?» Kurz begegnete er Brendans Blick. «Oder du bleibst noch und jemand anderes bringt dich später. Es liegt ganz bei dir.»

Entschied sie sich für Option Nummer zwei, würde Fox eben in seinem Zimmer herumtigern und warten, bis sie sicher im Haus war.

«Ich sollte auf jeden Fall mit dir gehen, wenn ich morgen am Set nicht wie ein Zombie aussehen will», sagte Hannah, drehte sich um und schlang die Arme um Brendan und Piper. «Ich liebe euch, Leute. Bis bald.»

«Wir lieben dich auch», sagte Brendan und strich Hannah übers Haar, was Piper mit einem verzückten Blick kommentierte. Den konnte er aber nicht sehen, weil er damit beschäftigt war, Fox stumm zu warnen.

Natürlich.

Es war leicht zu erkennen, was Brendan ihm mitteilen wollte.

Wenn Fox die Bar zusammen mit Hannah verließ, würde das ein falsches Signal senden. Ein schlechtes Signal. Alle würden wissend nicken, und sie hätte ihren Ruf weg. Gott, das war das Letzte, was er wollte. Er musste vorsichtiger sein. Bis jetzt hatten sie ihren vorübergehenden Aufenthalt in seinem Gästezimmer niemandem gegenüber erwähnt, aber an einem Samstagabend zu später Stunde die Bar gemeinsam zu verlassen, würde die Spekulationen anheizen, die vielleicht schon im Gange waren.

«Ich warte draußen auf dich», sagte Fox eilig, drehte sich um und ging mit einem flauen Gefühl im Magen durch die Menge. Als er in den kühlen Frühlingsnebel hinaustrat, konnte er nicht widerstehen, durchs Fenster nach drinnen zu schauen, um zu beobachten, wie Hannah auf dem Weg nach draußen allen zuwinkte und sich in lange Verabschiedungen verstrickte, bis sie schließlich zu ihm in die Dunkelheit trat.

Ohne ein Wort zu sagen, hakte sich Hannah bei ihm unter und legte ihren Kopf an seine Schulter – ein Vertrauensbeweis, der ihm runterging wie Öl.

«Oh Mann, Sommersprosse», sagte Fox und strich ihr übers Haar. «Wir müssen an deinen *Quarter*-Fähigkeiten arbeiten.»

Hannah schnappte nach Luft. «Was soll das heißen? Ich habe gewonnen!»

«Nein. Du warst der am wenigsten schlechte Verlierer.»

Ihr Lachen schallte durch die menschenleere Straße. «Welchen Vorteil hat es zu gewinnen, wenn man den Leuten dann etwas Peinliches über sich erzählen muss? Das ist doch wie die Aufforderung zum Eigentor.»

«Willkommen in Westport.»

Hannah seufzte und rieb ihre Wange an seinem Arm. «In Nächten wie diesen glaube ich, dass ich für immer hier leben könnte.»

Fox' Herz klopfte so heftig, dass er einen Moment warten musste, bevor er sprach. «Ach ja?»

«Ja. Aber dann fällt mir wieder ein, warum das nicht geht. Ich kann nicht in Westport bleiben und weiter in der Filmbranche arbeiten. Und die Bar ...» Sie lächelte. «Die Bar ist Pipers Ding.»

Tja, das war's dann wohl. Oder?

Wie, zum Teufel, hätte er auch damit umgehen sollen, wenn Hannah trotzdem nach Westport ziehen würde? Er würde sie ständig sehen. Jeder Samstagabend würde so ablaufen wie dieser. Er würde ihr und allen Beteiligten vormachen müssen, dass er sie nicht mit nach Hause nehmen wollte. Dass er nicht den Rest der Nacht mit ihr verbringen wollte. Denn sobald das passierte, war's das. Er würde gegen seine eigene Regel verstoßen, in Westport keinen Sex zu haben, würde die Freundschaft mit Brendan zerstören und möglicherweise Hannahs Gefühle verletzen. Es war also für alle das Beste, wenn sie in L.A. blieb.

Aber wie erklärte er das seiner eigenen Enttäuschung, die ihn so heftig erwischte, dass sie ihn fast niederdrückte?

Sie bogen rechts in die Westhaven Street ein, überquerten die Straße und liefen in stillem Einverständnis am Wasser entlang. «Liebst du den Ozean genauso sehr wie Brendan?»

Schon wieder stellte Hannah ihm eine Frage, die ihn zum Nachdenken brachte. Fragen, die es ihm nicht erlaubten, sich mit einem Witz rauszureden – und das tat er bei Hannah sowieso nicht gern. Er mochte es, sich mit ihr zu unterhalten. Er liebte es sogar, selbst bei schmerzhaften Themen. «Ich glaube, wir lieben den Ozean auf unterschiedliche Weise. Brendan liebt die Tradition und die Routine des Fischens. Ich liebe die wilde Natur. Wie verschieden sie sein kann. Wie sie sich verändert. In einem Jahr sind die Krebse an einem Ort, im nächsten an einem anderen. Keiner kann den Ozean erklären. Er erklärt sich selbst.»

Hannah musste die Luft angehalten haben, denn nun stieß sie den Atem ruckartig aus. «Wow», sagte sie und blickte auf das Wasser hinaus. «Das ist wunderschön.»

Fox versuchte, das gute Gefühl zu ignorieren, das Hannah ihm allein für das, was er gesagt hatte, vermittelte. Es passierte ihm nicht oft, dass er für seine Worte Anerkennung erntete. Aber nun war es so, also ließ er es einfach auf sich wirken.

«Okay, ich glaube, du hast mich überzeugt. Ich will Königskrabben fischen.» Hannah nickte entschieden. «Ich werde dein nächster Grünschwanz sein.»

Fox konnte nicht sagen, ob sie einen Scherz gemacht hatte oder nicht.

Er hoffte, sie scherzte.

«Ein Neuling wird ‹Grünschnabel› genannt und nicht ‹Grünschwanz›. Und das wird nicht passieren, Babe. Du kannst ja nicht mal beim *Quarter*-Spielen das Gleichgewicht halten.» Fox lief ein eiskalter Schauer über den Rücken, wenn er sich Hannah auf dem Deck des Boots vorstellte, während sich im

Hintergrund himmelhohe Wellen aufbauten. «Wenn du mich in der Nacht schreien hörst, bist du schuld an meinen Albträumen.»

«Ich könnte für die Musik auf dem Boot verantwortlich sein.»

«Nein.»

«Du hast mich dazu gebracht, romantische Gefühle für den Ozean zu entwickeln. Es ist deine Schuld.»

Fox sah zu ihr hinab und stellte nun, Gott sei Dank, erleichtert fest, dass sie nur einen Witz gemacht hatte. Und, verdammt noch mal: Im Mondlicht waren ihre amüsierten Züge, ihre leuchtenden Augen ... schlicht perfekt. Sein Körper fand das auch. Am meisten gefielen ihm ihre Lippen, die sie mit der Zunge befeuchtete, als bereite sie sich auf einen Kuss vor. Wer würde diese schöne Frau, die so voller Leben war, nicht im Mondlicht küssen wollen?

Fox senkte leicht den Kopf. «Hannah ...»

«Nimm dich vor dem in Acht!», rief in diesem Moment jemand von der anderen Straßenseite. «Lauf, solange du noch kannst, Mädchen.»

Gelächter brach aus, und Fox wusste, noch bevor er sich umdrehte, dass es die Stammgäste vom *Blow the Man Down* waren, ältere Männer, die an ihrem üblichen Platz vor der Tür rauchten. Dieselben Männer, denen er schon Hunderte Male Witze über seine Eroberungen in Seattle erzählt hatte. Denn es war einfacher, ihnen zu geben, was sie wollten. Mit ihnen zu lachen, anstatt ausgelacht zu werden. Den Witz zu machen, anstatt der Witz zu sein. Und vor allem durften sie nicht sehen, wie sehr ihn das gerade ärgerte.

Hannah blinzelte mehrmals und wich vor ihm zurück, als würde sie sich ihrer Umgebung und dem, was zwischen ihnen passierte, plötzlich bewusst werden. Sie hätten sich fast geküsst. Oder hatte er sich das nur eingebildet? Es war schwer, klar zu denken, wenn ein Warnsignal in seinem Kopf ertönte. Himmel, er wollte nicht, dass Hannah den Blödsinn hörte, den diese Männer von sich gaben.

«Wer sind diese Typen?», fragte sie und beugte sich leicht vor, um an Fox vorbeizuschauen.

«Niemand.» Er griff nach ihrer Hand und ging in schnellem Tempo weiter, und er war froh, dass sie Turnschuhe angezogen hatte, um mühelos mithalten zu können. «Ignorier sie einfach. Die sind betrunken.»

«Hat dich deine Mama nicht vor solchen Männern gewarnt? Sieh zu, dass er wenigstens das Taxi bezahlt!»

Hannah blieb neben Fox stehen und riss ihren Arm los. Bevor er sie wieder in die Finger bekam, hatte sie schon die halbe Straße überquert.

«Hey, du Arschgesicht! Wie wär's, wenn du jetzt mal deine Klappe hältst?» Sie fuchtelte mit dem Finger in der Luft in Richtung des Rädelsführers, der vor Schreck erstarrte, seine Zigarette auf halbem Weg zum Mund. «Mütter machen sich nicht die Mühe, ihre Töchter vor Idioten wie dir zu warnen, denn keine Frau würde sich dir auf drei Meter nähern. Du stinkender alter Sack!»

«Jetzt warte mal. Das war doch nur ein kleiner Spaß», ruderte der Mann zurück.

«Ach, und auf wessen Kosten?», rief Hannah, drehte sich um sich selbst und suchte den Boden ab.

Fox, der stumm hinter ihr stand und zwischen Ehrfurcht und Selbstekel hin- und hergerissen war, zwang sich, etwas zu sagen. «Was machst du da?»

«Ich suche nach etwas, das ich nach ihnen werfen kann», erklärte Hannah geduldig.

«Ich dachte, Piper ist diejenige von euch, die im Gefängnis gelandet ist.» Fox legte einen Arm um Hannahs Taille und schob sie die Straße hinunter in die Richtung, in der seine Wohnung lag, ohne zu wissen, was er sagen sollte. Er hatte noch nie erlebt, dass sich jemand so für ihn eingesetzt hatte.

Und er wollte diese Wärme nicht, die sich ihren Weg in seine Brust bahnte. Er würde nie bereit sein für die gefährliche Hoffnung, die an die Oberfläche zu steigen drohte. Die Hoffnung, dass, wenn diese Frau ihn auf der Straße verteidigte, er vielleicht tatsächlich die Mühe wert war.

Nein. Er hatte diesen Tanz mit der Zuversicht schon hinter sich und wollte nichts mehr damit zu tun haben.

Oder?

«Hannah, das hättest du nicht tun müssen. Um genau zu sein, mir wäre lieber gewesen, du hättest es gelassen.»

Das Aufblitzen des Schmerzes in ihren Augen gefiel ihm gar nicht. «Die haben sich völlig danebenbenommen.»

«Nein, das stimmt nicht.» Fox lachte, obwohl es wehtat. «Sie erlauben sich diese Witze über mich, weil ich sie selbst über mich mache. Das ist okay.»

«Ja, das klingt wirklich sehr okay», murmelte Hannah und ließ sich von Fox die Treppe zu seiner Wohnung hinaufziehen, bevor er schweigend die Tür aufschloss. Ein Teil von ihm wollte sie in den Arm nehmen und ihr danken, aber nein. Nein, er brauchte keinen Beschützer. Er hatte sich den Spott redlich verdient, nicht wahr?

Die letzten sieben Monate waren ein Ausrutscher gewesen.

Auch wenn das freiwillige Zölibat und die Konstante von Hannahs Freundschaft dafür gesorgt hatten, dass er sich so gut fühlte wie seit Jahren nicht mehr.

Sie betraten die Wohnung, und Fox schaltete das Licht ein.

Er wollte sich in seinem Schlafzimmer einschließen, bevor er die Scham darüber, dass Hannah Zeuge dieses Spottes geworden war, nicht länger verbergen konnte. Aber ihr verletzter Gesichtsausdruck durfte auch nicht das Letzte sein, was er an diesem Abend sah. Also tat Fox das, was er am besten konnte, und machte einen Witz daraus. «Ich muss zugeben, dass mich die Vehemenz hinter ‹stinkender alter Sack› ziemlich beeindruckt hat. Zehn von zehn Punkten.»

Ihre Lippen verzogen sich zu einem halben Lächeln. «Ist alles in Ordnung mit uns?» Sie befeuchtete ihre Lippen. «Mit dir?»

«Alles in Ordnung, Sommersprosse.» Fox lachte, und das Echo in seiner leeren Wohnung schien ihn zu verhöhnen. «Geh schlafen, ja? Wir sehen uns morgen früh.»

Nach einem kurzen Zögern nickte sie. Er bemerkte noch ihren nachdenklichen Blick, als er sie zurückließ, auf halbem Weg zwischen der Küche und der Eingangstür.

Sobald Fox allein in seinem Schlafzimmer war, ließ er seine Stirn an die kühle Tür sinken und widerstand nur mit Mühe dem Drang, seinen Kopf dagegen zu schlagen. Offensichtlich hatte er Hannah nicht vorgaukeln können, dass ihm alles scheißegal war. Dass das Leben für ihn nur eine Aneinanderreihung von Vergnügungen war. Diese Frau hatte ihn durchschaut. Schlimmer noch, sie wollte wirklich zu ihm vordringen. Aber das konnte er nicht zulassen.

Und er wusste genau, wie er sie davon abhalten konnte.

KAPITEL 9

H annah wachte um sechs Uhr morgens auf, weil ein paar Mäuse ihr Gehirn als Trampolin benutzten.

Sie tastete auf dem Nachttisch nach ihren AirPods und steckte sie sich in die Ohren. Als Nächstes war ihr Handy dran. Ihr Daumen suchte die Musik-App, wählte Zella Day aus ihrer Mediathek aus und ließ die Töne durch ihren vernebelten Kopf wabern und sie so langsam aufwachen. Es war Sonntag. Kein idealer Tag zum Arbeiten, aber es würde ihr erster Tag am Set sein, an dem sie etwas mehr als eine Produktionsassistentin war – sie war jetzt eine Beobachterin, oha! –, und ihr Auftritt musste stimmen. Ruhig, aber konzentriert.

Hannah, das hättest du nicht tun müssen. Um genau zu sein, mir wäre lieber gewesen, du hättest es gelassen.

Fox' Ermahnung vom Vorabend kam ihr wieder in den Sinn, und die Mäuse hörten auf herumzuhüpfen, um sich umgehend in einem Loch zu verkriechen. Oh Mann, sie hatte diese Männer wirklich mitten auf der Straße angebrüllt, oder? Es war kein Traum gewesen? Trotzdem, egal, was Fox dazu gesagt hat ... Selbst wenn sie tatsächlich etwas nach diesen Idioten geworfen hätte, sie hätten es verdient gehabt. Inklusive einer möglichen Gehirnerschütterung.

Sie hatten es verdient, weil sie ihn so respektlos behandelt hatten.

Warum sah Fox das anders?

Als er ins Bett ging, hatte er ganz normal gewirkt. Vielleicht hatte der Alkohol, den sie getrunken hatte, in ihren Augen eine Situation verschlimmert, die eigentlich keine große Sache war? Was, wenn Fischer einfach so miteinander sprachen und sie die Absicht dahinter falsch verstanden hatte?

Aber nichts davon überzeugte sie, also beschloss sie, Fox später danach zu fragen und sich jetzt erst mal auf den bevorstehenden Arbeitstag zu konzentrieren. Im Geiste ging sie die Szenen durch und wartete auf die richtigen Inspirationen für den Soundtrack. Aber die Zeit verstrich, ohne dass ihr eine Eingebung kam, die sich gut anfühlte. Das war beunruhigend. Sie würde nie so weit gehen zu glauben, dass Filmmusik ihre Berufung war. Damit hätte sie das Pferd von hinten aufgezäumt. Aber sie war sich immer in Bezug auf ihre Fähigkeit sicher gewesen, Songs aus dem Gedächtnis abzurufen, um für jede Situation die perfekte musikalische Untermalung zu finden. Was, wenn sie sich zu sicher gewesen war?

Der Duft von Ingwer lenkte Hannah von ihren Zweifeln ab.

Er war nicht unangenehm. Ganz im Gegenteil. Er war fast ... anregend in seiner Reichhaltigkeit? Und sie hatte ihn auch vorher schon in der Wohnung wahrgenommen, aber nie so stark. Was das wohl war?

Hannah warf die Bettdecke beiseite und verließ das Bett. Sie ging mit ihren AirPods ins Bad, putzte sich die Zähne und benutzte die Toilette, um dann zum Duschen die Ohrstöpsel widerwillig abzunehmen. Fox hatte keinen Grund, so früh wach zu sein, also war sie so leise wie möglich, wickelte sich, als sie fertig war, ein Handtuch um den Körper und schlich auf Zehenspitzen zu ihrem Zimmer zurück.

Als sich die Tür zu Fox' Schlafzimmer öffnete und er, gähnend und nur mit einem schwarzen Slip bekleidet, ins Wohnzimmer trat, stieß Hannah mit der Hüfte gegen das Sofa. Dabei verlor sie das Gleichgewicht, stolperte rückwärts und prallte mit dem Hintern gegen eine Stehlampe, hatte es also tatsächlich geschafft, mit gleich zweien der wenigen Möbelstücke in der fast leeren Wohnung zusammenzustoßen. Und dann starrte sie. Natürlich starrte sie. Was hätte sie denn sonst tun sollen?

Fox kam mit einem schiefen Grinsen beinahe unbekleidet auf sie zu.

Da waren sie wieder, die unwiderstehlichen Grübchen. Wie bei einem männlichen Model in einem Werbespot für Rasierklingen.

Und, wow, bis zu diesem Moment hatte sie gar nicht gewusst, dass er Tattoos hatte.

Die Linien eines Fuchses, die sich über seine rechte Hüfte erstreckten, ein riesiger Tintenfisch, der sich um einen Anker auf der linken Seite seines Brustkorbs wickelte, eine Reihe unterschiedlich großer Sterne auf der Brust und noch ein paar andere, die Hannah nicht mehr wahrnahm, weil sich ihre gesamte Aufmerksamkeit auf seine Muskeln richtete. Durften Muskeln so imposant sein? Ja, denn er hatte sie nicht in einem Fitnessstudio gekauft. Er hatte sie beim Herausziehen von riesigen Krabbenfallen aus dem Wasser, beim Einholen von Fischernetzen und beim Balancehalten auf dem Deck bei rauem Wetter erworben. «Vorsicht, Sommersprosse», sagte er mit rauer Morgenstimme und wies mit dem Kinn in Richtung der schaukelnden Lampe. «Immer noch unsicher auf den Beinen?»

«Ähm ...» Hannah zwang sich, ihre Augen auf den Fußboden zu richten. «Ich bin wohl stärker verkatert, als ich dachte. Heute Abend werde ich schön brav sein.»

Je näher Fox kam, desto intensiver wurde der Ingwergeruch. Und umso schwieriger wurde es, Fox nicht in seiner ganzen fast nackten Pracht zu betrachten. Okay, Hannah fühlte sich wie jede Frau hin und wieder erregt. Zugegebenermaßen nicht oft, aber manchmal. Vor allem, wenn sie Prince hörte. Aber diese Gelegenheiten, bei denen sie eine leichte ungemütliche Sehnsucht verspürte, hatten nichts mit dem hier zu tun, mit den Muskeln, die sich zusammenzogen, mit der Hitze, die in ihren Unterleib strömte.

Sofort fühlte sie sich schuldig. Nicht genug, um das Kribbeln zwischen ihren Beinen zu verscheuchen, aber ausreichend, um sich im Geiste dafür zu schelten, dass sie eine schlechte Freundin war. Hannah war keinen Deut besser als die Frauen, die sich auf der Party am Freitagabend um Fox gestritten hatten.

«Ich, ähm ...» Sie neigte den Kopf, damit das nasse Haar ihr Gesicht verdeckte. *Irgendwie muss ich dem Lockruf dieser wie gemeißelten Hüftadduktoren widerstehen.* «Wir fangen heute früh an. Ich muss mich beeilen, sonst komme ich zu spät.»

«Wo dreht ihr denn?»

Wieso war seine Stimme plötzlich so nah? Die Gänsehaut, die Hannah über die Haut lief, ließ sie sich sehnlichst etwas Substanzielleres als ein Handtuch wünschen, um sich zu bedecken. «Am Hafen. Eine Kussszene. Das große Finale, um genau zu sein. Das Licht müsste heute perfekt dafür sein.»

«Das große Finale?», wiederholte Fox verwundert. «Ihr habt doch gerade erst angefangen.»

«Wir drehen die Szenen nicht immer der Reihe nach. Manchmal hängt es von der Verfügbarkeit der Drehorte ab.» Fox stellte sich so vor Hannah, dass ihr keine andere Wahl blieb, als an die Decke zu schauen, wobei sie so tat, als würde sie nach Rissen suchen. Andernfalls hätte sie es vermutlich nicht vermeiden können, doch direkt in das Auge des Taifuns zu blicken.

Auch bekannt als sein Schritt.

«Du kannst mich nicht angucken, oder?», fragte Fox amüsiert. «Ich bin es nicht gewohnt, jemand anderen im Haus zu haben. Soll ich das nächste Mal eine Jogginghose anziehen?»

Himmel, nein!, schrie der Perverse, der sich in Hannahs Kopf eingenistet hatte.

«Ja, bitte. Und ich werde auch meinen Morgenmantel überziehen. Ich dachte, du wärst noch nicht wach.»

Die Hitze seiner Brust wärmte ihre entblößten Schultern, und alles unterhalb ihrer Gürtellinie wurde weich und feucht. Sie war sich der Bewegung seiner Hände nur allzu bewusst, wie er sie in die Hüften stemmte, das leise Geräusch, als Haut über Haut fuhr. Seine Größe und Stärke im Vergleich zu ihr.

Es war beschämend, auf diese Weise auf jemanden zu reagieren, mit dem man nur befreundet war.

Sie würde auf keinen Fall mit ihm schlafen. An diesem Punkt in ihrem Leben war sie nicht an Gelegenheitssex interessiert. Schon gar nicht mit Fox. Er mied nicht nur langfristige Beziehungen, sondern Beziehungen überhaupt. Wahrscheinlich würde er sich danach in ihrer Nähe unwohl fühlen, würde bereuen, diese Linie überschritten zu haben, und das würde ihre Freundschaft ruinieren.

Ich bin einfach ein Typ, mit dem man Spaß haben kann, und jeder weiß das.

Fox' Aussage vom Freitagabend drängte sich in Hannahs Gedanken, und aus irgendeinem Grund brachte die Erinnerung sie dazu, ihm in die Augen sehen zu wollen. Er musterte sie irgendwie erwartungsvoll, als rechnete er damit, dass sie jeden Moment vor Erregung tot umfiel oder versuchte, ihn zu besteigen. Wollte er sie eventuell aus dem Gleichgewicht bringen? Aber warum?

Hannah konnte keinen klaren Gedanken fassen, solange dieser Geruch ihr den Verstand benebelte. Was für waffenfähige Pheromone verströmte dieser Kerl?

Ganz unauffällig, so hoffte sie, atmete sie seinen Duft ein. «Was ist das?»

Fox zog die Brauen zusammen. «Was ist was?»

«Dieser Ingwerduft. Ist das eine Lotion oder Aftershave oder so etwas?»

«Nein.» Er grinste. «Nichts von alledem.»

Hannah wartete darauf, dass er etwas sagte. Das tat er jedoch nicht. «Was ist es dann?»

Er berührte ganz kurz einen seiner Mundwinkel mit der Zungenspitze, seine blauen Augen funkelten. «Massageöl.»

Von allen möglichen Erklärungen hatte Hannah diese nicht erwartet. «Massageöl.» Sie lachte. «Hast du dich etwa selbst massiert? Oder ...» Ihr stieg die Hitze ins Gesicht. «Oh. Wow. Da habe ich wohl den Nagel auf den Kopf getroffen. Hast du ... das ... heute Morgen gemacht?» Hannah wedelte abwehrend mit den Händen. «Vergiss es. Antworte nicht darauf.»

Fox' Grinsen wurde nur noch breiter. «Ja, hab ich. Das erste Mal, dass ich nach den Tagen auf See die Gelegenheit dazu hatte. Ich musste etwas Dampf ablassen. Hätte ich vorher um Erlaubnis fragen sollen?»

«Nein.» Oh nein. Hannah stellte sich vor, wie Fox sie um Erlaubnis bat, masturbieren zu dürfen. Es war, als würde jemand sagen: «Denk nicht an rosa Elefanten.»

Nur dass der rosa Elefant Fox' Penis war.

«Nein, natürlich nicht. Das ist deine Wohnung.» Nun war sie gegen ihren Willen neugierig geworden. «Du benutzt dafür Massageöl?»

Er brummte zur Bestätigung. «Es funktioniert auch als Gleitmittel. Du kannst es dir gern ausleihen.» Fox' Aufmerksamkeit fiel auf den Knoten im Handtuch zwischen ihren Brüsten, dann tiefer, auf die Stelle, wo der Saum des Handtuchs ihre Oberschenkel berührte. «Der Ingwer hat einen wärmenden Effekt.» Er kratzte sich am Bauchnabel. «Es ist wie ein Vorspiel mit den eigenen Fingern.»

Hannah schluckte.

Eine Schweißperle lief ihr den Rücken hinunter.

«Ich lasse es im Badezimmerschrank.» Fox zwinkerte ihr zu,

wandte sich um und ging wieder in sein Schlafzimmer. «Die orangefarbene Flasche.»

«Ooookay», sagte Hannah mit bleischwerer Zunge. «Danke?»

War es unter Freunden üblich, Gleitmittel auszutauschen?

«Ich werde den ganzen Tag auf dem Boot arbeiten», sagte Fox und schloss die Tür hinter sich, um kurz vorher durch den Spalt noch hinterherzuschicken: «Wir sehen uns unten am Hafen, Sommersprosse.»

Oh.

Toll.

Leicht benommen wankte Hannah zurück in ihr Zimmer.

Fox beobachtete die Dreharbeiten vom Deck der *Della Ray* aus. Alles wirkte perfekt aufeinander abgestimmt. Drei große weiße Wohnwagen standen auf der Straße, junge Leute mit Kopfhörern und Klemmbrettern wuselten durch die Gegend. Eine kleine Gruppe stand um einen Tisch mit Essen und Getränken herum. Große Scheinwerfer waren auf die beiden Schauspieler gerichtet – einen launischen, dünnen Kerl und eine Rothaarige, die abwechselnd übereinander herfielen, auf ihre Handys schauten und zwischen den Aufnahmen nicht miteinander sprachen.

In der letzten Stunde hatte Fox zusammen mit Sanders die Vorräte aufgefüllt und das Hydrauliksystem repariert. Eigentlich brauchten sie das Gerät nur für die Krabbensaison, aber es war ein guter Vorwand, um länger an Bord zu bleiben.

Denn von dort aus hatte er einen hervorragenden Blick auf das Filmset.

Nach der Sache heute Morgen hatte Hannah sicher nicht mehr das Bedürfnis, ihn noch einmal zu verteidigen. Sie würde ihn einfach mit einem wissenden Lächeln ignorieren, und er konnte diese lästige Hoffnung vergessen, die sie in ihm weckte. Er konnte bleiben, wo er sich sicher fühlte. Dort, wo seine Kollegen und die anderen Leute in Westport über ihn lachten und scherzten und keine Führungsqualitäten von ihm erwarteten.

Ein Kerl, der eine Vorliebe für duftendes Massageöl hatte, kam für Hannah sicher nicht infrage. Genau deshalb hatte er das Ganze inszeniert und sich das Zeug gekauft.

Wenn er sonst Erleichterung brauchte und seine Hand die einzige Möglichkeit war, erledigte er das unter der Dusche mit einer eingeschäumten Handfläche. Jetzt, da er eine monogame Beziehung mit seiner Hand pflegte, hatte er sich etwas mit ein wenig Pep gegönnt.

Brendan würde ihm in den Hintern treten, wenn er wüsste, was für eine Show er abgezogen hatte. Aber er musste den drohenden Zorn seines besten Freundes gegen Hannahs wachsende Erwartungen abwägen. Er war verdammt noch mal kein Kapitän. Niemand, dem man auf Dauer ein wertvolles Boot und das Leben von fünf Männern anvertrauen konnte. Und schon gar niemand, dem Hannah im Mondschein ihre Lippen darbot. Wenn sie nicht gerade seinetwegen fremde Männer zur Schnecke machte.

Er war einfach ein Typ, mit dem man Spaß haben konnte. Nicht mehr und nicht weniger.

Sanders kam an Deck und brummte etwas. Er warf den Schraubenschlüssel weg, mit dem er an der Ölpumpe gearbeitet hatte, und strich sich mit einer Hand über sein karottenrotes Haar. «Verdammt noch mal, ist das heiß da unten. Man sollte ein Fenster in den Rumpf einbauen. Meinst du, Brendan hätte was dagegen?»

«Wenn du das Schiff in der Hoffnung auf eine kühle Brise versenkst? Nein, bestimmt nicht», antwortete Fox trocken und verstummte dann beim Anblick von Hannah und Sergei, die auf ein Klemmbrett schauten und etwas diskutierten. Seine

Finger umklammerten das Seil, das er in seiner Hand aufgerollt hatte, und die Jute schnitt ihm immer fester in die Haut ein, bis Hannah schließlich wegging. Starrte der Regisseur ihr etwa nach?

Ja, das tat er.

Ihr Kuss auf der Party zeigte seine Wirkung. Das war gut. Vielleicht hatte Hannah Sergei tatsächlich gebeten, einen kiloschweren Kameraschwenkarm zur Seite zu räumen. Oder sie hatte strategisch die Lippen geschürzt. Alles dank seiner Ratschläge.

Es würde nicht mehr lange dauern, bis die beiden mit ganz neuen Gefühlen füreinander nach L.A. zurückkehren würden.

Super.

Fox ignorierte den bitteren Geschmack in seinem Mund, machte sich wieder an seine Reparaturarbeiten und versuchte, sich zu konzentrieren. Die Sonne brannte, für die Jahreszeit war es ungewöhnlich heiß, sodass er und Sanders schließlich ihre Shirts auszogen.

Früher hatte Fox diese Art von Arbeit an Bord gehasst. Er wollte draußen im Sturm sein, mit den Wellen kämpfen, die Natur in ihrer wütendsten Phase erleben. Und zusehen, wie sie sich innerhalb von Sekunden veränderte. Menschen konnten sich nicht von einem auf den anderen Tag verändern, die Natur schon. Die Natur lebte, um sich zu verändern.

Doch seit einiger Zeit hatte er mehr Gefallen an diesen gewissenhaft auszuführenden Aufgaben gefunden. Die sich wiederholenden Routinen wie die *Della Ray* aufs Meer hinaus zu steuern, sie sicher wieder anzudocken und sie für die nächste Fahrt vorzubereiten. Das Schiff schaukelte sanft im Wasser und nahm die Wellen von anderen Booten auf, mit denen die Touristen zur Walbeobachtung oder einfach zum Vergnügen auf die offene See geschippert wurden. Salzgeruch lag in der Luft, und in der Brise über ihm schwebten Möwen.

Vielleicht würde er in einem anderen Leben sein eigenes Boot steuern und die Natur nach seinen eigenen Vorstellungen begrüßen. Er würde sich als derjenige vorstellen, der das Sagen hatte, und nicht als derjenige, der Befehle entgegennahm und nach Hause zurückkehrte, ohne die Last der Verantwortung zu tragen. Als Jugendlicher hatte er davon geträumt, Kapitän zu werden. Wovon auch sonst? Aber er hatte gelernt, diesen Traum zu verdrängen. Er hatte ihn so gründlich verdrängt, dass nichts mehr davon übrig war.

Sein Handy vibrierte in seiner Hosentasche, und Fox wischte sich mit dem Unterarm über die schweißnasse Stirn, bevor er es herausholte.

Carmen.

Er blinzelte kurz und versuchte, sich an das Gesicht zu dem Namen zu erinnern. Vergeblich. Vielleicht die Stewardess? Wenn er ranging, würde er möglicherweise ihre Stimme erkennen. Die meisten Frauen, die er in Seattle kennenlernte, nahmen ihm sein schlechtes Gedächtnis nicht übel. Sie waren genauso an einer unverbindlichen Begegnung interessiert wie Fox.

Er starrte auf das Telefon und wartete, bis sich die Mailbox anschaltete, wobei er genau wusste, dass die Box voll war. Er hatte die Nachrichten seit Monaten nicht mehr abgehört.

Eine Minute, nachdem das Telefon aufgehört hatte zu klingeln, erschien eine Nachricht auf dem Bildschirm.

Bist du heute Abend in der Nähe? -C

Fox legte das Handy beiseite und kratzte sich im Nacken. Er würde die Nachricht später beantworten. Oder auch nicht. Der ständige Strom von Anrufen war ihm in letzter Zeit eher lästig. Waren das schon immer so viele gewesen?

Fox machte kein Hehl daraus, dass er Sex mochte. Das Flirten vorab und das entspannte Gefühl danach. Und den Akt dazwischen, wenn er nicht mehr nachdenken musste, weil sein Körper den Job übernahm.

Fox' Handy meldete den Eingang einer weiteren Textnachricht – nicht ganz ungewöhnlich an einem Sonntag, denn seine Wochenenden waren normalerweise für seine Bekanntschaften reserviert. Wobei freitags immer am meisten los war. Doch in der letzten Zeit hatte ihn sein Handy dermaßen genervt, dass er das verdammte Ding ausgeschaltet hatte, damit er keine der eingehenden Nachrichten hören oder sehen musste. Wann hatte er das letzte Mal eine davon beantwortet? Oder Westport verlassen, um sich mit einer Frau zu treffen?

Du weißt ganz genau, wie lange das her ist.

Nachdem Hannah im letzten Sommer nach L.A. zurückgekehrt war, war er genau ein Mal nach Seattle gefahren, um die Leere in seinem Herzen zu füllen, die sie hinterlassen hatte. Um die ständige Flut von Bildern ihrer gemeinsamen Stunden zu stoppen.

Er hatte eine Frau auf einen Drink eingeladen und dann die ganze Zeit darüber nachgedacht, wie beschissen er sich dabei fühlte, unfähig, sich auf ein einziges ihrer Worte zu konzentrieren oder die Umgebung auch nur wahrzunehmen. Als die Rechnung kam, hatte er eine Handvoll Bargeld auf den Tresen geworfen, sich entschuldigt und war abgehauen, wobei der Druck in seinem Magen erst nachließ, als er anhielt, um Hannah eine Nachricht zu schreiben.

Sanders öffnete direkt neben Fox zischend eine Coladose.

«Mann, willst du eigentlich auf einen deiner Booty Calls antworten?» Er nahm einen langen Zug von seinem Getränk und stellte die Dose dann auf der Reling ab. «Wie soll ich an deinem aufregenden Leben teilhaben, wenn du kein aufregendes Leben mehr hast?»

«Oh, ich ruf gleich zurück.» Fox ließ ein Lächeln aufblitzen, das das Pochen in seinem Schädel noch schlimmer machte. «Vielleicht alle auf einmal.»

Sanders' Lachen war wahrscheinlich im ganzen Hafen zu hören.

Wie aufs Stichwort meldete sich Fox' Handy erneut.

Er zog ein-, zweimal an dem Lederarmband an seinem Handgelenk. «Geh ran», sagte Sanders beiläufig und wies mit dem Kinn auf das Telefon. «Wir sind hier fast fertig.»

Wenn man es wie in seinem Job mit Männern zu tun hatte, denen Adrenalin pur durch die Adern floss, war es keine gute Idee, Schwäche zu zeigen, es sei denn, man wollte noch mehr Spott auf sich ziehen. «Du willst nur mithören und meine Tricks klauen.»

«Du brauchst keine Tricks, pretty boy. Du tauchst einfach auf und suchst dir eine aus. Im Gegensatz zu mir.» Sanders trank den Rest seiner Cola. «Ich habe mir gestern Abend die Verfilmung von Cats angetan, um bei meiner Frau zu punkten. Ein Furz – einer – und sofort jeden Vorteil wieder verspielt.»

Fox verbiss sich ein Lächeln. «Pech gehabt, hm?»

«Ich musste auf der Couch schlafen», brummte Sanders.

«Nimm's nicht so schwer, Mann.» Fox fröstelte trotz der Hitze. «Dieser Film ist ohnehin nicht geeignet, um sich zu stimulieren.»

«Ich weiß nicht, Judi Dench hat schon was ...», sinnierte Sanders.

Fox' Handy meldete eine weitere Nachricht, und er überlegte ernsthaft, das verdammte Ding ins Meer zu schmeißen. Diesmal machte er sich nicht einmal die Mühe, nach dem Namen zu sehen. Er würde sich wieder nicht an ihr Gesicht erinnern können, und das machte den Geschmack in seinem Mund nur noch bitterer.

«Was ist denn mit dir los? Spielst du den Unnahbaren?»

Sanders gluckste und stieß Fox mit dem Ellbogen in die Seite. «Das wäre ja was ganz Neues.»

Fox lachte nur und richtete seinen Blick auf das Filmset, entdeckte Hannah in der Gruppe und war überrascht, dass sie ebenfalls zu ihm herübersah. Nachdenklich.

Er winkte.

Sie schickte ihm ein kurzes Lächeln zurück.

«Du musstest wirklich noch nie um Frauen kämpfen», fuhr Sanders fort. «Erinnerst du dich an dein letztes Schuljahr? Du hättest beinah den Abschluss nicht geschafft, weil du so viel Zeit knutschend auf dem Parkplatz verbracht hast.»

Fox riss seinen Blick von Hannah los und fühlte sich schuldig, dass er sie während dieses Gesprächs überhaupt ansah. «Tja.» Er zuckte mit den Schultern. «Ich denke immer noch, dass ich dafür eine bessere Sportnote verdient hätte.»

Sanders lachte und machte sich wieder an die Arbeit.

Das tat Fox auch, aber sie ging ihm nicht mehr so leicht von der Hand. Hinter seiner Stirn rumorte es. Schließlich fand er sich erneut am Bootsrand wieder, suchte Hannah und beobachtete, wie sie sich mit einer heißen Brünetten unterhielt. Er konnte an Hannahs Körpersprache erkennen, dass etwas nicht stimmte.

War das die Frau, die für den Soundtrack zuständig war?

Ob Hannahs Inspiration zurückgekehrt war? Er hätte sie am Morgen danach fragen können, anstatt diese Show zu veranstalten. Aber für Reue war es jetzt zu spät. Zu spät, um sich Gedanken darüber zu machen, wie sein bester Freund reagieren würde, wenn er wüsste, dass Fox mit Pipers kleiner Schwester darüber gesprochen hatte, wie er sich einen runterholte, während er nichts weiter als eine Unterhose und sein Lächeln im Gesicht trug.

Brendan machte sich ohne Zweifel immer noch Sorgen, dass Fox sich an Hannah heranmachen könnte. Trotz des Gesprächs. Trotz der Tatsache, dass es unehrenhaft und schlicht unverzeihlich wäre, sie auch nur zu berühren. Aber niemand erwartete gutes Benehmen von ihm. Nicht Brendan, nicht die Leute in der Stadt, nicht die Crew, niemand. Sanders hatte Fox gerade eben daran erinnert. Er hatte ihn auf eine Art daran erinnert, dass er das Gefühl hatte, schmutzig zu sein und duschen zu müssen.

Niemand vertraute ihm. Also zum Teufel damit. Warum sollte er es überhaupt versuchen? Ein Leopard konnte die Flecken auf seinem Fell auch nicht ändern.

Ein paar Minuten später, als eine sichtlich frustrierte Hannah im Eiltempo zu seiner Wohnung lief, wusste Fox sofort, was mit ihr los war. Er kannte Frauen gut genug, um ihr Problem zu erkennen. Die gerötete Haut, die Art, wie sie ihm immer wieder verstohlene Blicke zuwarf. Wie sie sich das Haar aus dem Nacken strich und sich Luft zufächelte. Hannah war erregt. Und frustriert. Und das war ein Problem, von dem er verdammt gut wusste, wie man es lösen konnte. Was hatte es für einen Sinn, sich noch länger zu wehren?

Die letzte Nacht mit den Männern vor dem *Blow the Man Down*, der heutige Morgen mit Sanders – kurzum, jeder Tag seines Lebens – hatten bewiesen, dass er das Gerede über ihn eh nicht ändern konnte. Wenn er also der Anziehung zu Hannah nachgeben würde, wäre ihm doppelt gedient: Er konnte dieses gottverdammte siebenmonatige Zölibat beenden, ebenso wie Hannahs Interesse daran, zu verstehen, wie er tickte. Durch den Sex würde alles wieder so oberflächlich werden, wie er es gewohnt war. Dann wäre alles wieder in Ordnung.

Das hieß ja nicht, dass Hannah den Regisseur aufgeben musste. Fox' College-Freundin hatte ihn – ohne sein Wissen – fast ein ganzes Jahr lang für Sex benutzt, während sie die *echte* Beziehung mit einem anderen führte. Warum sollte Hannah nicht das Gleiche tun? Sie würden nur ein bisschen Spaß miteinander haben.

Obwohl Fox wusste, dass er sich diesmal auf verdammt dünnem Eis bewegte, machte er sich nicht einmal die Mühe, sein Shirt anzuziehen, bevor er Hannah zu seiner Wohnung folgte.

KAPITEL 10

Es gab keinen festgelegten Plan, wie Hannah Brinley über die Schulter schauen sollte. Also lag es an Hannah, sich die Gelegenheiten zu verschaffen, sofern sie sich nicht gerade mit den Schauspielern herumschlagen, die Statisten einweisen und dafür sorgen musste, dass das Catering funktionierte.

Christian war an diesem Morgen besonders mürrisch, weil sein Freund später anreisen würde als geplant, und seine Laune schien ansteckend zu sein. Die dunklen Ringe unter den Augen der meisten Crewmitglieder zeigten, dass sie am Vorabend zu viel getrunken hatten, und natürlich musste eine Möwe Maxine mitten auf den Kopf kacken, was den Drehbeginn um eine Stunde verzögerte, während die Schauspielerin versorgt und neu gestylt wurde.

Hannah beschloss, die verlorene Stunde zu ihrem Vorteil zu nutzen.

Als es für sie gerade nichts zu tun gab, ging sie zu Brinley und setzte sich auf einen Stuhl neben Sergeis leeren Platz.

«Guten Morgen, Brinley», sagte sie und lächelte.

Brinley musterte sie kühl. «Oh, hey.» Dann starrte sie wieder auf den Laptop in ihrem Schoß.

Aus keinem anderen Grund als dem, dass das Boot direkt hinter Brinleys Schulter zu sehen war, wanderte Hannahs Blick zur *Della Ray*, die im Hafen angedockt lag. Es war nicht das erste Mal, dass sie dort hinschaute, seit sie am Set angekommen war. Tatsächlich schien wirklich jeder immer mal wieder einen Blick auf Fox und seinen gottgleichen Körper zu werfen, der im Sonnenschein glänzte. Sein Anblick war offenbar das Einzige, was das genervte Team an diesem strahlenden Sonntagmorgen ein wenig aufheitern konnte. Dabei schien Fox sich seiner Rolle nicht bewusst zu sein, zumindest reagierte er in keiner Weise darauf.

Selbst Brinley senkte ihre Sonnenbrille und schaute verstohlen ein oder zwei Mal in Richtung der *Della Ray*, bevor sie sich wieder auf die Arbeit konzentrierte. Hannah versuchte unterdessen, möglichst nicht an das morgendliche Gespräch mit Fox zu denken. Vergeblich.

Das erste Mal, dass ich nach den Tagen auf See die Gelegenheit dazu hatte.

Ich musste etwas Dampf ablassen.

Offensichtlich hatte er etwas vermisst. War es für Fox ein Problem, vier oder fünf Tage ohne Sex auszukommen? Hatte er Kerzen angezündet, sich nackt ausgezogen und sich mit dem duftenden Massageöl an den Händen ganz langsam gestreichelt? Zelebrierte er das Ganze?

Das Bild blieb in ihrem Kopf hängen.

Hannah selbst konnte Monate verstreichen lassen, bis ihr dämmerte, dass sie – Überraschung! – eine Vagina mit ganz vielen empfindlichen Nervenenden besaß, die sie wirklich häufiger nutzen könnte.

Warum also nicht jetzt gleich?

Sie hatte ein lockeres Tunikakleid und eine Strickjacke angezogen, wobei sie Letztere wegen der Hitze bereits abgelegt hatte. Trotzdem war ihr in diesem Moment das bisschen Stoff noch zu viel. Sie spürte eine lodernde Hitze in ihrem Nacken, ihre harten Brustwarzen scheuerten unangenehm in ihrem BH. Und sie konnte keinen klaren Gedanken fassen.

Wie auch, wenn ihr Mitbewohner in seiner ganzen tätowierten Frauenverführer-Pracht auf dem Boot herumstolzierte! Die orangefarbene Flasche mit dem Massageöl schien laut nach ihr zu rufen.

Egal. Erst die Arbeit.

Auf diese Chance mit Brinley hätte Hannah monatelang hingearbeitet, und sie konnte sie sich einfach nicht entgehen lassen, nur weil ihr Körper plötzliche Gelüste entwickelte. Gelüste für ihren platonischen Freund. Das war eindeutig falsch. Nur weil sie irgendwie das Gefühl hatte, dass Fox sie absichtlich provozierte, hielten sich ihre Schuldgefühle in Grenzen.

Als Hannah merkte, dass sie noch immer kein Wort mit Brinley gewechselt hatte, räusperte sie sich und riss ihren Blick entschlossen von ihrem muskelbepackten Freund los. «Ähm ...» Sie wandte sich der – zugegeben traumhaften – Kulisse zu, wo Christian und Maxine ihren sehnsüchtigen Kuss austauschen würden. «Ich wollte fragen, ob du mir vielleicht verrätst, was du dir für Musik für diese Szene überlegt hast.»

«Sicher», sagte Brinley, ohne aufzublicken. «Ich weiche nicht von meinem ursprünglichen Plan ab. Der Schauplatz hat sich zwar drastisch verändert, aber ich denke, dass der Industrial-Sound in dieser Kleinstadtatmosphäre sogar noch besser passt. Das ist ein interessanter Kontrast.»

«Oh. Ja.» Hannah nickte enthusiastisch.

Aber fand sie das wirklich? Kontraste konnten tatsächlich interessant sein. Es hatte definitiv etwas für sich, historischen Dramen mithilfe der Musik einen modernen Touch zu verleihen. Hip-Hop mit Ballett zu kombinieren. Opernmusik mit einer Mordszene. Ein solcher Widerspruch konnte einen wichtigen Moment besonders betonen. Er konnte die Dramatik steigern. Außerdem half vertraute Musik den Zuschauern, sich etwas Unbekanntem zu nähern. Und in diesem Fall würde Sergeis Arthouse-Publikum sicher einen Kuss zu schätzen wissen, der mit Industriemusik unterlegt war, denn er durfte – Gott bewahre – nicht zu romantisch sein.

Hannah überlegte, welche Musik man alternativ für diese Szene wählen könnte, doch ihr fiel nichts ein.

Als ob Brinley diesen Moment der Schwäche witterte, wandte sie sich mit einem erwartungsvollen Lächeln an sie. «Was denkst du?»

In Gedanken durchstöberte Hannah ihre Plattensammlung zu Hause in Bel Air, aber sie konnte kein einziges Cover visualisieren, konnte keinen der Namen lesen. Was war nur los mit ihr? «Nun», begann sie und suchte in ihrem Kopf nach den richtigen Worten. Solche, die zeigten, dass sie diese Chance verdient hatte. «Ich hab da von diesem Vorgehen gelesen, bei dem man den Schauspielern kleine Ohrstöpsel gibt und schon während des Drehs die Musik läuft. Die Darsteller spielen dann gewissermaßen intuitiv und zeigen ihre Gefühle im Einklang mit der Musik.»

«Glaubst du wirklich, dass Christian sich auf so etwas einlassen würde?», entgegnete Brinley und schaute wieder auf ihren Laptop. «Er beschwert sich schon, wenn wir ihm ein Mikrofon geben. Heute Morgen hat er eine Aufnahme abgebrochen, weil das Kabel unter seinem T-Shirt zu sehr gejuckt hat.»

«Ich könnte mit ihm reden.»

«Danke, aber ich denke, wir sollten diese Idee auf einen anderen Tag verschieben.»

Nach einem Moment nickte Hannah und tat so, als konzentrierte sie sich wieder auf ihr Klemmbrett, damit niemand ihr tomatenrotes Gesicht sehen konnte. Wieso hatte sie gleich als Erstes eine neue Methode vorgeschlagen? Bevor sie und Brinley überhaupt eine gemeinsame Basis gefunden hatten? Sie hätte einfach zustimmen und auf eine bessere Gelegenheit warten sollen, sich einzubringen. Nachdem sie sich als hilfreich erwiesen hatte. Stattdessen hatte sie sich gleich als Besserwisserin etabliert.

Sergei kam aus einem der Wohnwagen und lächelte Hannah zu. Dann schlenderte er zu ihnen herüber, und als er bei ihnen war, legte er Hannah kurz die Hand auf die Schulter und drückte sie, bevor er sie wieder losließ. Whoa! Was? So etwas hatte er definitiv noch nie getan. Wenn Hannah sich nicht irrte, warf er ihr sogar einen Seitenblick zu, während er sich mit Brinley über den Aufbau der Szene beriet.

Wahrscheinlich hätte sie jetzt zuhören und beobachten sollen, wie sie es vorgehabt hatte.

Das war aber schwierig, weil ihr gerade etwas sehr Bedeutsames aufgefallen war: Die Hand des Regisseurs auf ihrer Schulter hatte seltsamerweise nichts bei Hannah ausgelöst. Die Anziehungskraft, die noch vor zwei Tagen von Sergei ausgegangen war, schien wie verpufft. Normalerweise hätte die Nähe zu ihm zumindest ihren Puls ein wenig beschleunigt.

Das Einzige, was sie in diesem Moment wirklich wollte, war, allein zu sein.

Mit dieser blöden orangefarbenen Flasche. Warum konnte sie nicht aufhören, an sie zu denken?

Gegen ihren Willen wanderte Hannahs Aufmerksamkeit wieder zur *Della Ray*, wo Fox mit wenig Mühe eine große Krabbenfalle anhob. Unter der Bewegung spannten sich seine Trapezmuskeln zusammen mit noch vielen anderen an, deren Namen Hannah nicht mal kannte. Nachdem er die Falle sicher befestigt hatte, strich er sich durch sein dunkelblondes Haar. Und plötzlich fiel es Hannah schwer zu schlucken. Sehr schwer.

In diesem Moment hasste sie sich selbst ein kleines bisschen. War sie so leicht abzulenken? Der Mann, der keinen Meter entfernt von ihr stand, war ein visionärer Regisseur. Ein Genie. Er behandelte sie mit Respekt, und er sah außergewöhnlich gut aus, entsprach dem Ideal vom gequälten Künstler. Sergei war genau ihr Typ. Sie hatte sich niemals von irgendeinem heißen Kerl, der gerade vorbeilief, ablenken lassen. Niemals.

Dennoch war sie noch nie in ihrem Leben so erregt gewesen, und das hatte mit dem Mann zu tun, der ihr sein Gästezimmer zur Verfügung stellte. Sie musste sich etwas einfallen lassen. Das Verlangen loswerden. Sie hatte sich schon lange nicht mehr *um sich selbst gekümmert*, und an diesem Morgen war sie übermäßig stimuliert worden. Wenn sie erst einmal ihre Hormone wieder unter Kontrolle hätte, wenn sie sie besänftigte, konnte sie sich bestimmt auch wieder auf ihren möglichen neuen Job konzentrieren. Vielleicht sogar entscheiden, ob sie dieses berufliche Ziel wirklich verfolgen sollte. Dann könnte sie auch wieder ein angemessenes Interesse an Sergei zeigen. Ihrem Schwarm, der endlich begann, sich für sie zu interessieren.

Ja, das war ein guter Plan.

«Das Mittagessen ist da», rief einer der Praktikanten von der anderen Seite der Wohnwagen her.

Gott sei Dank.

«Ich glaube, ich nehme mir meins mit», murmelte Hannah an niemand Bestimmten gerichtet und wandte sich zum Gehen. Unauffällig. Sie schaute nach rechts und links und pfiff leise vor sich hin. *Niemand wird wissen, dass du eine Masturbationspause einlegst. Entspann dich.*

Hannah kam ein paar Schritte weit, bevor Sergei sie einholte. «Hey. Hannah.»

Oh nein. Ihr Körper hatte bereits auf erregte Vorfreude umgeschaltet. Das tat er immer, wenn sie beschloss, dass die Stimmung richtig war. Das Räderwerk war schon in Bewegung. Ob Sergei ihr das ansehen konnte? Dass sie Pläne hatte, bei denen Ingwer-Massageöl eine Rolle spielte?

«Ja?», krächzte sie.

Sergei strich sich über den Bart und sah dabei, ehrlich gesagt, ein wenig … schüchtern aus? «Wohin willst du denn so eilig?»

Oh, nirgendwohin. Ich muss mir nur schnell einen Orgasmus verschaffen.

«Ich habe etwas … in der Wohnung vergessen.» Hannah deutete auf ihr Gesicht. «Sonnencreme. Ohne die sehe ich am Ende aus wie Rudolph, das Rentier.»

«Oh. Nein, das ist unmöglich.»

Warum explodierte sie nicht bei diesem Kompliment?

Noch vor ein paar Tagen hätte sie sich bei dem geringsten Hinweis, dass Sergei sie attraktiv finden könnte, ein privates Plätzchen gesucht, um *For Once in My Life* von Stevie Wonder zu schmettern und dazu (fürchterlich) auf der Stelle zu tanzen. Jetzt dagegen suchte sie nur nach einer Ausrede, um wegzukommen. Dabei war dies der perfekte Moment, um eine Hand auszustrecken und mit den Fingern über seinen Arm zu streichen. Um seinen Bizeps zu ertasten und seine Festigkeit zu prüfen wie bei einer Avocado auf dem Markt. Oder um ihn an ihre körperlichen Unterschiede zu erinnern, wie Fox es vorgeschlagen hatte. *Du Mann, ich Frau. Die Wissenschaft sagt, wir sollten es tun!* Aber sie hatte nicht die geringste Lust zu flirten oder zu versuchen, dieses Gespräch zu verlängern.

Was ist nur los mit mir?

«Ich könnte mit dir gehen», schlug Sergei vor.

Wieder nichts. Nicht ein Funken Freude war zu spüren.

Nein. Sie mochte Sergei doch. Die Funken würden zurückkehren. Sie musste nur diesen vorübergehenden körperlichen Notstand beheben. «Nein, ist schon okay.» Sie winkte ab. «Geh und iss deine Sprossen und deinen Buchweizen-Hummus. Ich bin gleich wieder da.»

Sergei nickte und wirkte enttäuscht, aber Hannah war nicht mal in der Lage, sich schlecht zu fühlen. Es gab nur diesen egoistischen Hunger, der mit unsichtbaren Händen über ihre Vorderseite strich und die erogenen Zonen neckte, wo immer er sie berührte.

Orangefarbene Flasche. Orangefarbene Flasche.

Als Hannah bei Fox' Zuhause ankam, hatte sie den Schlüssel schon in der Hand, schob ihn ins Schloss, betrat die dunkle, leere Wohnung und machte hinter sich die Tür zu. Sie keuchte. *Keuchte.* Es war lächerlich! Aber sie beeilte sich trotzdem, ins Bad zu kommen, schnappte sich die magische Flasche und nahm sie wie ein Footballspieler, der den Ball umklammert hielt, mit ins Gästezimmer.

«Oh mein Gott», murmelte sie, schloss die Zimmertür und lehnte ihre Stirn dagegen. «Beruhige dich.»

Das war allerdings leichter gesagt als getan.

Ihre Hände zitterten so sehr, dass sie Probleme hatte, den Deckel abzukriegen.

Endlich gelang es ihr, und das Aroma erfüllte die Luft, sinnlich und schwer. Purer Sex. Kein Wunder, dass sie so interessiert daran gewesen war, die Quelle des Dufts zu finden. Sie stellte die Flasche zur Seite, streifte sich das Kleid über den Kopf und ließ es auf den Boden fallen.

In dem Moment hörte sie die Wohnungstür.

«Was zum ...?», murmelte sie.

«Hannah», kam Fox' Stimme von der anderen Seite der Zimmertür. Es klang, als stehe er direkt davor. «Alles in Ordnung da drin? Du sahst eben aus, als ob irgendetwas nicht stimmt.»

«Mir geht's gut», log Hannah – nicht sehr überzeugend, denn ihre Stimme klang heiser. «Ich brauche nur eine Minute.»

Verdächtiges Schweigen.

Dann: «Ich kann das Öl riechen, Hannah.»

Hannah hatte das Gefühl, in Flammen zu stehen. «Oh mein Gott», sagte sie und lehnte ihre Stirn wieder an die Tür. «Das ist mir so unendlich peinlich.»

«Hör auf damit, Hannah.» Fox' Stimme klang um eine weitere Oktave tiefer. «Mir war es heute Morgen auch nicht peinlich.»

«Du hast es aber nicht während der Arbeitszeit getan.»

Sein leises Lachen sorgte dafür, dass sich die winzigen Härchen in ihrem Nacken aufstellten. «Wenn du damit fertig bist, dir wegen ganz natürlicher Bedürfnisse Vorwürfe zu machen, könntest du die Tür aufmachen.»

«Was?», hauchte sie und starrte schockiert auf das Holz, das sie trennte. «Warum?»

Ein langsames Ausatmen. «Hannah.»

Das war alles, was er sagte.

Was meinte er damit?

Hannah.

Sie verengte die Augen und versuchte angestrengt, zwischen den Zeilen zu lesen. Was der Hitze in ihrem Bauch keinen Abbruch tat. Im Gegenteil: Hier in BH und Tanga zu stehen, während Fox sich auf der anderen Seite der Tür befand, erregte sie nur noch mehr.

Und das sollte so nicht sein.

Aus diversen Gründen.

Erstens: Er stand nicht zur Verfügung. *Ich bin nicht an einer festen Beziehung interessiert und werde es auch nie sein.* Und dann hatte er sein Statement noch untermauert, indem er versucht hatte, ihr dabei zu helfen, einen anderen Mann zu erobern. Dass sie Fox auf der Party geküsst hatte, weil sie es einfach nicht hatte lassen können, war nebensächlich. Sie hatte es gewollt. Das hatte überhaupt nichts mit Sergei zu tun. Nur Fox hatte darauf beharrt, dass es ein taktischer Kuss war. Mehr nicht.

Mehr nicht, oder?

Ein weiterer Grund, warum sie nicht in Erwägung ziehen sollte, die Tür des Gästezimmers zu öffnen, war, dass sie Freunde waren. Sie mochte Fox. Sehr sogar. Wenn sie ihn hereinließ und etwas passierte, würde es heikel werden. Fox würde es wahrscheinlich sofort bereuen, sich mit einem Hausgast eingelassen zu haben, denn das verstieß gegen seine Prinzipien.

Und das brachte Hannah zum dritten Grund, warum sie auf keinen Fall die Tür öffnen sollte: das Bauchgefühl, dass Fox heute Morgen absichtlich versucht hatte, sie aus dem Gleichgewicht zu bringen. Dass er seinen Sex-Appeal wie eine Waffe zu einem Zweck einsetzte, den sie noch nicht ganz durchschaute.

Da stand sie also, mit ihren drei Gründen und dem Massageöl bewaffnet – als sich ganz langsam die Klinke senkte und die Tür sich einen Spalt weit öffnete. Und dann noch einen. Und noch einen. Bis Hannah, als die Tür ganz aufschwang, einen Schritt zurücktrat und sich beim Anblick des Mannes, der im Eingang ihres Zimmers stand, ihre Bauchmuskeln zusammenzogen. Fox mit nacktem Oberkörper, schmutzig, athletisch und verschwitzt.

Oh-oh.

Sein Blick wanderte hinunter zu dem schwarzen Dreieck ihres Tangas, und ein Muskel in seinem Kiefer zuckte. «Beweg dich nicht.»

Wie erstarrt beobachtete sie durch die Tür, wie Fox zur Spüle in der Küche ging, sich die Hände wusch, sie an einem Lappen abtrocknete und ihn zur Seite warf. Dann kam er zurück in ihre Richtung, betrat erneut das Zimmer und schloss die Tür hinter sich. «Komm her, Hannah.»

Der raue Befehl brachte sie fast zum Stöhnen. Hatte das Händewaschen das zu bedeuten, was sie dachte? Dass er plante, sie zu ... berühren? Es war eine so pragmatische Handlung. Als wäre sie der nächste Punkt auf der Tagesordnung. «Ich glaube nicht, dass das eine gute Idee ist.»

«Es ist eine gute Idee, wenn du es brauchst.» Sie machte einen Schritt nach vorn, und er ergriff ihr Handgelenk, zog sie näher heran, bis sie sich fast berührten, dann drehte er sich in letzter Sekunde zur Seite, sodass sie vor der Tür stand und er hinter ihr. Fox' Finger versanken in Hannahs Haar, er neigte ihren Kopf nach links, sein Atem streichelte ihren Nacken. Ihre Sicht verschwamm, als er seine Hände auf ihre Taille legte und sanft drückte. Seine Handflächen strichen langsam zur Mitte ihres Bauches und weckten Hormone, von denen sie bisher nicht mal gewusst hatte, dass es sie gab. «Verdammt noch mal, Hannah. Du bist so sexy.»

«Fox ...»

«In Ordnung. Dann lass uns darüber reden», sagte er dicht an ihrem Hals, streifte mit seinen Zähnen ihre Haut, während seine Fingerknöchel über ihren Bauchnabel strichen. «Du bist vom Set geflüchtet, als würde es brennen, nur um hierherzukommen und dich selbst zu befriedigen.» Sie gab ein unverständliches Geräusch von sich, das man für ein Ja hätte halten können. Hatte er das wirklich laut ausgesprochen? Passierte das hier tatsächlich?

«Ich weiß, dass es nicht der Regisseur war, der dafür gesorgt hat, dass du es brauchst.» Ganz leicht streiften seine Fingerspitzen den Bund ihres Höschens, die Spitze seines Mittelfingers schlich sich darunter. «Vielleicht gehst du zu ihm, um anregende Gespräche zu führen, aber ich bin derjenige, zu dem du kommst, wenn es um die schmutzigen Dinge geht.»

Wie bitte?

Mühsam versuchte Hannah, das alles zu verstehen. Nicht nur die Worte, die aus Fox' Mund kamen, sondern auch die Gegenwehr, die sie in ihr auslösten. *Denk nach.* Aber das war unmöglich, während er langsam, ganz langsam näher an sie herantrat ... bis seine Erektion ihren Po berührte. Er rieb seine Hüften an ihr. «Willst du meine Finger zwischen deinen Beinen haben?»

Ja.

Sie hätte es fast geschrien.

Aber irgendetwas stimmte nicht. Wenn ihre Libido nur eine Sekunde lang aufhören würde, wie ein Baby zu heulen, könnte sie sich darauf konzentrieren. «Fox ...»

«Das ist es, was ich am besten kann, Hannah. Also, lass es mich tun.» Seine Zunge wanderte mit so unverhohlener, animalischer Gier an ihrem Hals entlang, dass sie die Augen schloss. «Es kann ein kleines Geheimnis zwischen Freunden sein.»

Freunde.

Das Wort drang zu ihr durch.

Und dann: *Das ist es, was ich am besten kann.*

Es hörte sich an, als würde er angeben. Und gleichzeitig auch nicht. Denn unter der Oberfläche lag eine Schärfe in seinem Ton, die in so einem Szenario fehl am Platz war. Die ganze Zeit über hatte sein Verhalten von heute Morgen sie beschäftigt, es war wie ein Splitter unter ihrer Haut gewesen, und jetzt verstand sie, was los war. Sie kannte den Grund für sein Verhalten nicht, aber sie hatte zumindest ein Puzzlestück. «Fox, nein.»

Seine Hände erstarrten sofort. Dann legte er sie mit ausgestreckten Armen flach an die Tür. «Nein?»

Es war schmerzhaft offensichtlich, dass er dieses Wort in einer solchen Situation noch nie gehört hatte. Von keiner Frau. Hannah konnte es ihnen auch nicht verübeln. Denn die Art und Weise, wie er sprach und wie er sich bewegte, wie er sie berührte, um ihre Erregung zu steigern, hatte etwas, das jegliche Hemmungen und Unsicherheiten irrelevant erscheinen ließ. Sie waren nur zwei Menschen, die auf ein Bedürfnis reagierten, und nichts daran war falsch. Er war eine wandelnde Einladung, sich auszutoben.

Aber darauf fiel sie nicht herein.

Hannah hatte keinen Plan, wie sie sich jetzt verhalten sollte. Sie konnte auch keinen machen, solange ihr Gehirn und ihre Vagina völlig uneins waren. Also redete sie einfach drauflos.

«Okay ...» Sie leckte sich über die Lippen und flüsterte der Tür zu. «Gut, ich gebe es zu. Du hast mich heißgemacht. Du hast dafür gesorgt, dass ich ... das hier brauche. Du hast von Dampfablassen gesprochen und dein Shirt ausgezogen. Ist es das, was du hören willst?»

«Ja», knurrte er neben ihrem Ohr. «Lass mich es zu Ende bringen.»

«Nein.»

Fox' Hände an der Tür ballten sich zu Fäusten. «Worüber machst du dir Sorgen, Hannah? Dass die Dinge zwischen uns komisch werden? Das werden sie nicht. Weißt du, was wirklich komisch ist? Die Tatsache, dass ich noch nicht mit dir geschlafen habe. Denn Sex ist für mich so selbstverständlich wie atmen.»

«Nein, das stimmt nicht.»

Kaum hatte Hannah den Satz ausgesprochen, war ihr Glaube daran so fest wie Beton.

Da war dieser Ton in seiner Stimme. Er hatte sie am Morgen schon gestört. Er klang wie ein Schauspieler. Es war nicht echt.

Es folgte eine Pause. «Was?»

«Es ist nicht selbstverständlich für dich.» Hannah drehte sich um und blickte in Fox' wachsame Augen, während eine Faust ihren Magen zu umklammern schien. «Ist Sex eine wichtige Sache in deinem Leben? Mag sein. Aber er allein macht dich nicht aus. Hör auf, mir diesen Unsinn aufzudrängen. Du hast es heute Morgen getan, und du tust es jetzt wieder.»

Fox stieß ein Lachen aus. «Mein Gott, Hannah. Jetzt fang nicht wieder mit diesem Psycho-Scheiß an.»

«Nenn es, wie du willst.»

Sein Verhalten wurde erneut lässig verführerisch. Er senkte seinen Mund, sodass er nur noch einen Millimeter von ihrem entfernt war. «Weißt du», raunte er, während seine Lippen über die ihren strichen. «Ich könnte dich überzeugen.»

«Du kannst es gerne versuchen.»

Okay, das hätte sie besser nicht sagen sollen.

Sein darauffolgendes Lächeln versprach nichts Gutes.

«Stell das Öl weg», sagte er. «Wir wissen beide, wie feucht du bist. Du brauchst es nicht.»

Gott, das war so eine arrogante – und ärgerlicherweise wahre – Aussage. Der Satz hätte sie wütend machen sollen, anstatt ihre Erregung wieder anzufeuern, genauso stark, wie sie gewesen war, bevor sie die potenziellen Dämonen in diesem Mann erblickt hatte.

Ihr Atem beschleunigte sich, Hitze leckte an ihren empfindlichen Nervenenden. Okay, sie hatte Fox gegenüber bereits zugegeben, dass er derjenige war, der sie erregt hatte. Das hieß aber nicht, dass sie jetzt einfach fröhlich weitermachten. Sie musste verstehen, was hier passierte, auch bei sich selbst.

Es war nicht zu leugnen, dass sie etwas mit ihm teilen wollte. Sie hatte ihm vorgeworfen, dass er Sex als Waffe benutzte, hatte seine Lüge enttarnt, dass Intimität leicht für ihn wäre. Seine Maske war kurz gefallen, und das hatte ihn verunsichert. Daher wollte sie Fox im Gegenzug etwas von sich preisgeben.

Er sollte sie so schutzlos sehen, wie sie ihn vor wenigen Augenblicken erlebt hatte.

Eine Wahrheit für eine Wahrheit.

Hannah ließ das Öl fallen.

Und Fox lachte wissend.

Das jedoch war in dem Moment vorbei, als sie mit den Fingern in den vorderen Teil ihres Höschens glitt. Fox' Offenheit erlaubte es Hannah, Blickkontakt mit ihm zu halten, während sie etwas so Intimes tat. Etwas so Ungewöhnliches. Sie berührte sich selbst vor einem Mann und war der Star der Show. Sie verließ ihre Komfortzone und wagte es, ihn an sich heranzulassen.

Die Kuppe ihres Fingers fuhr über ihre Klitoris, und sie bekam weiche Knie.

Sie stöhnte.

«Hannah», zischte Fox zwischen zusammengebissenen Zähnen, die Hände über ihrem Kopf an der Tür, die von der körperlichen Arbeit gestählten Muskeln angespannt. Oh Gott.

Dieser Mann, der so dicht vor ihr stand, pure Männlichkeit ausstrahlte und nach Schweiß und Massageöl roch, würde das hier schnell vorbei sein lassen.

«Lass mich das übernehmen», forderte er.

Sie konnte nur den Kopf schütteln. Tief in ihrem Inneren spürte sie eine Erregung, die sie nicht kannte, einen unerreichten Ort, den sie zum ersten Mal entdeckte. Sie würde sich daran erinnern, wenn sie sich schon einmal so gefühlt hätte. So unkontrolliert und konzentriert zugleich. Vor diesem Mann zum Höhepunkt zu kommen, war der ultimative Rausch, und doch geschah noch so viel mehr. Zwischen ihnen fand eine Kommunikation statt, die viel wichtiger war als die körperliche Erlösung.

Fox, der keine Anstalten machte aufzugeben, fuhr mit der Nase an ihrem Hals entlang und summte ihr ins Ohr. «Ich habe versucht, das hier nicht ausarten zu lassen, aber vielleicht wartest du auf ein besseres Angebot von mir?» Sein Atem erfüllte ihr Ohr. «Willst du, dass ich dich aufs Bett lege und dich lecke, Hannah? Sag ein Wort, und ich mache den Rest. Du musst nur noch mit deinen Fingern in mein Haar greifen und dich festhalten.»

Hannah stockte der Atem, ihre Finger bewegten sich schneller an der empfindlichen Perle zwischen ihren Beinen und ließ sie anschwellen. Fox' Körperwärme, sein Geruch, sein verheißungsvoller Blick, machte jeden Zentimeter von ihr empfindlicher.

«Du bist genug, selbst wenn du mich nicht berührst», flüsterte sie und war sich nicht einmal sicher, ob sie es laut ausgesprochen hatte, bis Fox' Miene von verheißungsvoll zu verblüfft wechselte und seine Brust sich heftig hob und senkte. «Du allein bist schon genug.»

Hannah beobachtete sein Gesicht, sah, wie die Verwirrung dem Hunger wich und wieder zurückkehrte. «Hannah», sagte

Fox rau und strich mit seinen Händen an ihren Hüften auf und ab, krallte die Finger in die Seiten ihres Slips. «Na gut, ich gebe nach.» Sein Knurren an ihrem Hals erschütterte Hannah bis in die Zehenspitzen. «Willst du ficken, Babe? Dann lass es uns tun, hier und jetzt.»

Es war, als könnte Fox sich nicht vorstellen, dass eine Frau etwas anderes wollte als seine Gegenwart.

Als ob ihre Ablehnung nur bedeutete, dass sie es anders wollte.

Hannah hätte nicht gedacht, dass es irgendetwas auf der Welt gab, das sie in diesem Moment ernüchtern könnte, aber dieser Blick in Fox' Inneres verursachte genau das. Die Verletzlichkeit, die trotz Fox' Bemühungen durchschimmerte, war wie ein Ventilator, der über ihre verschwitzte Haut blies und sie klamm werden ließ. So etwas wie Entrüstung stieg in ihr auf. Etwas stimmte hier nicht. Irgendetwas war in Fox, was nicht da sein sollte, und sie wollte es beim Namen nennen.

In dem Bemühen, ruhiger zu atmen, zog Hannah ihre Finger zurück und ließ die Arme hängen. «Fox ...»

Als hätte er eine Ohrfeige bekommen, wich Fox zurück. Seine Nasenlöcher blähten sich, er öffnete den Mund, um etwas zu sagen, und klappte ihn wieder zu.

Sie starrten sich ein paar Sekunden lang an. Dann griff er nach der Türklinke und schob Hannah sanft, aber entschieden zur Seite, sodass er aus dem Raum treten konnte. Er verließ die Wohnung auf direktem Weg.

Hannah starrte ins Leere, während sie in ihrem Kopf das Gitarrenriff von Led Zeppelins *Dazed and Confused* hörte. Was, zum Teufel, war gerade passiert?

Es war ihr nicht ganz klar, aber plötzlich fühlte sie sich nicht mehr so gut dabei, ihn «Pfau» zu nennen – und in diesem Moment schwor Hannah sich, es nie wieder zu tun.

KAPITEL 11

Fox würde so tun, als wäre nichts passiert.
Ganz einfach.

Und was war denn eigentlich passiert? Nichts.

Abgesehen davon, dass er Hannah in BH und Slip gesehen hatte, ein Bild, das er niemals vergessen würde. Er hatte ihren Hals an seinen Lippen gespürt, war mit seinen Händen über ihre glatte Haut gefahren. Ihm waren ein paar schmutzige Worte rausgerutscht. Na und? Auch wenn er gestrauchelt war, hatte er keine Grenzen überschritten.

Es gab keinen Grund, nervös zu sein. Keinen Grund für diesen Druck in seinem Bauch.

Fox fuhr sich mit der Hand über den Nacken und versuchte, sich von der Anspannung zu befreien. Umgeben von den Zutaten für eine Kartoffel-Lauch-Suppe, stand er in der Küche. Das Gemüse hatte er direkt auf dem Küchentresen fein gehackt, ohne Schneidebrett. Das hatte eine ziemliche Sauerei ergeben, doch er konnte sich kaum daran erinnern, wie es dazu gekommen war. Oder daran, dass er zum Supermarkt gegangen war, um die Zutaten zu besorgen. Alles, was er wusste, war, dass Hannah jeden Moment vom Set zurückkommen würde, und er hatte das Gefühl, dass er sich bei ihr entschuldigen sollte. Sie hatte etwas von ihm gebraucht, und er hatte es ihr nicht geben können.

Er hatte sie abgetörnt.

Nicht an. Ab.

Hannah musste mehr an Sergei liegen, als er dachte. Sonst wäre sie doch unter seinen Händen dahingeschmolzen, oder?

Das musste der Grund sein, warum sie aufgehört hatte. Etwas anderes konnte es nicht sein. Es konnte nicht sein, dass er aus Versehen etwas entblößt hatte und ihr nicht gefiel, was sie zu sehen bekommen hatte.

Oder doch?

Er rührte etwas Thymian in die Suppe, beobachtete, wie die grünen Flecken sich mit der Sahne vermischten, und war sich seines heftig pochenden Herzschlags bewusst. Es war ja nicht so, dass ihm Ablehnung völlig fremd wäre. Es war nur sehr lange her. Nach der Zeit auf dem College hatte er Situationen, die zu einem Nein hätten führen können, vermieden. Er machte seinen Job und ging nach Hause. Wenn er sich mit einer Frau traf, waren die Bedingungen von vornherein klar, keine Grauzonen. Keine diffusen Erwartungen. Keine Risiken. Keine neuen Horizonte, zu denen man aufbrach.

Alles ganz anders als bei Hannah.

Mit ihr verband ihn eine Freundschaft. Vielleicht war das der Grund, warum er es heute Mittag, verdammt noch mal, auf die Spitze treiben wollte. Weil er nicht wusste, wie eine Freundschaft mit einer Frau funktionierte. Die Möglichkeit, dabei zu versagen, sie zu enttäuschen, machte ihm Angst. Da war es so viel einfacher, sie mit Sex abzulenken.

Das Geräusch des Schlüssels, der sich im Schloss drehte, ließ Fox innerlich in Panik ausbrechen, aber er rührte lässig weiter in der Suppe und sah mit einem kurzen Lächeln auf, als Hannah hereinkam. «Hey, Sommersprosse. Ich hoffe, du hast Hunger.»

Sie musterte Fox sichtlich verunsichert und zögerte, bevor sie sich umdrehte, um die Tür zu schließen – und Fox konnte nicht anders, als die wenigen Sekunden, in denen sie abgelenkt war, zu nutzen, um ihren Anblick in sich aufzunehmen.

Das nachlässig im Nacken zusammengesteckte Haar und die rebellischen Strähnen, die sich daraus gelöst hatten. Typisch

Hannah. Ihr Profil, besonders ihre süße Stupsnase. Die dynamische Art, wie sie sich bewegte, wie sie die Tür zudrückte und verriegelte, wie sich ihre Schulterblätter unter dem T-Shirt bewegten.

Himmel, sie hatte in ihrer Unterwäsche so heiß ausgesehen.

Nun, in Straßenkleidung, war sie wieder die kleine Schwester. Das Mädchen von nebenan.

In dem schwarzen BH und dem Höschen, mit dem Massageöl in der Hand und dem lustvollen Blick war sie eine echte Sexbombe gewesen.

Und sie mochte vorübergehend für ihn gebrannt haben, aber ihr Feuer galt jemand anderem. Das musste er sich ein für allemal klarmachen. Denn tief in seinem Innern hatte er geglaubt, dass sie ihm zu Füßen fallen und den Regisseur vergessen würde, wenn er sich nur ein wenig anstrengte. Nun, er hatte sich geirrt. Hannah war nicht der Typ, der echte Gefühle für einen Mann hatte und nebenbei mit einem anderen rummachte. Und es war falsch gewesen, ekelhaft falsch, sie in diese Lage zu bringen.

Fox lenkte seine Aufmerksamkeit wieder auf den Herd, als Hannah in die Küche kam. «Das riecht fantastisch.» Sie blieb hinter ihm stehen, und Fox konnte spüren, dass sie etwas sagen wollte. Er hätte wissen müssen, dass sie über den kleinen Vorfall nicht einfach hinweggehen konnte. Das war nicht ihre Art. «Wegen heute Mittag ...»

«Hannah.» Fox lachte und fügte der Suppe eine kräftige Prise Pfeffer hinzu. «Was war denn schon? Es ist nichts passiert. Kein Grund, darüber zu reden.»

«Okay.» Ohne sich umzudrehen, wusste er, dass sie an ihrer Unterlippe nagte und versuchte, sich selbst davon zu überzeugen, das Thema ruhen zu lassen. Er wusste auch, dass es ihr nicht gelingen würde. «Ich wollte nur sagen, dass es mir leidtut. Ich hätte früher aufhören sollen. Ich ...»

«Nein. Ich hätte dir deine Privatsphäre lassen sollen.» Fox räusperte sich. «Ich bin davon ausgegangen, dass du mich bei dir haben wolltest, und das war falsch.»

«Es war nicht so, dass ich dich nicht dabeihaben wollte, Fox.» Oh Gott. Wollte sie ihn jetzt über ihre Ablehnung hinwegtrösten? Lieber würde er den Topf mit der heißen Suppe über seinem Kopf ausleeren, als sich von ihr erklären zu lassen, dass sie ihren Gefühlen für den Regisseur treu geblieben war.

«Weißt du, es ist durchaus eine Option, einfach diese Suppe zu essen und über etwas anderes zu reden. Ich verspreche dir, dass das Bedürfnis, die Sache detailliert zu erörtern, vergehen wird.»

«Das nennt man Verdrängung. Das ist sehr ungesund.»

«Dieses eine Mal werden wir überleben.»

Unentschlossen schlenderte sie an der Kücheninsel entlang, fuhr mit dem Finger über die Arbeitsplatte, blies eine Wange auf und ließ die Luft dann geräuschvoll wieder entweichen.

Meine Güte, wie verrückt war es, dass er frustriert war, weil sie das heikle Thema einfach nicht fallen lassen konnte – und ihr gleichzeitig dankbar dafür war. Er hatte noch nie in seinem Leben jemanden getroffen, der sich so sehr um andere kümmerte wie Hannah. Sie dachte, ihr Mitgefühl mache sie zu einer Nebenfigur und nicht zur Hauptdarstellerin, und merkte nicht, dass ihre Empathie das genaue Gegenteil bewirkte. Hannah gehörte in eine Kategorie, die so viel echter war als der Name in einem Filmabspann. Eine Klasse für sich.

Und Fox wollte ihr nachgeben. Er wollte darüber reden, was in ihrem Schlafzimmer passiert war, über seine Reaktion, als er merkte, dass er ... nutzlos war. Zumindest in diesem Moment wollte er sich ihr öffnen und sie in die Abgründe seiner Seele blicken lassen, egal, wie sehr es ihn ängstigte. Denn mit jedem Tag, der verging, rückte ihre Rückreise nach L.A. ein bisschen näher, und Fox wusste nicht, wann er sie wieder in seiner Nähe haben würde. Vielleicht nie mehr. Nicht in seiner Wohnung. Nicht allein. Diese Gelegenheit würde bald vorbei sein.

Mit einer Kelle füllte er zwei Schalen mit der dickflüssigen Suppe, fügte Löffel hinzu und schob eine der Schalen über den Küchentresen zu Hannah hinüber. «Können wir das Thema noch etwas nach hinten schieben?», fragte er rau, ohne sie anzusehen.

Hannah nickte langsam. «Natürlich.» Sie nahm den Löffel und pustete auf die Suppe, um ihn anschließend zum Mund zu führen. Fox konnte nicht anders, als sie zu beobachten, während sich sein Unterleib zusammenzog. «Soll ich uns ablenken, indem ich dir erzähle, dass ich einen schrecklichen Tag hatte? Nicht wegen ...» Sie deutete mit dem Kinn in Richtung des Gästezimmers. «Jedenfalls nicht nur deswegen.»

Sein Ego lag in Trümmern. «Okay. Was war sonst noch schrecklich?»

«Wir mussten die Aufnahmen abbrechen, weil Christian nach dem Mittagessen nicht mehr aus seinem Wohnwagen kam. Das könnte bedeuten, dass wir unseren Aufenthalt hier um einige Tage verlängern müssen.» Fox hätte nicht überrascht sein sollen, dass sein Puls bei der Aussicht auf ein paar Bonustage mit Hannah freudig an Tempo zulegte, aber er war es.

Wie viel – und was genau – empfand er für diese Frau? Alles, jedes Gefühl oder Nicht-Gefühl, hing für ihn normalerweise mit Sex zusammen. Wäre er mit Hannah in der Lage, darüber hinauszugehen? Mal ungeachtet ihrer Schwärmerei für Sergei.

«Und ich habe zweimal versucht, Brinley anzusprechen, aber sie war ziemlich entschlossen, mich abblitzen zu lassen. Ich bin mir nicht sicher, ob ich das, was ich mir erhofft habe, bei ihr überhaupt lernen kann, und ... das Nächste darfst du niemandem erzählen.»

Fox hob eine Augenbraue. «Wem sollte ich es denn erzählen?»

«Okay.» Hannah senkte ihre Stimme zu einem Flüstern. «Mir gefällt die Richtung nicht, die Brinley musikalisch bei diesem Film einschlägt.»

Fox bemühte sich, seine Belustigung zu unterdrücken. «Man merkt dir an, dass du nicht gewohnt bist, über andere zu lästern.»

«Das ist kein Lästern. Ich habe nur ... Sergei hat dem Film eine ganz neue Stimmung gegeben, als er den Drehort nach Westport verlegt hat, und Brinley tut das nicht. Ihre Musikauswahl hat etwas Schroffes. Einen Hauch von der L.-A.-Club-Szene.» Fox gelang es, sein Lächeln einzufrieren, als Hannah den anderen Mann erwähnte, aber es kostete ihn einige Mühe. «Die Songs passen nicht, aber ich kann keine Vorschläge machen, ohne dass Brinley mich für eine Besserwisserin hält.»

«Wie wäre es, mit Sergei darüber zu reden?» Fox versuchte, den bitteren Geschmack in seinem Mund zu ignorieren, gab es auf und nahm einen extragroßen Löffel Suppe.

«Brinley übergehen?» Hannah zeichnete mit der Spitze ihres Löffels ein X in ihren Teller. «Nein, das kann ich nicht tun.»

Fox musterte sie eine Sekunde lang. «Wenn du die Verantwortung hättest, was würdest du anders machen?»

«Das ist der andere schreckliche Teil meines Tages. Ich weiß es nicht. Mir fallen einfach keine Songs ein. Aber ich schätze ... etwas, das den zeitlosen Geist dieses Ortes einfängt. Die Geschichten von Generationen.» Hannah brach ab und wiederholte leise das letzte Wort. «Generationen.»

Als Hannah nicht weitersprach, merkte Fox, dass er den Atem anhielt und darauf wartete, was sie als Nächstes sagen würde. «Generationen ...?»

«Ja.» Sie schüttelte den Kopf. «Ich habe mich gerade an die Seemannslieder erinnert, die mir meine Großmutter neulich gegeben hat. Sie hat eine ganze Mappe gefunden. Anscheinend hat mein Vater sie komponiert.»

«Wow.» Fox legte seinen Löffel zur Seite. Beinah hätte er gesagt: *Warum hast du mir das nicht erzählt?*, hielt es aber dann für anmaßend. «Das ist aufregend, oder?» Er studierte ihre Gesichtszüge und bemerkte ihre innere Anspannung. «Aber irgendwas daran treibt dich um.»

Hannah winkte ab. «Ach, es ist nichts.»

«Oh nein. Vergiss es.» Fox schob die Schüssel beiseite und verschränkte die Arme vor der Brust. «Wenn du mir die Pistole auf die Brust setzt und mich zwingst, über Dinge zu reden, die mir unangenehm sind, Sommersprosse, dann wirst du das Gleiche tun.»

«Äh, Verzeihung? Wie kannst du es wagen, einfach so recht zu haben?»

Fox grinste sie an und winkte ihr auffordernd zu: «Ich warte.»

Mürrisch aß Hannah einen letzten Löffel von ihrer Suppe und imitierte Fox, indem auch sie ihre Schüssel zur Seite schob und die Arme vor der Brust verschränkte. «Siehst du, ich kann auch Zeit schinden.»

Verdammt, wieso mochte er sie so sehr? «Ich merk's.»

«Das wird mich nicht von dem eigentlichen Thema ablenken, das wir zu besprechen haben», warnte sie ihn.

Seine Lippen zuckten. «Zur Kenntnis genommen.»

«Gut.» Sie ließ ihre Arme sinken und begann, auf und ab zu gehen. «Es ist so: Piper hat wirklich Gefühle für unseren Vater. Das hat sich entwickelt, als wir letzten Sommer hier waren. Und ich habe nur so getan als ob.»

Hannah hielt inne und schaute Fox forschend an. Er bemühte sich, keine Miene zu verziehen. Innerlich war er jedoch verdammt neugierig. «Okay. Verstanden. Du tust nur so.»

Nachdenklich fuhr Hannah fort. «Ich war zwei Jahre alt, als wir Westport verlassen haben. Ich kann mich an nichts erinnern – weder an Henry Cross noch an diesen Ort. Sosehr ich auch wühle, ich kann nicht ... Ich kann nichts für diese unsichtbare Vergangenheit empfinden. Nichts als Schuldgefühle.»

«Warum denkst du, du müsstest etwas fühlen?»

«Weil es nicht zu mir passt. Nichts zu fühlen. Ich kann einen Song in meinem Kopf wie einen Film ablaufen lassen und mich mit den Worten und dem Klang verbinden. Ich kann mich in eine Situation hineinspüren, die ich nicht einmal kenne. Ich bin ein emotionaler Mensch, weißt du? Aber das hier ... Es ist wie eine verschlossene Tür. Als ob ich eine mentale Blockade gegen alles hätte, was mit meinem Vater zu tun hat.»

Es machte ihr wirklich zu schaffen. Das konnte er sehen. Daher machte es auch ihm zu schaffen. Nicht nur, dass diese fehlende Verbindung zu Henry Cross ihr unter die Haut ging, sondern ... Was, wenn er nicht die richtigen Worte fand, um ihren Schmerz zu lindern? Frauen zu trösten, war nicht gerade seine Stärke. «Willst du denn eine Verbindung mit der Vergangenheit herstellen? Mit Henry?»

«Ich weiß es nicht.»

«Warum wolltest du herkommen?»

«Ich habe meine Schwester vermisst. Ich habe diesen Ort vermisst. Ich habe sogar dich ein wenig vermisst», sagte Hannah neckend, wurde aber schnell wieder ernst. «Das ist alles.»

«Ist das wirklich alles? Oder kaust du auf etwas anderem herum, das du nicht genau benennen kannst?» Fox wünschte sich, er könnte sein Shirt ausziehen, um sich nicht so entblößt zu fühlen. So unsinnig das auch klang. «Du bohrst nach, bis du Antworten findest. Genauso, wie du mich bearbeitet hast, bis ich nachgegeben und dem verdammten Gespräch zugestimmt habe. Vielleicht geht es dir mit diesem Ort genauso. Aber weißt du was? Wenn es nicht passiert, wenn du keine Verbindung zu diesem Ort und deinem Vater findest, ist es nicht deine Schuld, Hannah.»

Langsam entspannten sich ihre Züge, und er atmete auf.

«Danke.» Sie starrte auf einen unsichtbaren Punkt in der Ferne. «Vielleicht hast du recht.»

Fox räusperte sich und fragte dann: «Soll ich mir die Lieder mal ansehen? Vielleicht kenne ich das eine oder andere.»

«Wirklich? Singt ihr auch auf dem Boot?»

«Nicht oft. Manchmal stimmt Deke ein Lied an. Nicht mitzusingen ist dann irgendwie arschig. Und Überraschung: Brendan singt nie mit.»

Das brachte Hannah zum Lachen. «Okay, ich hole sie.»

Während sie in ihrem Zimmer suchte, stellte Fox die Schüsseln in die Spüle, ging ins Wohnzimmer hinüber und warf sich aufs Sofa. Eine Minute später kam Hannah mit einer verblassten blauen Mappe voller Papiere zurück und setzte sich vor dem Couchtisch auf den Boden. Sie fuhr mit dem Finger über eine Schriftzeile, die Augenbrauen konzentriert zusammengezogen, und reichte ihm dann ein paar der Blätter.

Fox überflog die Zeilen auf der ersten Seite, erkannte den Text nicht, begann aber wissend zu nicken, als er zur zweiten Seite kam. «Ah, ja. Das kenne ich. Die alten Fischer singen es manchmal noch im *Blow the Man Down.*» Er lachte ungläubig. «Ich wusste nicht, dass Henry Cross das geschrieben hat. Ich dachte, dass es schon seit Ewigkeiten existiert.»

Hannah rutschte auf dem Boden aufgeregt hin und her. «Du kennst das Lied? Kannst du es singen?»

«Was? Jetzt?»

Sie schaute ihn mit großen Augen bittend an, und er war plötzlich nervös. *Verdammt.* Aber zu wissen, dass er helfen konnte, zu wissen, dass er etwas tun konnte, um sie möglicherweise glücklich zu machen? Das war, als hätte er den Schlüssel zu einem Königreich in der Hand. Selbst wenn er dafür singen musste. Fox rückte das Blatt in seinem Schoß zurecht und räusperte sich.

Vielleicht würde es nichts bringen, aber so, wie sie ihn an-

sah, musste er es versuchen. «Na gut, wenn es dir so viel bedeutet ...»

Mit einer Stimme, mit der er aus jedem Casting geflogen
wäre, sang Fox die ersten Worte.

KAPITEL 12

Geboren im Nebel
Und von der Flut getragen,
In den Schoß seines Schiffs,
kann mit Stolz er es wagen,
Des Seemanns Glück,
dem Land zu entsagen.

Die Jagd hat kein Ende.
Es ist der Ruhm, es ist ein Spiel.
Um die Liebe zu kämpfen.
Ein Schatz ist das Ziel.
Männer an Deck, wir stechen in See.

Tausche das Meer
Gegen Liebe und Ehr.
Und den Wind
Gegen mein Kind.
Tausche die Wildnis
Gegen sie.
Tausche das Chaos
Gegen sie.
Lasst uns vor Anker gehn,
für das Leben jenseits der Flut.

Schätze sind nicht nur
Rubine und Gold.
Ist die Kälte vorbei,

Ist die Wärme gewollt.
Nicht länger sind die blauen Wellen
Die einzige Braut.

Die Heimat ist das Glück,
Gesundheit der Preis.
In ihren Armen zu liegen,
In ihre Augen zu schauen,
Auf dem Land gelten eigene Gesetze.

Tausche das Meer
gegen Liebe und Ehr.
Und den Wind
Gegen mein Kind.
Tausche die Wildnis
Gegen sie.
Tausche das Chaos
Gegen sie.
Lasst uns vor Anker gehn,
für das Leben jenseits der Flut.

Bald, meine Lieben, bald wird es sein.
Bald, meine Lieben, bald wird es sein.
Eine letzte Fahrt
Im Mondenschein.
Dann schreib ich das Lied meiner Familie.
Zu Hause sein.

Hannah war elf, als sie ihre ersten Kopfhörer bekam.

Sie hatte immer laut mitgesungen, was im Radio lief, konnte sich Texte leicht merken und hatte ein gutes Gefühl für den Rhythmus. Aber als sie diese Kopfhörer bekam, als sie mit der Musik allein sein konnte, da war ihr Glück perfekt.

Da sie ein Geschenk ihres Stiefvaters gewesen waren, waren sie natürlich der letzte Schrei: rosafarben und mit Rauschunterdrückung und so schwer, dass ihr Hals fast wegknickte. So hatte sie stundenlang in ihrem Zimmer gelegen, den Kopf auf ein Kissen gestützt, und die Musik gespielt, die ihre Mutter ihr auf das Handy geladen hatte. Billie Holiday hatte sie in die verrauchten Jazzsäle der Vergangenheit versetzt. Die Songs von Metallica, die sie heimlich heruntergeladen hatte, brachten sie dazu, aufzuspringen und gegen Dinge zu treten. Als sie etwas älter wurde, machte Pink Floyd sie neugierig auf Instrumente, Methodik und künstlerische Experimente.

Musik ging ihr mitten ins Herz. Nichts anderes in ihrem Leben hatte diese Kraft. Hannah fragte sich oft, ob etwas mit ihr nicht stimmte, weil ein reales Ereignis sie weniger berührte als ein fünfzig Jahre zuvor geschriebener Song. Aber diese beiden parallelen Linien – das reale Leben und die Kunst – hatten sich noch nie berührt. Bis zu diesem Moment. Und zum zweiten Mal war es Fox, der diese Art intensiver Erfahrung, bei der sie sonst immer allein war – und es auch nicht anders wollte –, mit ihr zusammen machte. Das erste Mal war es auf der Plattenbörse in Seattle passiert, als sie sich mitten in einem belebten Gang ein Paar AirPods geteilt hatten und die Welt um sie herum aufhörte zu existieren. Das zweite Mal war jetzt. In seinem Wohnzimmer.

Fox sang die Worte ihres Vaters und füllte den kahlen Raum mit einem Echo aus der Vergangenheit, das sich direkt um Hannahs Kehle legte und sie zusammenpresste.

Seine Singstimme war etwas tiefer als seine Sprechstimme, tief und leicht heiser, wie ein Raunen im Dunkeln. Und das passte so gut zu ihm, diese Intimität, die darin lag. Als ob er ein Geheimnis weitergeben würde. All das jagte Hannah einen warmen Schauer über den Rücken und hüllte sie in eine Umarmung, die sie dringend brauchte. Denn, oh Gott, es war ein schönes Lied. Und es handelte von ihrer Familie.

Das wusste sie sofort, als sie den Refrain hörte.

Und als sich ihr nach und nach der ganze Text erschloss, in dem es um die Liebe eines Fischers zu seiner Familie ging, begann Fox vor ihren Augen zu verschwimmen. Sie blinzelte die Tränen nicht weg, als könnte jede Bewegung die Melodie aus der Luft reißen und ihr das Brennen in ihrer Brust rauben.

So oft hatte Hannah versucht, die Kluft zwischen sich selbst und dem Mann, der ihr leiblicher Vater war, zu überbrücken, und es war ihr nie gelungen. Nicht, als sie das Denkmal zu seinen Ehren im Hafen besucht hatte, nicht, als sie sich mit Opal Dutzende von Fotos angesehen hatte. Sie hatte einen Anflug von Nostalgie verspürt, als sie mit Piper das *Cross and Daughters* eröffnet hatte, doch das Gefühl, das sie jetzt empfand, war neu. Das Lied zu hören, war für sie fast so, wie mit ihrem Vater zu sprechen. So nah würde sie ihm nie mehr kommen wie mit diesem Lied, das seine widerstreitenden Gefühle erklärte – zum Meer und zu seiner Familie.

Während Henry Cross dieses Lied schrieb, hatte er daran gedacht, das Fischen aufzugeben. Er wollte öfter zu Hause sein. Bei ihnen. Er hatte es nur nicht rechtzeitig getan. Oder es hatte ihn doch immer wieder zurück aufs Meer gezogen. Was auch immer der Grund gewesen war, mit diesem Geständnis wurde er für Hannah endlich real.

«Hannah.»

Fox' besorgte Stimme ließ sie zusammenzucken, und sie sah, wie er sich vom Sofa erhob und auf sie zukam. Er ließ das Blatt Papier auf den Tisch gleiten, und sie betrachtete es mit feuchten Augen, wobei ihr das Herz bis zum Hals schlug.

«Tut mir leid, das habe ich nicht erwartet. Ich habe nicht erwartet ...»

Ihre Stimme brach, und sie ließ den Satz unbeendet. Darauf

zog Fox sie hoch und nahm sie in die Arme. Als wäre er überrascht von sich selbst und wüsste nun auch nicht, was er jetzt mit ihr machen sollte, drehte er sich einmal im Kreis, um sie dann kurzerhand aus dem Zimmer zu tragen. Die Stirn an seinen Hals geschmiegt – wie war es dazu gekommen? –, merkte sie, dass er vor der Tür zu seinem Schlafzimmer stehen blieb und sich seine Muskeln anspannten. «Ich ... Ich will die Situation nicht ausnutzen, ich dachte nur, dass du wegwillst.»

Ergab das irgendeinen Sinn? Für Hannah schon. Und er hatte recht. Sie wollte raus aus dieser Situation, bevor sie sie bei lebendigem Leib auffraß, und er hatte es gespürt. Fox öffnete die Tür und brachte sie in sein kühles, dunkles Schlafzimmer. Er setzte sich auf die Kante des ungemachten Bettes, und sie rollte sich in seinem Schoß zusammen. Tränen liefen ihr übers Gesicht. «Meine Güte», sagte er und neigte den Kopf, um ihr in die Augen zu sehen. «Ich hatte keine Ahnung, dass ich so ein schlechter Sänger bin.»

Gegen ihren Willen musste Hannah lachen. «Ich würde sagen, das war perfekt.»

Fox schaute skeptisch, wirkte aber erleichtert. «Ich hab mich erst nach der Hälfte des Liedes wieder daran erinnert, worum es geht. Es tut mir leid.»

«Nein.» Sie lehnte ihre Schläfe an seine Schulter. «Es ist gut zu wissen, dass ich nicht aus Stein bin.»

Seine Finger schwebten einen Moment lang knapp über ihrem Gesicht, bevor er mit dem Daumen ihre Tränen wegwischte. «Du bist alles andere als aus Stein, Hannah.»

Einige Augenblicke vergingen, während sie den Text in ihrem Kopf wiederholte, zufrieden damit, sicher und fest gehalten zu werden. «Ich denke, vielleicht ... Bis ich das Lied gehört habe, gab es einen Teil von mir, der nicht wirklich glaubte, dass Henry wirklich mein Vater war. Als wäre das alles ein Irrtum, und ich habe es einfach hingenommen.»

«Und jetzt?»

«Jetzt habe ich das Gefühl ... Er hat einen Weg gefunden, mir genau das zu zeigen.» Sie drückte ihr Gesicht an Fox' Brust und seufzte. «Dank dir.»

Seine Armmuskeln zuckten unter ihren Knien. «Mir? Nein.»

«Doch», beharrte sie leise. «Opal denkt, dass ich meine Liebe zur Musik von Henry geerbt habe. Es ist seltsam zu glauben, dass sie von irgendwoher kommt. Als ob ein kleiner Teil meiner DNA meine Wirbelsäule kribbeln lässt, wenn ich die ersten Töne von *Smoke on the Water* höre.»

Fox grummelte: «Bei mir ist es *Thunderstruck* von AC/DC.» Ein Moment verging. «In Ordnung, ich lüge. Es ist *Here Comes the Sun.*»

Sein warmes T-Shirt schluckte ihr Lachen. «Man kann das Lied nicht hören, ohne zu lächeln.»

«Geht wirklich nicht.» Fox strich mit den Fingerspitzen über Hannahs rechten Arm, dann zuckte er zurück, als hätte er es ohne nachzudenken getan und gemerkt, dass es zu viel war. «Ich frage mich immer, warum du kein Instrument spielst.»

«Oh, da habe ich eine Geschichte für dich.» Ihr Arm kribbelte noch immer an der Stelle, an der er ihn berührt hatte. Sie saßen im Dunkeln auf seinem Bett und sprachen leise miteinander. Sie lag auf seinem Schoß und in seinen Armen, und es war nichts unangenehm daran. Nichts von dem Unbehagen war zu spüren, das Hannah normalerweise empfand, wenn sie sich bei jemandem ausheulte, der nicht Piper war. Wobei Hannah Fox' unterschwellige Anspannung durchaus merkte.

«Ich hatte so eine unausstehliche Hipster-Phase, als ich dreizehn war. Ich dachte, ich entdecke all diese klassischen Songs, und niemand versteht oder schätzt sie so wie ich. Ich war schrecklich. Und ich wollte anders sein, also habe ich um Mundharmonika-Unterricht gebeten.» Hannah sah Fox in die

Augen. «Willst du einen weisen Rat? Lern niemals Mundharmonika, solange du eine Zahnspange hast.»

«Hannah. Oh Gott. Nein.» Fox legte den Kopf in den Nacken und lachte. «Was ist passiert?»

«Unsere Eltern waren im Urlaub am Mittelmeer. Also sind wir zum Nachbarhaus gelaufen, aber die waren in Frankreich ...»

«Ah ja, typische Probleme mit den Nachbarn.»

Hannah schnaubte. «Also hat der Gärtner angeboten, mich und Piper, die sich vor Lachen tatsächlich in die Hose gemacht hat, hinten auf seinem Truck mitzunehmen.» Ihre Stimme klang gepresst, weil sie den Drang zu kichern unterdrückte. «So sind wir zum nächstgelegenen Krankenhaus gefahren, während die Mundharmonika an meinen Zähnen festhing. Jedes Mal, wenn ich ausgeatmet hab, hat das Ding ein paar Töne ausgespuckt. Die Leute haben gehupt.»

Fox' Körper bebte vor Lachen, und Hannah merkte, dass er endlich völlig gelöst war. «Was haben sie im Krankenhaus gesagt?»

«Sie haben gefragt, ob sie sich ein Lied wünschen dürfen.»

Fox fiel vor Lachen nach hinten aufs Bett, und Hannah schrie auf, als sich die Matratze senkte und sie ohne Vorwarnung auf ihn rollte. Sie landete mit der Hüfte auf seinem Bauch, was auch hieß: Ihre Brust lag nun auf seiner.

Fox verstummte, als er ihre Position realisierte.

Ihre Lippen waren nur einen Zentimeter voneinander entfernt – und Hannah wollte ihn küssen. Dringend. Und seine Augen sagten, dass er das Gleiche wollte. Wenn sie ehrlich war, wollte sie die Beine spreizen und viel mehr tun, als ihn nur zu küssen. Aber sie hörte wie am Mittag auf ihren Instinkt und rutschte von ihm weg, bis sie sich nicht mehr berührten und ihr Kopf schließlich auf dem Kissen landete. Fox betrachtete sie unter halb geschlossenen Lidern aus dem Augenwinkel, sein Brustkorb hob und senkte sich, dann rückte er sich vorsichtig so zurecht, dass er neben ihr den Kopf auf das andere Kissen legen konnte.

So verharrten sie eine Weile. Mehrere Minuten vergingen, ohne dass einer von ihnen ein Wort sagte. Fast so, als wären sie es gewohnt, zusammen in einem Bett zu liegen. Sich ohne weitere Erwartungen nah zu sein. Es genügte, einfach die Gegenwart des anderen zu teilen, und Hannah musste ihn das wissen lassen. Sie wurde das Gefühl nicht los, dass es für ihn wichtig war zu verstehen, dass nichts zwischen ihnen passieren musste, damit sich die gemeinsame Zeit lohnte.

«Also gut ...«, begann er und beobachtete sie mit festem Blick. «Ich schätze, wir haben das Thema jetzt lange genug verschoben.»

Hannah bewegte sich nicht. Sie wagte nicht zu schlucken.

Fox hielt ihr sein Handgelenk mit dem Lederarmband hin. «Das hat meinem Vater gehört. Er hat ein Stück weiter südlich gearbeitet. Auch als Fischer. Er hat meine Mutter geheiratet, als sie mit mir schwanger war, aber die Ehe hielt nur ein paar ziemlich miserable Jahre.» Fox drehte sein Handgelenk so, dass sich das Leder ein wenig bewegte. «Ich trage es, um mich daran zu erinnern, dass ich genauso bin wie er und dass sich das nie ändern wird.»

So, wie Fox das sagte, rechnete er damit, dass sie zurückzucken würde. Oder widersprechen.

Aber sie hielt seinem Blick stand und wartete geduldig, die Hand auf seinem Kissen, Augen und Nase vom Weinen geschwollen. Niedlich und mitfühlend und einmalig. Einzigartig. War sie wirklich an dieser traurigen Geschichte interessiert?

Was, zum Teufel, war das hier überhaupt? Ein Gespräch im

Bett mit einer Frau? In diesem Moment sollte das Kopfteil seines Bettes gegen die Wand stoßen. Sie sollte ihm in die Schulter beißen und ihm den Rücken blutig kratzen. Das in die Enge getriebene Tier in Fox knurrte und flehte ihn an, sie abzulenken. Er sollte den Stoff ihres Kleides packen, sie über das Bett ziehen und sich auf sie rollen, um ihr mit seiner Zunge den Verstand zu rauben.

Aber man hatte ihm seine Waffen weggenommen. Sie hatte das getan.

Keine Rüstung. Kein Schutzschild.

Und ein Teil von ihm hasste den verletzlichen Zustand zutiefst, in dem sie ihn zurückgelassen hatte. Die Reling seines Schiffes war verschwunden, es gab keine Barriere mehr, die ihn davor bewahrt hätte, in die stürmische See zu stürzen. Er wollte diese Art von Intimität nicht. Er wollte keine Sympathie, kein Mitleid, kein Verständnis. Es reichte ihm, die Wunde weiter zu bewachen. So zu tun, als ob sie nicht da wäre. Wer, zum Teufel, war sie, dass sie kam und den Verband abriss?

Sie war Hannah. Das war sie.

Diese Frau, die keinen Sex mit ihm haben wollte – und trotzdem an ihm interessiert war. Sie lag in seinem Bett und wollte mehr über ihn wissen. Kein Anzeichen von Verurteilung. Keine Ungeduld. Überhaupt keine Regung. Und sosehr er sich auch über ihr Eindringen in seine innerliche Hölle ärgerte, betete er sie, verdammt noch mal, an, wollte ihr alles geben, was sie begehrte. So sehr, dass es wehtat.

Ich trage es, um mich daran zu erinnern, dass ich genauso bin wie er und dass sich das nie ändern wird.

Er schob seine Hand unter das Kissen, um das Armband nicht mehr sehen zu müssen. «Ich habe mich nie bewusst dafür entschieden, so zu sein wie er, ich bin einfach so. Noch bevor ich überhaupt mit einem Mädchen zusammen war, hat mich jeder so behandelt, als ob es unvermeidlich wäre ... dass ich so werde wie er, meine ich. Es liegt wohl an meiner Persönlichkeit oder meinem Aussehen. Die Eltern meiner Mitschüler sagten immer: *Nimm dich vor dem in Acht. Er hat den Teufel in den Augen.* Oder: *Er ist einer von der Sorte, vor der dich deine Mutter immer warnt.* Ich selbst habe das damals nicht verstanden, aber als ich älter wurde, habe ich bemerkt, wie mein Vater mit Frauen umging. Meine Lehrerin in der sechsten Klasse sagte immer: *Er wird ein Herzensbrecher.* Und alle haben gelacht und ihr zugestimmt. Und ich ... ich weiß nicht mehr genau, wann es angefangen hat, aber in der Highschool habe ich mich schließlich mit diesem Ruf angefreundet. Bis irgendwann alles verschwomm. Mein beschissenes Leben war eine verschwommene Abfolge von Körpern, Gesichtern und Händen.»

Fox atmete tief durch, um den Mut zu finden, weiterzusprechen. Um sich vor Hannah, deren Meinung ihm so viel bedeutete, weiter zu entblößen.

«Als ich im letzten Highschooljahr war, schickte mich meine Mutter für eine Weile zu meinem Vater. Er hatte versucht, sich einzubringen, schickte Karten und so, und sie war der Meinung, dass er eine Chance verdient hatte. Und nach ein paar Tagen bei ihm zu Hause wusste ich es. Ich wusste, dass ich nicht so werden wollte wie er, Hannah.»

Fox erzählte ihr nicht alles.

Es kam ihm vor, als könnten die schäbigen Details, die sie aus seinem Leben bereits kannte, sie verderben. Diese süße Frau, die so viel Potenzial und einen Kopf voller Songs hatte, konnte es nicht gebrauchen, dass seine Vergangenheit einen Teil ihrer Gedanken beanspruchte. Sie beide lagen auf den zwei Seiten des Bettes. Wie die zwei Seiten des Mondes – die eine dunkel und die andere hell. Er sprach nicht von den Frauen, die er an jenem Wochenende in der Wohnung seines Vaters hatte ein- und ausgehen sehen. Oder von den Geräuschen, die er gehört hatte. Vom Flirten, von Streits oder vom unangenehmen Geruch nach Gras.

Fox schluckte schwer und beschwor seinen Puls, endlich langsamer zu werden. «Also gut.»

Eine Minute verging, während der Fox versuchte, sich zu sammeln. Er wusste nicht, wie er den Rest erklären sollte. Bis Hannah ihre Hand über das Bett schob und ihre Finger mit seinen verschränkte. Fox zuckte zurück, aber sie hielt ihn fest.

«Also gut», fuhr er fort und spürte die Wärme, die sich in seinem Arm ausbreitete. «Ich war ganz gut in der Schule, ob du es glaubst oder nicht. Wahrscheinlich muss ich Brendan dafür danken. Er hat immer mit mir zusammen gelernt und mich gezwungen, mit ihm Lernkarteikarten zu machen.»

«Lernkarteikarten sind so typisch Brendan», murmelte Hannah. «Ich wette, sie waren nach Farben geordnet.»

«Und alphabetisch.» Fox konnte nicht anders, als mit dem Daumen über ihr Handgelenk zu streichen. Doch Hannah würde sich nicht durch Sex ablenken lassen. Das wusste er inzwischen. Und allmählich begriff er, dass es etwas Befreiendes hatte, diese Erwartung nicht erfüllen zu müssen. «Die meisten meiner Freunde suchten sich ein College in der Nähe, aber ich wollte weg von hier. Ich wollte dieses Image loswerden. Dieses Etikett, der örtliche Hengst zu sein. Ich hatte es mir verdient, zugegeben, aber ich wollte es nicht mehr. Also ging ich. Ich zog nach Minnesota und fand neue Freunde. Ich war ein neuer Mensch. In den ersten zwei Jahren am College hatte ich gelegentlich Dates, aber das war kein Vergleich zu der Zeit an der Highschool. Nicht einmal annähernd. Und dann lernte ich Melinda kennen. Sie wohnte nicht weit weg, und ich dachte, dass sie es ernst meinte. Ich hatte noch nie eine richtige Beziehung gehabt, und mit ihr fühlte es sich so an. Wir sind zusammen ins Kino gegangen, haben Ausflüge gemacht. Ich habe mich kaum noch mit anderen Leuten getroffen. Es hat sich angefühlt wie …

eine Befreiung. Ich konnte eine Beziehung führen. Ich musste die Erwartungen der Leute zu Hause nicht erfüllen.»

In Erwartung des kommenden Schmerzes zog sich Fox' Herz zusammen.

«Ich hatte damals einen Freund. Kirk, mein Mitbewohner. Kirk war derjenige, der mich Melinda vorgestellt hatte. Er hat Wirtschaftswissenschaften studiert, genau wie ich. Im zweiten Studienjahr beschlossen wir, zusammen ein Start-up zu gründen. Wir wollten einen auf Luftaufnahmen von Drohnen spezialisierten Online-Fotoservice aufbauen.» Fox schüttelte den Kopf. «Es gibt inzwischen Firmen, die so etwas machen, aber damals gab es das noch nicht. Und wir haben hart daran gearbeitet. Wir waren dabei, Geschäftspartner zu werden. Ich war meilenweit davon entfernt, wer und was ich in Westport gewesen war, verstehst du?» Sollte er Hannah wirklich auch den Rest erzählen und sich damit absichtlich demütigen? Es war schon schlimm genug, dass er mit der Scham darüber, was damals passiert war, leben musste. Aber der Griff von Hannahs Hand war fest, und ihr Blick war offen.

Also erzählte Fox weiter, als hätte er einen unsichtbaren Stoß bekommen. Er hatte keine Ahnung, was darauf folgen würde, aber er konnte jetzt nicht aufhören.

«An einem Wochenende in den Ferien wollte Melinda ihre Eltern besuchen. Ich hatte behauptet, auch nach Hause fahren zu wollen, was nicht stimmte. Damals hat Westport für mich eigentlich gar nicht mehr existiert. Niemand wusste, wer ich wirklich war, und ich wollte, dass es so bleibt.» Fox atmete tief durch. «An jenem Wochenende bin ich von der Bibliothek zurück in mein Zimmer gegangen, und sie waren dort. Zusammen. Sie lagen auf Kirks Bett und sahen sich einen Film an.» Fox versuchte, seine Hand zurückzuziehen, weil er sich schmutzig fühlte angesichts dessen, was er gleich erzählen würde, und nicht wollte, dass Hannah davon berührt wurde.

Aber Hannah hielt ihn fest. «Also habe ich sie zur Rede gestellt. Ich habe Kirk erklärt, dass Melinda und ich uns seit Monaten regelmäßig trafen. Kirk war außer sich vor Wut, aber Melinda hat nur gelacht.»

Hannah runzelte die Stirn. Ihre erste sichtbare Reaktion auf die ganze Geschichte. Aus irgendeinem Grund sog er diese Reaktion in sich auf wie ein Schwamm. Denn es war wirklich verwirrend, oder? Sie dachte das auch. Und das bedeutete ihm etwas. Er würde es gleich aufklären und die Verwirrung würde verschwinden, aber in diesem Moment half ihm dieses Stirnrunzeln, die Geschichte zu beenden.

«Es hat sich herausgestellt, dass ich nur eine nette Abwechslung für Melinda war.» Es fühlte sich immer noch wie ein Stich ins Herz an. «Sie und Kirk waren zusammen und hatten sich am ersten Tag ihrer Beziehung so etwas wie einen einmaligen Freifahrtschein ausgestellt. Sie erinnerte Kirk, dass er ihr deshalb nicht vorwerfen könne, ihn betrogen zu haben. Ich war nur eine bedeutungslose Affäre.» Fox zuckte mit den Schultern. «Ich wusste nicht, dass sie zusammen waren, weil Kirk sie von mir ferngehalten hatte. Er war eifersüchtig, weil sie mich attraktiv fand. Und das mit der Erlaubnis zum einmaligen Fremdgehen hatte er wohl nicht wirklich ernst genommen. Kirk war stinksauer, zog sich aus dem Start-up zurück und zog aus dem Wohnheim aus. Er wollte nie wieder mit mir sprechen – und ich konnte es ihm nicht verdenken. Ich hatte genau das getan, was alle von mir erwarteten. Es spielte keine Rolle, wie sehr ich mich bemühte, anders zu sein, Sex war ein Teil meines Lebens, das Etikett der männlichen Hure klebte mir an der Stirn. Melinda hat es sofort erkannt, ohne von meiner Vergangenheit zu wissen. Mein Freund hatte seine Freundin von mir ferngehalten. Weil es das ist, was sie in mir gesehen haben.»

Fox merkte, dass er schnell atmete, und nahm sich einen Moment Zeit, um sich zu beruhigen.

«Danach habe ich das Studium abgebrochen. Ich sah keinen Sinn mehr darin, den Leuten weiszumachen, etwas zu sein, was ich nicht bin. Seitdem arbeite ich auf der *Della Ray*.»

Ein paar Augenblicke lang herrschte vollkommenes Schweigen.

Und dann brach Fox innerlich in Panik aus, weil Hannah mit düsterer Miene näher an ihn heranrückte.

«Mit mir kann man Spaß haben. Ohne dass es kompliziert wird. Und damit habe ich kein Problem.»

«Nein.»

«Hannah.»

Nachdem sie auf seine Bettseite gerobbt war, streichelte sie sein Gesicht. Fox legte seine Stirn an ihre und strich hauchzart mit den Lippen über ihre. Hannah konnte ihre Reaktion nicht verbergen. Das leise Schaudern, das ihre Glieder erfasste. Langsam zog Fox sie eng an seinen Körper und presste seinen Mund auf ihren. Sein Fight-or-flight-Instinkt war angesprungen. Entweder er ging in die Offensive, oder er riskierte, sich noch weiter zu entblößen, obwohl er damit das bekämpfte, was ihm am meisten Trost spendete.

Ablenken. Ablenken.

«Komm schon, Babe», hauchte er gegen ihre Lippen, stöhnte auf, als er den wachsenden Druck zwischen seinen Beinen spürte. Seine Finger schoben den Saum ihres Kleides höher. Und noch ein Stück. «Ich werde es dir so gut besorgen. Ich will es.»

«Nein.» Hannah schlang die Arme um seinen Hals und umarmte ihn, wobei sich ihre Brust an seine schmiegte, sodass sie sich gemeinsam hoben und senkten. «Es ist gut, so, wie es ist.» Sie stupste seinen Kiefer mit der Nase an und rückte noch näher, als wolle sie ihm zeigen, dass sie keine Angst hatte. «Einfach gut.»

Und das nach dem, was er ihr gerade gesagt hatte? Hatte sie nicht zugehört?

Sie konnte ihm widerstehen, so viel sie wollte, seine Hand halten und seine Freundin sein, aber nichts würde ihn ändern. Seine Identität war in Stein gemeißelt. Was wollte sie also von ihm?

Offenbar das hier. Nur das.

Sie wollte, was immer er war, mit all seinen Fehlern und hässlichen Wahrheiten. Sie wollte, dass er einfach nur bei ihr lag.

Es dauerte eine Weile, bis Fox den Unglauben überwunden hatte und sanft eine Hand an Hannahs Hinterkopf legte. Er schloss die Augen, so gut tat es. Es heilte seine Wunden nicht ganz, aber es linderte den Schmerz für eine Weile.

Nur für eine Weile. Er würde sie einfach eine Weile festhalten.

Sekunden später schlief Fox in Hannahs Armen ein.

KAPITEL 13

Als Hannah am Montagmorgen die Augen öffnete, fiel ihr Blick als Erstes auf Fox neben ihr auf dem Kissen. Das Morgenlicht drang durch die Jalousien ins Zimmer und tauchte es in einen goldenen Schein. Mit dem leicht geöffneten Mund und dem leichten Bartschatten, der seinen Kiefer und seine Oberlippe bedeckte, sah er einfach zum Anbeißen aus. Es war unglaublich: Es war sechs Uhr früh, und Fox hätte, so, wie er war, für eine Werbekampagne von Emporio Armani vor der Kamera posen können.

Doch nach der letzten Nacht konnte sie ihn nicht mehr anschauen, ohne die Brüche hinter der strahlenden Fassade zu sehen. Wie ein Diamant, außen glatt und schön, aber in seinem Inneren brach sich das Licht in tausend Richtungen.

Sie legte die offene Hand auf ihre Brust, um den Schmerz zu lindern. Es war, als wäre Fox' Schmerz in sie übergegangen, nachdem er sich ihr am Vorabend offenbart hatte, und weigere sich nun, sie zu verlassen – und sie wollte nicht, dass er verging. Sie wollte nicht, dass Fox ihn allein ertrug. Offensichtlich hatte er das schon viel zu lange getan.

Was bedeutete es für Hannah, ihm zu helfen, die Last seiner Vergangenheit zu tragen? Wollte sie ihm eine gute Freundin sein – und nur das? Oder hatte ihre Entschlossenheit, zu Fox zu halten, einen anderen Grund?

Romantische Gefühle?

Nein, das wäre keine gute Idee. Ganz und gar nicht.

Nach der letzten Nacht würde sie ihn nie wieder als Playboy betrachten. Denn indem er diese billige Rolle einnahm, um seinem negativen Image zu entsprechen, schadete er vor allem sich selbst. Trotzdem war er immer noch Fox Thornton, überzeugter Single. Er wollte keine Beziehung, Punkt. Das hatte er ihr gesagt.

Egal, welche gefährlichen Gefühle noch an die Oberfläche kommen mochten, die Position der unterstützenden Freundin war die einzige, die für sie zur Verfügung stand. Oder nicht?

Hannahs Gedanken zerstreuten sich wie die Samen einer Pusteblume, als Fox seine Augen öffnete und sie von der anderen Seite des Kissens ansah. Sein Blick war warm, und er wirkte erleichtert. Dann blinzelte er, und die Mauern waren wieder da.

«Hey», sagte er langsam und musterte sie. «Du hast die ganze Nacht hier geschlafen?»

Hannah wusste nicht, was sie sagen sollte. Phrasen, die sie im Laufe der Jahre von ihren Therapeuten gelernt hatte. Dinge, die erklären würden, warum er sich wegen der Ereignisse am College so schrecklich fühlte. Vorschläge, wie er seine Sichtweise ändern könnte, und die Versicherung, dass nichts davon seine Schuld war – all das fühlte sich unzureichend an. Im Laufe der letzten Nacht, ohne dass sie die bewusste Entscheidung getroffen hatte, hatte sie sich Fox' Kampf angeschlossen. Dem Kampf um seine Seele sozusagen. Sie war dabei. Aber hier und jetzt kam es ihr mit jedem Moment unwahrscheinlicher vor, dass sie noch lange bei ihm bleiben konnte, ohne sich zu verlieben.

Denn sie war schon dabei, sich in ihn zu verlieben. Oh Gott, und wie.

«Ja», murmelte sie schließlich, setzte sich auf und strich sich einige Haarsträhnen aus dem Gesicht. «Tut mir leid, ich muss eingedöst sein.»

Er stützte sich auf den Ellbogen. «Du musst dich nicht entschuldigen.»

Hannah nickte. Sie sah zu ihm hinüber und, oh Mann, da war es: das überwältigende Verlangen, ihn zu berühren. Ihn auf die Matratze zu drücken, auf ihn zu klettern und ihm zwischen Küssen zu sagen, dass er viel mehr war als ein Gelegenheits-Fick. Viel mehr, als er sich selbst zugestehen wollte. Aber das ging über die Rolle der unterstützenden Freundin hinaus. Und das durfte nicht sein.

«Ich muss langsam los, die Arbeit ...», brachte Hannah mühsam heraus.

«Stimmt.» Fox fuhr sich mit der Hand übers Haar und war sichtlich ratlos. «Hm.»

«Was?»

Seine breiten Schultern zuckten, sein Lächeln erreichte nicht ganz seine Augen. «Es fühlt sich an, als würde ich dich mit leeren Händen wegschicken.»

Der Abgrund, in den er sie am Vorabend hatte blicken lassen, sorgte dafür, dass sich Hannahs Herz zusammenzog, und sie schaffte es gerade noch, einen Laut der Verzweiflung herunterzuschlucken. Er tat ihr unendlich leid. Und dann wurde sie wütend. Wie hatten seine Lehrer und andere Erwachsene es wagen können, ihn schon als Kind derart zu sexualisieren! Wie hatte sein Vater während des Besuchs seines Sohnes Frauen mit in die Wohnung bringen können? Und mit was für Monstern war er bitte im College befreundet gewesen? Vermutlich arbeiteten die jetzt bei der Steuerbehörde. Und ja, eine gehörige Portion Wut richtete sich gegen sie selbst, denn sie hatte auch nur den rücksichtslosen Verführer in ihm gesehen. Sie hatte ihn als Pfau bezeichnet. Sie würde am liebsten mit dem Kopf gegen die Wand schlagen, weil sie wie alle anderen gewesen war.

Bevor Hannah sich selbst davon abhalten konnte, war sie übers Bett gekrabbelt, um ihn zu umarmen. Sie schlang die Arme viel zu fest um seinen Hals, aber sie konnte einfach nicht anders. Erst recht nicht, als auch er die Arme um sie legte, sie an seine Brust drückte und sein Gesicht sich an ihren Hals schmiegte.

«Du hast gestern Abend für mich gesungen», sagte sie schließlich. «Du hast mich so nah an Henry herangeführt, wie ich es vielleicht nie mehr erleben werde. Dafür bin ich dir unendlich dankbar.»

«Hannah ...»

«Und nach dem, was du mir alles erzählt hast, könnte ich hier stundenlang sitzen und über toxische Männlichkeit schimpfen und versuchen, dir klarzumachen, dass du dich selbst wertschätzen musst, aber das werde ich nicht tun. Ich werde dir nur sagen ... dass ich heute Abend wiederkomme und dass du mir wirklich wichtig bist.»

Er schluckte hörbar. «Ab Mittwoch werde ich für fünf Tage auf See sein. Das ist in zwei Tagen. Eine etwas längere Fahrt als sonst. Falls du wissen willst, wann ich weg bin.»

«Natürlich will ich das wissen.» Hannah presste ihre Lippen aufeinander. «Das heißt, du kommst an dem Tag nach Hause, an dem wir die Dreharbeiten abschließen.» Sie sahen sich ernst an, keiner von ihnen schien zu wissen, wie er darauf reagieren sollte. Zeitpläne. Weggehen und Zurückkommen. Was bedeutete das für zwei Menschen, die gerade im selben Bett geschlafen hatten?

Schließlich küsste Hannah Fox' raue Wange und drückte ihn ein letztes Mal an sich, wobei sie zu ignorieren versuchte, wie sich seine Hüften bewegten und sein Mund schwer atmend an ihrem Hals lag. «Nicht mehr, Hannah?» Seine langen Finger glitten in ihr Haar und streichelten ihren Hinterkopf, seine Lippen strichen dort über ihre Haut, wo ihr Puls hektisch schlug. «Nicht mehr als eine Umarmung für uns?»

Nur ein Wort der Ermutigung, und sie würde auf dem Rücken liegen und jede Sekunde genießen, das wusste Hannah.

Aber vielleicht bestand ihre Aufgabe hier gar nicht in erster Linie darin, die unterstützende Freundin zu sein, sondern Fox zu beweisen, dass auch er ein unterstützender Freund sein konnte. Dass seine Anwesenheit und seine Persönlichkeit auch ohne Sex ausreichten. «Ja, nur eine Umarmung.»

Verlangte sie zu viel von Fox, wenn sie versuchte, ihn davon zu überzeugen, sich selbst in einem neuen Licht zu sehen? Erging es ihr nicht gerade ähnlich? Wenn sie wollte, dass dieser Mann glaubte, ein Schiff steuern und sich allein auf sein Können, seinen Humor und seine Intelligenz verlassen zu können, dann musste sie vielleicht zuerst an sich selbst glauben. Sie konnte von ihm nicht verlangen, nach mehr zu streben, wenn sie selbst nicht dazu bereit war.

Die ersten Töne von *I Say a Little Prayer* von Aretha Franklin erklangen in Hannahs Kopf, und ihre Augen weiteten sich. Ein dankbares Lächeln umspielte ihre Lippen. Halleluja. Die Songs waren wieder da! Sicher, der Songtext war etwas beunruhigend in Anbetracht der Tatsache, dass sie sich immer noch in Fox' Bett befand. Aber es sagte ja niemand, dass sich das ganze Lied auf sie und Fox beziehen musste. Vielleicht nur der Teil mit dem Beten?

Hannah schluckte. Warum waren die Lieder jetzt zurückgekehrt? Hatte Fox' Gesang von Henrys Lied sie wachgerüttelt? Oder lag es daran, dass die Chance auf eine neue Richtung in ihrer Karriere winkte? Oder bedeutete die Rückkehr ihres musikalischen Gedächtnisses etwas ganz anderes?

Hannah atmete noch einmal tief Fox' Duft ein, dann löste sie ihre Arme von seinem Hals und stand auf. Sie verließ das Zimmer und ging ins Bad. Nachdem sie sich geduscht, angezogen und die Haare geföhnt hatte, blieb sie kurz im Wohnzimmer stehen und zögerte einen Moment, bevor sie die Mappe mit Henrys Seemannsliedern in die Hand nahm und an ihre Brust drückte. Da Fox nicht in Sicht war, verließ sie die Wohnung, kehrte aber noch einmal zurück, um einen Regenschirm zu holen, da bedrohlich dunkle Wolken am Himmel standen. Anschließend folgte sie dem Gefühl in ihrem Bauch, das sie nicht zum Set, sondern in Richtung des Plattenladens zog.

Hannah seufzte, als das *Disc N Dat* in Sicht kam, unscheinbar und ohne jegliche Beschilderung. Die blaue Beleuchtung im Fenster war der einzige Hinweis darauf, dass der Laden geöffnet war.

Im letzten Sommer hatte sie hin und wieder in dem Plattenladen ausgeholfen. Zunächst, um ihr Budget aufzubessern, damit Piper nicht mehr kochen musste und ihre Umgebung in Brand setzte. Aber sie hatte auch eine Beschäftigung gebraucht, damit Piper kein schlechtes Gewissen hatte, wenn sie ihre Zeit mit Brendan verbrachte. Hinzu kam Hannahs Liebe für Schallplatten, und so war es der perfekte Minijob gewesen.

Ein Gefühl der Vertrautheit überkam Hannah, als ihre Hand den bronzenen Griff umschloss und sie die Tür öffnete, wobei der Duft nach Räucherstäbchen und Kaffee nach draußen drang und sie ins Geschäft lockte. Hannah war erleichtert, dass sich nichts verändert hatte. Das *Disc N Dat* war immer noch verlässlich altmodisch und einladend, und auch die Plakate an den Wänden waren nicht ausgetauscht worden. Lichterketten hingen an der Decke, und aus den Lautsprechern tönte leise Musik von Lana Del Rey.

Shauna, die Besitzerin des Ladens, kam mit einer Tasse Kaffee aus dem winzigen Hinterzimmer und strahlte sie an. «Hannah!», rief Shauna und stellte ihre Tasse auf der Vitrine ab, in der ihr Perlenschmuck und die Traumfänger ausgestellt waren, die sie ebenfalls verkaufte. «Ich habe mich schon gefragt, wann du endlich vorbeikommst.»

«Tut mir leid, dass es so lange gedauert hat.» Die beiden Frauen umarmten sich. «Ich habe wirklich keine Ausrede.» Hannah drehte sich im Kreis und sah sich glücklich um. «Ich glaube, ich hatte Angst, dass ich, wenn ich einmal herkomme, meinen Job beim Film auf der Stelle kündige und darum bettele, wieder hier arbeiten zu dürfen.»

«Nun, da brauchst du dir keine Sorgen zu machen. Wir stellen niemanden ein, da wir, seit du weg bist, nur noch zwei Stammkunden haben.»

Hannah lachte. «Ich hoffe, sie haben wenigstens einen guten Musikgeschmack.»

«Bei den Leuten, die den Weg hier herein finden, ist das meistens der Fall», sagte Shauna und grinste. «Und was gibt es bei dir Neues?»

Oh, nicht viel. Ich bin gerade dabei zu erkennen, dass ich Gefühle für einen Mann habe, der die Personifikation von unerreichbar ist.

«Mm. Ich hab viel gearbeitet.» Hannah fuhr mit den Fingern über die Plastikhüllen der Platten, die unter dem Buchstaben B eingeordnet waren: B.B. King, die Beatles, Ben Folds, Black Sabbath. Aber sie hob sofort den Kopf, als Lanas Stimme verebbte und eine Reihe von ungewöhnlichen Klängen den nächsten Song eröffneten. Waren das Geigen? Gefolgt vom düsteren Schlag einer Trommel. Dann kam die Stimme. Ein heiserer Ruf nach Aufmerksamkeit, bei dem sich die Härchen auf Hannahs Armen aufstellten.

«Wer ist das?»

Shauna deutete mit einer fragenden Geste auf den Lautsprecher, und Hannah nickte. «Das sind die Unreliables. Die Freundin meines Cousins ist die Leadsängerin.»

«Die sind aus der Gegend?»

«Aus Seattle.»

Die Musik würde perfekt zu ihrem Film passen. Statt des

Industry Sounds die dramatischen Schläge der Trommel, das Gefühl in der Stimme der Sängerin und das Folk-Element der Geigen. Das würde die Story wirklich zum Leben erwecken. Es würde dem Film mehr als nur eine Struktur geben – dieser Sound würde ihm Charakter verleihen.

Erst als Shauna sie ansprach, bemerkte Hannah, dass sie ins Leere gestarrt hatte. «Was ist in der Mappe?»

«Hm?» Verwirrt blickte Hannah auf ihre Hände. Sie hatte die Mappe mitgebracht, um sie später Brinley zu zeigen, von Musikliebhaber zu Musikliebhaber. Vielleicht würde das Eis zwischen ihnen damit etwas schmelzen. «Oh. Das sind, ähm, Seemannslieder. Originaltexte. Von meinem Vater. Nicht alle sind bekannt, glaube ich. Ich müsste mit den Einheimischen zusammen auf die Suche gehen, um die Melodien zu finden, aber ich schätze, sie würden sich ungefähr so anhören.» Hannah deutete auf den Lautsprecher. «Wie die Unreliables.»

Die letzten Worte murmelte Hannah nur, denn in ihrem Kopf hatte eine Glühbirne zu blinken begonnen. Sie blickte auf die Mappe hinunter, schlug sie auf und blätterte Seite für Seite durch die Texte. Was wäre, wenn man sie tatsächlich vertonen würde? Die Texte waren tiefgründig, von Herzen kommend und poetisch. Beeindruckend. Durch sie fühlte sich Henry für Hannah real an. Was wäre, wenn sie noch einen Schritt weitergehen und seine Musik zum Leben erwecken könnte?

War das eine verrückte Idee?

«Ich habe eine seltsame Frage an dich», sagte sie zu Shauna. «Wie gut kennst du die Unreliables? Meinst du, sie könnten dazu bereit sein ...» Wie sollte sie es in Worte fassen? «Mit mir zu arbeiten? Ich habe diese Lieder von meinem Vater, und ich würde sie gern auf eine Art vertonen, die den Unreliables entsprechen könnte.»

Oh Mann.

Nun, da die Glühbirne strahlend hell leuchtete, fühlte Hannahs Kopf sich an wie der Hollywood Boulevard bei Nacht. Sie hatte tagelang keine Inspiration gehabt, und jetzt strömte sie herein, und das alles wegen der verblassten blauen Mappe in ihren Händen.

Glory Daze wurde in Westport gedreht. Und Westport war Henry Cross.

Wie oft hatte sie das schon gehört?

Im Moment bestand der Soundtrack aus Songs, die es schon gab und die sich für Hannah nie richtig angefühlt hatten. Musik für eine andere Zeit und eine andere Location, die den Zauber dieses Ortes trübte. Sie schwächte die Wirkung von Westport als Kulisse ab. Aber was wäre, wenn die Musik aus Liedern bestehen würde, die von einem Mann geschrieben wurden, der diese Stadt geprägt hatte?

«Du willst sie vertonen? Wie spannend», sagte Shauna und schürzte die Lippen. «Du willst also, dass die Unreliables die Lieder in ihren Stil vertonen. Ein paar Tracks aufnehmen ...»

«Ja. Ich meine, wenn sie in Seattle sind, könnte ich mich mit ihnen treffen. Sie angemessen bezahlen.» Wenn es jemals einen richtigen Zeitpunkt gegeben hatte, um das ihr zur Verfügung stehende Geld zu nutzen, dann war es dieser. Und, wow, all das fühlte sich an, als würde sie in die Rolle der Hauptdarstellerin schlüpfen. Aber es war ein gutes Gefühl, und so ging Hannah noch einen Schritt weiter. «Ich wäre gern an dem Prozess beteiligt.»

Shauna nickte und wirkte durchaus beeindruckt. «Ich werde über meinen Cousin nachfragen, ob sie Lust und Zeit dafür haben. Aber verlass dich nicht allein auf sie. Es könnte eine Sackgasse sein. Die Band hat sich nicht umsonst ‹die Unzuverlässigen› genannt.»

«Klar», sagte Hannah, klappte die Mappe zu und fuhr mit der Hand über das Titelblatt, wobei sie sich mehr und mehr für die Idee begeisterte. Das war etwas Großes. Sie sehnte sich danach loszulegen, obwohl ihr der Einfall eben erst gekommen war. Sie wollte sich in einen Prozess stürzen, den sie bisher immer nur aus der Ferne beobachtet hatte, ein Teil davon werden. Mit ihrem Vater. «Danke.»

Shauna ging hinter die Verkaufstheke und ließ sich auf einem Hocker nieder. «Wo wohnst du, solange du in der Stadt bist? Bei Brendan und Piper?»

«Diesmal nicht. Brendans Eltern sind zu Besuch, also ...», Hannah schluckte, als sie an das schlaftrunkene Gesicht ihres vorübergehenden Mitbewohners dachte, «...wohne ich bei Fox oben am Hafen.»

Shauna schlug sich auf den Oberschenkel. «Oh! Warte, ich nehme zurück, was ich eben gesagt habe. Es stimmt nicht, dass ich nur zwei Kunden hatte. Fox war in letzter Zeit auch ein paarmal hier.»

Verwundert sah Hannah sie an. «Tatsächlich?»

«Ja.» Shauna ließ sich von einem Fleck auf der Theke ablenken und kratzte mit dem Daumennagel daran herum. «Ich war auch überrascht, als er das erste Mal reinkam. Weißt du, er war im Abschlussjahr, als ich auf die Highschool kam. *Der* Fox Thornton.» Sie schüttelte den Kopf. «Dass dieser Typ hier einfach mal eben reinschneit, erwartet man nicht. Ich hab einen Moment gebraucht, bis ich die Sprache wiedergefunden hatte. Aber er hat einen ziemlich guten Musikgeschmack. Das Letzte, was er gekauft hat, war Thin Lizzy. Live.»

Hannah war verwirrt. «Aber er hat nicht einmal einen Plattenspieler.» Sie nahm eine gedankliche Bestandsaufnahme der spärlich eingerichteten Wohnung vor. «Es sei denn, er ist unsichtbar.»

«Seltsam», meinte Shauna.

«Ja ...» In Gedanken versunken, wandte Hannah sich Richtung Ausgang, denn sie musste noch einen weiteren Ort aufsu-

chen, bevor sie sich auf den Weg zum Set machen konnte. Das
Rätsel von Fox' Platteneinkäufen würde sie später entschlüs-
seln müssen. «Wirklich seltsam. Man sieht sich, okay?»

«Das hoffe ich doch.»

KAPITEL 14

Hannah ging unruhig auf und ab, drehte die blaue Mappe in ihren Händen und wartete darauf, dass Brinley ihr Handygespräch beendete.

Gut möglich, dass es nicht klappen würde. Aber je länger Hannah über die Idee nachdachte, Henrys Lieder aufzunehmen, desto mehr war sie davon überzeugt. Es musste sein. Zumindest musste sie es vorschlagen. Es versuchen. Für Henry. Für sich selbst. Und vielleicht musste sie es auch für Fox versuchen. Nicht, weil er von ihr erwartete oder verlangte, dass sie die Hauptrolle spielte, sondern weil sie ihn nicht ermutigen konnte, auf seine Fähigkeiten zu vertrauen, wenn sie nicht bereit war, das Gleiche zu tun.

In diesem Moment sehnte Hannah sich sehr danach, seine Stimme zu hören. Gerade jetzt, da sie so nervös war. Normalerweise war Piper immer ihre Ansprechpartnerin, wenn sie eine verbale Beruhigungspille brauchte, doch stattdessen rief sie nun ihren kilometerlangen Chat mit Fox auf, und ihr Magen beruhigte sich schon, als sie seinen Namen auf dem Display sah. Hannah behielt Brinley im Blick und tippte eine Nachricht.

HANNAH (13:45): Hey.

FOX (13:46): Hey, Sommersprosse. Was gibt's?

H (13:46): Nichts weiter. Ich wollte nur kurz Hallo sagen.

F (13:47): Wenn du mich so sehr vermisst, dann sag ihnen, dass es dir nicht gut geht, und komm nach Hause. Wir könnten shoppen gehen. Schuhe kaufen.

H (13:48): Mit einem Fischer zusammen blaumachen? Klingt gefährlich.

F (13:48): Ist es nicht!

H (13:49): Wer weiß! Aber zurück zum Thema. Schuhe kaufen? Hab ich aus Versehen meine Schwester angeschrieben?

F (13:50): Ich brauche neue Gummistiefel fürs Boot. Auch wenn das meinem unglaublichen Sex-Appeal vielleicht nicht guttut, muss ich gestehen, dass meine anfangen zu miefen.

H (13:52): Keine Sorge. Dein Sex-Appeal ist intakt. Meine Güte. 😳

F (13:54): Es ist ein Fluch. 😵

F (13:55): Ich kann dich vom Fenster aus sehen. Dreh dich mal um.

Hannah wandte sich um und entdeckte Fox, der aus dem Fenster seiner Wohnung in ihre Richtung schaute. Ein unfreiwilliges Lächeln erschien auf ihrem Gesicht. Sie winkte ihm zu, und das heftige Verlangen danach, den Tag mit ihm zu verbringen, erwischte sie so unerwartet, dass ihr Arm kraftlos herunterfiel und sie einen Kloß im Hals hatte.

H (13:58): Ist es pervers, wenn ich gestehe, dass ich an deinen Stiefeln riechen will, um festzustellen, wie schlimm es ist?

F (13:59): Das würdest du nicht überleben.

F (14:00): Du bist echt was Besonderes, Hannah.

H (14:01): Das sagen alle. Bis später. Danke. 😊

F (14:02): Wofür?

Hannah wollte gerade antworten, als Brinley ihr Telefonat beendete.

Den Mutigen gehört die Welt. Und ihr Mut fühlte sich nach dem Chat mit Fox nicht mehr ganz so mickrig an. Es half ihr, ihn dort am Fenster zu sehen, eine beruhigende Präsenz, wenn sie sie brauchte.

Betont aufrecht und so selbstbewusst, wie es ihr möglich war, ging Hannah über den Set zu Brinley hinüber. Als sie schließlich vor ihr stand, dauerte es eine ganze Minute, bis Brinley von der Notiz aufblickte, die sie gerade auf einen Block schrieb. «Ja?»

«Hi, Brinley.» Hannah drehte die Mappe in ihren Händen. «Ich habe etwas mitgebracht, von dem ich denke, dass es dich vielleicht interessiert ...»

«Dauert es lange? Ich muss einen Anruf machen.»

«Mhm.» Hannah widerstand dem Impuls, die ganze Sache abzublasen, Brinley zu sagen, dass es nicht so wichtig sei, und wegzugehen. «Ehrlich gesagt, ich weiß nicht, ob es lange dauert. Aber ich denke, es lohnt sich auf jeden Fall, sich ein paar Minuten Zeit zu nehmen.» Hannah atmete tief durch und klappte die Mappe auf. «Das sind bisher unveröffentlichte Seemannslieder. Von meinem Vater geschrieben. Und sie sind gut. Wirklich gut. Die Texte handeln von Westport, der Familie und der Liebe. Verlust. Den Themen des Films also, und nachdem ich heute Morgen mit meiner Großmutter gesprochen habe, haben wir die Erlaubnis, sie zu verwenden. Ich denke ... nun, ich fände es super, wenn du mal mit Sergei darüber reden könntest. Ich weiß, es wäre zusätzliche Arbeit, sie professionell aufzunehmen, aber ...»

«Ganz genau. Das Budget ist eh schon überzogen, Hannah.» Brinleys Lachen klang verärgert. «Dein letzter Vorschlag hat uns in dieses Kaff geführt. Und jetzt willst du einen Original-Soundtrack aufnehmen? Vielleicht möchtest du die Premiere ja nach Abu Dhabi verlegen oder ...»

«Ich möchte die Songs bitte sehen», sagte Sergei barsch, der hinter dem Wohnwagen auftauchte und sich rechts neben Hannah stellte, sodass sie vor Schreck fast die Mappe fallen ließ. Mit hartem Blick sah er Brinley an, die auf einmal leichenblass geworden war. Deutlich freundlicher wandte er sich dann an Hannah. «Darf ich?», fragte er, als er ihr die Mappe abnahm.

Dieses Szenario war das Letzte, was Hannah hatte heraufbeschwören wollen. Brinley war gut in ihrem Job, und sie respektierte sie. Hannah wäre sogar bereit gewesen, Brinley die Songs zu überlassen, damit sie sie als ihre Idee ausgeben konnte. Das war jetzt natürlich nicht mehr möglich.

Hannah sah Brinley entschuldigend an, aber die beobachtete Sergei bereits dabei, wie er die ersten Lieder überflog. «Es ist schwer, sie nur nach dem Text zu beurteilen», sagte er und klang enttäuscht. «Gibt es keine Möglichkeit, sie vertont zu hören?»

Brinley warf Hannah einen triumphierenden Seitenblick zu.

«Also ...», setzte Hannah an und verspürte erneut den Drang, die Mappe zurückzunehmen, zu lachen und sich für die dumme Idee zu entschuldigen. Doch stattdessen atmete sie tief durch und trat die Tür zu ihrer Komfortzone ein. «Da bin ich dran. Ich habe die ersten Probeaufnahmen bereits veranlasst. Die Frage ist nur, ob *Storm Born* sie für dieses Projekt haben will oder nicht.»

Das war gelogen. Aber nur ein bisschen.

Sie hatte schließlich vor, einen Weg zu finden, die Lieder aufzunehmen, oder nicht? Und die ersten Schritte hatte sie bereits unternommen. Natürlich war es möglich, dass die Unreliables kein Interesse oder keine Zeit hatten. Falls dem so war, würde sie bestimmt jemand anderen finden. Allerdings hörte sich das, was sie gesagt hatte, so an, als lägen die Aufnahmen in Kürze vor – und das stimmte nicht.

Aber Sergei hatte nun mal eine kurze Aufmerksamkeitsspanne. Und Hannah wollte ihm diese Idee, an die sie mit ihrem Herzen, ihrer Seele, ihrem Bauch glaubte, auf jeden Fall schmackhaft machen. Sie musste ihm also etwas Substanzielles anbieten, sonst hätte er das Ganze in zehn Minuten schon wieder vergessen.

Außerdem: Das hier war die Entertainment-Branche. *Fake it till you make it.*

Sergei sah sie an. Er war am Haken. *Leg noch einen drauf.*

Und wie?

«Ich kann ... na ja», stammelte Hannah. «Ich könnte eins von ihnen singen ...»

«Ja, lass uns das machen», sagte Brinley strahlend und stützte entspannt ihr Kinn auf ihre Hand. «Hey!» Sie lehnte sich zur Seite und rief einer Gruppe von Crewmitgliedern zu: «Hannah will uns ein Seemannslied vorsingen.»

So eilig, wie alle zusammenströmten, hätte man meinen können, sie wäre Hailey Bieber, die gerade die Ankunftshalle des L.A. Airports betreten hatte, in der schon Dutzende von Paparazzi warteten. «Äh.» Hannah räusperte sich und streckte die Hand aus, um die Mappe von Sergei zurückzunehmen. Dieses Lied hatte sie am Vorabend zu Tränen gerührt. Wollte sie es wirklich vor all ihren Kolleginnen und Kollegen laut singen? Sie war nicht nur besorgt, dass ihr dasselbe gleich noch mal passieren könnte, sondern zweifelte auch an ihren nicht gerade erstklassigen stimmlichen Fähigkeiten. «Also ... das hier heißt *Das Glück des Seemanns*.»

Ausnahmsweise hätte man in dem ansonsten lärmenden Set eine Stecknadel fallen hören können.

Sogar Christian schien neugierig geworden zu sein.

Die erste Zeile des Liedes klang noch sehr leise, irgendwie gedämpft. Doch dann hob Hannah zufällig den Blick und sah die *Della Ray* im Hafen vor sich auf dem Wasser. In diesem Moment rührte sich etwas in ihr. Etwas Unbekanntes und tief in ihr Verborgenes, etwas, das ihr beinahe Angst machte. Eine Brücke in die Vergangenheit, in eine andere Zeit. Ihr Vater hatte seinen Lebensunterhalt auf genau diesem Boot verdient. Er war auf ihm gestorben. Und sie sang nun eines seiner Lieder, also sollte sie dem auch gerecht werden. Ihr waren seine Worte und Gedanken überreicht worden. Und auch wenn sie ihn nie persönlich kennenlernen würde, erweckte sie ihn auf diese Weise nicht wieder zum Leben?

Hannah merkte erst, wie laut und deutlich ihre Stimme klang, als das Lied fast zu Ende war und immer noch niemand sprach oder sich bewegte. Nicht dass sie ihr Talent dafür verantwortlich machte. Gott, nein. Aber vielleicht war das stumme Staunen der Tatsache geschuldet, dass sie mehr Mühe in das Lied gesteckt hatte als in alles andere zuvor – außer vielleicht in die Erstellung der perfekten Playlist.

Hannahs Stimme glitt über den Hafen, der Wind schien sie übers Wasser zu tragen. Als das Lied zu Ende war, begann Sergei zu klatschen, und alle fielen ein. Das war so unerwartet, dass es Hannah auf einen Schlag in die Gegenwart zurückkatapultierte. Sie richtete sich ruckartig auf, wobei sie fast auf den Hintern fiel, was ihr ein Augenrollen von Christian einbrachte. Aber bevor Hannah die Gelegenheit hatte, sich bei allen zu bedanken und Sergeis Meinung über Henrys Lied zu hören, warf Brinley plötzlich ihren Notizblock weg. «Hört mal, ich arbeite schon seit Wochen an den Synchronisationsrechten für unsere Songs. Unsere Tontechniker haben die Abfolge und die Schnitte bereits vorbereitet. Daher hoffe ich, dass du das nicht ernsthaft in Betracht ziehst, Sergei, denn das würde bedeuten, dass wir wieder bei null anfangen müssten, und wir haben das Budget bereits überschritten und liegen hinter dem Zeitplan. Das ist eine Schnapsidee. Von einer Anfängerin.»

Von der Crew war ein mehrstimmiges «Oooh» zu hören.

Hannahs Gesicht wurde flammend rot. Die Situation war ihr peinlich, aber vor allem war sie entrüstet. Henrys Lieder waren keine Schnapsidee. Und es war diese Wut, die Hannah dazu veranlasste, noch einen draufzusetzen. Warum nett sein und auf Brinley Rücksicht nehmen? Das führte offensichtlich zu nichts, also musste sie für das kämpfen, was wichtig war. Was sie kontrollieren konnte.

Hoffentlich.

Hannah erledigte den ganzen Papierkram für *Storm Born*,

die Produktionsfirma. Sie kannte die Zahlen, hatte jahrelang Brinleys Cue-Sheets und Synchronisationsverträge gelesen. Und dieses Wissen nutzte sie jetzt zu ihrem Vorteil.

«Tatsächlich würde es das Budget weniger belasten, wenn wir mit diesen Liedern arbeiten. Und die Rechte wären exklusiv.»

Sergei mochte das Wort «exklusiv». Und zwar sehr. Er blickte wieder auf die Mappe, und die kreative Ader in seiner Schläfe pochte buchstäblich.

«Wir könnten den Künstlern ein Pauschalhonorar von zwanzigtausend Dollar für die Aufnahmen bieten. Zurzeit zahlen wir mehr als das für die Rechte an einem Song. Ich will keine Vermittlungsgebühr, aber meine Großmutter wird in den nächsten zehn Jahren mit fünfzehn Prozent vom Gewinn am Soundtrack beteiligt. Auf diese Weise würden wir den Produzenten Geld sparen und möglicherweise eine Indie-Band in die Charts bringen.» Sicherheitshalber wiederholte Hannah noch einmal: «Exklusiv.»

«Aber die Zeit, die das kosten würde ...», argumentierte Brinley.

«Auf jeden Fall möchte ich ein Demo hören. Diese Lieder verleihen dem Film historischen Wert, sie bereichern die Hintergrundgeschichte.» Sergei setzte zu einem dramatischen Spaziergang durch die stumme Crew an und wies mit einer ausholenden Geste auf das Wasser. «Ich stelle mir einen Sonnenaufgang im Zeitraffer vor, während die verlorene Stimme eines Seemanns von jenseits des Horizonts ruft. Wir eröffnen mit Entschlossenheit. Mit Kraft. Das Publikum wird mit den Stimmen der Menschen, die hier leben, in die Zeit und den Ort hineinversetzt. Der Männer, die diese Gewässer befahren haben.»

Sergei war in seinem Element und höchst inspiriert; alle hielten den Atem an, und Brinley sah aus, als würde sie Hannah am liebsten mit ihrem Stift erstechen.

Der Regisseur machte auf dem Absatz kehrt und wandte sich der Gruppe zu. «Brinley, lass uns in die Richtung weitergehen, in die wir bisher gegangen sind. Aber ich würde auch gern Hannahs Idee verfolgen. Wir sind bereits hinter dem Zeitplan und über dem Budget. Da hat Brinley recht.» Er strich sich nachdenklich übers Kinn, eine Bewegung, die Hannah früher in Entzücken versetzt hatte, die sie jetzt aber einfach nur wahrnahm. *Bitte nicht wegen eines gewissen, emotional verkorksten Fischers.* «Hannah, wenn du es wirklich schaffst, diese Songs mit einem kleineren Budget aufzunehmen und zu digitalisieren, werde ich den Richtungswechsel in Betracht ziehen.»

«Ich werde es dir einfach machen», sagte Brinley süßlich. «Wenn du das tust, kündige ich.»

Durch die Menge ging ein Raunen und Zischeln, das unter anderem von Hannah kam. So hatte sie sich das definitiv nicht vorgestellt, als sie am Morgen aufgewacht war. Anstatt sich mit Brinley über die entdeckten Songs auszutauschen, musste sie nun gegen diese Frau antreten, deren Arbeit sie wirklich bewunderte.

Sergei ließ die Drohung ein paar Takte lang in der Luft hängen. «Nun.» Er strich sich unbeeindruckt, vielleicht sogar erfreut über das Drama, mit der Hand durch sein dunkles Haar. «Hoffen wir mal, dass du deinen Worten keine Taten folgen lassen musst.» Er schritt durch das geteilte Meer der gaffenden Crewmitglieder. «Hannah, könnte ich dich unter vier Augen sprechen?»

Oh Gott.

Wollte er, dass Brinley sie umbrachte?

Hannah dachte daran zu fragen, ob sie später miteinander reden könnten, wenn sie nicht mehr unter – zumindest in einem Fall: mörderischer – Beobachtung stand. Aber sie wollte auch nicht undankbar erscheinen. Immerhin war Sergei einverstanden, dass sie Henrys Songs aufnehmen ließ. Damit sie vielleicht zu einem Teil des Soundtracks wurden. Gott, dabei hatte sie noch nicht einmal Kontakt zu den Unreliables. Den Deal zu faken, war ihr zunächst als gute Idee erschienen. Aber der Part des «till you make it» stand doch auf einem anderen Blatt.

Konnte sie das schaffen?

Hannah beschleunigte ihr Tempo, um ihren Chef einzuholen. «Hey», sagte sie und bemühte sich, mit seinem zügigen Schritt am Wasser entlang mitzuhalten. «Worüber willst du mit mir sprechen?»

«Du wirkst in letzter Zeit sehr selbstbewusst», sagte er, blieb stehen und zupfte an den Ärmeln seines Rollkragenpullovers. «Ich gebe zu, ich wollte egoistisch sein und dich für immer als Produktionsassistentin behalten, aber du hast mir dann doch die Augen geöffnet. Ich habe also genauer hingesehen, und mir ist bewusst geworden, dass du weit über deine Gehaltsklasse hinaus Verantwortung übernimmst.»

Hannah kratzte sich hinterm Ohr. «Da kann ich dir nicht widersprechen.»

Sergei lachte, und um seine Augen bildeten sich kleine Fältchen.

Kommt schon, Hormone. Letzte Chance, in Aktion zu treten.

Nichts passierte.

«Ich bin gespannt, ob du diese Extra-Tracks wirklich liefern kannst. Ich habe es ernst gemeint, als ich gesagt habe, dass sie den Charakter des Films prägen könnten. Als i-Tüpfelchen sozusagen.»

Es war erfreulich und erleichternd, dass Sergei offenbar auch aufgefallen war, dass dem Soundtrack noch ein wenig Magie fehlte. «Danke. Ich werde dich nicht enttäuschen.»

Sergei nickte und zog wieder an seinen Ärmeln. «Aber unabhängig davon ... Ich möchte nicht den Eindruck erwecken, dass ich dir diese Chance gebe, weil ich dich ... mag. Oder etwas von dir erwarte ...»

Hannah bat ihn fast, seine Worte zu wiederholen. Hatte er gerade gesagt, dass er sie mochte? Und zwar auf eher nicht platonische Weise? Tatsächlich schien er ihr nicht in die Augen sehen zu können. War das ernst gemeint? Aber wo blieb dann die Aufregung? Wo versteckte sich die frühere Version von sich selbst, die sich Tag und Nacht nach dem launischen Regisseur gesehnt hatte? Wenn sie ehrlich war, konnte sie sich nicht mehr daran erinnern, wann sie das letzte Mal seinen Namen auf eine Serviette geschrieben oder sein Instagram-Profil gestalkt hatte. «Ja?», forderte sie ihn langsam zum Weiterreden auf.

«Es gehört hier wahrscheinlich nicht her, aber ich bin ...» Sergei atmete tief durch. «Ich würde gern wissen, ob deine Beziehung mit dem Fischer ernst ist. Habt ihr beide eine Fernbeziehung, oder bist du, wenn wir wieder in L. A. sind und nicht ... ganz so eingebunden, auch offen für andere Dates?»

War ihre Beziehung zu Fox ernst?

Das war eine wirklich gute Frage. Hannah ahnte, dass keiner von ihnen beiden, weder Fox noch sie, eine klare Antwort darauf parat hätte. Ja oder Nein. Es gab einiges, was für ein Ja sprach. Sieben Monate lang hatten sie das Ritual beibehalten, sich jeden Abend eine Nachricht zu schreiben. Sie kannten die tiefsten Unsicherheiten des jeweils anderen. Sie schliefen in den Armen des anderen, und, hey, sie sprachen offen über Masturbation. Das war es dann aber auch schon.

Wenn sie an Sergei dachte, gab ihr Gehirn ein dumpfes Biep-Biep von sich. Sie mochte seine Tatkraft, seine Kreativität und seine Leidenschaft. Seine Rollkragenpullover schmeichelten seinem schlanken Körper. Sie würden gemeinsame Interessen finden, wenn sie sich wirklich mal auf ein persönliches Gespräch einlassen würden. Na gut. Es wäre okay. Aber mehr nicht.

Wenn Hannah hingegen an Fox dachte, hatte sie einen ganzen Schwarm Schmetterlinge im Bauch. Er weckte bei ihr so viele Gefühle auf einmal – Sehnsucht, Beschützerinstinkt, Verwirrung, Lust –, und die Aussicht, Fox am Abend zu Hause zu sehen, freute sie unendlich viel mehr als die, nach ihrer Rückkehr nach L. A. mit Sergei auszugehen.

Es war durchaus möglich, dass ihr Interesse an Sergei vor etwa sieben Monaten zu schwinden begonnen hatte, als ein bestimmtes Fleetwood-Mac-Album vor der Tür gelegen hatte, und jetzt war es schlichtweg nicht mehr vorhanden.

Doch die Frage, ob ihre Beziehung zu Fox ernst war, konnte Hannah nicht beantworten. Sie wusste es nicht.

Aber sie konnte nicht anders, als einmal tief durchzuatmen und zu sagen: «Ja, sie ist ernst.»

Und irgendwie fühlte es sich richtig an, es laut auszusprechen.

Am späten Nachmittag ging Hannah langsam zu Fox' Wohnung zurück. Sie war nach den Dreharbeiten noch mal schnell zum *Disc N Dat* geeilt, um Shauna klarzumachen, wie dringend sie mit den Unreliables sprechen musste. Sie blieb während des Anrufs neben ihr stehen und ließ Shauna dann auch Kopien der Lieder da, die sie weitergeben sollte, zusammen mit der aufregenden (und hoffentlich verlockenden) Nachricht, dass *Storm Born* die Band gut bezahlen würde.

Hannah hoffte inständig, dass die Unreliables mitmachen würden – ihr Sound war einfach perfekt –, aber im schlimmsten Fall würde Hannah sich am nächsten Tag auf die Suche nach anderen Möglichkeiten machen.

Gegen Ende der Dreharbeiten hatten sich die Wolken am Himmel verdunkelt und eine düstere Stimmung lag über Westport. Regenschauer brachten Hannah sonst immer dazu, sich mit ihren Kopfhörern ins Bett zu verkriechen. Aber nachdem sie Sergei eine Abfuhr erteilt hatte – indem sie ihm sagte, dass es ernst mit Fox war –, brauchte sie eine Minute, um sich zu sammeln, bevor sie Fox gegenübertrat. Würde er ihr ansehen, dass sie diese Unmöglichkeit laut ausgesprochen hatte?

Aber vielleicht war es gar nicht völlig unmöglich.

Hannah musste immer wieder daran denken, was Shauna ihr erzählt hatte. Im Grunde war es nichts Ungewöhnliches, dass Fox ins *Disc N Dat* ging. Westport war ein kleiner Ort.

Und er war derjenige, der Hannah den Laden überhaupt erst gezeigt hatte.

Aber die Tatsache, dass er Platten kaufte ...

Für einen flüchtigen Beobachter wären Fox' Einkäufe keine große Sache. Doch Fox wusste, was sie für Hannah bedeuten würden. Es machte keinen Sinn, es ihr zu verschweigen, es sei denn, es gab einen wichtigen Grund. An diesem Nachmittag am Set war sie ihre Textnachrichten durchgegangen und hatte diejenige gefunden, die ihr vage in Erinnerung geblieben war und die nun ihren Puls beschleunigte.

F (18:40): Abgesehen von düster und dramatisch ... Was ist denn so dein Typ Mann? Wie sieht für dich Mr. Right aus?

H (18:43): Ich denke ... einer, der mich an einem schlechten Tag zum Lachen bringen kann.

F (18:44): Das hört sich eher nach dem Gegenteil deines Intellektuellen an.

H (18:45): Stimmt. Muss am Wein liegen.

H (18:48): Er müsste einen Schrank voller LPs haben. Und etwas, worauf er sie abspielen kann, natürlich.

F (18:51): Ist klar.

Bevor sie sich letzten Sommer kennengelernt hatten, hatte Fox sich nicht für Platten interessiert. Dass er jetzt welche kaufte, war eine interessante Information. Wo bewahrte er sie auf? Und wenn er sie vor ihr versteckte ... was verbarg er dann sonst noch?

Entweder wollte er nicht, dass Hannah seine neue Sammlung falsch interpretierte, oder sie interpretierte sie richtig, und er brauchte mehr Zeit, bevor er das zugab.

Es sei denn, sie war völlig verrückt, und er war nur ein Kerl, der vergessen hatte, dass er ein paar Alben gekauft hatte. Aber so spärlich, wie seine Wohnung eingerichtet war, müssten sie doch irgendwo rumliegen und hätten ihr daher schon längst auffallen müssen, oder?

Sie hatten über Massageöl geredet, aber nicht über einen Stapel Platten? Ernsthaft?

Angenommen, Fox hatte mit dem Sammeln von Schallplatten begonnen, weil er ein dezentes Interesse daran hatte, Hannahs Typ zu sein. Abgesehen davon, dass ihr bei dieser Möglichkeit die Knie zitterten, stellte sich dann die Frage, wie weit sein Interesse ging? Sie wusste es nicht. Aber das gleiche Bauchgefühl, das sie dazu gebracht hatte, ihre Beziehung zu Fox als «ernst» zu bezeichnen, sagte ihr nun, dass sie abwarten und geduldig sein sollte.

Dass er, wenn er heimlich Platten kaufte, vielleicht auch den heimlichen Wunsch hatte, mehr für sie zu sein.

Obwohl er das Gegenteil beteuerte.

In Gedanken versunken, klemmte sich Hannah die neuen Alben, denen sie nicht hatte widerstehen können, vorsichtig unter den Arm und ging zur Wohnungstür. Als sie hindurchtrat, empfing sie sofort der würzige Duft von Aftershave – und als Fox in dunklen Jeans und einem schieferfarbenen Button-Down-Hemd aus seinem Schlafzimmer kam, wusste sie es sofort.

Er hatte ein Date.

Hannahs Magen verkrampfte sich.

KAPITEL 15

Fox wollte seine Mutter besuchen.

Er erfuhr immer erst kurzfristig, wenn ihre Arbeit sie in die Nähe von Westport verschlug. Sofern er nicht auf See war, ließ er keine Stippvisite aus, weil er nie wusste, wann sie das nächste Mal kam. Nur diesmal war er nicht ganz so erfreut, als sie anrief, um zu sagen, dass sie über Nacht in Hoquiam war, denn zu seiner Mutter zu fahren, bedeutete, dass er seine Zeit nicht mit Hannah verbringen konnte.

Hannah, die letzte Nacht in seinem Bett geschlafen hatte, zwischenzeitlich mit ihrem festen kleinen Hintern an seinen Schoß gepresst. Kaum dass sie am Morgen die Wohnung verlassen hatte, hatte er sich auf den Rücken gerollt, seinen Schwanz gepackt und war schon nach sechs Mal Reiben gekommen. Sechs. Normalerweise brauchte er gut fünf Minuten, mindestens. Und bei jeder dieser sechs Auf-und-ab-Bewegungen hatte er an Hannah gedacht. So wie er es seit dem letzten Sommer jedes Mal getan hatte. Nur war sie jetzt nicht mehr nur die Frau, die ständig durch seinen Kopf geisterte. Sie war die Frau, die sich strikt weigerte, mit ihm zu schlafen.

Und verdammt noch mal. Jetzt kam sie in die Wohnung, die Kleidung, feucht vom Regen, klebte an ihrem Körper, und er musste sofort wieder daran denken, in ihr zu sein. Er stellte sich ihren durchgedrückten Rücken vor, ihren offenen Mund, wenn sie seinen Namen schrie, das Gefühl, wenn ihre Körper sich berührten. *Hör auf damit, du Bastard.*

Bis vor Kurzem hatte Fox, wenn er an sich selbst Hand anlegte, nie an jemand Bestimmten gedacht.

Ein Körper war einfach nur ein Körper.

Aber in seinen Fantasien mit Hannah waren sie sich psychisch genauso nah wie physisch. Sie lachten genauso oft, wie sie stöhnten. Selbst der Gedanke an ihre ineinander verschlungenen Finger und die vertrauten Blicke steigerte das verbotene Vergnügen. In seiner Fantasie fühlte sie sich großartig an. *Besser* als großartig. Seine Orgasmen waren dadurch der Himmel und deutlich befriedigender als sonst.

Und das jagte ihm eine Heidenangst ein.

Fox wurde von seinen beunruhigenden Gedanken abgelenkt, als Hannah kurz an der Tür stehen blieb und ihr Gesichtsausdruck von nachdenklich zu bestürzt wechselte. Traurig sogar.

«Oh», sagte sie und sah ihn kurz an. «Oh.»

Er versuchte krampfhaft, das Herzklopfen in seiner Brust zu ignorieren. Mein Gott, es wurde jedes Mal lauter und war kaum noch zu beherrschen, wenn sie im selben Raum waren. Bisher hatte er gedacht, dass es verschwinden würde, wenn sie einmal miteinander schliefen. Vielleicht würde er sich hinterher beschissen fühlen, weil er ihre Freundschaft aufs Spiel gesetzt hatte, aber wenigstens wäre es dann vorbei, und er wäre nicht mehr so von ihr besessen. Doch inzwischen glaubte er fast, dass gar nichts helfen würde.

«Danke für die nette Begrüßung. Dir auch Hallo», sagte Fox, und seine Stimme klang angestrengt.

«Tut mir leid, ich habe einfach nicht erwartet, dass ...» Hannah ließ die Tüte fallen, die sie unterm Arm hielt, zuckte zusammen und bückte sich, um sie aufzuheben. «Du gehst aus?»

Fox nickte stirnrunzelnd. Warum klang sie so komisch? «Ja, ich wollte grad los.»

Sie richtete sich langsam auf, die Tüte vor die Brust gepresst und den Blick fragend auf ihn geheftet. «Das heißt ... du bist verabredet?»

Jetzt verstand er.

Und dann wurde ihm klar, was ihr Verhalten bedeutete. Die Annahme, dass er zu einem Date ging, hatte sie völlig aus der Fassung gebracht. Ein Teil von ihm wollte sie schütteln und sagen: *Jetzt weißt du, wie ich mich fühle, wenn ich dich jeden Morgen zu deinem Regisseur gehen lasse.* Aber was würde das aus ihnen machen? Ein Paar?

Das waren sie nicht. Hannah lebte in einem anderen Staat und sehnte sich nach einem anderen Mann. Alles, was er zu bieten hatte, waren ein schlechter Ruf und der Spott, der damit einherging. Möglicherweise für sie beide. Eine Beziehung zwischen ihnen kam nicht infrage, trotz ihrer offensichtlichen Enttäuschung darüber, dass er sich mit einer anderen Frau treffen könnte. Und so erwog Fox für den Bruchteil einer Sekunde, Hannah in dem Glauben zu lassen. Vielleicht würde das der Sache zwischen ihnen ein Ende setzen. Sie sollten nicht im selben Bett schlafen, sollten sich nicht gegenseitig ihre tiefsten Geheimnisse anvertrauen. Denn wohin führte das? Genau hierhin. Zu Eifersucht. Zu einer Sehnsucht, die ihn dazu brachte, sie zurück in sein Schlafzimmer zu tragen, sich ihr erneut anzuvertrauen und sich wieder normal zu fühlen. Sie war die einzige Person, bei der er sich normal fühlte. In Ordnung.

Doch am Ende konnte Fox sich nicht dazu durchringen, es zu tun. Er konnte Hannah nicht eine Sekunde länger in dem Glauben lassen, dass er seine Zeit lieber mit einer anderen verbringen würde. Das hätte er nicht ertragen. «Meine Mutter ist in der Nähe», sagte er und freute sich, als er ihre Erleichterung sah. «Genau genommen in Hoquiam – nur heute Abend. Etwa vierzig Minuten von hier. Ich fahre dorthin. Um sie zu sehen.»

Hannahs Schultern entspannten sich. Sie brauchte einen Moment, um zu antworten. «Warum nur heute?»

Fox lächelte leicht. «Sie arbeitet als Bingo-Callerin und ist ständig unterwegs. Sie reist die Küste rauf und runter und veranstaltet Bingo-Abende in Gemeindesälen und Seniorenheimen.»

«Oh ... Wow. Das klingt spannend.» Hannahs Augen blitzten. «Wirst du heute Abend auch Bingo spielen?»

«Manchmal tue ich das. Aber meistens helfe ich dabei, die Menge im Zaum zu halten.»

«Mann muss Bingo-Spieler im Zaum halten?»

«Sommersprosse, du hast ja keine Ahnung.»

Hannahs Blick fiel auf die Tüte in ihrer Hand. Dann sah sie ihn neugierig an, und eine Falte erschien zwischen ihren Augenbrauen. «Fox ...» Ihr Blick schien ihn durchleuchten zu wollen. «Hast du einen Plattenspieler?»

Zu spät erkannte er die braune Papiertüte mit dem lilafarbenen Logo von *Disc N Dat,* und sein Magen krampfte sich zusammen. Natürlich war sie dorthin gegangen. Warum sollte sie nicht wenigstens einmal vorbeischauen? Es war kurzsichtig von ihm gewesen, seine Platten dort zu kaufen, weil sie ihm so leicht auf die Schliche kommen konnte. «Habe ich einen Plattenspieler?»

Hannah hob eine Augenbraue. «Das habe ich dich gerade gefragt.»

«Ja, das hab ich gehört.»

Ihre Brust hob und senkte sich. «Du hast also einen.»

«Das habe ich nicht gesagt.»

«Musst du auch nicht.»

«Hannah.»

Sie war bereits zielstrebig in die Wohnung gegangen und ließ ihn in Panik zurück. Den Plattenspieler und die Alben vor ihr zu verstecken, war egoistisch gewesen. Ein Gefühl, das er gut kannte. Aber er hatte das verdammte Ding aus Gründen gekauft, von denen er nicht wusste, wie er sie erklären sollte. Aus dem Bauchgefühl heraus, so sein zu wollen, wie sie ihn sich wünschte.

Und Hannah würde ihn dazu bringen, es zuzugeben.

Sie stellte die Tüte auf dem Küchentisch ab und sah sich um, bis ihr Blick schließlich an seinem verschlossenen Schrank hängen blieb. «Ist er da drin?»

Fox schluckte. «Ja.»

Es gab kein Entrinnen vor dem, was jetzt kommen würde. Der Plattenspieler im Schrank verriet ihr, wie oft er an sie dachte. Sie würde erfahren, dass ihre Nachrichten vor dem Schlafengehen der Höhepunkt seines Tages waren. Sie würde wissen, dass seine Hände zitterten, weil er sie berühren wollte, wenn sie unter der Dusche stand. Dass er keine anderen Frauen mehr ansehen konnte und lebte wie ein Priester. Dass ihm den ganzen Tag über die Worte, die sie am Morgen gesagt hatte, im Kopf herumgegangen und sein Herz mit einem unbekannten Gefühl erfüllt hatten.

Ich werde dir nur sagen ... dass ich heute Abend wiederkomme und dass du mir wirklich wichtig bist.

Hannahs Schweigen zog sich, während sie an ihrer Unterlippe nagte, bis Fox sich schon fragte, ob sie überhaupt noch etwas dazu sagen wollte. Sie wirkte unsicher.

«Die ganze Zeit über, Fox? Wirklich?» Ihre Stimme wurde zu einem leisen Flüstern, und sein Puls begann zu rasen. «Und ich hab mich damit zufriedengeben müssen, Musik übers Handy zu hören?»

Fox' Atem beruhigte sich, Erleichterung überkam ihn, gemischt mit, was ... Enttäuschung?

Nein. Das konnte nicht sein.

Entweder spielte Hannah das Ganze herunter, oder sie hatte die Bedeutung dieses Plattenspielers nicht erkannt: Er war ein Mittel, um ihr nahe zu sein. Um eine Erinnerung an den Tag in Seattle mit ihr zu haben, an dem er sich zum ersten Mal seit langer Zeit wieder als Mensch und verstanden gefühlt hatte. Um sich vorzumachen, der Mann zu sein, mit dem sie zusammen sein wollte. «Das sollte eine Überraschung werden», sagte Fox, griff hinter den Schrank und holte den Schlüssel hervor, wobei er sich bewusst war, wie seltsam und vielsagend es war, dass er das verdammte Ding versteckt hatte. Er fing an zu schwitzen, als er den Schlüssel ins Schloss steckte. «Ich dachte, ich hole ihn raus, wenn du mal einen schlechten Tag hast, bei der Arbeit oder so. Weißt du?»

Fox schloss die Augen, als sie ein zustimmendes Geräusch machte. Direkt hinter ihm. Sie war so nah, dass er fast die Vibration in seinem Nacken spüren konnte. Gott, er wollte sie so gern berühren und kosten. Er würde auf die Knie gehen, wenn sie auch nur zustimmend blinzelte. Es war nicht zu leugnen, dass auch er ihr nicht gleichgültig war – ihre Verzweiflung, als sie dachte, dass er zu einem Date ging, sprach Bände. Aber er zwang sich, stattdessen zu akzeptieren, was sie ihm anbot: Freundschaft.

Hannah wusste, dass das mit ihnen nicht funktionieren konnte. Sie wusste es genauso gut wie er, und sie passte auf sie beide auf, wenn ihm die Kraft dazu fehlte. Vielleicht würde es ihm irgendwann nicht mehr so schwerfallen, seine Hände bei sich zu behalten. Wenn er dafür Hannahs Freundschaft bekam, hatte er allen Grund, dankbar zu sein.

Fox schloss den Schrank auf, trat zurück und genoss ihren erwartungsvollen Gesichtsausdruck.

Als sie anschließend vor Freude strahlte, hätte er sich in den Hintern beißen können, dass er ihr den Plattenspieler nicht schon früher gezeigt hatte. «Oh. Ein Fluance.» Hannah fuhr mit dem Finger an der glatten Kante entlang. «Fox, der ist wunderschön. Hast du ihn schon angeschlossen?»

Seine Lippen zuckten. «Yep.»

Sie trat einen Schritt zurück, legte den Kopf schief und betrachtete das Gerät aus einem anderen Blickwinkel. Dann stieß sie einen glücklichen Seufzer aus. «Der passt perfekt zu dir. Das Gehäuse aus Holz erinnert an das Deck eines Schiffes.»

«Genau das habe ich mir auch gedacht», sagte Fox aufrichtig. Die Wertschätzung, die sie ihm und anderen immer wie selbstverständlich zukommen ließ, veranlasste ihn, auch das Schrankfach darunter zu öffnen, in dem ordentlich aufgereiht all die Schallplatten standen, die er in den letzten sieben Monaten gesammelt hatte. Er lachte über ihr ersticktes Keuchen. «Na los. Probier ihn aus.»

Ehrfürchtig beugte Hannah sich vor, um die Auswahl, die von Metal über Blues bis hin zu Alternative reichte, durchzusehen. «Ich werde den ganzen Abend Musik hören, während du weg bist.»

«Nein, wirst du nicht, denn du kommst mit.»

Fox hätte nicht gedacht, dass es für Hannah etwas gab, das mit ihrer Liebe zu Schallplatten konkurrieren konnte, aber der Blick, den sie ihm in der darauffolgenden Stille zuwarf, belehrte ihn eines Besseren. Hatte er Hannah wirklich gerade eingeladen, seine Mutter kennenzulernen? Das hätte ihm gar nicht in den Sinn kommen dürfen. Seiner Mutter ein Mädchen vorstellen? Eher würden Schweine fliegen. Doch nun, nachdem er die Worte ausgesprochen hatte, konnte er sich den Abend nicht mehr anders vorstellen. Natürlich würde sie mit ihm kommen. Ja, natürlich!

«Wie könnte ich eine Einladung zu einem Bingo-Spiel ablehnen, das so wild ist, dass man die Menge im Zaum halten muss?», fragte sie atemlos mit leicht geröteten Wangen, und Fox musste sich zurückhalten, sie nicht auf der Stelle zu küssen. Nicht mit seinen Lippen ihren erröteten Hals hinunterzuwandern und ihn zu liebkosen, bis sie feucht zwischen den Beinen war. «Ich ziehe mich nur schnell um.»

«In Ordnung», sagte Fox und steckte seine zu Fäusten geballten Hände in die Taschen seiner Jeans.

Hannah war fast schon in ihrem Zimmer, als sie anhielt, zum Plattenspieler zurückjoggte und ein Album von Ray LaMontagne herauszog. Vorsichtig setzte sie die Nadel auf und fing beim ersten Knistern an zu strahlen. «Für die Atmosphäre», sagte sie mit einem Augenzwinkern.

Dann eilte sie in ihr Zimmer, und Fox starrte ihr mit klopfendem Herzen hinterher.

Puh. Das war knapp gewesen.

KAPITEL 16

F ox hatte nicht übertrieben.

Diese Bingo-Spieler waren gekommen, um zu siegen.

Als sie auf den Parkplatz vor der Kirche fuhren, war die Warteschlange bereits beachtlich lang, und die (meist) älteren Spieler sahen nicht allzu glücklich darüber aus, dass sie im Nieselregen anstehen mussten.

Fox stellte den Motor ab, lehnte sich zurück und tippte mit einem Finger in schneller Folge gegen die Unterseite des Lenkrads. Angespannt. Das war Hannah schon während der Fahrt aufgefallen, und sie fragte sich, ob seine Mutter der Grund für seine Nervosität sein konnte.

Vielleicht wäre sie besser zu Hause geblieben, um nach Ersatzbands zu suchen, falls die Unreliables absagen würden, aber das wollte sie nicht. Sie wollte genau hier sein. Die Einladung, Fox' Mutter zu treffen, fühlte sich an wie etwas einzigartig Besonderes. Wie ein Blick hinter den Vorhang.

Sie wollte ganz einfach bei ihm sein.

Er hatte einen Plattenspieler gekauft und ihn versteckt.

Die Ausrede, dass er sie nach einem schlechten Tag am Set damit überraschen wollte, nahm sie ihm nicht ab. Nein, das war völliger Blödsinn – und Hannah war sich ziemlich sicher, dass sie das beide wussten. Dass dieser Mann einen bleibenden *Einrichtungsgegenstand* für seine karge Wohnung kaufte, hatte eine Bedeutung. Und Hannah hatte ein wenig Angst davor, mehr herauszufinden. Noch weiter hinter die Maske zu blicken und zu erfahren, ob ihre schnell wachsenden Gefühle für diesen Mann erwidert wurden. Denn was dann?

Abgesehen von dem offensichtlichen Hindernis – sie wohnten nicht im selben Bundesstaat – würde eine Beziehung zwischen ihnen niemals funktionieren. Oder doch?

Fox behauptete, er wolle weder eine feste Freundin noch sonst irgendwelche Verpflichtungen.

Und Hannah war das genaue Gegenteil. Wenn sie sich entschloss, sich an jemanden oder etwas zu binden, dann zu tausend Prozent. Loyalität gegenüber den Menschen, die ihr etwas bedeuteten, war ein Teil von ihr, genau wie ihr Blut. Ihre Loyalität machte sie zu Hannah.

Sie hatte so getan, als wäre der Plattenspieler cool. Keine große Sache. Eine lustige Entdeckung. Aber ihr offensichtlich selbstzerstörerisches Herz wollte die tiefere Bedeutung verstehen. Dieses Verlangen zu ignorieren, tat weh, aber sie zwang sich, sich auf das Hier und Jetzt zu konzentrieren. Fox brauchte eindeutig einen Freund, der ihn ablenkte und ihm Halt gab, und genau das würde sie sein. Der Verzicht auf körperliche Nähe hatte etwas freigesetzt, das sich ... wie Vertrauen anfühlte. Und das war etwas Kostbares, genauso wie die Begegnung mit seiner Mutter.

Hannah betrachtete Fox' Profil, die Konturen seines Gesichts vor der regennassen Scheibe auf der Fahrerseite. Sein Kiefer wirkte angespannt, der Finger tippte immer noch ans Lenkrad. Hannah konnte nicht leugnen, dass sie hinübergreifen, seinen Kopf drehen und ihn küssen wollte, um endlich das Feuer zwischen ihnen zu entfachen, aber das hier ... ihm eine wahre Freundin zu sein, war viel wichtiger.

«Regen auf dem Autodach ist eines meiner Lieblingsgeräusche», sagte sie, löste ihren Sicherheitsgurt und machte es sich auf dem Beifahrersitz bequem. «In L. A. regnet es nicht sehr oft. Aber wenn es regnet, fahre ich mit dem Auto, nur um es zu hören.»

«Und was für eine Musik spielst du dazu?»

Hannah lächelte und genoss die Tatsache, dass er sie so gut kannte. «The Doors, natürlich. *Riders on the Storm.*» Sie beugte sich vor und bemühte sich, im Radio einen klassischen Rocksender zu finden. «Der Song passt wirklich gut zu einem Hauptdarsteller-Moment.»

«Einem Hauptdarsteller-Moment?»

«Ja. Du weißt schon, wenn du in richtig guter Stimmung bist, mit dem passenden Soundtrack. Und du bist auf einer verregneten Straße und fühlst dich dramatisch. Du bist der Star deines eigenen Films. Du bist Rocky, der für den Kampf trainiert. Oder Baby, die in *Dirty Dancing* zu tanzen lernt. Oder du weinst einfach über eine verlorene Liebe.» Hannah drehte sich leicht im Sitz. «Jeder macht das!»

Fox' Gesichtsausdruck wirkte gleichzeitig amüsiert und skeptisch. «Ich tue so etwas nicht. Und ich bin mir verdammt sicher, dass Brendan es auch nicht tut.»

«Du bist nie auf dem Boot, schleppst Krabbenfallen und hast das Gefühl, von einem Publikum beobachtet zu werden?»

«Nie.»

«Du bist ein dreckiger Lügner.»

Fox legte den Kopf zurück und lachte. Dann sagte er: «Als ich ein Kind war, habe ich den Film *Der weiße Hai* geliebt. Habe ihn Hunderte Male gesehen.» Er zuckte mit den Schultern. «Manchmal, wenn unsere Crew in den Kojen liegt und sich unterhält, denke ich an die Szene, in der Dreyfuss, Shaw und Scheider trinken.»

Hannah lächelte. «Wo sie singen?»

«Ja genau.» Fox schenkte ihr einen Seitenblick. «Ich bin definitiv Scheider.»

«Nope, da muss ich dir widersprechen. Du bist auf jeden Fall der Hai.»

Fox' herzliches Lachen veranlasste Hannah, sich auf ihrem Sitz noch weiter zu drehen und ihre Wange gegen das Leder zu lehnen. Durch das Fenster konnte sie die Warteschlange sehen, die immer kürzer wurde, aber Fox schien es nicht eilig zu haben, das Auto zu verlassen. Noch immer wirkte er angespannt.

«Wie ist deine Mutter so?»

Der Themenwechsel schien ihn nicht zu überraschen. Er griff nach dem Lederarmband, das er am Handgelenk trug, und drehte es langsam zwischen den Fingern. «Laut. Liebt unanständige Witze. Sie hängt an ihren Gewohnheiten. Hat immer eine Zigarettenschachtel, einen Kaffee und eine Geschichte parat.»

«Warum bist du nervös, wenn du dich mit ihr triffst?»

Als Fox merkte, dass seine Gefühle für sie leicht zu lesen waren, zuckte sein Blick zu ihr, dann wieder weg, und er schluckte schwer. «Wenn sie mich anschaut, sieht sie in mir offensichtlich meinen Vater. Wenn sie mich anlächelt, ist da vorher immer so ein ... ich weiß nicht, leichtes Zusammenzucken.»

Hannah spürte einen Stich in der Brust. «Und du fährst trotzdem zu ihr. Dazu braucht es Mut.»

Fox zuckte mit den Schultern. «Ich sollte inzwischen daran gewöhnt sein. Eines Tages ist es vielleicht so weit.»

«Nein.» Hannahs Stimme wurde vom Regen fast übertönt. «Irgendwann wird sie merken, dass du nicht so bist wie er, und nicht mehr zurückschrecken. Das ist viel wahrscheinlicher.»

Es war offensichtlich, dass Fox das anders sah. In dem Bestreben, das Thema zu wechseln, fuhr er sich mit den Fingern durch sein dunkelblondes Haar und drehte seinen Körper noch etwas mehr in ihre Richtung. «Ich habe dich nicht einmal gefragt, wie die Dreharbeiten heute gelaufen sind.»

Hannah atmete tief durch, während sie sich fragte, wie sie ihm von dem Gespräch mit Sergei erzählen sollte. Die Last der Verantwortung stürzte wie ein Haufen Ziegelsteine auf sie ein. «Oh, ich glaube, interessant trifft es.»

Fox runzelte die Stirn. «Wieso?»

«Na ja.» Hannah nagte an ihrer Unterlippe. War es egoistisch, Fox' Reaktion sehen zu wollen? Insgeheim hoffte sie, sie würde ihr einen Hinweis darauf geben, was er für sie empfand. Aber was sollte sie dann mit dieser Information anfangen? «Sergei hat angedeutet, dass er mit mir ausgehen will. Wenn wir wieder in L.A. sind.»

Ein Zucken unter seinem Auge war die einzige Reaktion und konnte alles Mögliche bedeuten. «Ach ja?» Er räusperte sich heftig und starrte durch die Windschutzscheibe nach draußen. «Toll. Das ist toll, Hannah.»

Ich hab ihn abgewiesen.

Ich habe ihm gesagt, dass das mit uns ernst ist.

Hannah wollte diese Worte so sehr aussprechen, dass es fast wehtat, aber sie sah schon seinen ungläubigen Blick vor sich. *Ich will keine Beziehung und auch sonst keine Verpflichtungen.* Fox mochte eine Fülle von Musik und tieferen Bedeutungen in einem verschlossenen Schrank versteckt haben, aber oberflächlich betrachtet? Nichts an seinem überzeugten Junggesellenstatus hatte sich innerhalb der letzten Woche geändert, und wenn sie zu viel von ihm verlangte – oder angedeutet hätte, dass ihre Gefühle sich vertieften –, würde er sie abwehren. Und oh Gott, das würde wehtun.

«Ähm. Aber das ist nebensächlich, wenn man bedenkt, was noch passiert ist.» Hannah sammelte sich gedanklich und unterdrückte ihre Enttäuschung. «Es ist eine ziemlich lange Geschichte, aber unterm Strich bin ich damit beauftragt worden, ein Demo von Henrys Seemannsliedern aufzunehmen, das möglicherweise die aktuelle Filmmusik ergänzen wird. Und wenn das passiert, hat Brinley gedroht zu kündigen, und die Crew nimmt Wetten darüber an, ob es dazu kommen wird oder nicht. Ob ich das tatsächlich durchziehe.»

«Allmächtiger», murmelte Fox sichtlich verblüfft. «Wie ist es denn dazu gekommen?»

Hannah befeuchtete ihre Lippen. «Du weißt doch, dass die Songs in meinem Kopf verschwunden waren?» Er nickte. «Sie sind heute Morgen mit *I Say a Little Prayer* zurückgekommen. Sie sind wieder da. Und dann stand ich im *Disc N Dat,* und mir wurde klar: Es gibt keine besseren Songs für den Soundtrack als die von Henry. Sie passen einfach perfekt.» Hannah hielt kurz inne und fuhr dann fort: «Shauna versucht, den Kontakt zu einer Band aus Seattle herzustellen, um die Lieder aufzunehmen. Ich wollte sie so oder so aufnehmen lassen, aber als ich Brinley gegenüber die Möglichkeit ansprach, sie im Film zu verwenden ...»

«Hat sie sich auf die Füße getreten gefühlt.»

«Ich wollte das nicht», stöhnte Hannah. «Ich wollte nur die Möglichkeit ins Spiel bringen, aber Sergei hat alles mitgehört.» Bildete sie sich nur ein, dass sich bei der Erwähnung des Regisseurs jeder einzelne von Fox' Muskeln anspannte? «Jedenfalls habe ich das Gefühl, dass er mich auf die Probe stellen will. Um herauszufinden, ob ich in der Lage bin, mehr Verantwortung im Job zu übernehmen.»

«Das bist du», stellte Fox mit Nachdruck fest. «Oder glaubst du das nicht?»

Hannah lehnte sich im Sitz zurück und lachte. «Meine L.-A.-Therapeuten-Sprache färbt langsam auf dich ab.»

«Oh Gott, tatsächlich.» Fox schüttelte den Kopf, dann musterte er sie wieder. «Das war ein gewagter Schachzug, Sommersprosse. Nach einer Band zu suchen. Mit den Songs an sie heranzutreten. Aber irgendwie wirkst du zögerlich. Willst du die Herausforderung nicht?»

«Ich weiß es nicht. Ich dachte, ich will Herausforderungen. Aber jetzt habe ich einfach Angst, dass ich das nicht schaffe und merke, dass ich nie dazu bestimmt war, eine Hauptdarstellerin zu sein, weißt du? Dass ich den Wunsch nur habe, wenn ich allein im Auto sitze und The Doors höre.»

«Blödsinn.»

«Das Gleiche könnte ich zu dir sagen, wenn du behauptest, dass du nicht das Zeug zum Schiffskapitän hast», sagte Hannah leise.

«Der Unterschied ist, dass ich kein Kapitän sein will.» In Fox' Tonfall lag weit weniger Überzeugung als beim letzten Mal, als sie über seine Rolle auf der *Della Ray* gesprochen hatten, was er selbst aber nicht zu bemerken schien. Hannah schon. «Du, Hannah, du schaffst das.»

Dankbarkeit wallte in ihr auf, und sie wollte sie mit Fox teilen. «Diese Lieder wären wahrscheinlich für immer in der Mappe geblieben, wenn du nicht für mich gesungen hättest.» Fox' Brust hob und senkte sich gleichmäßig, aber er konnte sie nicht länger ansehen. «Ich danke dir dafür.»

Er kratzte sich am Kinn. «Wie käme ich dazu, der Welt mein minimales Talent vorzuenthalten?»

Als hätte das Schicksal zugehört, ertönte in diesem Moment *You've Lost That Lovin' Feelin* von den Righteous Brothers im Radio, und Hannah entfuhr ein glückseliger Seufzer. «Ich bin froh, dass du so denkst, denn du wirst das definitiv mit mir singen.»

«Nein, da …»

Hannah sang die ersten Takte mit tiefer Stimme, was Fox zum Lachen brachte, und der heisere Klang vibrierte im Auto wie ein tiefer Bass. Zum zweiten Mal an diesem Tag wollte Hannah wegen ihrer mangelnden Gesangskünste aufhören, aber als Fox erneut zögernd zum Eingang des Gebäudes blickte, in dem das Bingo-Spiel bald beginnen würde, drehte sie die Lautstärke des Radios auf und sang weiter, wobei sie sich einen Stift aus dem Becherhalter schnappte und ihn wie ein Mikrofon vor sich hielt. Bei der zweiten Strophe schüttelte Fox den Kopf und stimmte ein. Und dann saßen sie im Regen und sangen aus voller Kehle, bis zum letzten Ton.

Als sie einige Minuten später den Bingo-Saal betraten, war die Anspannung in Fox' Schultern verschwunden.

KAPITEL 17

C harlene Thornton war genau so, wie Fox sie beschrieben hatte.

Sie trug eine große Brille mit rosafarbenem Gestell, einen langen Pullover, der ihren schlanken Körper betonte, und am Haaransatz zeichnete sich ein Hauch von Grau ab. Der Saal war mit Klapptischen vollgestellt, und sie schritt dazwischen hindurch, plauderte, unterhielt die Bingo-Spielerinnen und -Spieler im Vorbeigehen mit witzigen Sprüchen und polierte die Laune wieder auf, die beim Warten im schlechten Wetter gelitten hatte.

Sie hielt eine Packung Marlboro Reds in der Hand, schien es jedoch nicht eilig zu haben, hinauszugehen und eine Zigarette zu rauchen.

Und sie zuckte tatsächlich zusammen, als sie Fox sah. Seine eigene Mutter! Hannah war trotz der Warnung nicht darauf vorbereitet gewesen. Ebenso wenig wie auf das allumfassende Bedürfnis, Fox zu beschützen. Es füllte sie aus, von den Haarspitzen bis zu den Zehen. Es war so stark, dass es sie nach Fox' Hand greifen und ihre Finger mit seinen verschränken ließ. Als er sich nicht von ihr löste, sondern sie sogar näher an seine Seite zog, machte ihr Herz einen kleinen Sprung.

«Hey, Ma», sagte er und beugte sich hinunter, um Charlene auf die Wange zu küssen. «Schön, dich zu sehen. Du siehst toll aus.»

«Gleichfalls, natürlich.» Bevor Fox sich wieder aufrichten konnte, nahm sie seinen Kopf in beide Hände und musterte ihn mit mütterlichem Blick. «Sehen Sie sich diese Grübchen meines Sohnes an!», rief sie über die Schulter, und mehrere Köpfe drehten sich nach ihnen um. «Und wer ist diese junge Dame? Die ist ja supersüß!»

«Das ist Hannah. Sie ist ziemlich süß, aber du solltest dich nicht mit ihr anlegen. Ich nenne sie Sommersprosse, aber ihr anderer Spitzname ist Captain Killer. Sie ist in Westport dafür bekannt, dass sie sich sogar mit Brendan anlegt. Und seit Neuestem auch dafür, dass sie ältere Einheimische als stinkende alte Säcke bezeichnet.»

«Fox!», zischte Hannah.

Lachend ließ Charlene den Kopf ihres Sohnes los und stemmte die Hände in die Hüften. «Ich würde sagen, damit hat sie sich einen Platz in der ersten Reihe verdient.» Sie drehte sich um und winkte Fox und Hannah zu, ihr zu folgen. «Kommt schon. Wenn ich nicht bald anfange, wird es hier einen Aufstand geben. Schön, dich kennenzulernen, Hannah. Du bist das erste Mädchen, das Fox mir vorstellt, aber ich habe jetzt keine Zeit, das gebührend zu würdigen.»

Verdammt, Hannah mochte sie auf Anhieb.

Und nach diesem Zusammenzucken wollte sie sie wirklich hassen.

Charlene schob sie und Fox zu den leeren Stühlen direkt vor der Bühne, wo ihre Bingo-Ausrüstung aufgebaut war, zog einige Bingo-Karten und -zettel aus der Tasche und warf sie auf den Tisch.

«Viel Glück, ihr zwei. Der Hauptpreis heute Abend ist ein Mixer.»

«Danke, Ma.»

«Danke, Mrs. Thornton», sagte Hannah widerwillig.

«Bitte nicht so förmlich.» Fox' Mutter drückte Hannahs Schultern und schob sie auf einen der Metallstühle zu. «Ich bin Charlene, und ich hoffe, dass mein Sohn so vernünftig sein wird, dich beim nächsten Mal wieder mitzubringen, damit du überhaupt Gelegenheit hast, mich öfter so zu nennen. Was sagst du dazu?»

Ohne auf Hannahs Antwort zu warten, segelte Charlene davon.

Fox atmete hörbar aus und zog eine Grimasse. «Sie ist ein Original.»

«Ich hatte wirklich vor, wütend auf sie zu sein», sagte Hannah.

«Ich weiß genau, wie du dich fühlst, Sommersprosse», erwiderte er, doch die Worte gingen in dem allgemeinen Stühlerücken und dem aufgeregten Stimmengewirr unter. Gegenüber von Fox und Hannah saßen zwei Frauen, die eine Trennwand zwischen sich aufgestellt hatten. Vor ihnen lagen jeweils zehn Karten und eine regenbogenfarbene Auswahl an Markern.

«Behalten Sie Eleanor im Auge», sagte die Frau auf der rechten Seite, die der Bühne am nächsten war. «Sie schummelt, ohne rot zu werden.»

«Halt die Klappe, Paula», zischte Eleanor über die Absperrung hinweg. «Du bist immer noch sauer, weil ich vor zwei Wochen den Schmortopf gewonnen habe. Das ist der pure Neid, denn ich habe fair und anständig gewonnen.»

«Klar», murmelte Paula. «Wenn fair und anständig schummeln bedeutet.»

«Ist es überhaupt möglich, beim Bingo zu schummeln?», fragte Hannah Fox unauffällig.

«Bleib neutral. Misch dich da nicht ein.»

«Aber ...»

«Sei die Schweiz, Hannah. Vertrau mir.»

Sie hielten immer noch Händchen, inzwischen unterm Tisch. Als Eleanor sich mit einem unschuldigen Lächeln zu ihnen nach vorn lehnte und fragte, wie lange Hannah und Fox schon zusammen seien, wirkte Hannahs Antwort daher nicht wirklich glaubwürdig. «Oh. Nein, wir sind nur …» Ihr Blick fiel flüchtig auf Fox. «Freunde.»

Paula war offenkundig skeptisch. «Ach, Freunde, ja?»

«Das ist typisch für die jüngere Generation», sagte Eleanor und rückte ihre ordentlich gestapelten Karten zurecht. «Sie legen sich nicht fest. Niemand geht eine längere Beziehung ein. Ich sehe das bei meinen Enkeln. Sie verabreden sich nicht mal, sondern machen etwas, das man ‹zusammen abhängen› nennt. Damit sich ja niemand unter Druck gesetzt fühlt, meine Güte.»

Jetzt schaute Paula eindeutig missbilligend auf Hannah und Fox. «Die Jugend ist verschwendet an die Jungen.» Sie tippte mit ihrem knochigen Finger auf den Tisch. «Wenn ich fünfzig Jahre jünger wäre, würde ich mich mit allem verabreden, was aufrecht geht.»

«Paula», schimpfte Eleanor über die Absperrung. «Wir sind hier in einem Gotteshaus.»

«Der liebe Gott kennt meine Gedanken schon.»

Hannah schaute Fox an, und beide unterdrückten mühsam ein Lachen, während sie unter dem Tisch ihre Hände fest umklammert hielten. Glücklicherweise wurden sie vor weiteren Kommentaren über den Niedergang ihrer Generation bewahrt, da Charlene das Mikrofon einschaltete und eine quietschende Rückkopplung verursachte. «Also gut, ihr alten Knacker. Lasst uns Bingo spielen.»

Es war keine Verabredung (und sie hingen auch nicht zusammen ab).

Sie waren nur zwei Freunde, die Bingo spielten.

Nur zwei Freunde, die gelegentlich unter dem Tisch Händchen hielten, wobei sein Fingerknöchel hin und wieder die Innenseite ihres Oberschenkels berührte. Irgendwann beschloss

Fox, dass es im Saal zu laut war, um Hannah richtig zu hören, und er zog ihren Stuhl näher zu sich heran, wobei er so tat, als würde er ihren fragenden Blick nicht bemerken.

Gehörte er etwa zu den Idioten, die es doppelt reizte, wenn sie etwas nicht haben konnten? Sergei hatte sie um ein Date gebeten. Bald würden sie wieder in L. A. sein, und sie würde ihren Chef jeden Tag sehen, während Fox im pazifischen Nordwesten festsaß, auf sein Telefon starrte und auf ihre tägliche Nachricht wartete. Und genau so sollte es auch sein.

Nur ...

Jedes Mal, wenn Fox vor sich sah, wie Sergei Hannahs Hand hielt, wurde er so wütend, dass er am liebsten sämtliche Karten vom Bingo-Tisch gewischt hätte. Und dann noch auf ihnen rumgetrampelt wäre. Für wen, zum Teufel, hielt sich dieser Idiot, dass er sich mit Hannah Bellinger verabreden wollte?

Wahrscheinlich für einen besseren Mann als einen Kerl wie Fox, der sich seit seiner Pubertät nicht mehr im Griff hatte. Wie der Vater, so der Sohn. War das nicht der Grund, warum er das Armband trug, das gerade auf Hannahs Oberschenkel ruhte?

«Oh Mann, das macht ja echt süchtig», flüsterte Hannah ihm zu. Und er konnte es gut hören, weil er viel zu nah neben ihr saß und versuchte, nicht auf die kleinen lockigen Haarsträhnen zu starren, die noch feucht vom Regen waren. Er liebte die Art, wie sie jedes Mal, wenn sie ein Feld durchstrich, den Atem anhielt. Und ihren Mund. Verdammt, ja, ihre üppigen Lippen. Vielleicht sollte er sich einfach vorbeugen und sie küssen, zum Teufel mit den Konsequenzen. Er hatte sie seit der Nacht der Casting-Party nicht mehr geschmeckt, und sein Bedürfnis nach einem weiteren Mal war beinahe unerträglich.

«Süchtig», murmelte er. «Ja.»

Hannah sah ihm in die Augen, dann hinunter zu seinem Mund, und die Gedanken, die ihm dabei durch den Kopf gingen, waren in Gegenwart seiner Mutter nicht angebracht.

Die Sehnsucht nach Hannah ließ Fox schon lange nicht mehr los, aber in diesem Moment war sie besonders stark. Sie hier und jetzt bei sich zu haben, war tröstlicher, als Fox es sich hätte vorstellen können. Er hatte sich vorgenommen, seine Mutter regelmäßig zu sehen, nicht nur, weil er sich um sie sorgte, sondern auch, weil ihr Zusammenzucken ihn daran erinnerte, wer er war: ein verantwortungsloser Hedonist.

Aber Hannah ... Sie hatte begonnen, ihn in die entgegengesetzte Richtung zu ziehen. Und gerade jetzt, wo er zwischen ihr und der Erinnerung an seine Vergangenheit stand, schien der Weg hin zu ihr gangbar. Hannah war mit ihm hier, oder? Spielte Bingo, sang mit ihm im Auto, redete. Ohne Sex. Wenn Hannah ihn für mehr mochte als dafür, dass er ihr einen Orgasmus verschaffen konnte, wenn jemand, der so klug und unglaublich war, daran glaubte, dass er mehr war, konnte das dann nicht wahr sein?

Als hätte Hannah seine Gedanken gelesen, strich sie mit dem Daumen über seine Fingerknöchel, drehte sich leicht und legte ihren Kopf an seine Schulter. Vertrauensvoll.

Wie bei einem guten Freund.

Oh Gott. Warum konnte er plötzlich kaum noch atmen?

«Bingo!», rief eine der Frauen, die ihnen gegenübersaßen.

«Oh, verdammt. Habe ich Eleanor da unten Bingo rufen hören?», fragte Charlene, pfiff in das Mikrofon und schlug auf den kleinen Gong, der neben ihr auf dem Tisch stand. «Eleanor, du bist in letzter Zeit ja kaum noch zu bremsen.»

«Das liegt daran, dass sie eine dreckige Betrügerin ist!», schimpfte Paula.

«Komm, Paula, nimm es sportlich», meinte Charlene leichthin. «Wir alle haben ab und zu mal eine Glückssträhne. Eleanor? Mein gut aussehender Sohn wird mir deine Karte bringen, damit ich sie überprüfen kann, okay?»

Eleanor reichte Fox die Karte und blickte Paula triumphierend an. Fox stand auf, wobei er sich wünschte, die Runde hätte länger gedauert, damit Hannahs Kopf noch ein paar Minuten an seiner Schulter hätte ruhen können. Wenn er seine Karten richtig ausspielte, würde sie vielleicht heute Nacht wieder in seinem Bett schlafen? Die Aussicht, sie im Arm zu halten, während sie schlief, und neben ihr aufzuwachen, machte ihn begierig darauf, nach Hause zu kommen.

Himmel! Was ist nur aus mir geworden?

Er versuchte, Hannah ins Bett zu kriegen, um *keinen* Sex mit ihr zu haben. Hatte er überhaupt noch einen Schwanz?

Wahrscheinlich würde sie die ganze Zeit von einem anderen Mann träumen. Ob sie schon die Stunden zählte, bis sie nach L.A. zurückkehren konnte?

Fox reichte seiner Mutter die Karte und stellte fest, dass er das verdammte Ding in seiner Faust ziemlich zerdrückt hatte.

«Danke, Fox», trällerte Charlene und legte die Hand über das Mikrofon. «Ist es dir ernst mit dem Mädchen, mein Sohn?»

Die Frage überraschte ihn. Wahrscheinlich, weil er mit seiner Mutter kaum über Frauen gesprochen hatte. Nicht mehr, seit sie ihn, als er vierzehn Jahre alt war, gezwungen hatte, sich einen Lehrfilm darüber anzusehen, wie man ein Kondom anzog. Danach hatte sie eine leere Kaffeedose mit Ein- und Fünf-Dollar-Noten in die Vorratskammer gestellt. Sie hatte ihm gesagt, dass sie dort stand, ohne ihm den genauen Zweck zu erklären. Aber er hatte gewusst, dass sie ihn mit Geld für Kondome versorgte. Noch bevor er zum ersten Mal Sex hatte, hatte sie sein Verhalten vorhergesehen.

Aber vielleicht hatte er sich auch so verhalten, weil es erwartet worden war.

Fox hatte diese Möglichkeit nie wirklich in Betracht gezogen. Aber im Laufe der letzten Woche hatte er das Gefühl, langsam aus dem Nebel aufzutauchen. Er schaute sich um und fragte sich, wie, zum Teufel, er an genau diesen Punkt gekommen war. Keine Beziehung, keine Verantwortung, keine Wurzeln. Hatte er schon so lange so gelebt, dass es ihm gar nicht mehr in den Sinn kam, damit aufzuhören?

Du hast bereits aufgehört, du Idiot.

Vorübergehend.

Oder?

Während die Frage seiner Mutter noch in der Luft hing, blickte Fox wieder zu Hannah. Gott, jede Zelle in seinem Körper rebellierte gegen die Vorstellung, eine andere Frau zu treffen. Aber er hatte schon einmal versucht, vor sich selbst zu fliehen, und es war gründlich schiefgegangen. Es hatte Narben hinterlassen und ihm eine schmerzhafte Lektion darüber erteilt, welchen Eindruck er automatisch auf die Menschen machte. Und er hatte nicht vor, es noch einmal zu versuchen. Mit einer Frau, die ihn zerstören konnte, indem sie jemand anderen wählte. Die in gewisser Weise schon jemand anderen gewählt *hatte*.

«Nein», antwortete er schließlich seiner Mutter, doch es klang erstickt. «Nein, wir sind nur Freunde. Das ist alles.» Er schenkte ihr ein Grinsen, das fast wehtat. «Du weißt doch, wie ich bin.»

«Ich weiß, dass du jedes Mal, wenn du aus der Highschool nach Hause gekommen bist, nach Parfüm gerochen hast.» Charlene gluckste. «Nun, sei vorsichtig mit ihr, ja? Sie hat etwas. Es wirkt fast, als wolle sie dich beschützen, obwohl sie dir kaum bis zum Kinn reicht.»

Fox ertappte sich bei dem Wunsch, Charlene zu sagen, dass er sich mit Hannah genau so fühlte. Beschützt. Gewollt. Aus Gründen, die er sich nicht hätte vorstellen können, bevor er sie getroffen hatte. Sie mochte ihn. Mochte es, Zeit mit ihm zu verbringen.

«Ich werde vorsichtig sein.» Seine Stimme zitterte. «Natürlich werde ich das.»

«Gut.» Charlene wechselte die Hand aus, die das Mikrofon bedeckte, um mit der freien sein Gesicht zu umfassen. «Mein geliebter Herzensbrecher.»

«Ich habe noch nie jemandem das Herz gebrochen.»

Das stimmte. Er war noch nie jemandem so nahegekommen, dass das möglich gewesen wäre. Nicht einmal Melinda. Er hatte seiner College-Freundin mehr von sich gegeben als allen anderen, aber sie waren sich niemals so nahegekommen wie Fox und Hannah.

Wollte er Hannah noch näherkommen?

Angenommen, es gäbe Sergei nicht, wie würde diese Annäherung dann aussehen?

Wäre es eine Beziehung? Würde Hannah nach Westport ziehen? Oder er nach L. A.? Und was dann?

In Anbetracht von Fox' bisherigem Leben klang das alles völlig lächerlich.

«Und ich werde jetzt nicht damit anfangen», sagte er und zwinkerte seiner Mutter zu. «Soll ich Eleanor den Mixer bringen?»

Ihr Lächeln verblasste langsam. «Bist du sicher?»

«Das schaffe ich schon.»

Charlene zögerte kurz, bevor sie ihrem Sohn das Küchengerät in seinem Karton überreichte. Fox verließ die Bühne und ging zurück zum Tisch. Alle sahen ihm zu – und schauten wie Vipern im Gras auf den Mixer. Fox stellte ihn vor Eleanor ab und tat so, als würde er die Spannung am Tisch nicht bemerken. Vielleicht würde seine Ignoranz die Gemüter beruhigen.

Wunschdenken.

Kaum hatte er den Mixer vor Eleanor abgestellt, stürzte sich Paula darauf.

Ihre knochigen Finger schlossen sich fest um die Schachtel, aber Eleanor war keine Anfängerin. Sie hatte das Manöver vorausgesehen und stach mit ihrem Marker auf Paulas Hände ein, was blaue Farbspuren auf der Haut der Frau hinterließ. Es entstand ein Tumult, und die Bingo-Spielerinnen und -Spieler drängten sich zwecks besserer Sicht um die beiden Krawallnudeln. Im Vertrauen darauf, dass er die heikle Situation entschärfen konnte – schließlich war er ein Königskrabbenfischer –, stellte sich Fox zwischen die Frauen und schenkte ihnen abwechselnd sein bestes Lächeln.

«Meine Damen. Lassen wir den Abend friedlich ausklingen, ja? Ich hole Ihnen beiden eine Limonade von der Snackbar und ...»

Eleanor schwang den Stift und erwischte ihn mitten auf der Stirn.

Hannah keuchte und bedeckte ihren Mund mit den Händen. Und dann begannen ihre Schultern zu zittern.

Man konnte Hannah kaum vorwerfen, dass das Ganze sie amüsierte. In der Mitte von Fox' Stirn prangte ein großer blauer Punkt. Er war eine menschliche Bingo-Karte. Seltsamerweise genoss Fox Hannahs Erheiterung, auch wenn es auf seine Kosten ging.

Schließlich brach sie in Gelächter aus und versuchte nicht länger, es zu verbergen. «Hat jemand ein Taschentuch?», fragte sie mit Tränen in den Augen. «Oder ein Feuchttuch?»

«Der ist farbecht», rief irgendwer von hinten.

Auf dem Weg um den Tisch herum drückte jemand Hannah eine Packung Taschentücher in die Hand, und sie stolperte lachend weiter. Ehe Fox sich versah, ließ er sich von Hannah an der Hand nehmen und zur Seitentür hinaus in die kühle, neblige Nacht ziehen.

Der Regen hatte aufgehört, aber die Feuchtigkeit lag noch in der Luft, zusammen mit dem fernen Geruch des Meeres. Die Straßenlaternen warfen gelbe Strahlen auf die Pfützen und verwandelten sie in wellige Lichtkreise. Der Verkehr auf dem nahe gelegenen Highway verlief ruhig, nur gelegentlich war das

Hupen eines Lastwagens zu hören. Es war eine Umgebung, in der Fox sich ohne Hannah einsam gefühlt hätte. Aber sie war da.

Hannah öffnete die Packung Taschentücher mit den Zähnen, nahm eines davon heraus und legte das weiche Blatt an seine Stirn. Hin und wieder musste sie immer noch kichern.

«Oh mein Gott, Fox», sagte sie und bewegte das Tuch in kleinen Kreisen. «Oh mein Gott.»

«Was? Noch nie vom Killerinstinkt achtzig plus gehört?»

Hannahs erneutes Lachen schallte über den stillen Parkplatz und ließ ihm das Herz aufgehen. «Du hast versucht, mich zu warnen, aber ich hab's nicht geglaubt.» Sie gluckste so heftig, dass sie ihren Arm kaum oben halten konnte. «Du bist so selbstbewusst zwischen sie gegangen.» Hannah senkte ihre Stimme, um ihn zu imitieren: «*Meine Damen. Lassen wir den Abend friedlich ausklingen.*»

«Tja», murmelte er. «Offenbar bist du nicht die Einzige, die gegen meinen Charme immun ist.»

Er hatte es nicht laut aussprechen wollen, aber es war ihm herausgerutscht.

Sie waren allein auf dem Parkplatz, und Hannah lachte nun nicht mehr. Der Wind wehte durch den spärlichen Raum zwischen ihnen und zerzauste ihre Locken. Fox merkte, dass er den Atem anhielt. Er wartete darauf, dass sie ihm sanft eine Abfuhr erteilte.

Er lachte gezwungen. «Tut mir leid, ich meinte ...»

«Ich bin nicht immun», hauchte Hannah. «Ich bin alles andere als immun gegen dich.»

Das sanfte Eingeständnis ließ seine Knie weich werden. Aber gleich darauf spannten sich seine Muskeln an. Sein Schwanz wurde hart. «Und das heißt?»

Unter gesenkten Lidern ließ sie ihn die Antwort in ihren Augen sehen. Den Hunger nach ihm. Er wollte ihren Namen sagen, doch das Wort blieb ihm im Hals stecken. Er war überrascht. Erleichtert.

Langsam bewegte sich Hannah tiefer in den Schatten des Gebäudes, drehte sich mit ihm um und lehnte sich mit dem Rücken an die Wand. Ihre Hände glitten an ihm hoch, sie ließ sich die Zeit, um mit den Händen die Konturen seines Gesichts nachzuzeichnen. Er erschauerte unter ihrer Berührung. Dann ergriff sie den Kragen seines Hemdes und zog ihn langsam zu sich nach unten, bis sie den Atem des anderen atmeten.

«Küss mich und finde es heraus.»

Er machte ein ersticktes Geräusch, unfähig, sich noch länger zurückzuhalten. Jetzt, da er ihre Erlaubnis hatte, legte er seine Hände auf ihre Hüften und drückte sie an die Ziegelwand, presste ihre Unterkörper aneinander, bis sie wimmerte.

«Du bist sicher.»

«Ja.»

«Herr im Himmel, ich danke dir!»

Wo, zum Teufel, sollte er anfangen? Wenn er sie zuerst auf den Mund küsste, würde er sie verschlingen, also konzentrierte er sich zunächst auf ihren Hals, griff in ihr Haar und zog ihren Kopf zur Seite, um ihr Ohr liebkosen zu können. Er atmete tief ein und direkt unter ihrem Ohrläppchen aus. Er genoss ihr Stöhnen, genoss es, als sie sich enger an ihn drängte, ihre Finger noch immer an seinem Hemdkragen.

Er machte sich immer noch Sorgen, zu implodieren, sobald er sie kostete, und doch stürzte er sich nun auf ihre leicht geöffneten, wartenden Lippen. Er nahm ihren Geschmack ganz und gar in sich auf, bis ihm leicht schwindelig wurde und er leise aufstöhnte.

Oh Gott. Oh Gott.

Ihre Zungen fanden sich immer wieder, und er spürte ihre Hingabe, ihre Vorfreude, ihre Hüften, die sich an der Wand, gegen die er sie drückte, hin und her bewegten. Ihre Bewegungen rieben an seiner Erektion und erregten ihn noch mehr. Niemals zuvor hatte er jemanden so sehr gewollt.

Hannah war gut. Hannah war richtig.

In ihr zu sein, würde einzigartig sein, anders als sonst.

Nichts an dem hier war wie sonst, nichts war Routine. Das Verlangen, das er so lange unterdrückt hatte, ließ ihn in Flammen aufgehen, sowohl körperlich als auch emotional, und diese Explosion sorgte dafür, dass er nicht mehr länger warten konnte.

Er wollte sie jetzt. Er brauchte sie jetzt.

Fox ging ein wenig in die Knie und hob sie leicht an, drängte sich gegen sie. Hannah schnappte nach Luft, ihre Hände zogen ihn näher zu sich. Ihre Münder bewegten sich in einem wilden Rhythmus, ihre Zungen wanden sich umeinander, seine Hände wanderten ihre Hüften hinunter und wieder hinauf und strichen über die glatte Haut unter ihrem Shirt. Er machte sie feucht und sehnsüchtig. Er kannte diese Wahrheit, wie er das Meer kannte.

«Bist du noch Jungfrau, Hannah?», fragte Fox heiser und strich mit seinen Zähnen leicht über ihre Kehle.

«Nein», flüsterte sie mit benommenem Blick.

«Gut», knurrte er und wurde noch härter. Hungriger. «Wenn ich erst einmal in dir drin bin, glaube ich nicht, dass ich mich zurückhalten kann.»

Er stieß seine Hüften nach oben, beobachtete ihr Gesicht genau, genoss ihren keuchenden Atem, genoss ihre harten Brustwarzen, die an seiner Brust auf und ab strichen. Gott, dieses Mädchen. Er konnte es kaum erwarten, sie auszuziehen. Ihre Schenkel zu spreizen, sodass seiner Zunge, seinen Fingern und seinem Schwanz nichts mehr im Wege stand. Sie würde heute Nacht das ganze verdammte Haus zusammenschreien. Sie …

Ein schrilles Geräusch ließ seine Gedanken auseinandersplittern.

Ein Handy klingelte.

Nein. Nein, Handys hatten hier nichts zu suchen. Handys spielten keine Rolle.

Sie waren Teil der Realität, und dies war viel besser als jede Realität, die er bisher erlebt hatte. Denn zum ersten Mal fühlte er sich nicht wie ein Schauspieler, der nur eine Rolle spielte.

Aber das Geräusch hörte nicht auf, erklang immer und immer wieder, es vibrierte an der Stelle, wo sich ihre Hüften trafen, bis sie sich schließlich voneinander lösten und ihre Stirn jeweils gegen die des anderen pressten.

«M-mein Telefon», stotterte Hannah und atmete schwer.

«Nein.»

«Fox ...»

«Nein. Gott, ich liebe deinen verdammten Mund.»

Ihre Lippen trafen wieder aufeinander, suchten den Geschmack des anderen, bevor Hannah ihren Mund wegzog. «Wir können nicht hier ... wir k-können nicht.» Sie hatte merkliche Probleme, zusammenhängende Gedanken zu formulieren, und, Gott, er konnte es verstehen, denn er konnte auch nicht mehr klar denken. «Deine Mutter ist da drin, und es gibt Dinge, die wir tun müssen. Wie reden. Rede-Dinge.»

«Rede-Dinge?» Fox atmete aus, legte einen Finger unter ihr Kinn und hob es an, damit er in ihr schönes Gesicht sehen konnte. «Ich rede mit dir mehr als mit jedem anderen, Hannah.»

Sie blinzelte. Lächelte. «Das ist gut. Ich liebe, dass du das tust.»

«Ja?»

«Ja. Aber ...»

Hannahs Telefon klingelte erneut, und Fox biss die Zähne zusammen. Er wollte hören, was in ihrem Kopf vorging. Vielleicht würde es ihm helfen herauszufinden, was er selbst dachte. Denn soweit er das beurteilen konnte, war er verdammt nah dran, entweder seine Freundschaft mit Hannah zu ruinieren oder wieder abgewiesen zu werden.

Die eine Aussicht war genauso schrecklich wie die andere.

Mit ihr zu schlafen, würde bedeuten, ihre Gefühle zu verletzen, wenn er ihr nicht mehr als Sex geben konnte. Freundschaft mit Zusatzleistungen kam nicht infrage. Wenn ein anderer Mann ihr das vorschlagen würde, würde er das Arschloch fertigmachen. Also auch für ihn ein No-Go.

Option B: Hannah war vielleicht nicht immun gegen ihn, wollte ihn aber nicht so. Nicht genug. Die Lust war zwar da, aber ihre Willenskraft war stark genug, um sie zu überwinden. Denn letztendlich wollte sie jemand anderen.

Fox' Brust schmerzte. Unter seinem Auge zuckte ein Muskel.

«Los, geh ran», sagte er rau, ließ sie an der Wand herunter und wich dann zurück, drehte sich um und strich sich durchs Haar.

Es war besser, sie den Anruf entgegennehmen zu lassen, als sich diesen Schlag versetzen zu lassen, oder?

«Shauna», sagte Hannah eine Sekunde später in ihr Handy, ihr Atem ging schnell. «Bitte sag mir, dass du gute Nachrichten hast.»

Eine lange Pause.

Hannah holte tief Luft, drehte sich im Kreis und betastete ihre Taschen, als ob sie nach einem Stift suchte. Fox öffnete die Notizen-App auf seinem Handy und reichte es ihr, worauf sie ihm einen dankbaren Blick zuwarf. Dann erstarrte sie. Ihr fassungsloses Gesicht zeichnete sich im blauen Licht der Handy-Displays ab. «Morgen?» Sie schüttelte den Kopf. «Das geht nicht. Das schaffen sie nie. Und ich auch nicht. Oder?»

Fox formte seine Lippen zu einem *Was?*

Hannah hielt einen Finger hoch. «Okay, könntest du mir ihre Kontaktdaten und die Adresse des Aufnahmestudios schicken? Ich danke dir! Ich danke dir so sehr, Shauna. Ich stehe echt in deiner Schuld.»

Hannah ließ das Telefon sinken und sah fast so benommen aus wie in dem Moment, als sie sich geküsst hatten. «Was ist los, Sommersprosse?»

«Die Band, die ich für Henrys Lieder haben will? Sie gehen in zwei Tagen auf Tournee. Für sechs Monate. Sie werden morgen im Studio sein, um ein paar Reels für Instagram aufzunehmen und …»

«Reels? Ich kann dir nicht folgen.»

«Das ist nicht wichtig.» Hannah winkte mit dem Telefon in der Hand ab. «Sie mögen das Material, das sie von mir bekommen haben, und können die Nacht über an den Arrangements arbeiten. Um morgen ein Demo aufzunehmen. Das Geld, das ich angeboten habe, ist für eine Indie-Band zu viel, um es abzulehnen. Genauso wie die Gelegenheit, bei einem Filmsoundtrack mitzuwirken. Wenn Sergei gefällt, was sie gemacht haben, werden sie sich während der Tournee die Zeit nehmen, um richtige Aufnahmen zu machen.» Ein paar Sekunden vergingen. «Ich meine, ich könnte warten und versuchen, eine Band aus L. A. zu finden. Aber ich weiß, wie Sergei tickt, und er wird das Interesse an der Sache verlieren, wenn ich nicht schnell handle.»

Hannah strich mit dem Daumen über das Display ihres Handys und tippte. Sie schloss die Augen, als eine heisere Frauenstimme die Luft erfüllte, begleitet von zwei Geigen und einer kleinen Trommel. Hannah legte sich eine Hand an die Kehle, und der Mund, den Fox eben noch geküsst hatte, verzog sich zu einem Lächeln.

«Das sind sie», sagte sie. «Ich werde definitiv morgen nach Seattle fahren.»

Ganz automatisch begann Fox zu lächeln, denn sein Herz ließ ihn nichts anderes tun, wenn sie glücklich war. «Nein, Sommersprosse. *Wir* fahren nach Seattle.»

Sie strahlte. Offensichtlich freute sie sich tatsächlich über die Nachricht, dass er mitkommen würde. Hatte sie wirklich geglaubt, er würde sie allein fahren lassen? «Aber musst du nicht aufs Boot?»

«Nicht vor Mittwochfrüh. Das heißt, wir haben morgen den ganzen Tag Zeit.»

«Okay», hauchte Hannah und streckte eine Hand nach ihm aus. Sie wirkte so verletzlich, wie sie da stand und wartete, dass es ihm die Kehle zuschnürte. Hannah zögerte, zurück in den Bingo-Saal zu gehen, und Fox wusste, dass die Unterhaltung, die sie im Auto geführt hatten, noch nicht beendet war. So sicher, wie auf Morgenrot schlechtes Wetter folgte, so sicher würde Hannah keine Ruhe geben, bis sie alle losen Enden verknüpft hatte. Nur lagen die losen Enden in diesem Fall in ihm. Und sie würde nicht aufhören zu bohren, bis sie sie gefunden und eines nach dem anderen verbunden hatte.

Ein Teil von Fox war dankbar dafür, dass sie sich die Mühe machte. Aber der Rest von ihm, der Mann, der seine Wunden bedeckt hielt, wehrte sich. Entweder würde sie Salz in diese Wunden streuen, indem sie ihn zurückwies, oder ihn zwingen, sie eigenhändig zuzunähen. War er auf eins davon auch nur annähernd vorbereitet?

Nein.

Seit dem College bestand sein Abwehrmechanismus darin, sich aus dem Staub zu machen, bevor er belächelt oder daran erinnert werden konnte, dass er nur für eine Sache gut war. Aber bei Hannah war es nicht möglich zu gehen. Nicht, wie er es normalerweise tat. Gott, nein. Er wollte nicht vor ihr weglaufen. Aber er konnte die immer größer werdende Erwartung, dass sie im Bett landen würden, beenden. Und zwar sofort. Noch bevor sie ihm den Boden unter den Füßen wegzog. Denn bei Hannah würde er den Sturz nicht überleben.

KAPITEL 18

Die Fahrt zurück nach Westport verlief ruhig.

Sie waren kurz noch einmal in den Gemeindesaal gegangen, um sich von Charlene zu verabschieden, und dann hatte Fox auf dem Weg zum Auto Hannahs Hand gehalten. Er hatte ihr die Tür geöffnet, als hätten sie ein richtiges Date, aber sein Kiefer war angespannt. Die Stille, als er zurück auf den Highway fuhr, sprach Bände. Was dachte er?

Was dachte sie?

Ihre Gedanken waren durcheinander, als ob ein Tornado hindurchgefegt wäre.

Dieser Kuss. Heilige Scheiße.

Als sie sich auf der Casting-Party zum ersten Mal geküsst hatten, war das wie die sanften ersten Klänge von *The Great Gig in the Sky* gewesen. Aber der Kuss vorhin, das war das bombastische Solo zum Ende des Liedes. Eines Liedes, das sie immer wieder dazu brachte, über die Komplexität von Frauen und ihre turbulenten Gefühle zu schwärmen.

Turbulenzen. Es gab keine bessere Beschreibung für das, in was Fox' geschickter Mund sie hineinmanövriert hatte. Ihr Körper hatte darauf reagiert wie eine Blume, die endlich Sonnenlicht bekam, verzweifelt und ausgehungert. Selbst jetzt spürte sie noch das Kribbeln in ihren Fingerspitzen, die Feuchtigkeit zwischen ihren Schenkeln.

Wenn ich erst einmal in dir drin bin, glaube ich nicht, dass ich mich zurückhalten kann.

Bei der Erinnerung an diese Aussage drehte Hannah ihren Kopf und stöhnte lautlos gegen ihre Schulter, während sich die

Muskeln in ihrem Unterleib zusammenzogen. Waren sie auf dem Weg nach Hause, um Sex zu haben? War es das, was sie wollte?

Ja.

Offensichtlich.

Es bestand kaum ein Zweifel daran, dass der Sex mit Fox umwerfend sein würde. Das hatte sie gewusst, seit sie ihn im letzten Sommer kennengelernt hatte. Aber wenn er dachte, sie hätten keinen Grund, vorher einige Dinge zu klären, war er auf dem Holzweg. Ihre Beziehung war ein kompliziertes Rätsel, das jeden Tag verwirrender wurde. Sie waren gute Freunde, die sich sehr zueinander hingezogen fühlten. Und vorhin hatten sie sich schon wie ein Liebespaar verhalten, das war nicht zu leugnen. Es war auch nicht zu leugnen, dass es ihr gefallen hatte. Wie sie unter dem Tisch seine Hand gehalten hatte, die vertrauten Blicke.

Ihre Gefühle für Fox wurden ständig intensiver, und es gab keine Anzeichen dafür, dass sich das ändern würde. Hannah kam es so vor, als würde sie in einem Kajak sitzen und auf einen steilen Wasserfall zufahren. Sie mochte Fox wichtiger sein als einer seiner One-Night-Stands, aber das bedeutete nicht, dass er mehr als ihr Freund sein wollte.

Hannah dachte an Charlenes Zusammenzucken und blickte dann auf Fox' angespanntes Kinn und sein wirres Haar. Und nicht zum ersten Mal sah sie jemanden, der Angst hatte. Sein Gesichtsausdruck erinnerte sie an den Nachmittag, an dem sie ihn im Gästezimmer abgewiesen und ihn seiner Waffen beraubt hatte. Sie sah jetzt die gleiche Angst. Vielleicht wollte er der Mann sein, der beim Bingo ihre Hand hielt und mit ihr nach Seattle fuhr, aber ein Lederarmband und andere Altlasten aus der Vergangenheit blockierten ihn. Sie ließen ihn immer wieder daran zweifeln, dass er zu mehr in der Lage sein konnte.

War sie auf einem guten Weg?

Hannah riss ihren Blick von Fox' perfektem Profil los und beobachtete die sich rhythmisch bewegenden Scheibenwischer, die den Regen auffingen und den Blick nach draußen ermöglichten. Eine immer gleiche Bewegung, bis der Regen schließlich aufhörte.

Was wäre, wenn sie es mit Fox genauso machen würde? Standhaft und unerschütterlich bleiben, bis sich seine Sicht klärte? War sie stark genug dafür?

Nein, nicht stark. Der Versuch, diesen Mann aus dem Junggesellendasein zu locken, war schlichtweg selbstzerstörerisch und konnte damit enden, dass er ihr Herz brach. Aber wegzulaufen, zurück nach Los Angeles zu gehen, obwohl Fox nach und nach immer mehr Platz in ihrem Herzen einnahm, erschien ihr in diesem Moment unendlich viel schlimmer.

Oh Mann. Sie fuhren an einem Straßenschild mit der Aufschrift Westport vorbei, aber genauso gut hätte dort *Nichts als Ärger* stehen können.

Hannah schluckte. «Also, ähm ...» Sie klammerte sich an den Sicherheitsgurt. «Bist du sicher, dass du mich morgen früh nach Seattle fahren willst? Ich habe keine Ahnung, was mich erwartet, wenn ich im Studio ankomme. Das könnte viel Warterei für dich bedeuten.»

«Ich bin mir sicher, Hannah.» Fox warf ihr einen Seitenblick zu. «Und jetzt frag, was du mich wirklich fragen willst.»

Ihr Magen krampfte sich zusammen. Er kannte sie einfach zu gut. «Okay.» Ihr Puls beschleunigte sich. «Du, ähm ... wir ... ähm ... Weißt du, das vorhin war doch eine Art Vorspiel, oder? Du hast mich gefragt, ob ich noch Jungfrau bin, und auf diese Frage folgt meistens Sex.»

Fox umklammerte das Lenkrad fester. «Das ist richtig. Red weiter.»

«Nun. Ich frage mich, was danach passieren würde. Nachdem wir das getan haben. Falls wir es tun.»

Fox zuckte mit den Schultern. «Warten, bis ich wieder hart werde, und eine andere Stellung ausprobieren.»

«Fox.»

«Hannah. Ich kann nicht beantworten, was ich nicht weiß», sagte er. «Was willst du von mir hören? Ob ich mit dir schlafen will? Ja. Oh mein Gott, ich ...» Fox umklammerte das Lenkrad inzwischen so fest, dass seine Fingerknöchel weiß hervortraten. «Mein Körper sehnt sich so sehr nach dir, dass ich nicht im Bett liegen kann, ohne dich in meinen Gedanken zu spüren.»

Dieses Geständnis raubte Hannah den Atem. Zum Glück redete er weiter, denn sie hätte nicht gewusst, was sie darauf hätte sagen können.

«Sieh mal ...» Fox' Brust hob und senkte sich heftig. «Es ist besser, wenn wir es nicht tun. Du glaubst nicht, wie sehr es mich schmerzt, das zu sagen. Aber die Tatsache, dass du mich jetzt schon fragst, was danach passiert, zeigt, dass es keine gute Idee ist. Denn was danach passiert, Sommersprosse, ist, dass ich mir normalerweise ein Taxi rufe und abhaue.»

«Warum?»

«Ich schätze, damit ich mir klarmachen kann, dass es bei mir nur um Sex geht, bevor jemand anderes es tut. Ich gehe lieber, als jemals wieder diese Gedanken im Gesicht von jemandem zu lesen: *Wow, wie süß. Der hübsche Junge dachte, es ginge um mehr als eine schnelle Nummer.* Sich einzugestehen, wer man ist, ist einfacher, als den Beweis zu erhalten, dass man benutzt wurde. So bringt niemand mich dazu, mich schlecht zu fühlen. Und es sind nicht nur die Frauen, die mich nicht ernst nehmen. Es ist ...»

«Red weiter», sagte Hannah, als er zögerte. Sie war bereit, ihm zuzuhören, damit er die ganze harte Wahrheit endlich einmal aussprechen konnte. «Um wen geht es noch?»

Es dauerte einen Moment, bis Fox fortfuhr, den Blick geradeaus auf die Straße gerichtet. «Wenn ich eine SMS oder einen

Anruf von einer Frau erhalte und die Crew das mitkriegt, erwarten sie, dass ich darauf eingehe. Wenn ich auch nur andeute, dass ich kein Interesse an einer leeren Nummer habe, behandeln sie mich, als ob etwas mit mir nicht stimmt. Das war schon immer so. Der Druck, dieser Erwartung gerecht zu werden ... Ich weiß nicht einmal, wann, zum Teufel, das angefangen hat.»

Hannah traten Tränen in die Augen. Das war nicht okay. Nichts daran war okay. Aber sie wollte alles erfahren, was ihn quälte. «Es ist immer falsch, wenn jemand Vermutungen darüber anstellt, was du fühlst oder willst. Du stellst deine eigenen Erwartungen an dich, und es ist nicht weniger männlich, Nein zu sagen, egal, was andere behaupten. Großer Gott, wirklich nicht.»

Fox schluckte und schwieg. So lange, dass Hannah schon dachte, er würde nichts mehr sagen. Doch dann sprach er weiter: «Hätte ich dich auf dem College kennengelernt, Hannah, hätte ich den Mist, den ich vorher gemacht habe, vergessen und hätte ein neues Leben angefangen. Aber jetzt mache ich das alles schon so verdammt lange. Ich habe jede Chance auf einen Neuanfang verspielt. Ich bin das geworden, was die Leute schon immer in mir sahen. Ich habe mir meinen Ruf verdient, und so gut, wie du bist, Hannah, so süß und verdammt wunderbar, wie du bist, will ich nicht die eine Sache sein, bei der du versagst. Die Entscheidung, die du später bereust.» Fox fluchte leise und fuhr sich mit den Fingern durchs Haar. «Ich werde dich nicht mehr küssen. Ich hätte es heute Abend nicht tun sollen. Ich weiß es besser. Wenn wir nicht unterbrochen worden wären ...»

Erst als er den Motor ausmachte, bemerkte Hannah, dass sie bereits vor seinem Haus standen, nur wenige Meter vom Meer entfernt.

Die Stille im Wagen war zum Schneiden dick, sie wurde nur

durch das Plätschern der Wellen und ihren beschleunigten Atem durchbrochen.

«Selbst wenn wir heute Abend nicht gestört worden wären, würden wir jetzt auch dieses Gespräch führen», stellte Hannah schließlich fest.

Fox schüttelte den Kopf. «Warum? Was willst du mit dieser Unterhaltung bezwecken?» Sein Mund verzog sich, und sie sah einen Ausdruck in seinem Gesicht, den sie noch nicht kannte und den sie nicht genau benennen konnte. «Du hast doch jetzt ohnehin Sergei am Haken.» Fox schluckte. «Vielleicht solltest du dich darauf konzentrieren. Auf ihn.»

«Ich habe ihm eine Abfuhr erteilt», sagte Hannah. «Als er gefragt hat, ob wir zusammen ausgehen, sobald wir wieder in L.A. sind, habe ich Nein gesagt.»

Es war offensichtlich, wie sehr Fox versuchte, seine Erleichterung zu verbergen, aber es gelang ihm nicht. Hannah sah, wie die Anspannung aus seinen Muskeln, seinem Blick, seinem Kiefer wich. Und da wusste Hannah, dass dieses namenlose Gefühl, das sie zuvor gesehen hatte, Eifersucht gewesen war. «Na ja», sagte Fox nach einer Weile steif. «Vielleicht hättest du das nicht tun sollen. Denn es gibt nur eins, womit ich dich glücklich machen kann, und das ist Sex.»

«Nein. Ist es nicht.» Hannahs Stimme zitterte. «Ich bin glücklich, wenn ich deine Hand halte, dich singen höre. Ich bin glücklich, mit dir befreundet zu sein.»

«Mit mir befreundet zu sein?», wiederholte Fox spöttisch. «Dann ist es ja gut, dass wir nicht vögeln werden, denn danach wärst du für mich nur ein weiterer bedeutungsloser One-Night-Stand.»

Hannah zuckte zurück, als hätte er sie geohrfeigt, Schock und Schmerz durchbohrten ihr Herz. Blind von Tränen, öffnete sie die Beifahrertür und floh aus dem Auto. Sie ignorierte ihn, als er nach ihr rief, und rannte die Treppe hinauf, die zu seiner Wohnung im zweiten Stock führte. Wurde noch schneller, als sie seine Schritte hinter sich hörte.

Als sie die Wohnungstür erreichte und versuchte, den Schlüssel in ihrer Tasche zu finden, zitterten ihre Hände. Schließlich hielt sie ihn in der Hand, kam aber nicht dazu, ihn ins Schloss zu schieben, weil Fox hinter ihr auftauchte, sie fest in die Arme schloss und sie an seine Brust drückte. «Das habe ich nicht so gemeint», sagte er in ihr Haar und presste seine Lippen auf ihren Scheitel. «Bitte, Sommersprosse. Du musst wissen, dass ich es nicht so gemeint habe.»

Natürlich wusste sie es.

Da war die rosafarbene Himalaya-Salzlampe, der versteckte Plattenspieler, der Besuch bei seiner Mutter, dass er Henrys Lied für sie gesungen hatte, das Angebot, mit ihr nach Seattle zu fahren. Die Fleetwood-Mac-Platte. Der Chat in den letzten sieben Monaten. Und die Art, wie er sie jetzt festhielt, als würde er zerbrechen, wenn sie weiter wütend auf ihn blieb. Sie wusste, dass er es nicht so gemeint hatte. Sie wusste es. Aber das bedeutete nicht, dass seine verletzenden Worte nicht wehtaten.

In diesem Moment wurde Hannah bewusst, dass sie genau zwei Möglichkeiten hatte: Sie konnte vor dem Schmerz, den der Kampf um Fox mit sich bringen würde, weglaufen. Oder sie könnte bleiben und sich weigern, aufzugeben. Was sollte sie tun?

Kämpfen. Wie eine Hauptdarstellerin.

Er war es wert.

Selbst wenn eine Beziehung zwischen ihnen nicht möglich war, wollte sie nicht zulassen, dass diese falschen Überzeugungen, die in ihm wie Wunden schwärten, ihn ein Leben lang quälten.

Es gab kein Etikett für das, was sie füreinander waren. «Freunde, die unbedingt miteinander schlafen wollten» traf nicht ganz die tiefe Bindung, die zwischen ihnen existierte und darauf wartete, erkundet zu werden. Aber sie wusste, es ging hier nicht nur darum, ihn zu heilen und zu unterstützen. Sie nahm nicht wieder die Nebenrolle ein, wie sie es sonst immer getan hatte. Das war einfach gewesen. So einfach. Am Rand zu bleiben und nicht aktiv an der Geschichte teilzunehmen. Aber dieses Mal würden die Folgen ihres Handelns auch ihre eigene Zukunft beeinflussen. Nicht die eines Freundes und nicht die ihrer Schwester, sondern ihre. Und die von Fox.

Würden sie ihre Geschichte gemeinsam oder getrennt fortsetzen?

Letzteres konnte sie sich nicht vorstellen. Beim besten Willen nicht. Allerdings bedeutete das nicht, dass er auch so empfand. Und selbst wenn, könnte eine Beziehung zu diesem Zeitpunkt immer noch zu viel sein. Es war durchaus möglich, dass sie *nur* Freunde bleiben würden. Auch wenn der Gedanke daran dafür sorgte, dass ihr der Magen in die Knie sank.

Diejenige zu sein, die auf eine gemeinsame Zukunft drängte, war beängstigend. Sie könnte versagen, zurückgewiesen werden. Aber es lohnte sich, für ihn zu kämpfen. Wenn es irgendetwas gab, das Hannah dazu brachte, stark zu bleiben, dann war es das Bedürfnis, es Fox zu beweisen. Ihn dazu zu bringen, an sich selbst zu glauben.

Selbst wenn es eines Tages einer anderen Frau zugutekäme und nicht ihr. Sie war selbstlos genug, um ihm zu zeigen, was möglich war. Dass es nicht beängstigend sein musste, einen anderen Menschen an sich heranzulassen. Das konnte sie doch tun, oder?

Hannah holte tief Luft, um sich Mut zu machen, und drehte sich in Fox' Armen um. Sie wagte nur einen flüchtigen Blick in seine traurigen Augen, bevor sie sich auf die Zehenspitzen stellte und ihre Lippen auf seine presste. Sie küsste ihn.

Überrascht brauchte er ein paar Sekunden, um sich darauf

einzulassen, aber als er es tat, tat er es voller Hingabe. Er presste sie gegen die Tür und hob seine Hände, um ihr Gesicht zu umfassen, ihre Münder bewegten sich fieberhaft, tauschten Versprechen und Entschuldigungen.

Sich von Fox zu lösen, bevor das hier zu weit ging, fiel Hannah unendlich schwer, aber sie schaffte es, beendete den Kuss und drückte, erschüttert von der pulsierenden Energie zwischen ihnen, ihre Stirn an seine.

«Wir sehen uns morgen früh», flüsterte sie, wandte sich von ihm ab, öffnete die Tür und ließ ihn wortlos zurück.

Drinnen angekommen, schloss sie sich in ihrem Zimmer ein und rutschte erschöpft an der Rückseite der Tür hinunter.

Besser, sie schlief ein wenig. Fox und seine tief verwurzelten Zweifel würden immer noch da sein, wenn die Sonne aufging. Wenn sie mehr Zeit in Westport hätte, könnte sie diese Zweifel nach und nach ausräumen, damit er schließlich erkennen konnte, dass er zu einer gesunden Bindung fähig war. Doch die Zeit lief ihr langsam davon. Sie musste die verbleibenden Tage gut nutzen.

Vorhin hatte er ihr gesagt, dass er üblicherweise ging, bevor eine Frau ihn erniedrigen konnte. Nun, Hannah würde ihm zeigen, dass es auch andere Wege gab. Sie würde ihn nach ihrer Diskussion, nach den verletzenden Worten nicht verlassen, sondern beweisen, dass ihre Beziehung unverwüstlich war. Dass Fox Teil von etwas sein konnte, das stärker war als der Sog der Vergangenheit. Dass sie ihm in die Augen sehen konnte und ihn respektierte und sich um ihn sorgte. Dass sie sich nicht vergraulen ließ, Punkt. Das war es, was sie die ganze Zeit über getan hatte, zum Teil unbewusst, und sie würde auch jetzt nicht vom Kurs abweichen. Hoffnung – sie würde Fox mit dem Glauben an die Möglichkeit von mehr zurücklassen.

Mit dem Mut und dem Selbstvertrauen, es noch einmal zu versuchen.

Hannahs Blick fiel auf die Mappe mit den Seemannsliedern, die auf ihrem Bett lag.

Ja, am nächsten Tag würde sie kämpfen, und das gleich an mehreren Fronten.

KAPITEL 19

Fox stand am Herd, den Pfannenwender in der Hand, den Blick auf die Tür des Gästezimmers gerichtet, und jede Zelle seines Körpers war in höchster Alarmbereitschaft. Wer würde durch diese Tür kommen? Oder, noch entscheidender, welches Spiel würde sie spielen?

Er hatte in der vergangenen Nacht kaum geschlafen. Immer wieder war ihm die Rückfahrt durch den Kopf gegangen. Jedes Wort, das sie gesagt hatte, die Bedeutung hinter dem Kuss vor der Wohnungstür. Was, zum Teufel, wollte sie damit bezwecken? Er hatte ihr doch klipp und klar gesagt, dass das mit ihnen nichts werden konnte. Dass sie bei ihrem Regisseur bleiben sollte.

Warum kam ihm jede dieser Aussagen jetzt so leer vor?

Wahrscheinlich, weil er, wenn sie gleich aus dem Gästezimmer käme und ihn küsste, auf die Knie fallen und vor Dankbarkeit weinen würde.

Sie hatte ihn um den kleinen Finger gewickelt.

Das musste er schleunigst rückgängig machen.

Oder etwa nicht?

Denn hier stand er nun und machte ihr Pfannkuchen, um sich für das Unverzeihliche zu entschuldigen, das er am Vorabend zu ihr gesagt hatte. *Dann ist es ja gut, dass wir nicht vögeln werden, denn danach wärst du für mich nur ein weiterer bedeutungsloser One-Night-Stand.*

Gott, er hatte es nicht verdient, nach so einer Lüge weiterzuleben.

Oder besser noch, er verdiente es, mit der Erinnerung an

ihren Gesichtsausdruck und dem Wissen weiterzuleben, dass er diesen Schmerz verursacht hatte. Er war Abschaum. Wie konnte er es wagen? Wie konnte er es wagen, dieses Mädchen, das sich, vielleicht unklugerweise, um ihn sorgte, derartig zu verletzen?

Er hatte lange Zeit alles getan, um dem geringschätzenden Blick einer Frau zu entgehen, mit dem sie ihm klarmachte, dass er für sie nur eine nette Abwechslung gewesen war. Melindas Gesicht, als sie mit seinem besten Freund im Bett lag. Er hatte bisher nicht befürchtet, diesen Gesichtsausdruck je bei Hannah zu sehen. Bis gestern Nacht. Nachdem er ihr alles gestanden und seine Vergangenheit vor ihr ausgebreitet hatte, musste er auf alles gefasst sein.

Wenn Hannah ihn jemals so ansehen würde, konnte sie ihm genauso gut das Herz aus der Brust reißen. Melindas Verrat wäre lächerlich im Vergleich zu dem, was Hannahs Ablehnung in ihm bewirken würde. Allein die Möglichkeit, dass es dazu kommen *könnte*, hatte ihn veranlasst, zuerst zuzuschlagen. Er hatte diesen Satz ausgesprochen, um sie wegzustoßen und sich dabei selbst zu schützen.

Oh Gott. Er hatte ihr wehgetan.

Das hatte er ihr angemerkt, aber dann hatte sie ihm mit diesem Kuss verziehen.

Was ihn zu seiner aktuellen Sorge zurückbrachte. Wer würde aus der Tür des Gästezimmers kommen? Seine beste Freundin Hannah? Oder Hannah, die einen Plan hatte? Denn hinter dem Kuss gestern Abend, der ihn hart wie Stein hatte werden lassen, hatte Entschlossenheit gesteckt. Sie hatte ihn ohne jede Zurückhaltung geküsst. Als ob sie ihm beweisen wollte, dass sie es ernst meinte. Und das machte ihm ebenso viel Angst, wie es Hoffnung in ihm weckte.

Eine gefährliche, dumme Hoffnung, die ihn Fragen stellen ließ wie *Was wäre, wenn?*.

Was wäre, wenn er mit dem mangelnden Respekt seiner Crew entsprechend umgehen würde? Wenn er etwas von der Verantwortung übernehmen würde, die er so sehr zu vermeiden suchte?

Denn jemand, der Hannahs würdig war, müsste solche Verantwortung tragen. Nicht er, natürlich. Einfach jemand. Wer auch immer es war. Derjenige konnte keine Wohnung haben, die nicht mal anständig eingerichtet war. Und er müsste ehrgeizig sein. Ehrgeizig genug, um zum Beispiel vom Stellvertreter zum Captain aufzusteigen. Aber das war nur ein Beispiel, denn es ging ja nicht um ihn.

Natürlich nicht.

Fox nickte entschlossen und wendete den Pfannkuchen, blickte dann aber gleich wieder zur Tür des Gästezimmers. Wie lächerlich, auf jemanden zu warten, den er erst in der Nacht zuvor gesehen hatte. Ab morgen würde er für fünf Tage auf See sein. Wenn er sie jetzt schon vermisste, würden diese hundertzwanzig Stunden verdammt unangenehm werden. Vielleicht sollte er schon mal üben, seine Gefühle zu unterdrücken.

Du vermisst sie nicht.

Fox lauschte der Sehnsucht in seinem Herzen. Tja, das hatte nicht funktioniert.

«Hannah», rief er, wobei seine Stimme in seinen eigenen Ohren unnatürlich klang. «Frühstück.»

Die Schatten unter der Tür hörten kurz auf, sich zu bewegen. «Ich komme gleich.»

Fox atmete einmal tief durch.

Gut. Sie würden so tun, als hätte es die letzte Nacht nicht gegeben. Als hätte er die Unsicherheiten, die er sein Leben lang versteckt hatte, nicht zugegeben. Als hätte er den scheinbar gutmütigen Spott, den er von der Crew erntete, nie preisgegeben. Schließlich hatten sie sich schon einmal geküsst und es hinter sich gelassen.

Diesmal würde es auch nicht anders sein.

Doch warum wurde das Kribbeln in seiner Brust dann immer stärker? Vielleicht wollte er nicht, dass sie es hinter sich ließen.

Als Hannah aus dem Gästezimmer kam, erstarrte der Pfannenwender in Fox' Hand und er sog scharf die Luft ein.

Sie hatte ihr Haar heute nicht zusammengebunden. Es war offen. Glatt, als hätte sie es mit einem Glätteisen bearbeitet. Und sie trug ein kurzes, lockeres olivgrünes Kleid anstelle der üblichen Jeans. Ohrringe. Schwarze Wildlederstiefel, die ihr bis zu den Knien reichten. Und ihre schlanken Beine darüber sahen äußerst sexy aus.

Ich hätte mir einen runterholen sollen!

Es war schon schwer genug, sich in Hannahs Nähe zurückzuhalten, wenn sie normal gekleidet war. Wie sollte er so den ganzen Tag mit ihr in Seattle überstehen? Das war reine Folter.

Der Geruch nach Angebranntem holte ihn in die Gegenwart zurück. Na toll. Er hatte den Pfannkuchen ruiniert. Er war fast völlig schwarz geworden, während er die Frau angestarrt hatte, die ihn dazu brachte, über den Kauf von Zierkissen und Vorhängen nachzudenken.

«Hey», sagte sie und zupfte an einem ihrer Ohrringe.

«Hey», erwiderte er, warf den verbrannten Pfannkuchen in den Müll und goss frischen Teig in die Pfanne. «Du siehst gut aus.»

Und ich würde dich am liebsten auf die Couch werfen und verschlingen.

«Danke.»

Fox hasste die Spannung, die zwischen ihnen herrschte. Das passte nicht zu ihnen. Also suchte er nach einem Weg, sie zu vertreiben. «Wie lange bist du aufgeblieben, um eine Roadtrip-Playlist zu erstellen?»

«Zu lange», antwortete Hannah, ohne zu zögern, und zuckte

mit den Schultern. «Du kannst es mir aber nicht wirklich verübeln. Wir fahren zu einem Aufnahmestudio in der Hauptstadt des Grunge. Ich bin überstimuliert.» Sie setzte sich auf einen der Hocker vor der Küchentheke. «Tut mir leid, Babe. Aber heute Abend wirst du die Nase voll haben von Nirvana und Pearl Jam.»

Als er dieses «Babe» hörte, hätte er fast einen zweiten Pfannkuchen anbrennen lassen. Hannah beschäftigte sich mit ihrem Handy, als hätte der Kosename nie ihren Mund verlassen, während er nicht wusste, wie er sich verhalten sollte. Er hatte sie auch schon so genannt, aber nicht in einer solchen Situation: in der Küche mit dem Geruch von warmem Sirup in der Luft. Es war heimelig. Es gab ihm das Gefühl, die eine Hälfte eines Paares zu sein.

War das ihr Plan? Nach seinem hässlichen Verhalten am Vorabend einfach ... zu bleiben? Nicht nur in seiner Wohnung, sondern bei *ihm*. Mit ihrer Freundschaft intakt. Denn die Tatsache, dass sie ihn nun in- und auswendig kannte und immer noch da war ... Das hatte Bedeutung. Die Erleichterung und Dankbarkeit, die ihn überkam, war enorm. Beflügelnd. Und es bereitete ihm beinahe körperliche Schmerzen, sie jetzt nicht in den Arm nehmen zu können. Sie «Babe» zu nennen und ihr zärtlich einen guten Morgen zu wünschen. Sie nach ihren Träumen zu fragen. Am Vorabend beim Bingo hatte er sich so verhalten, als wären sie zusammen, und es war beinahe erschreckend, wie gut sich das angefühlt hatte. Ihre Hand zu halten, zu lachen und sich fallenzulassen.

Je mehr er an den Kuss vor der Wohnungstür dachte, desto mehr fühlte dieser sich wie ein Versprechen an. Dass sie ihn nicht aufgeben würde? Dass es für sie beide vielleicht doch eine Chance gab?

Hatte er tatsächlich die Worte «Ich werde dich nicht mehr küssen» gesagt?

Wirklich?

Das kam ihm nun lächerlich vor. Vor allem, als sie einen Bissen von dem Pfannkuchen aß und einen leisen genüsslichen Laut von sich gab, während sie mit ihrem Finger durch den Sirup auf ihrem Teller strich und ihn dann ableckte.

War es gefährlich, derart erregt ins Auto zu steigen?

«Ich merke, was du da tust, Hannah.»

Sie blickte auf, überrascht, ein Bild der Unschuld. «Was meinst du?»

«Das Kleid. Wie du mich ‹Babe› nennst. Das Saugen am Finger. Du versuchst, mich dazu zu verführen zu denken, dass diese Art, den Morgen zu verbringen, für mich normal sein könnte.»

«Und? Funktioniert es?», fragte sie mit ernstem Blick, bevor sie einen weiteren Bissen nahm.

Er konnte nicht antworten. Er konnte nichts anderes tun, als sich vorzustellen, wie es wäre, wenn Hannah jeden Morgen dort sitzen würde. Auf unbestimmte Zeit. Zu wissen, dass sie da sein würde. Zu wissen, dass sie da sein *wollte*.

Mit ihm.

«Könnte sein, ja», gab er heiser zu.

Offensichtlich verwirrt von seinem Geständnis, hielt Hannah beim Kauen inne und schluckte mit sichtlicher Mühe. Sie brauchte einen Moment, um sich zu erholen, während sie einander über die Küchentheke hinweg anstarrten. «Das ist in Ordnung», sagte sie leise. «Das ist gut.»

Fox hatte den plötzlich überwältigenden Drang, seinen Kopf in ihren Schoß zu legen. Seinen Widerstand aufzugeben, der eh von Minute zu Minute schwächer wurde, und sie mit ihm machen zu lassen, was sie wollte. Er war mit der Absicht aufgewacht, stark zu bleiben und sich an all die Gründe zu erinnern, warum es nicht infrage kam, die eine Hälfte eines Paares zu sein. Sie hatten ihren Aufenthalt in Westport fast unbeschadet überstanden. Es blieb nicht mal mehr eine Woche – und die meiste Zeit davon würde er auf See sein. Ihr jetzt falsche Hoffnungen zu machen, könnte sie ernsthaft verletzen, und er würde sich lieber einen Anker an den Fuß binden und über Bord springen, als das zu riskieren.

Seine Entschlossenheit ließ jedoch weiter nach.

Die Was-wäre-wenn-Fragen wurden immer lauter.

In Fox' Kopf gab es immer noch eine störrische Stimme, die ihm sagte, dass sie etwas Besseres verdiente als ihn, der seit der Highschool durch die Betten gesprungen war. Aber sie wurde immer leiser angesichts ihrer Hartnäckigkeit. Alle seine Karten lagen auf dem Tisch. Er hatte sich ihr am Vorabend geöffnet und sich entblößt. Und doch saß sie hier. Sie war einfach da. Direkt neben ihm. Unerschütterlich. Und er begann zu begreifen, dass sie auf gewisse Weise schon eine Beziehung führten. Und das bereits seit einer Weile. Irgendwann hatte er angefangen, Hannah als zu ihm gehörend zu betrachten. Nicht nur als seine Freundin oder seine sexuelle Fantasie. Sie war ... sein Ein und Alles.

Als Fox sich das eingestand ... verbrannte er einen weiteren Pfannkuchen. Aber am wichtigsten war, dass das Gefühl, dass sie zu ihm gehörte – dass sie zueinander gehörten –, Wurzeln schlug.

Das erklärte, warum Fox ein paar Stunden später, als sie das Aufnahmestudio betraten und die Bandmitglieder Hannah interessiert musterten, einen Arm um ihre Schultern legte und fast geknurrt hätte: *Lasst sie in Ruhe, sie ist vergeben.*

Er war eindeutig – samt Anker – über Bord gegangen.

Hannah schloss Alana Wilder sofort ins Herz.

Die Leadsängerin der Unreliables saß in der Aufnahmekabine, als sie das Studio betraten, und durch die Lautsprecher drang der Klang ihrer kehligen Stimme, elektrisierte die Luft und zog Hannah in ihren Bann. Wie hypnotisiert näherte sie sich der Glasscheibe. Ihre Haut kribbelte vor Aufregung, und sie malte sich bereits aus, wie die Worte ihres Vaters aus dem Mund der kurvenreichen Rothaarigen die Massen begeistern würden.

Bevor Hannah eine Hand an das Glas legen konnte, um die Musik zu berühren, spürte sie Fox' Wärme. Seine Handfläche strich ihren nackten Arm auf und ab. Das Kribbeln breitete sich bis zu ihren Zehen aus. Oje. Sie hatte sich gründlich geirrt. In den Himmel des Grunge zu reisen, um ein Demo aufzunehmen, war nicht überstimulierend.

Das hier war es.

Hitze ballte sich in ihrem Bauch zusammen, als Hannah ihren Kopf zurücklegte, um Fox fragend anzusehen. Doch sein stirnrunzelnder Blick war weder auf sie noch auf die Sängerin, die gerade Magie mit ihrer Stimme wirkte, gerichtet.

Sondern auf ein Sofa, auf dem drei Musiker saßen, einer mit einer Gitarre in der Hand, der zweite mit einem Bass, der seitlich in seinem Schoß ruhte, und der dritte mit einer Geige, die schon bessere Tage gesehen hatte.

«Bist du die Frau von der Produktionsfirma?», fragte der Geigenspieler.

«Ja.» Mit ausgestreckter Hand ging Hannah auf das Trio zu und spürte dabei Fox' Hand in ihrem Rücken. «Ich bin Hannah Bellinger. Freut mich, euch kennenzulernen.»

Sie schüttelte dem Gitarristen und dem Bassisten die Hand. Die beiden wirkten amüsiert darüber, dass Fox wie ein Leibwächter hinter ihr stand.

«Wow», hauchte Hannah und wies mit dem Kinn zur Aufnahmekabine. «Sie ist unglaublich.»

«Das stimmt», sagte der Bassist, in dessen Stimme ein Hauch von Karibik lag. «Wir sind nur zur Dekoration hier.»

«Oh, ich bin sicher, das ist nicht wahr.» Hannah lachte.

«Und ich fürchte, den Job sind wir auch bald los, jetzt, wo du da bist.» Der Geigenspieler stand auf, nahm Hannahs Hand und küsste sie. «Du bist auf jeden Fall hübscher anzusehen als wir Bastarde.»

Fox' total übertriebenes Lachen dauerte fünf Sekunden länger als das der anderen.

Hannah drehte sich um und hob eine Augenbraue.

Was ist los mit dir?

Als er anscheinend merkte, dass er sich gerade lächerlich machte, hustete er in seine Faust und verschränkte die Arme vor der Brust, blieb aber in ihrer Nähe. War er eifersüchtig?

Wenn sie nicht so irritiert gewesen wäre, hätte sie sich vielleicht gefreut.

Heute Nacht hatte sie mehr getan, als nur an der Grunge-Playlist zu arbeiten. Während sie die Songs ausgewählt hatte, war ihre Entschlossenheit, dafür zu kämpfen, dass Fox seine Meinung über sich selbst änderte, noch größer geworden. Sie würde erst nach Los Angeles zurückkehren, wenn sie ihn davon überzeugt hatte, dass er mehr sein konnte als eine nette Abwechslung.

Und vielleicht war die Tatsache, dass er eifersüchtig sein konnte, ein gutes Zeichen. Vielleicht bewies die Eifersucht, dass er eines Tages eine ernsthafte Beziehung mit … jemandem eingehen konnte?

Falls er und Hannah nicht füreinander bestimmt waren.

Sie ignorierte den Stich in ihrer Brust und wandte sich wieder um. «Hattet ihr schon Gelegenheit, euch die Lieder anzusehen, die Shauna euch gestern Abend geschickt hat?»

«Hatten wir. Wir haben bis spät in die Nacht an den Arrangements gearbeitet.»

«Das Ergebnis wird dir gefallen», sagte der Bassist mit dem Selbstbewusstsein eines guten Musikers.

Der Geiger warf Hannah einen Blick zu, der zur Hälfte aus Genervtheit und zur anderen Hälfte aus Entschuldigung für seinen Bandkollegen bestand. «Sobald Alana da drin fertig ist, fangen wir mit deinen Liedern an und gucken, dass das alles für dich passt.»

Hannah lächelte. «Das ist fantastisch, danke.»

Das Trio wandte sich wieder seinem Gespräch zu, und Hannah kehrte zur Aufnahmekabine zurück, um Alana zu beobachten. Fox gesellte sich zu ihr. «Was war das grad?», flüsterte sie ihm zu.

«Was war was?»

«Du bist komisch.»

«Ich bin nur hilfsbereit. Die haben dich angeschaut, als wäre eine zehnstöckige Geburtstagstorte zur Tür hereinspaziert.» Es gelang Fox nicht ganz, einen lässigen Tonfall anzuschlagen, und er kratzte sich nervös am Kinn. «Bei Musikern ist man besser vorsichtig, das weiß jeder. Jetzt werden sie dich in Ruhe lassen. Gern geschehen.»

Hannah nickte und tat so, als würde sie ihn ernst nehmen. «Ich verstehe.» Ein paar Sekunden des Schweigens vergingen. «Danke, dass du dir Gedanken machst, aber nein danke. Ich brauche keine Hilfe von dir. Wenn einer von ihnen mich anmacht, werde ich allein damit fertig.»

Jetzt zuckte der Muskel unter seinem Auge. «Und wie?»

«Indem ich darauf eingehe oder auch nicht. Ich bin durchaus in der Lage, für mich selbst zu entscheiden.»

Fox musterte sie wie durch ein Mikroskop. «Warum tust du mir das an?»

Hannah stieß ein Lachen aus. «Was? Deinen Bluff auffliegen lassen?» Sein Kiefer war so angespannt, als würde er gleich zerbersten, und sein Blick wirkte unglücklich. «Wenn du eifersüchtig bist, Fox», fuhr sie leise fort, «dann sag einfach, dass du eifersüchtig bist.»

Seinem Gesicht war anzusehen, dass er mit sich kämpfte. Unsicherheit. Frustration. Und dann gab er den Kampf sichtlich auf. Nackte Ehrlichkeit blieb zurück. «Ich bin verdammt eifersüchtig.» Das Atmen schien ihm plötzlich schwerzufallen. «Du bist ... meine Hannah, weißt du?»

Sie bemühte sich sehr, nicht zu erschauern und sich nicht anmerken zu lassen, was in ihr vorging. Aber in ihrem Magen drehte sich ein Riesenrad mit Höchstgeschwindigkeit. Hatte er das gerade wirklich laut gesagt? *Jetzt flipp bloß nicht aus und verschreck ihn nicht wieder.*

Stattdessen stellte sie sich auf die Zehenspitzen. «Ja. Ich weiß», flüsterte sie dicht vor seinem Mund.

Fox atmete erleichtert aus, und seine Gesichtsfarbe normalisierte sich. Es schien, als wäre er kurz davor, ein weiteres Eingeständnis zu machen, noch mehr zu sagen, und seine Brust hob und senkte sich heftig. Er befeuchtete seine Lippen und ließ seinen Blick über Hannahs Gesicht wandern. Doch bevor er ein Wort sagen konnte, wurde die Tür der Kabine aufgestoßen und Alana kam heraus. «Alles klar, Leute.» Sie klatschte zweimal in die Hände. «Lasst uns über die Musik reden, bevor die beiden übereinander herfallen, ja?»

Fox' Geständnis half nicht unbedingt dabei, Hannah ihre beruflichen Selbstzweifel zur Seite schieben zu lassen. Es stärkte sie zwar, dass er ihr zur Seite stand, aber es lenkte sie auch davon ab, sich ganz auf die Musik zu konzentrieren. Doch sie war entschlossen, dabei zu helfen, ihre künstlerische Vision zum Leben zu erwecken.

Andererseits: Wer war sie schon, um musikalische Arrangements zu beurteilen?

Doch irgendetwas im Refrain von *Des Seefahrers Glück* funktionierte nicht. Er fiel in der Mitte ab, und als Zuhörerin erlahmte ihr Interesse, wo es eigentlich gesteigert werden müsste. Die Band schien mit ihren Arrangements zufrieden, und, Mann, sie waren ja auch *so gut*. Viel besser, als Hannah es in der Kürze der Zeit erwartet hatte. Warum nicht einfach dankbar sein und weitermachen?

Sie stand neben Fox in einer Ecke des Regieraums und lauschte dem Playback des Songs über die Lautsprecher, während sich die Band auf der anderen Seite der Glasscheibe darauf vorbereitete, den nächsten Song einzuspielen. Sie gingen die Zeilen einzeln durch.

Konnte sie den Prozess einfach mit ihrer vielleicht völlig fehlgeleiteten Einschätzung unterbrechen?

«Sag ihnen einfach, was dich stört», flüsterte Fox Hannah ins Ohr und drückte ihr einen Kuss auf die Schläfe. «Du wirst es bereuen, wenn du es nicht tust.»

«Woher weißt du, dass mich etwas stört?»

Er betrachtete ihr Gesicht, wobei in seinem so viel Zuneigung stand, dass Hannah ganz weiche Knie bekam. «Du hast diesen Gesichtsausdruck, wenn du Musik hörst, als ob du versuchst, in sie einzudringen. Im Moment sieht es so aus, als wäre die Tür verschlossen.»

«Ja», flüsterte sie, während sich ein Schmerz in ihrer Brust regte. Mehr brachte sie nicht heraus.

Fox nickte ihr zu, seine Stimme klang angespannt, als er sagte: «Tritt sie ein, Hannah.»

Adrenalin schoss ihr bis in die Fingerspitzen, zusammen mit einer Welle der Dankbarkeit. Sie zögerte keine Sekunde länger, ging zu dem Mikrofon, das aus dem Mischpult ragte, und drückte auf den Sprecherknopf. «Alana. Leute. Der Refrain von *Des Seefahrers Glück*. An der Stelle von ‹Und den Wind gegen mein Kind›, können wir da eine Pause einlegen und das ein bisschen ausbauen? Was haltet ihr davon, das

Wort ‹Wind› in einer vierstimmigen Harmonie herauszuarbeiten?»

«Damit es wie das Brausen des Windes klingt?», rief Alana zurück und runzelte die Stirn. «Das gefällt mir. Lasst es uns versuchen.»

Hannah ließ die Sprechtaste los und atmete tief durch, wobei die Freude sie vom Scheitel bis zu den Füßen hinunter durchrieselte. Als sie sich zurücklehnte, wusste sie, dass sie an Fox' warmer Brust landen würde, und ihre Finger verflochten sich ineinander wie die Klänge der Musik.

Sie hatte recht gehabt. Nach dieser kleinen Veränderung passte alles perfekt. Und von da an war der Tag ein einziger Traum.

Die Unreliables waren alles andere als unzuverlässig. Hannah wollte sie für sich von nun an die Reliables nennen, aber das sagte sie nicht laut.

Sie saß neben Fox auf einem alten Sofa und hörte zu, wie die Band die Lieder ihres Vaters über das Meer und die Heimat interpretierte. Irgendwann ging Fox kurz weg und kam mit einer Packung Taschentücher zurück, und erst da merkte Hannah, dass sie Tränen in den Augen hatte.

Es klang wie ein Klischee, aber die Musik erweckte die Worte zum Leben und erfüllte sie mit Hoffnung, Liebe und Trauer.

Alana schien jede Note zu spüren, als hätte sie Henry persönlich gekannt und die Triumphe und Tragödien in seinen Liedern mit ihm durchlebt. Ihre Band folgte ihren Improvisationen, passte sich ihr an und unterstützte sie bei ihrer Arbeit. Magie. So fühlte es sich an, Teil des kreativen Prozesses zu sein. Als begeisterte Musikhörerin hatte Hannah von dieser Art von Talent profitiert, seit sie denken konnte, ein Teil der Welten, die sich in ihren Kopfhörern verbargen. Aber sie hatte es immer als selbstverständlich angesehen – bis jetzt.

Sie bestellten sich ihr Lunch ins Studio, und die Bandmitglieder erzählten Hannah und Fox Geschichten von ihren Tourneen. Zumindest bis sie herausfanden, dass Fox ein Königskrabbenfischer war, denn dann wollten sie nur noch seine Geschichten hören. Und er enttäuschte sie nicht. Er strich mit dem Daumen über Hannahs Wirbelsäule und erzählte von den Beinahe-Unfällen, dem schlimmsten Sturm, den er je erlebt hatte, und den Streichen, die sich die Crew gegenseitig spielte.

Bei der nächsten Aufnahme wurde Alanas Gesang noch prägnanter. Hannah und Fox beobachteten das Geschehen durch die Glaswand, wobei er seinen Arm um ihre Schultern legte und sie an sich zog. Er tat es, als wolle er testen, wie es sich anfühlte. Dann lächelte er, und sein Griff wurde fester und sicherer.

«Das haben deine Geschichten bewirkt», sagte Hannah, nickte Alana zu und sah dann zu Fox auf, der ihren Blick erwiderte. «Hörst du diesen Hauch von Gefahr in ihrer Stimme? Du hast sie inspiriert. Das Lied ist durch dich noch besser geworden.»

Fox starrte sie fast ungläubig an, dann beugte er sich zu Hannah hinunter und küsste sie auf den Mund. Aneinandergeschmiegt hörten sie anschließend weiter der Musik zu.

Hannah wäre gern geblieben, um bei der Aufnahme des gesamten Demos dabei zu sein, aber Fox musste am nächsten Tag früh aufs Boot. Also trennten sie sich von den Musikern mit gegenseitigen Umarmungen, guten Wünschen für die Tour und dem Versprechen, Hannah am nächsten Tag die digitalen Lieddateien zu schicken. Danach verschränkten sich Hannahs und Fox' Finger wie selbstverständlich erneut miteinander, was sie erst bemerkten, als sie auf halbem Weg zum Auto waren. Über ihnen verdichteten sich die Wolken am frühen Abendhimmel, wie es in Seattle üblich war, und die Leute auf den Bürgersteigen hatten Schirme dabei, um vor dem Regen sicher zu sein.

Hannah kam das Gespräch, das sie vorhin mit Fox geführt

hatte, in aller Deutlichkeit wieder in den Sinn, und sein nachdenklicher Gesichtsausdruck ließ darauf schließen, dass auch er darüber nachdachte. Würden sie dort weitermachen, wo sie aufgehört hatten?

Wahrscheinlich nicht. Er würde so tun, als wäre nichts passiert. So wie am Morgen, als er versucht hatte, den Ernst des vergangenen Abends zu überspielen, indem er Pfannkuchen machte und sie betont lässig begrüßte.

Fox entriegelte die Autotür und öffnete Hannah die Beifahrerseite. Doch bevor sie seine Hand loslassen und einsteigen konnte, hielt er sie zurück.

«Falls du Lust auf einen Umweg hast ...», sagte er und strich ihr eine lose Haarsträhne hinters Ohr. «Es gibt einen Ort, den ich dir gern zeigen würde.»

Sein Gesicht war so nah, seine Augen so atemberaubend blau, ihr Körper reagierte so wohlig auf seine Größe, seine Wärme und seinen männlichen Duft, dass sie, hätte er sie gebeten, mit ihm nach Russland zu schwimmen, geschworen hätte, es zu versuchen. «Okay», murmelte sie. Sie vertraute ihm zu einhundert Prozent. «Machen wir uns auf den Weg.»

KAPITEL 20

Fox hatte sich immer damit gerühmt, nichts ernst zu nehmen.

Die Erinnerung an sein Scheitern am College hatte sich in sein Gedächtnis eingebrannt, und so hatte er über Jahre daran gearbeitet, seinem Ruf gerecht zu werden und sich eine Identität zuzulegen, die ihn vielleicht brandmarkte, aber mit der er wenigstens gut leben konnte. Er tat, was alle erwarteten, und es würde keine weiteren schmerzhaften Überraschungen geben.

Und jetzt war er dabei, sich zu öffnen, ein Risiko einzugehen, von dem er nicht wusste, wie es ausging. Denn er war in Hannah verliebt. Es war eine dumme, furchterregende, den Puls in die Höhe treibende Liebe, die ihm die Brust zuschnürte und in seinen Fingerspitzen pochte. Er hatte schon im letzten Sommer angefangen, in diese Richtung zu stolpern, und nun? Nun lag er wehrlos auf dem Rücken, und Schmetterlinge tobten in seinem Bauch.

Er liebte ihren Humor, ihre Hartnäckigkeit und ihren Mut, die Art, wie sie die Menschen, die sie liebte, wie ein Soldat im Kampf verteidigte. Er liebte die Tatsache, dass sie sich nicht vor schwierigen Themen scheute, auch wenn sie ihr Angst machten. Ihren eisernen Willen, die Art und Weise, wie sie ihre Augen schloss und Liedtexte vor sich hin murmelte, als wären es magische Formeln. Ihr Gesicht, ihren Körper, ihren Geruch. Hannah war in ihn eingedrungen, ein Teil von ihm geworden, bevor er begriffen hatte, was geschah, und jetzt ...

Er wollte sich nicht von ihr befreien. Er wollte in ihrer Güte gefangen bleiben.

Nur war das, verdammt noch mal, genauso riskant, wie auf einem Drahtseil über den Grand Canyon zu balancieren. Fox' Erfahrung nach war Misserfolg das Einzige, was dabei herauskam, wenn er seine Komfortzone verließ, um etwas Neues zu wagen. Er stürzte und musste von vorn anfangen. Aber als sie zusammen im Aufnahmestudio gesessen hatten, Hannah an seine Seite geschmiegt, als gehöre sie zu ihm – das hatte sich so verdammt gut angefühlt –, da hatte er angefangen, zu hoffen und sich zu fragen: Was wäre, wenn?

Hannah wollte bald nach L.A. zurückkehren, also musste er diese Frage möglichst schnell beantworten. Oder er würde eines Morgens aufwachen und sie in einen Bus setzen, der aus seinem Leben verschwand. Allein der Gedanke daran ließ ihm das Blut in den Adern gefrieren.

Als Fox zum Sicherheitstor fuhr und dem Wachmann einen Zwanzig-Dollar-Schein in die Hand drückte, hatte er noch keine Antwort auf die Was-wäre-wenn-Frage gefunden. Aber er hatte Vertrauen in Hannahs Fähigkeit, alles aus ihm herauszulocken, wenn er sie ließ. Wenn er den letzten Rest seiner Abwehr fallen ließ, würde sie ihn führen. Denn sie war das außergewöhnlichste, liebevollste und intelligenteste Wesen auf der Erde, und sie bedeutete ihm so unendlich viel, dass er manchmal nicht mehr klar denken konnte.

«Wohin bringst du mich?» Hannah sah abwechselnd durchs Fenster und zu ihm. Das Grün, das zu beiden Seiten vorbeizog, warf in der Dämmerung Schatten. «Ich liebe Überraschungen. Piper hat eine Überraschungsparty für mich organisiert, als ich einundzwanzig wurde, und ich musste mich irgendwann im Badezimmer einschließen, weil ich vor Freude so geheult und alle in Verlegenheit gebracht habe.»

Fox lächelte. Das konnte er sich nur zu gut vorstellen. «Woran liegt es, dass du Überraschungen so liebst?»

«An der Tatsache, dass jemand an mich gedacht hat, schätze ich. Man fühlt sich als etwas Besonderes.» Hannah nagte an ihrer Unterlippe und blickte aus dem Augenwinkel zu Fox hinüber. «Ich wette, du hasst Überraschungen, nicht wahr?»

«Nein.» Normalerweise hätte Fox es bei dieser kurzen Antwort belassen, aber an diesem Abend musste er keine Rolle spielen. Er sprach ehrlich das aus, was ihm in den Sinn kam. Und jedes Mal, wenn sich in ihm etwas dagegen sträubte, dachte er daran, wie Hannah im Bus davonfuhr. Er hatte zwar keine Ahnung, wie er das verhindern sollte, aber wenn er Hannah seine Gedanken mitteilte, fühlte er sich danach immer besser und ihr näher, also konnte es nicht falsch sein. «Du bist eine Überraschung, Hannah. Wie könnte ich sie also hassen?» Er räusperte sich. «Auch wenn ich dich kenne, bist du jeden Tag wieder eine Überraschung.»

Ein Moment der Stille verging. «Das hast du schön gesagt.»

Fox wollte noch mehr sagen, aber das Ziel war schon in Sichtweite. «Mal sehen, ob wir die Tränen heute auf ein Minimum beschränken können.» Fox parkte den Wagen einige Meter von der Kunstinstallation entfernt, ging hinten um ihn herum, um Hannah die Tür zu öffnen, und reichte ihr die Hand. «Komm mit, Sommersprosse.»

Hannah legte ihre Finger in seine und betrachtete mit gerunzelten Brauen die schmalen Stahltürme, hinter denen der Lake Washington lag. Um diese Zeit waren sie die Einzigen hier, was den Gebilden eine einsame, verlassene Atmosphäre verlieh. Ironie des Schicksals, denn Fox hatte sich nie weniger einsam gefühlt.

«Was ist das für ein Ort?», fragte Hannah.

«Das ist ein Klanggarten», sagte Fox und führte sie zum Wasser. «Die Türme wurden so konstruiert, dass Musik ertönt, wenn der Wind durch sie hindurchweht.»

Fox studierte Hannahs Gesicht und beobachtete ihr Erstaunen, als die ersten Töne erklangen. Eine eindringliche Melodie,

die die Luft irgendwie weicher machte, sie verdichtete, als befänden sie sich in einer Schneekugel, in der sich alles um sie herum nur ganz sacht bewegte. Die Schaumkronen auf dem Wasser, die Wolken, sogar ihr Haar schienen sich in einem anderen, trägeren Tempo zu bewegen.

Fox' Herz schlug dafür umso schneller.

«Oh mein Gott.» Hannah stiegen die Tränen in die Augen. «Ich kann nicht glauben, dass so etwas ... einfach hier ist und ich nichts davon wusste. Fox, das ist unglaublich.» Ein lautes Pfeifen drang durch die Luft, und Hannah schloss lachend die Augen. «Danke. Wow.»

Fox blickte auf ihre verschränkten Finger hinunter, und das gab ihm die Kraft, die er brauchte, um den Sprung zu wagen. «Ich wollte dich letzten Sommer schon hierherbringen. An dem Wochenende, als wir auf der Schallplattenbörse waren. Aber ich hatte Angst, es vorzuschlagen.»

Hannah sah ihn verwundert an. «Angst? Warum?»

Fox zuckte mit den Schultern. «Du bist wegen deiner Schwester nach Westport gekommen. Es war selbstlos, in der Bar zu arbeiten und in dieser staubigen kleinen Wohnung zu leben, und ... ich fand, dass du einen Tag ganz für dich verdient hattest. Aber ich hatte bereits so viel Zeit damit verbracht, nach etwas wie der Schallplattenbörse zu suchen, nach etwas, das dir gefallen könnte. Und ich hatte Angst, dass – wenn ich dir den Klanggarten auch gezeigt hätte – meine Gefühle offensichtlich gewesen wären. Dass ich mich verraten könnte.»

Es gab keinen schöneren Anblick als Hannah, wie sie, von der untergehenden Sonne beleuchtet, am Ufer stand, während der Wind mit ihrem Haar spielte. «Dass du dich verraten könntest?», wiederholte sie blinzelnd.

Mach weiter. Sprich jedes einzelne Wort aus.

Stell dir vor, wie Hannah in den Bus zurück nach L.A. steigt.

«Es hatte mich voll erwischt, Hannah. Wenn das durch die Börse noch nicht klar geworden war, dachte ich, dass spätestens das Fleetwood-Mac-Album dafür sorgen würde», sagte Fox stockend. «Es hat mich voll erwischt, Hannah. Ich habe wirklich versucht, dich von hier fernzuhalten.» Er schlug sich mit der Faust gegen die Brust. «Aber es hat nicht geklappt. Du bist da drin. Und ich kann dich nicht rausholen.»

«Fox ...», murmelte Hannah zögernd, ihre Stimme vermischte sich mit den Klängen der Türme. «Warum ist das so schlimm?»

«Gott, Hannah. Was, wenn ich nicht das bin, was du brauchst? Was ist, wenn jeder außer dir das weiß? Was ist, wenn du merkst, dass es wahr ist, und ich dich dann verliere? Das würde mich, verdammt noch mal, umbringen. Ich weiß nicht, was ich tun soll, wenn ...»

«Mich hat es auch erwischt, Fox.»

Die Luft verschwand aus seiner Lunge, sein Herz raste. «Wenn du mit Sergei ausgegangen wärst, wäre ich durchgedreht, Sommersprosse. Weißt du das? Ich hätte dich auf Händen und Knien angefleht, es nicht zu tun. Ich habe mich verrückt gemacht, weil ich darauf gewartet habe, dass du meinen Bluff durchschaust.»

Ihr Griff um seine Hand wurde fester. «Das mit Sergei war nur eine unbedeutende Schwärmerei, und selbst die ist längst vorbei. Ich habe mich nur an den Gedanken daran geklammert, um nicht zugeben zu müssen, dass ich es wusste. Ich wusste genau, warum du mir das Fleetwood-Mac-Album geschenkt hast.»

Fox war so erleichtert, dass er weiche Knie bekam, aber noch hielt ihn die Vorsicht aufrecht. «Du wusstest es, und es hat dir Angst gemacht. Das sollte es auch. Das, was ich bin, sollte dich erschrecken, Hannah. Ich weiß nicht, wie man das hier macht.» Um die Wahrheit für sie zu finden, schob Fox alle

Ausflüchte beiseite. «Ich habe mich daran gewöhnt, dass mich alle für einen beschissenen Frauenhelden halten. Jemand, der lebt, um sich zu amüsieren. Und nichts weiter. Aber wenn es um dich geht, Hannah … Glaub mir, ich würde es nicht ertragen, wenn sie meinen Charakter anzweifeln, sobald es um dich geht. Das würde mich kaputtmachen. Verstehst du das? Dass die Leute warten und sich fragen, wann ich alles vermassle. Ich würde es nicht aushalten. Dass man dich bemitleidet, weil du bei mir bist. Ich kann sie schon hören. *Sie hat den Verstand verloren. Er wird ihr wehtun. Er ist kein Mann für nur eine Frau.* Es würde mich umbringen, sie diesen Mist sagen zu hören. Das ist die einzige Form des Spottes, die ich nicht ertrage. Wenn es um dich geht.»

Hannahs Brust hob und senkte sich, als wäre sie gerade zehn Kilometer geschwommen. «Fox, wenn wir zusammen wären, ist mein Vertrauen das einzige, das zählt. Und ich würde dir vertrauen. Ich weiß, wer du bist. Wenn andere Leute nicht genau genug hingesehen haben, ist das ihr Fehler. Ihr Problem. Nicht unseres.»

Er schluckte. «Du würdest mir vertrauen?»

«Ja.»

Die Festigkeit in ihrem Blick ließ seine Kehle eng werden und überflutete ihn mit so viel Zuneigung, dass er fast daran erstickte. «Ich weiß nicht, wie eine Beziehung für uns aussehen könnte. Ich weiß nur, dass ich es will.»

«Oh, Fox», flüsterte Hannah, schmiegte sich an ihn und legte ihre kühle Hand an seine Wange. «Wir hatten schon die ganze Zeit eine Beziehung, und es funktioniert doch.»

Danach konnte Fox sich nicht mehr zurückhalten, sie zu küssen.

Das Herz in seiner Brust zerbrach und setzte sich wieder zusammen, immer und immer wieder. Er senkte seinen Mund auf ihren und flehte sie mit seiner Zunge und seinen Lippen an, ihn aus der Mitte des Ozeans zu retten, wo er so lange allein ohne sie gelebt hatte.

Fox riss sie mit wie ein Wirbelsturm.

Hannah war nach all dem, was er gesagt hatte, noch nicht wieder zu Atem gekommen, und dazu hatte sie jetzt auch keine Gelegenheit mehr. Alle Mauern zwischen ihnen waren eingerissen, und, Gott, sie war so froh, dass sie die Geduld aufgebracht hatte, bis zum richtigen Zeitpunkt zu warten.

Dieser Kuss war ehrlich und intensiv und voller Verlangen, so real wie der Regen, der um sie herum zu fallen begann. Wie der Wind, der durch die Klanggarten-Skulpturen heulte und sie im Zentrum eines Kraftfeldes gefangen hielt.

Fox hatte seine Hände in ihr Haar vergraben, als wolle er jede einzelne Strähne berühren, während sein Mund sie ganz verschlingen wollte. Er hatte sich bisher zurückgehalten oder sich möglicherweise hinter seiner Womanizer-Fassade versteckt, um seine Gefühle zu verbergen. Aber die Mauer war nun eingerissen, und sein Hunger war übermächtig. Genau wie Hannahs. Sie klammerte sich an seine muskulösen Schultern, ließ sich von seiner Zunge mitreißen. Seine Hände fuhren ihre Wirbelsäule entlang nach unten, bis sie den Saum ihres Kleides berührten.

Der Kuss wurde kurz behutsamer, und Hannah las die Frage in Fox' Augen.

Darf ich?

Hannah nickte sofort, ihre Haut schien zu glühen, und sie fürchtete, dass sie sich im Regen auflösen würde, wenn Fox sie nicht in dieser Sekunde berührte, und zwar alles an ihr. Und so tauchten seine großen, geschickten Hände hinten in ihr Höschen ein, umfassten ihren Hintern und beanspruchten ihn für sich. «Seit Monaten wollte ich das tun», stieß er hervor und massierte ihre Pobacken mit seinen Händen. «Ich wollte deinen Hintern unter meinen Händen haben, auf meinem Schoß, während ich dich von hinten nehme ...»

«Jetzt scheint der ideale Zeitpunkt dafür zu sein», keuchte Hannah.

«Nein.» Fox ging mit ihr rückwärts zum Auto, seine Stimme klang verführerisch, hypnotisierend. «Ich möchte dein wunderschönes Gesicht sehen, wenn wir das erste Mal Sex haben.» Er verschloss ihren Mund mit einem harten, intensiven Kuss. «Darf ich dich jetzt nehmen, Hannah?» Ihr Rücken stieß gegen die Seite des Wagens, und sie stöhnte unter dem Druck seines muskulösen Körpers. Seine Fingerspitzen liebkosten ihre Hüften und bahnten sich dann vorn den Weg in ihr Höschen. «Darf ich dich diesmal anfassen, oder sagst du wieder Nein?» Fox' Finger strichen über die Wölbung ihres Venushügels. «Wenn du Nein sagst, hören wir auf. Ich bin verdammt gut darin geworden, auf dich zu warten.» Sein Mund senkte sich zu ihrem Hals, sein Atem glitt heiß über ihre Haut. «Auf dich zu warten, ist das Beste, was ich je getan habe.»

«Ich will nicht warten. Nein. Kein Warten.»

Fox lachte und leckte sich einen Weg hinauf zu ihrem Ohr. Und dann biss er sie, was ihr fast den Verstand raubte. Waren das Hannahs Zähne, die da klapperten? Sie hatte keine Chance, es herauszufinden, denn Fox küsste sie erneut und zog sie in einen Zyklon aus Empfindungen. Seine langen, wissenden Finger fuhren dabei langsam, ganz langsam an ihrem Geschlecht abwärts und hielten an, kurz bevor er die richtige Stelle erreichte, reizten sie mit leichten Berührungen, die Hitze bis in ihre Zehen sandte. Als Hannah kurz davor war, ihn anzuflehen, sie nur ein winziges Stück tiefer zu berühren, löste Fox seine Lippen von den ihren und betrachtete ihr Gesicht, während sein Mittelfinger weiter vordrang und sanft ihre Klitoris streichelte. «Ah, Babe.» Er zog seine Unterlippe zwischen die Zähne. «Bist du meinetwegen so feucht?»

«Ja», brachte Hannah nur hervor.

Sie fragte sich, ob man vor Lust sterben konnte.

Sie würde ihn nie über seine sexuellen Fähigkeiten definieren, aber so zu tun, als sei er nicht wahnsinnig geschickt, wäre sinnlos. Denn, allmächtiger Gott, er ließ es sie spüren. Er wusste ganz genau, wo er sie berühren musste, wie er zu ihr sprechen musste, er verstand es, unterschiedliche Geschwindigkeiten einzusetzen, und ihr Körper wusste das zu schätzen wie nie zuvor. Sie war so feucht, so erregt, dass sie zwischen Fox und dem Auto hilflos zu zittern begann. Fox reagierte sofort darauf. Die völlige Selbstverständlichkeit, mit der sein Finger ihre Klitoris rieb, zeigte, wie gut er sie lesen konnte. Ein zweiter kam hinzu und drückte noch fester, sodass sie den Kopf in den Nacken legte und ein Wimmern ihren ganzen Körper durchdrang. «Oh mein Gott», stöhnte sie und schluckte.

Er schaute ihr direkt in die Augen und zog ihr mit einem Ruck das Höschen runter. «Ich habe noch gar nicht angefangen, Hannah.» Seine Knie landeten auf der weichen Erde vor ihr, Regen tropfte von den Spitzen seines dunkelblonden Haares, Nässe rann ihm über die Wangen. Und er schien zu ahnen, dass sie auf einer Wolke nie gekannter Lust davonschweben würde, denn er presste seinen Unterarm gegen ihre Hüften, drückte sie ans Auto und vergrub seinen Mund zwischen ihren Schenkeln, seine Zunge kostete, forschte, eroberte.

Dabei beobachtete er sie die ganze Zeit. Beobachtete ihre Reaktion auf diesen perfekten Beginn. Fox stöhnte, seine Pupillen weiteten sich, sein Unterarm zitterte an Hannahs Bauch.

Diese absolute, überwältigende Lust erlaubte ihr, ohne Scham ihre Brüste durch den Stoff des Kleides hindurch zu streicheln, mit den Handballen über die steifen Brustwarzen zu kreisen, und sie genoss es, wie er sie mit dunkler werdenden Augen beobachtete. Hannah wölbte ihren Rücken, ließ zu, dass er ihren Fuß auf seiner Schulter positionierte, sodass er mit seiner gierigen Zunge tiefer in sie eindringen konnte. Seine Lippen schlossen sich um ihre empfindliche Knospe, saugten leicht und rhythmisch, bis ihre Muskeln zu pulsieren begannen, ihre Sicht verschwamm, während sie ihren Kopf nach hinten ans Auto lehnte. «Oh mein Gott. Ich bin schon ...» Sie keuchte, das Geräusch endete in einem Stöhnen, ihre Finger krallten sich in sein nasses Haar. «Es ist schon ... Es passiert. Ich komme.»

Als ob das, was er tat, nicht schon mehr als genügte, wählte Fox diesen Moment, um mit zwei Fingern tief in sie einzudringen. Bis zu diesem Moment hatte sie die leichte Finesse seiner Berührungen geliebt, aber ohne es zu wissen, hatte sie sich nach diesem härteren Druck gesehnt. Und Fox hatte es gewusst. Er wusste alles und, oh Gott, ja, er gab es ihr, indem er mitten in ihrem Orgasmus aufstand und seine Finger in ihre Hitze stieß. Rein und raus, schnell. Kraftvoll. Sein offener Mund stöhnte an ihrem, während ihre Feuchtigkeit seine Finger benetzte und der Himmel um sie herum weinte.

«Fox», keuchte Hannah und hielt sich an seinen Schultern fest, fast erschrocken über die Intensität, mit der ihre Beine zitterten und ihre Muskeln sich zusammenzogen und wieder lösten, während seine Finger sich nun mit dem Abklingen ihres Orgasmus langsamer bewegten.

Und irgendwie war es nicht genug. Der beste Orgasmus ihres Lebens war nicht genug. Nichts Physisches würde jemals wieder genug sein ohne ihn. Dieses Wissen verfestigte sich in ihr, als ihre Münder sich erneut fanden und ihre Finger an seinem Bauch hinunterfuhren, um seinen Gürtel zu lösen.

«Ich brauche dich. Ich brauche dich so sehr.»

Fox ergriff Hannahs Handgelenk und rieb ihre Handfläche an seiner Erektion. «Ich bin bereit für dich. Ich habe mich so lange danach gesehnt.» Er zog den Reißverschluss herunter und stützte beide Hände auf das Autodach. «Berühr mich. Bitte. Nimm ihn in die Faust und reib mich. Hart.»

Wie? Wie konnte sie noch feuchter werden? Sie hatte ihren Mega-Orgasmus doch schon gehabt.

Die Art, wie er sie ansah, daran lag es. Die nackte Ehrlichkeit seiner Worte, das unkontrollierte Vorstoßen seiner Hüften, als sie ihn mit einer Hand umfasste und sie auf und ab bewegte. Fest, wie er es verlangt hatte. Ihr Atem wurde schneller, als seine Erregung anschwoll und er noch härter wurde. «Oh Gott», hauchte sie, bevor sie sich daran hindern konnte.

Ein Schimmer der vertrauten Überheblichkeit in seinen Augen ließ ihr Herz wie verrückt rasen. «Komm schon, Babe.» Er befeuchtete seine Lippen, ein Stöhnen entrang sich seinem Mund, seine Aufmerksamkeit galt der Bewegung ihrer Hand, der Art und Weise, wie sie sie auf und ab fuhr. «Du wusstest, dass er groß sein würde.»

Ein leises Lachen entkam ihr, und er lachte auch, obwohl der heisere Klang sich schnell in heiße, keuchende Atemzüge verwandelte. Er stieß raue Anweisungen hervor, schneller zu werden. Schneller, schneller, bis ihm der Atem stockte und er nach dem Griff am Auto fasste, um die Tür zum Rücksitz aufzureißen.

«Steig ein», befahl er, wartete jedoch nicht, bis sie dem nachkam. Fox legte einen Arm um Hannah und zog sie ins Innere des Wagens. Er hielt erst inne, als sie mit dem Rücken auf dem Sitz lag und ihr Kopf fast gegen die gegenüberliegende Tür stieß.

Sein Körper senkte sich auf ihren, ihre Münder verbanden sich erneut, Hannahs Fingerspitzen suchten den Saum seines T-Shirts und rissen es über seinen Kopf, damit sie seine Brust spüren, sie berühren, seine nackte Haut küssen konnte. Dann stemmte sie sich hoch, damit er das Gleiche mit ihrem Kleid und ihrem BH tun konnte, und seine Jeans wurde danach von zwei Paaren begieriger Hände bis zu den Knien hinuntergeschoben.

«Ich muss ein Kondom überziehen, sonst kriegen wir Probleme», sagte Fox zwischen zwei gierigen Küssen, seine Hüften bewegten sich zwischen ihren Schenkeln, sein Mund wanderte an ihrem Hals entlang. «Und damit das klar ist, ich hatte nicht geplant, dass das auf dem Rücksitz meines Autos passiert.»

«Ach, du dachtest, du könntest mich an den romantischsten Ort der Welt bringen und es würde nicht damit enden, dass ich dir die Kleider vom Leib reißen will?»

Fox stieß ein Lachen aus und öffnete die Brieftasche, die er gerade aus seiner Jeans gefischt hatte. «Ich habe nur bis zu dem Punkt gedacht, wo ich dir sage, was ich fühle, und hoffe, dass es dir etwas bedeutet.» Seine zitternden Hände zogen eine Kreditkarte nach der anderen aus der Brieftasche und ließen sie fallen. «Herr Gott noch mal. Das eine Mal, dass es wirklich drauf ankommt, und ich bin ungeschickt wie der erste Mensch.»

Hannah hatte eine Playlist, die aus 308 Liebesliedern bestand, und nicht eins von ihnen hätte diesen Moment treffend beschreiben können. Nicht mal annähernd. Der Moment, in dem sie begriff, dass sie diesen Mann liebte, der auf der Suche nach einem Kondom seine Brieftasche zerriss; dem dabei die Haare in die Augen fielen, während sich unter seinen Tattoos und einer leichten Schweißschicht seine Muskeln abzeichneten. Der Sonnenuntergang tauchte das Auto in einen dunkelorangefarbenen Schein, der Frühlingssturm tobte um sie herum. Und genau so fühlte sich diese Liebe an. Eine tobende Wärme, die sie ausfüllte und überwältigte.

Ich liebe ihn. Ich liebe ihn.

Und dann ... endlich. Fox riss die Kondomverpackung mit den Zähnen auf und rollte es über seinen harten Schaft, seine Unterarme spannten sich an, während er erwartungsvoll auf die Stelle zwischen ihren Beinen blickte – und die Lust drängte alles andere wieder zur Seite. Sobald Fox das Kondom fertig übergezogen hatte, stürzten sie sich erneut aufeinander, ohne einen Hauch von Zurückhaltung. Haut an Haut, drückte der wettergegerbte Mann des Meeres sich an ihre Weichheit, eine Hand schob sich kurz zwischen sie, um die Spitze seines Penis an ihren Eingang zu führen.

Und dann stieß er mit einer langsamen, sanften Bewegung in sie hinein.

Hannah atmete heftig aus und grub ihre Fingernägel in seine Hüften, überrumpelt von der Welle unvergleichlicher Lust, die sie durchfuhr.

«Ja», wimmerte sie. «Mehr.»

Als hätte Fox das Gefühl, in ihr zu sein, nicht erwartet, stieß er einen Fluch aus und stützte sich mit der Hand am rasch beschlagenden Fenster über ihrem Kopf ab. «Mein Gott, du bist so heiß und eng.» Er zog seine Hüften zurück und stieß erneut nach vorn, wobei er laut stöhnte und ein Schaudern seinen Körper erbeben ließ. «Nein. Verdammt.» Sein Körper spannte sich auf ihr an. «Halt still. Es war kein Scherz, als ich gesagt hab, dass ich mich bei dir nicht zurückhalten kann. Warum musst du dich auch so verdammt perfekt anfühlen ...»

«Du fühlst dich auch perfekt an», sagte Hannah atemlos und spannte ihre inneren Muskeln an, umschlang seine Härte. «Mmmm. Bitte. Fox.»

«Bitte hör auf, Hannah, hör auf.» Er zog seinen Unterkörper zurück und stieß wieder vor, füllte sie aus und berührte dabei alles in ihr, bis sie laut aufstöhnte. «Ich habe mich einfach so verdammt lange nach dir gesehnt», stieß er hervor.

«Und ich liebe es, das zu hören.» Hannah griff nach seinen Pobacken, zog ihn langsam tiefer in sich, hob dabei ihre Hüften und entlockte seiner Kehle einen langen, heiseren Laut. «Ich liebe es, den Beweis zu spüren, wie sehr du mich brauchst.»

«Du willst es? Dann gebe ich es dir», raunte er und küsste sie. «Was auch immer du willst. Ich gebe dir alles.»

«Zeig mir, wie sehr du mich brauchst, indem du kommst.»

Fox' Nasenflügel weiteten sich, und er schloss die Augen. Und als er sie wieder öffnete, hatte er den Teufel im Blick. Und sie liebte es, sich von dieser männlichen Entschlossenheit gefangen nehmen zu lassen. Sie liebte es, wie er seinen Mund verzog, wie sich seine Unterarme dicht an die beiden Seiten ihres Kopfes drängten und wie sich sein Mund bis auf einen Zentimeter über ihren senkte. «Die Knie hoch, Hannah.» Er pulsierte in ihr, seine Pupillen vergrößerten sich. «Finden wir heraus, wie tief ich in dich eindringen kann, bevor du schreist.»

Spoiler: Es dauerte nicht sehr lange.

Hannah zog die Knie an, und sein nächster Stoß ließ sie nach Luft schnappen; beim zweiten wand sie sich vor Lust und Verwirrung. Was berührte er da in ihr, das nie geahnte Gefühle in ihr entfesselte? Der Rausch, der durch ihr Inneres zog, nahm ihr fast den Atem, und das Autodach erschien ihr mehr und mehr wie das Tor zum Himmel. Mit seinem leicht geöffneten Mund an ihrem Hals nahm er sie grob, aber zugleich auch irgendwie zärtlich. Seine Lippen bebten an ihrer Kehle, sein Mund fand den ihren, um ihre Schreie in sich aufzunehmen. Ja, sie schrie seinen Namen, und er war so tief in ihr, wie es nur möglich war, presste ihre Hüften mit harten Stößen vom Sitz, die schneller und rauer wurden, schneller und schneller. Sein Körper drückte sie an sich, benutzte sie auf die köstlichste Art und Weise, als ob er verzweifelt darauf wartete, dass sie sein Verlangen anerkannte – und das tat sie.

Sie hatte ihren Beweis. Sie hatte ihn und noch einige mehr.

«Fox», flehte sie.

«Ich weiß, dass du gleich kommst. Ich kann es fühlen.»

«Ja. Ja.»

«Du liebst meinen Schwanz, nicht wahr?» Seine Zähne nagten an ihrem Ohrläppchen. «Du hast dich danach gesehnt, so wie ich mich nach deiner Muschi gesehnt habe, Tag und Nacht. Auf dem Land und auf dem Wasser. Und jetzt komm, Hannah. Zeig mir, dass du es liebst, unter mir auf dem Rücken zu liegen.»

Sie spürte, wie ihr Orgasmus sich aufbaute, wie die Wogen der Lust höher und höher schlugen, und sie grub ihre Fersen in seinen Hintern, den Mund weit offen, keuchte sie gegen seine Schulter, während ihre Muskeln sich in einem nicht enden wollenden Pulsieren zusammenzogen. «Ohhh Gott. Oh Gott.»

Fox explodierte mit ihr, stöhnte, wurde langsamer. Den Mund fest auf ihren gedrückt, atmete er heftig durch die Nase, die Finger in ihrem Haar. «Hannah.» Ein rauer, verzweifelter Kuss, noch einer, der ihr die Seele aus dem Körper zu rauben schien. «Hannah. Hannah.»

Der gestählte Körper, der sie soeben in einen Rausch der Glückseligkeit katapultiert hatte, von der sie nicht gewusst hatte, dass es sie gab, brach auf ihr zusammen. Fox zog sie an sich und atmete schwer, sein Herz schlug wie wild gegen ihres. Ihre Beine waren immer noch um seine Taille geschlungen. Ihre Körper waren schweißnass, und Hannah konnte sich nicht vorstellen, sich in absehbarer Zeit zu bewegen. Vielleicht sogar nie wieder. So musste es sich anfühlen, keine Knochen zu haben.

«Du gibst mir das Gefühl, genau am richtigen Ort zu sein.» Fox schmiegte sich an ihren Hals und küsste ihn ehrfürchtig. «Dass es nichts gibt, wovor ich weglaufen oder mich verstecken muss. Nichts, was ich vermeiden möchte.»

Hannah wandte sich ihm zu, und ihre Münder verschmolzen miteinander. «Es ist okay, diesem Gefühl zu vertrauen. Ich spüre es auch.»

Fox studierte ihr Gesicht mit einer solchen Intensität in seinen blauen Augen, dass Hannah kaum zu atmen wagte. Dann schluckte er schwer und drehte sie auf die Seite, sodass sie sich gegenüberlagen, wobei sein Arm sie festhielt. Und so verharrten sie, atmeten den Duft der Haut des anderen ein, bis der Sturm sich legte.

KAPITEL 21

Fox öffnete ein Auge, das sich anfühlte, als wäre es zugeschweißt worden. Als er das zerzauste blonde Haar sah, das über seine Brust fiel, breitete sich ein Lächeln auf seinem Gesicht aus, und das Herz schlug ihm bis zum Hals.

Hannah.

Er wagte nicht, sich zu bewegen, weil er sie nicht wecken wollte. Aber vor allem, weil er jedes kleine Detail auskosten und in sein Gedächtnis einprägen wollte. Wie die Kurve ihres nackten Rückens, die winzigen Leberflecken an ihren Schulterblättern, die ihn an Sterne am Himmel über dem Meer erinnerten. Er würde die Sterne jetzt anders betrachten. Mit mehr Bewunderung. Ganz vorsichtig hob er den Kopf, damit sein Blick über ihre Wirbelsäule wandern konnte, hinunter zu ihrem sexy Hintern. Gestern Abend in der dritten … vierten Runde hatte Hannah ihn angefleht, ihr auf ebenjenen Hintern zu schlagen. Sie hatten es kaum durch die Tür geschafft, da hatte er sie schon ausgezogen, über der Schulter ins Schlafzimmer getragen und die Tür hinter ihnen mit einem Tritt geschlossen. Und dort waren sie geblieben und nur einmal herausgekommen, um sich Schokoladeneis und eine Packung Graham Crackers zu holen.

Diese Nacht die beste seines Lebens zu nennen, wäre eine unentschuldbare Untertreibung. Es war richtig gewesen, dass er ihr alles erzählt hatte. Denn auch wenn er sie vorher schon für die Perfektion auf zwei Beinen gehalten hatte, hatte ihre Hingabe dem noch eine weitere Nuance hinzugefügt. Das Zögern in ihren Augen war verschwunden. Sich zu öffnen, führte offensichtlich dazu, dass man im Gegenzug selbst mehr bekam.

Und wenn man bedachte, dass er, was Hannah betraf, unersättlich war, war Ehrlichkeit definitiv der richtige Weg.

Aber was konnte er ihr noch geben?

Beständigkeit, flüsterte eine Stimme in seinem Hinterkopf.

Fox spürte einen schmerzhaften Stich in der Brust. An diesem Morgen würde er aufbrechen und dann fünf Tage auf See sein. Wenn er zurückkam, war der Film abgedreht. Er begann zu schwitzen, wenn er daran dachte, wie Hannah in den Bus stieg, aber was, zum Teufel, konnte er dagegen tun? Sie bitten, bei ihm einzuziehen? Er hatte gerade die Hürde überwunden, vor ihr seine Gefühle zuzulassen – einige davon. Der Teil, wie sehr er sie liebte, war nicht darunter gewesen. Noch nicht.

Hannah hatte einen Job in L.A. Und die Karriere, die sie mit ihrer Musik anstrebte, könnte sie nur dort ausüben. Was also war der Plan? Sollte sie in seine karge Junggesellenbude ziehen und drei bis fünf Tage in der Woche ohne ihn verbringen? Oder sollten sie eine Fernbeziehung führen?

Letzteres erschien ihm wie der blanke Horror.

Seine süße, perfekte sommersprossige Freundin, die ohne ihn in L.A. lebte? Das würde er nicht aushalten. Es ging nicht darum, dass er ihr nicht vertraute, sondern um die Möglichkeit, dass sie dort jemand anderen kennenlernte, jemand Besseren. Außerdem würde eine Fernbeziehung zwischen ihnen für Gerüchte sorgen. Niemand würde ihm glauben, dass er Hannah treu war. Sie würden es erst recht nicht glauben, wenn er ihnen erzählte, wie leicht es ihm fiel. Weil er sich nicht vorstellen konnte, jemals wieder eine andere zu wollen. Der Spott würde ihr wehtun. Die Andeutungen, dass er ihr das Herz brechen, sie ausnutzen werde. Oder sie betrügen würde, wie sein Vater seine Mutter betrogen hatte.

Damit konnte er nicht leben.

Aber was blieb ihnen anderes übrig als eine Fernbeziehung? Zumindest am Anfang. Bis ihre Verbindung sich gefestigt hatte? Bis Hannah sicher war, dass Fox ihr guttat. Dass er das war, was sie wollte. In gewisser Weise führte er schon seit dem letzten Sommer eine Fernbeziehung mit Hannah. Jetzt, da er seine Gefühle erkannt hatte, würde die Distanz viel schwerer auszuhalten sein, aber er würde es schaffen. Er würde so oft wie möglich nach L.A. fahren und sie auf jede erdenkliche Weise nach Westport locken.

Und irgendwann, wenn sie beide so weit waren, würde es keinen Köder mehr brauchen.

Einer von ihnen würde einfach sein Leben hinter sich lassen.

Wenn Hannah diejenige war, die das tat, würde sie es dann irgendwann bereuen?

Was müsste er tun, damit das nicht passierte?

Hannah gähnte an seiner Brust und lächelte ihn schlaftrunken an, was seinen Puls auf ein schwindelerregendes Tempo beschleunigte. Und er hätte es wissen müssen. Er hätte wissen müssen, dass in dem Moment, in dem sie wach war und ihn ansah, alles in Ordnung sein würde.

Ich werde einfach mit ihr reden.

Problem gelöst.

«Morgen», kam ihr gedämpfter Gruß dicht an seiner Haut.

«Morgen.» Er fuhr mit den Fingerspitzen ihre Wirbelsäule entlang und entlockte ihr ein genießerisches Schnurren. «Wie geht's deinem Hintern?» Er streichelte ihren Po. «Tut's weh?»

Ihr Lachen ließ sie beide vibrieren. «Ich wusste, dass du die Sache ansprechen würdest.» Sie kitzelte ihn leicht an der Seite. «Ich werde nie wieder danach fragen.»

«Das wirst du auch nicht müssen.» Fox grinste. «Ich weiß ja jetzt, was du magst.»

«Das war eine Ausnahme im Rausch der Sinne.»

«Gut. Genau da will ich dich haben.» Fox drehte Hannah auf den Rücken und rollte sich auf sie. Mit einem Stöhnen schmiegten sich ihre Körper aneinander, und er genoss das unglaublichste Gefühl überhaupt: Hannah nackt. Ihre Brüste, die von seinem Mund liebkost worden waren. Errötend und kichernd lag sie in seinem Bett. Wie, zum Teufel, sollte er für fünf Tage wegfahren? Wer konnte das von einem Menschen erwarten?

«Du bist so verdammt schön, Hannah.»

Ihre Heiterkeit verebbte. «Das macht das Glück mit einem Menschen.»

Sprich mit ihr. Das funktioniert immer.

Sie griff nach seiner Hand auf dem Kissen, als ob sie es schon wüsste. Natürlich wusste sie es. Das war Hannah. Die erste und letzte Frau, die er je lieben würde.

«Deine Zeit hier ist so schnell vergangen», presste er mühsam hervor.

Ihr Nicken war langsam. Verständnisvoll. «Und jetzt müssen wir überlegen, wie wir weitermachen.»

Der Druck, die Sorgen allein zu schultern, löste sich auf, als wäre er nie da gewesen. Einfach so. *Die Wahrheit wird dich frei machen.* Offenbar war das nicht nur so ein Spruch. «Ja.»

«Ich weiß.» Sie beugte sich vor und küsste sein Kinn. «Es wird alles gut werden.»

«Wie, Hannah?»

Sie befeuchtete ihre Lippen. «Willst du, dass ich hier bin, wenn du zurückkommst?»

Der Druck kam wieder und lähmte seine Organe. Er sah ihr in die Augen und fand nichts als aufrichtige Hoffnung. «War das ...» Fox verschluckte sich an den Worten. «War es überhaupt eine Option, dass du nicht hier sein könntest? Mein Gott. Ja, ich will dich hier haben.» Er schluckte. «Wehe, wenn nicht.»

«Okay. Ich war mir nur nicht sicher, ob ich vielleicht davon ausgehen sollte, dass es doch eine einmalige Sache war. Oder nichts Festes. So in der Art, dass wir Zeit miteinander verbringen können, wenn ich Piper besuche.»

«Wie kommst du denn darauf?» Scheiße. Seine Kehle war ganz rau. «Wie kannst du mich das überhaupt fragen?»

Hannah atmete neben ihm langsam ein und aus, als würde sie über etwas nachdenken.

«Was geht in deinem Kopf vor?», fragte er, näherte sich ihr, so weit es ging, und legte seine Stirn an ihre, als könnte er so ihre Gedanken lesen. «Sprich mit mir.»

«Na ja ...» Ihre Haut wurde klamm unter seiner. «Es ist nur, weißt du, Seattle ist nicht weit weg, und es gibt dort Möglichkeiten für mich, das zu tun, was ich tun will. Es ist ein kreativer Job, nicht stur nine to five. Ich würde wahrscheinlich nicht täglich pendeln müssen. Nur gelegentlich. Ich könnte darüber nachdenken umzuziehen. Um näher bei dir zu sein.»

Das erste Gefühl, das Fox empfand, war Erleichterung. Euphorie sogar.

Sie würden keine Fernbeziehung führen müssen, und er könnte sie jeden Tag sehen.

Das zweite war so etwas wie Ehrfurcht, dass er diese Frau dazu gebracht hatte, möglicherweise ihre Heimat zu verlassen, um in seiner Nähe zu sein. Wie, zum Teufel, hatte er das geschafft?

Aber nach und nach schlich sich Panik ein und überdeckte seine Ehrfurcht.

Sie sprach davon, zu ihm zu ziehen.

Jetzt.

Wirklich mit ihm zu leben. Denn das hieß es doch, oder? Wenn man umzog, um näher bei seinem Freund zu sein, wohnte man nicht in getrennten Wohnungen. War sie sich sicher? So sicher? Wie oft war er schon kurz davor gewesen, die Sache mit ihr zu vermasseln. Er hatte sie zu einem anderen Mann gedrängt. Er hatte sich selbst schlechtgemacht, damit sie ihn wie alle anderen als einen Aufreißer abtat. Konnte er da hoffen, ihr eine verlässliche Zukunft zu bieten?

Sie würden über sie lachen. Hinter ihrem Rücken.

Sie würden sie für verrückt halten, weil sie für einen Mann umgezogen war, der es noch nie mit jemandem ernst gemeint hatte, schon gar nicht mit einer Frau. Bei ihm hatte noch nicht einmal eine Zimmerpflanze überlebt. Würde er überhaupt in der Lage sein, eine echte Beziehung zu führen? Auf eine Art und Weise, die Hannahs würdig war? Er weigerte sich, auf der *Della Ray* das Kommando zu übernehmen. Seine Freunde und seine Familie waren es gewohnt, ihn mit Anspielungen zu verspotten. Und jetzt hatte er die Dreistigkeit zu glauben, er könnte der Richtige für diese Frau sein?

Vielleicht brauchten sie doch erst eine Fernbeziehung, um sicherzugehen. Er könnte es nicht ertragen, wenn sie ihr Leben, ihre Karriere für ihn aufgab und dann feststellte, dass sie überstürzt gehandelt hatte.

«Hannah ...»

«Nein, schon gut. Ich weiß, das war etwas voreilig.» Sie hörte sich erschöpft an. Das war er auch. Sie griff nach ihrem Handy auf seinem Nachttisch und machte es an. «Um wie viel Uhr legt ihr ab?»

«Um sieben», antwortete er heiser.

Das war's also? Das Gespräch war zu Ende? Er hatte fünfzehn Sekunden Zeit gehabt, um eine Entscheidung über ihre Zukunft zu treffen?

Hannah drehte das Display so, dass er es lesen konnte: 6:48.

«Fuck», stöhnte er und zwang sich, von ihrem köstlich nackten Körper herunterzurollen. Als er den Seesack unter dem Bett hervorzog, wandte er nicht einmal den Blick von ihr ab. Er hasste ihren unentschlossenen Gesichtsausdruck, als ob sie sich in seinem Bett plötzlich fehl am Platz fühle, aber er wusste nicht, was er dagegen tun sollte. Was sollte er sagen? *Ja, zieh hierher. Ja, ändere dein Leben für mich – einen Mann, der erst vor weniger als vierundzwanzig Stunden den Mut aufgebracht hatte, sich seine Gefühle einzugestehen.* Ein großer Teil von ihm wollte genau das sagen. Fühlte sich bereit für alles und jedes mit dieser Frau. Aber dieser verbleibende Rest von Zweifel verschloss ihm den Mund.

«Hannah, bitte sei hier, wenn ich zurückkomme.»

Sie setzte sich auf und bedeckte ihren Körper mit dem Laken. «Wie gesagt: Ich werde hier sein.»

Sprich mit ihr.

Fox stand auf und ging zu seiner Kommode, nahm Boxershorts, Socken und Shirts heraus und warf sie in den Seesack. Das Herz schlug ihm bis zum Hals, als er sich ihr wieder zuwandte und jeden Millimeter ihrer geduldigen Miene betrachtete. «Ich habe nicht genug Selbstvertrauen, um dich zu bitten ... dein Leben zu ändern, Hannah. Nicht so schnell.»

«Ich habe Vertrauen in dich», flüsterte sie. «Ich glaube an uns.»

«Großartig. Könntest du mir etwas davon abgeben?» Gott, warum klang er verärgert, wenn er doch nur zurück ins Bett kriechen und sein Gesicht an ihrem Hals vergraben wollte? Ihr danken, dass sie diesen Glauben hatte, es belohnen, indem er sie mit seinen Berührungen in den nächsten Rausch trieb? «Es tut mir leid. Ich sollte nicht so mit dir reden. Du hast nichts falsch gemacht.» Er wies auf den Seesack. «Meinst du, du würdest hier reinpassen, damit ich dich mitnehmen kann? Denn in einer Stunde werde ich wahrscheinlich bereuen, dass ich so gegangen bin.»

«Dann geh nicht so.» Sie rückte zum Rand des Bettes, noch immer unter dem Laken. «Küss mich. Ich werde hier sein, wenn du zurückkommst. Und dabei belassen wir es erst mal.»

Fox stürzte sich beinahe verzweifelt auf sie, zog ihren Körper an sich und küsste sie. Er fuhr mit den Fingern durch ihr ungekämmtes Haar, neigte ihren Kopf nach hinten, drückte seine Lippen auf ihre und rieb ihre Zungen aneinander, bis sie stöhnte. Er würde den Hafen mit einem harten Schwanz verlassen, aber sei's drum. Sie war derartige Unannehmlichkeiten wert.

Fox' Finger griffen nach dem Laken in der Absicht, es wegzureißen, ihr einen weiteren Orgasmus zu verschaffen, nur damit er hören konnte, wie sie dabei seinen Namen rief. Doch dann würde er nie gehen. Er würde den ganzen Tag in ihr bleiben, eingehüllt in ihren Duft, den Klang ihres Lachens, das Gefühl von Haut auf Haut. Und es würde besser als alles andere sein. Es würde seine verdammte Seele trösten. Aber es fühlte sich nicht richtig an, mit ihr zu schlafen, solange er sich nicht hundertprozentig committen konnte. Solange er nicht wie sie das vollkommene Vertrauen hatte, dass sie es schaffen konnten.

Er durfte dieses Risiko nicht eingehen. Nicht bei Hannah.

Fox unterbrach den Kuss mit einem Fluch und fuhr sich mit unsicheren Fingern durchs Haar. Er hielt sie für ein paar weitere viel zu kurze Sekunden fest, bis er sie seufzend freigab. Er hob ihr Kinn mit dem Finger an und sah ihr in die Augen. Wie sehr er sie jetzt schon vermisste! «Schläfst du hier, während ich weg bin?»

Nach einer Sekunde nickte sie, ihr Gesichtsausdruck verriet nichts. «Sei vorsichtig da draußen.»

Ihre Besorgnis war wie ein Feuer, das die Kälte vertrieb, wie nur sie es konnte. «Das werde ich, Sommersprosse.»

Fox wandte sich von Hannah ab und zog sich schnell eine Jeans und ein Sweatshirt an, danach die Socken, um dann in seine Stiefel zu schlüpfen. Zuletzt setzte er sich die Mütze auf. Unruhig warf er einen letzten Blick auf Hannah und verließ das Zimmer.

Draußen hüllte ihn der Morgennebel ein, sodass er sein Haus nach wenigen Metern nicht mehr sehen konnte, und das Loch in seinem Magen wuchs mit jedem Schritt, den er in Richtung des Hafens machte.

Geh zurück.

Sag ihr, dass sie hierherziehen soll.

Dass es für ihn nichts Schöneres geben konnte, als sie täglich zu sehen.

Gott wusste, dass es die Wahrheit war. Er hielt sie erst ein paar Minuten nicht mehr in den Armen, und schon war ihm kalt.

Auf halbem Weg über die Straße blieb er stehen, und plötzlich erfüllte ihn ein Gefühl der Entschlossenheit. Was wäre, wenn er sie wirklich glücklich machen könnte? Was, wenn sie allen beweisen könnten, dass sie sich irrten? Was wäre, wenn sie einfach für immer blieb, damit er jeden Morgen aufwachen und sich verdammt stark und lebendig fühlen könnte, so, wie es heute gewesen war? Er würde alles in seiner Macht Stehende tun, um ihr das gleiche Gefühl zu geben, damit sie es nie bereuen würde, L. A. verlassen zu haben.

«Fox!»

Brendans Stimme erklang aus dem Nebel, und er ging noch ein paar zögerliche Schritte weiter, bis der Nebel den Blick auf den Hafen freigab. Die *Della Ray* lag an ihrem üblichen Platz. Fox nickte seinem Freund zu. Sie begrüßten sich Faust an Faust.

Schuldgefühle, die er nicht haben wollte, ballten sich in Fox' Bauch zusammen.

Er war mit Hannah so sehr in ihre eigene kleine Welt abgetaucht, dass er Brendans Bitte, Fox solle die Finger von seiner zukünftigen Schwägerin lassen, fast vergessen hatte. Doch realistisch betrachtet, hätte ihn sowieso nichts aufhalten können. Seine Gefühle für Hannah waren zu stark, als dass er auf irgendeine Warnung hätte hören können. Das war jetzt offensichtlich. Aber die Schuldgefühle ließen sich nicht verdrängen. Zumal Fox wusste, dass Brendans Sorge gerechtfertigt war. Sie waren nicht umsonst seit vielen Jahren Freunde. Beide wussten, womit Fox sich die Zeit vertrieben hatte, während Brendan gelernt und sich auf seine Rolle als Captain vorbereitet hatte.

«Was gibt's?», fragte Fox, den Seesack über der Schulter.

Brendans Blick war ungewöhnlich ausweichend. Normalerweise schaute er beim Sprechen seinem Gegenüber in die Augen, um die Wichtigkeit seiner Worte zu unterstreichen. «Mir ist etwas dazwischengekommen. Ich muss meine Eltern nach Hause fahren.»

Fox versuchte, die Nachricht zu verarbeiten. «Sie fliegen nicht?»

«Nein. Es gab eine Überschwemmung in ihrem Keller, während sie weg waren. Ich dachte, ich fahre sie nach Hause und bringe das in Ordnung.»

«Okay», sagte Fox langsam. Was ging hier vor? Brendan hatte, seit Fox ihn kannte, noch nie eine Fahrt abgesagt. Nicht ein einziges Mal. Und wenn es darauf hinauslief ... Warum hatte er dann nicht einfach angerufen und ihnen allen die Mühe erspart, zu packen und zum Hafen zu kommen? «Also ... die Fahrt ist abgesagt?»

Die unbändige Freude, die bei diesen Worten in Fox aufbrandete, warf ihn fast um.

Fünf zusätzliche Tage mit Hannah!

In nur zwei Minuten würde ihre Wärme ihn wieder umfangen. Und heute Abend würde er sie zum Essen ausführen. Wohin auch immer sie gehen wollte. Ein Konzert. Ein Konzert würde sie lieben.

«Nein, sie ist nicht abgesagt. Du übernimmst das Kommando.» Bevor Fox reagieren konnte, drückte ihm Brendan die Schlüssel für die *Della Ray* in die Hand. «Sie gehört für die nächsten fünf Tage dir.»

Fox' Erleichterung war wie weggeblasen. Brendan konzentrierte sich inzwischen darauf, die Ärmel seines Hemdes aufzukrempeln. Sein Freund war noch nie besonders gut im Lügen gewesen. Brendan war sogar am Abschlusstag in der Schule aufgetaucht, während alle anderen an den Strand gegangen waren, nur, damit er sich keine falsche Ausrede einfallen lassen musste. Er war ein Mann, der seiner verstorbenen Frau sieben verdammte Jahre lang die Treue gehalten hatte. Er war so ehrlich wie das Meer, das im Sonnenaufgang hinter ihm schimmerte, und er würde auf keinen Fall wegen eines überfluteten Kellers auf eine Fahrt mit der *Della Ray* verzichten. Das würde sein Verantwortungsgefühl nicht zulassen.

Zum ersten Mal beneidete Fox ihn darum.

Auch wenn es ihn gleichzeitig nervte.

Brendan zögerte keine Sekunde, wenn es darum ging, Entscheidungen zu treffen und daran festzuhalten. Er wusste genau, wie er sich seine Zukunft vorstellte, und er tat alles Nötige, um sie zu verwirklichen: Er hatte Piper einen Heiratsantrag gemacht. Er hatte ein zweites Boot in Auftrag gegeben, um das Geschäft zu erweitern. Der einzige Punkt, an dem Brendan offensichtlich falschlag, war der absurde Glaube daran, dass Fox auf Dauer in das Steuerhaus eines Schiffs gehörte. Er glaubte so sehr daran, dass er nun dastand und ihn belog.

Fox nickte steif und drehte die Schlüssel in seiner Hand. «Hast du wirklich geglaubt, dass ich dir das abnehme?»

Brendan richtete sich auf. «Was?»

«Das hier. Mich wegen einer erfundenen Überschwemmung anzulügen, damit ich gezwungen bin, die Kapitänsrolle zu übernehmen? Was hast du denn gedacht? Dass ich, wenn ich es einmal mache, merke, dass es mein Schicksal ist?»

Brendan überlegte offensichtlich, ob er an seiner Geschichte festhalten sollte, gab aber nach knapp drei Sekunden auf. «Ich hatte gehofft, du würdest erkennen, dass Verantwortung nichts ist, wovor man Angst haben muss.» Er schüttelte den Kopf. «Glaubst du denn nicht, dass du dir dieses Recht verdient hast? Das Vertrauen, das es mit sich bringt?»

«Oh, du vertraust mir auf einmal? Du traust mir zu, das Boot zu übernehmen, aber nicht, mit Hannah zusammen zu sein. Richtig?» Fox lachte bitter. «Ich soll bereit sein, die Verantwortung für fünf Männer zu tragen, aber meine dreckigen Hände von deiner zukünftigen Schwägerin lassen. Ich werde ihr das Herz brechen. Ich werde ihr wehtun. Was denn nun, Brendan? Vertraust du mir oder nicht? Oder ist dein Vertrauen selektiv?»

Bis Fox die Frage laut aussprach und seine Stimme im Nebel verhallte, hatte er nicht gemerkt, wie sehr ihn Brendans Sorgen, diese Unterscheidung, belastet hatten.

Ausnahmsweise wirkte Brendan völlig ratlos, und er wurde bleich. «Ich ... So habe ich das nie gesehen. Mir war nicht klar, wie nah dir das geht. Die Sache mit Hannah.»

«Die Sache mit Hannah.» Fox schnaubte. Was für eine dürftige Beschreibung dafür, dass er sie so sehr liebte, dass er nicht mehr ein noch aus wusste. «Wenn du ein bisschen aufmerksamer gewesen wärst, hättest du vielleicht gemerkt, dass ich seit letztem Sommer nicht mehr in Seattle gewesen bin. Es hat niemanden sonst gegeben. Es wird auch nie wieder jemand anderen geben.» Fox deutete zurück in die Richtung seiner Wohnung. «Ich sitze seit Monaten da, denke an sie, kaufe Platten und schreibe ihr Nachrichten wie ein liebeskranker Trottel.»

Fox schloss seine Faust um die Schlüssel, bis sie sich in seine Handfläche gruben.

Würde es so sein, wenn er mit Hannah zusammen wäre?

Dass er die Leute ständig davon überzeugen musste, dass er nicht mehr der verantwortungslose Playboy war? Selbst die Menschen, die ihn liebten – Brendan, seine Eltern –, hatten ihn aufgegeben.

Hannah vertraut dir. Hannah glaubt an dich.

Fox war überrascht von dem beginnenden Selbstvertrauen, das er verspürte, und es brachte ihn auf den Gedanken, dass es vielleicht, nur vielleicht, doch eine Chance gab. Dass er doch kein hoffnungsloser Fall war.

Wenn er den Gedanken zuließ und er stärker werden konnte.

Wenn er sich an Hannahs Seite bewährte, wenn er diese großartige Frau dazu bringen konnte, bei ihm zu bleiben und ihn, seine Meinung und seine Gesellschaft zu schätzen, dann konnte er vielleicht auch das andere schaffen. Ein Anführer sein. Ein Schiffskapitän. Sich den Respekt und die Achtung der Mannschaft verdienen. Immerhin hatte er sich bereits verändert. Er hatte sich für die Frau verändert, die jetzt schläfrig in seinem Bett lag. Am Anfang hatte sie den gleichen Eindruck von ihm gehabt wie alle anderen. Aber er hatte es geschafft, dass sie ihre Meinung änderte, nicht wahr?

Konnte er das mit der Crew auch schaffen? Konnte er so sein, wie Hannah es verdiente?

Er würde es nie erfahren, wenn er es nicht versuchte.

Und wenn er an Hannah dachte, wie sie am Tag zuvor im Aufnahmestudio mutig ihre Meinung geäußert hatte, wie sie Risiken eingegangen war und Erfolg gehabt hatte, fand auch er den Mut, in sich zu gehen und eine unentdeckte Reserve an Stärke zu finden. Kraft, die Hannah ihm gegeben hatte.

Fox zwang sich zu einem geduldigen Lächeln, auch wenn seine Knie weich wie Pudding waren. «In Ordnung, Cap. Du hast gewonnen. Ich schätze, auf dieser Reise habe ich das Kommando.»

KAPITEL 22

Hannah stand vor Opals Wohnung und wartete darauf, dass ihre Großmutter die Tür öffnete. Als sie das letzte Mal hier gewesen war, vor etwas mehr als einer Woche, hatte sie sich vor dem Eintreten gefürchtet. Vor den Gesprächen über ihren Vater. Sie hatte mit Opal und Piper nicht mithalten können. Doch jetzt war sie voller Selbstvertrauen. Sie fühlte sich nicht mehr wie ein Eindringling oder eine Schauspielerin, die etwas vortäuschte, was nicht da war. Sie fühlte sich hier zu Hause.

Sie war Opals Enkelin.

Endlich war sie die Hauptdarstellerin in ihrem eigenen Leben. Die jüngere Tochter von Henry Cross.

Sie hatten sich durch seine Musik kennengelernt. Einst, vor vielen Jahren, hatte er sie geliebt. Er hatte sie in einem Krankenhauszimmer im Arm gehalten, ihr das Krabbeln beigebracht und war für sie mitten in der Nacht aufgestanden. Wenn er auf See war, hatte er sich auf das Wiedersehen gefreut. Und Hannah mochte den Gedanken, dass sie durch seine Lieder auf eine Art und Weise, die nur sie verstehen konnte, eine ganz besondere Verbindung hatten. Es war sogar möglich, dass er ihr mit diesen Liedern eine Art väterlichen Rat gegeben hatte, denn am Montagmorgen, dem letzten Drehtag, war sie mit einer Idee aufgewacht. Eine Idee, wie sie weitermachen sollte.

Eine Idee, wie sie weiter in der Musikbranche arbeiten und gleichzeitig in Fox' Nähe sein konnte.

Wenn es das war, was er wollte.

Der Kloß in ihrem Magen, den sie seit fünf Tagen spürte, zog sich schmerzhaft zusammen. Wenn sie wie geplant nach L.A.

zurückkehren würde, dann mit einem gebrochenen Herzen. Fox' Abwesenheit hatte sie noch darin bestärkt, denn sie vermisste ihn so sehr, dass es wehtat. Sie vermisste die Art, wie er konzentriert die Stirn runzelte und die Lippen schürzte, wenn sie etwas erzählte. Sie vermisste die Art und Weise, wie er die Hände unter seine Achseln steckte, wenn ihm kalt war. Sie vermisste sein Lachen, das Gefühl, wenn er ihr übers Haar strich, seine veränderte Stimmlage, wenn er ihr gegenüber einfach nur ehrlich war.

Die Tatsache, dass er gelernt hatte, ihr gegenüber immer ehrlich zu sein.

Jedes Mal, wenn sie die Augen schloss, stellte sie sich vor, wie er den Kai entlang in ihre Richtung schritt, die Arme ausbreitete und die Entscheidung, es zu versuchen, sich anzustrengen und eine Beziehung mit ihr aufzubauen, seinem Gesicht abzulesen war.

Aber was, wenn es nicht so war? Was, wenn ihm nach fünf Tagen auf See klar geworden war, dass es zu früh zu viel war? Oder überhaupt zu viel?

Vielleicht war ihr Vorschlag, L.A. zu verlassen, um näher bei Fox zu sein, zu impulsiv gewesen. Vielleicht hätte sie einfach nach Hause zurückkehren und es eine Zeit lang mit einer Fernbeziehung versuchen sollen. Aber sie konnte sich nicht vorstellen, dass sie damit glücklich werden würde. Jetzt nicht mehr, da sie wusste, wie gut es sich anfühlte, ihn an ihrer Seite zu haben. Fühlte er nicht das Gleiche?

Doch, das tat er, und sie würde seinen Entscheidungen vertrauen. Ihnen beiden vertrauen.

Die Tür öffnete sich, und da stand Opal, den Kopf voller Lockenwickler. «Oh! Hannah. Ich war gerade dabei, mir die Haare zu machen, und jetzt sehe ich aus wie eine Vogelscheuche. Komm rein, komm rein. Wir sind ja unter uns. Wen kümmert's also!»

Hannah trat lachend ein und prüfte mit einem Finger in ihrer Jeanstasche, ob der Umschlag noch da war.

«Was führt dich her, meine Liebe? Nicht dass du einen Grund bräuchtest!»

Hannah folgte Opal ins Badezimmer und half ihr, die letzten rosafarbenen Schaumstofflockenwickler zu entfernen. «Ich hätte ja vorher angerufen, aber ich war zu aufgeregt.» Sie befeuchtete ihre Lippen. «Du erinnerst dich doch daran, dass ich um deine Erlaubnis gebeten habe, Henrys Lieder für den Film zu verwenden.»

«Natürlich. Aber du warst dir nicht sicher, ob es klappen würde.» Opal stützte sich mit den Händen aufs Waschbecken. «Jetzt sag nicht, dass es wirklich passiert, Hannah.» Opal musterte Hannahs Gesichtsausdruck, und ihre eigene Miene wurde zunehmend ehrfürchtig. «Ich kann es nicht glauben. Wie? Wie geht das? Es gibt ja nicht einmal Noten. Es sind nur Worte.»

«Nicht mehr», entgegnete Hannah und erzählte von den Ereignissen in der letzten Woche. «Komm, ich habe eines der Lieder auf meinem Handy gespeichert und kann es abspielen.» Hannah hakte sich bei Opal unter und führte sie vom Badezimmer zum Sofa. Sobald sie saßen, holte sie ihr Handy heraus und öffnete die Audiodatei. Als die Musik dann den Raum erfüllte, atmete sie einmal tief durch. Der Eröffnungstanz der Geige und des Basses, gefolgt von Alana Wilders Gesang und dem dumpfen Schlag der Trommel, der in der Nachbearbeitung hinzugefügt worden war.

Hannah dachte an den Moment am Set, als sie Sergei angesprochen und ihm wortlos ein Paar AirPods gereicht hatte. Dann hatte sie auf Play gedrückt und beobachtet, wie seine Augen immer größer wurden und seine Finger rhythmisch auf seine Knie klopften. Sie hatte es geschafft. Egal, wie er sich entscheiden würde, sie hatte etwas Magisches geschaffen. Sie hatte an den Stellschrauben gedreht, bis alles perfekt zusammenpasste, und sie hatte ihre Zweifel besiegt, um so weit zu kommen.

Ihre erste Hauptrolle – und bestimmt nicht die letzte.

Opal schlug überrascht die Hände vor den Mund. «Oh, Hannah. Oh, das tut meiner Seele gut. Seit vierundzwanzig Jahren habe ich mich Henry nicht mehr so nah gefühlt. Das ist unglaublich!»

Hannah ging das Herz auf. «Es gibt noch mehr. Insgesamt drei. Und ich arbeite daran, den Rest auch aufzunehmen.» Sie zog den Umschlag aus ihrer Tasche und reichte ihn Opal, wobei ihr Puls schneller zu schlagen begann. «Das Copyright der Songs liegt bei dir, Opal. Du bekommst einen Prozentsatz der Einnahmen aus dem Soundtrack, aber ich habe auch einen Vertragsbonus ausgehandelt. Für die Verwendung von Henrys Songs in *Glory Daze*. Darin ist das Honorar, das die Produktionsfirma dir zahlen muss, wenn sie die Songs zu Werbezwecken verwendet, noch nicht enthalten.»

«Hannah!» Opal starrte auf den Scheck, den sie aus dem Umschlag gezogen hatte. Den, den Sergei Hannah am Morgen überreicht hatte. «Der ist für mich?»

«Ja, genau.»

«Oh, das kann ich nicht annehmen», sagte Opal verwirrt und wollte Hannah den Scheck zurückgeben.

Aber das ließ sie nicht zu. «Doch. Henry hätte es so gewollt.» Hannah schluckte um den Kloß in ihrem Hals herum. «Ich traue mich jetzt, das zu sagen. Noch vor einer Woche hätte ich mir das nicht angemaßt, aber ... Henrys Lieder helfen mir, ihn kennenzulernen, ihn zu verstehen. Und die Familie war sein Leben.» Sie lächelte. «Das hier ist eine gute Sache, Opal.»

Hannahs Großmutter seufzte und gab schließlich klein bei. «Er wäre so verdammt stolz auf dich.»

«Das hoffe ich», sagte Hannah und kämpfte gegen die Tränen in ihren Augen. «Jetzt lass uns deine Haare schön machen, und dann kannst du etwas von dem Geld auf den Kopf hauen.»

Eine halbe Stunde später war Hannah zurück am Set, und ihr war immer noch ganz warm ums Herz.

Sie hielt das vertraute Klemmbrett fest, genoss das Gefühl und wusste, dass dies ihr letzter Tag als Produktionsassistentin sein würde. Es war richtig gewesen, ganz unten anzufangen und sich einzuarbeiten, aber diese Zeit war nun vorbei. Andere Menschen zu unterstützen, war etwas, das sie von Natur aus immer getan hatte, denn sie liebte es zu helfen. Aber was die Karriere anging, war es an der Zeit, an sich selbst zu denken und das zu tun, was sie wirklich reizte. Sie wollte wieder dieses Hochgefühl spüren, das sich eingestellt hatte, als sie Kunst nach ihren Bedingungen mit zum Leben erweckt hatte.

Die gesamte Crew drängte sich in der einen Hälfte des *Cross and Daughters*. Auf der anderen Seite der Bar, die Hannah und Piper renoviert hatten, fielen die Scheinwerfer auf Christian und Maxine, um die Schlussszene des Films zu beleuchten. Eine Szene, die Sergei typischerweise in letzter Sekunde in das Drehbuch geschrieben hatte, weil sie perfekt zu dem neuen Soundtrack passte. Es war nicht geplant gewesen, im *Cross and Daughters* zu drehen, aber da die Hälfte der Bar Hannah gehörte, war das mit der Drehgenehmigung kein Problem gewesen. Natürlich hatte sie Piper um Erlaubnis gebeten, und ihre Schwester würde gleich vorbeikommen, um der feiernden Crew Drinks zu servieren.

In der Szene, die von einem musikalischen Crescendo untermalt wurde, tanzten Christian und Maxine miteinander, wobei Glück und Hoffnung langsam ihre Gesichtszüge veränderten. Ihre Bewegungen wurden immer gelöster. Weniger zurückhaltend. Die Szene würde in Zeitlupe ablaufen, wusste Hannah, und es war die perfekte Art, sich vom Publikum zu verabschieden.

Nach zwei weiteren Takes rief Sergei: «Schnitt!» Er sprang von seinem Regiestuhl auf, gab dem ihm am nächsten stehenden Techniker ein High Five und verkündete dann den Drehschluss: «It's a wrap.»

Die Menge brach in Jubel aus.

Christian war sofort wieder er selbst. «Wer hat meinen Kaffee? Hannah?»

Sie winkte ihm zu. Wartete, bis er erleichtert aussah, und zeigte ihm dann den Mittelfinger.

Sein Lachen erfüllte die Bar.

Hannah wollte sich gerade erbarmen und Christian sein Getränk doch noch einmal bringen, als Sergei vor sie trat. «Hannah. Hey.» Wirkte er nervös? «Ich wollte nur noch einmal sagen, wie sehr die neue Musik den Film bereichert. Ohne die Songs wäre es nicht das Gleiche. Und ohne diesen Ort.» Er lachte. «Du bist fast genauso wichtig für den Film wie ich – und ich bin derjenige, der ihn geschrieben und Regie geführt hat.»

Eine nostalgische Zuneigung für ihren Chef brachte Hannah zum Lächeln. «Und du hast großartige Arbeit geleistet, Sergei. Es wird dein bisher bestes Werk.»

«Danke.» Er zögerte. «Du hast ja schon gekündigt, und das respektiere ich. Es ist offensichtlich, dass du für Größeres und Besseres bereit bist, aber ich würde es bereuen, wenn ich dich nicht noch einmal fragen würde, ob du nicht doch weiterhin für mich arbeiten willst. Da Brinley anscheinend ihr Wort hält und aufhört, brauche ich einen neuen Music Supervisor.»

Noch vor einem Monat hätte Hannah sich auf dieses Angebot hin selbst kneifen müssen, weil sie dachte, sie wäre von einem Bus überfahren worden und würde sich der Himmelspforte nähern. Ein Teil von ihr war überglücklich, dass sie sich genug bewährt hatte, um ein solches Angebot zu bekommen. Aber annehmen konnte sie es nicht. Nicht nur, weil sie mit Fox zusammen sein wollte, sondern auch, weil sie es liebte, selbstständig zu sein. Eine Band zu entdecken, Teil des Prozesses zu sein, eine Vision zu entwickeln und sie zu verwirklichen. Sie hatte fest vor, in ihrer neu gefundenen Rolle als Hauptdarstellerin weiterzumachen.

«Danke, aber das wird mein letztes Filmprojekt sein», sagte Hannah. «Ich glaube nicht, dass ich ohne *Storm Born* herausgefunden hätte, was ich im Leben wirklich machen möchte. Die Erfahrung war unbezahlbar, aber mich zieht es woandershin.»

«Das meinst du wahrscheinlich wortwörtlich, oder? Du wirst L.A. verlassen, nehme ich an.» Die Enttäuschung war Sergei anzusehen. «Für den Fischer.»

«Ja.» Wieder einmal musste Hannah den beängstigenden Zweifel unterdrücken, der wie ein Sturmtrupp in ihren Magen einmarschierte. «Ja, für Fox.»

Sergei zuckte mit den Schultern. «Lass mich wissen, wenn sich etwas ändert. Beruflich oder persönlich.»

Nein, das würde sie nicht.

Selbst wenn das Schlimmste eintrat und es mit Fox nicht klappen würde, wusste Hannah jetzt, wie es sich anfühlte, jemanden wirklich zu lieben. Auf diese hemmungslose und allumfassende Art und Weise, die sich nicht eindämmen oder abstellen ließ. Ihre Verliebtheit in Sergei erschien ihr im Vergleich dazu wie ein trauriger, nasser Abklatsch. «Natürlich», sagte sie und drückte Sergeis Arm.

«Okay, ihr Hübschen. Wer ist bereit zu feiern?»

Hannah schnaubte beim Klang von Pipers Stimme und den überraschten Lauten, die folgten, als die anderen sie erkannten. Hannah drehte sich gerade noch rechtzeitig um, um einen schmatzenden Kuss auf die Wange zu bekommen – der definitiv einen Lippenstiftabdruck hinterließ –, und sah dann zu, wie die ehemalige Partyprinzessin von Los Angeles ihre Handtasche ordentlich hinter der Bar verstaute und das nächstbeste Crewmitglied anlächelte. «Willst du einen Drink?»

Christian trat staunend neben Hannah. «Ist das Piper Bellinger?»

«Genau die», antwortete Hannah lächelnd, erfüllt von der Liebe für ihre Schwester. «Sie ist letzten Sommer hierhergezogen, nachdem sie sich in einen Schiffskapitän verliebt hat. Ist das nicht romantisch?»

«Ich denke schon. Woher kennst du sie?»

«Sie ist meine Schwester. Diese Bar gehört uns.» Hannah wies mit dem Kinn zur Theke. «Wie wäre es mit etwas Stärkerem als kaltem Kaffee?»

Christians Mund öffnete und schloss sich mehrmals, bis er schließlich stotterte: «Ja, ich glaube, das brauche ich jetzt.»

Hannah und Christian arbeiteten sich durch die Menge zur Theke vor, als Hannah plötzlich innehielt. Das war doch Brendan da im Eingang des *Cross and Daughters*. Dabei war erst später Nachmittag, und die *Della Ray* sollte nicht vor dem Abend in den Hafen zurückkehren. Waren sie früher gekommen? Nervosität und Vorfreude kämpften in ihrem Magen angesichts der Möglichkeit, Fox früher als erwartet zu sehen. Aber beim Anblick von Brendans Gesichtsausdruck siegte die Nervosität.

«Hey», murmelte sie, als ihr zukünftiger Schwager zu ihr trat. «Solltest du nicht gerade auf dem Boot sein? Seid ihr früher zurück?»

Brendan nahm seine Mütze ab und drehte sie in seinen Händen. «Nein. Ich bin nicht mitgefahren und habe Fox die Verantwortung übertragen.»

Hannah musste diese Erklärung sechsmal in ihrem Kopf wiederholen, bis sie sie verstand, wobei sich ungewolltes Unbehagen in ihrem Bauch breit machte. «Wirklich? War das eine Entscheidung in letzter Minute?»

«Ja genau. Ich wollte ihm keine Chance geben, einen Rückzieher zu machen.» Brendan zögerte und tauschte einen Blick mit Piper. «Es schien eine gute Idee zu sein. Und vielleicht klappt es ja genau so, wie ich es mir erhofft habe. Fox kann ein großartiger Kapitän werden, er hat den richtigen Instinkt, die nötige Erfahrung und Respekt vor dem Ozean – er muss nur an sich glauben.» Brendan räusperte sich. «Mir ist erst nach dem Ablegen des Schiffes klar geworden, dass es vielleicht ein schlechter Zeitpunkt war. Bei dem, was zwischen euch beiden vor sich geht ... Fox hat die Herausforderung angenommen, aber das ist ganz schön viel auf einmal.»

«Warte ...» Hannah hatte plötzlich einen Frosch im Hals; Freude und Schrecken verschlugen ihr kurzzeitig die Sprache. Dann fragte sie: «Er hat dir von uns erzählt?»

«Nicht alles.»

Hannah runzelte die Stirn. «Was soll das heißen?»

«Er hat Brendan erzählt, dass er seit letztem Sommer nicht mehr in Seattle war», ergänzte Piper über die Theke hinweg. «Er hat auf dich gewartet, Hanns. Wie ein ‹liebeskranker Trottel› – und das ist ein direktes Zitat.»

Hannah hatte kaum Zeit gehabt, um die immense Bedeutung dieser Offenbarung zu verarbeiten, als sie bemerkte, dass Brendan noch mehr zu bedrücken schien.

«Ich habe mir den Rest zusammengereimt, ohne dass er es mir gesagt hat», erklärte Brendan. «Ich nehme an, wenn er sich so fühlt und ihr zwei so eng zusammenwohnt, dann ... ist vermutlich was passiert zwischen euch. Obwohl ich mit ihm gesprochen habe, bevor du gekommen bist, und ihn gebeten habe, die Finger von dir zu lassen ...»

«Du hast was getan?»

«Und», fuhr Brendan fort, «danach habe ich ihn vielleicht noch ein paarmal daran erinnert.» Er räusperte sich. «Ein paar Dutzend Mal.»

«Ich bin daran mit schuld», gestand Piper mit einer Grimasse. «Wir wollten nur, dass er dir nicht wehtut. Aber vielleicht ... Nein, wir haben ihn definitiv unterschätzt. Und das haben wir schon seit zu langer Zeit getan.»

«Er hatte jedes Recht, wütend auf mich zu sein, bevor er aufgebrochen ist.» Brendan setzte sich die Mütze wieder auf den Kopf und griff nach dem Bier, das Piper vor ihm auf die Theke gestellt hatte. Er nahm einen tiefen Schluck, als hätte ihn das Gespräch durstig gemacht. Dann setzte er die Flasche wieder ab und sah Hannah einen Moment nachdenklich an. «Ich habe immer wieder behauptet, wie sehr ich ihm vertraue und dass ich ihn auf meinem Platz hinter dem Steuer sehen will, aber das waren nur Lippenbekenntnisse. Ich habe anders gehandelt, als ich geredet habe. Was mir jetzt echt leidtut.»

Hannah konnte es nicht fassen. Fox hatte ihr gesagt, wie sehr er fürchtete, dass jemand seine Absichten ihr gegenüber infrage stellen würde, dabei war es längst geschehen. Sein bester Freund hatte es getan. Hatte Fox das die ganze Zeit gequält?

Gott, sie war so stolz auf ihn. Dass er die Verantwortung für die *Della Ray* für diese Fahrt angenommen hatte.

Dass er es versuchte.

Aber sie konnte nicht anders, als sich Sorgen zu machen. Brendan hatte recht. Das war eine Menge auf einmal.

Sie waren gerade dabei, ihren Platz auf der Welt zu finden. Einen Ort, an dem sie zusammen sein konnten. Um auf ihrer Freundschaft aufzubauen und sie zu so viel mehr zu machen. Aber Fox' Unsicherheit hing damit zusammen, wie die Menschen ihn sahen. Die Leute in Westport. Die Crew. Was würde passieren, wenn sein Probelauf als Captain nicht wie geplant verlief? Was, wenn er so entmutigt nach Hause kommen würde, dass sie nicht dort weitermachen konnten, wo sie aufgehört hatten?

Es war nicht so, dass Hannah nicht an ihn glaubte. Das tat

sie. Aber sie hatten offengelassen, wie es weitergehen sollte, und diese unerwartete Planänderung hatte das Gleichgewicht möglicherweise gestört.

Vor zwei Wochen hatte sie entschlossen, eine Hauptdarstellerin zu werden. Um ihrer Karriere willen, nicht wegen ihres Liebeslebens. Aber heute Abend würde sie ihre neu gewonnene Zielstrebigkeit unter Beweis stellen und sich darauf vorbereiten, notfalls erneut in den Krieg zu ziehen. Sie war niemand mehr, der von der Seitenlinie aus zusah, für andere lebte und ihnen bei Bedarf den Rücken stärkte. Nein, dies war ihre Geschichte, und sie musste sie selbst schreiben. Auch wenn sie Angst davor hatte. Denn wenn sie, seit sie ein zweites Mal nach Westport gekommen war, etwas gelernt hatte, dann, dass sie zu so viel mehr fähig war, als sie dachte.

Hannah bat Piper mit einem Handzeichen um einen Drink. «Ich muss mir Mut antrinken.»

«Kommt sofort.» Einen Moment später gab Piper eine Flüssigkeit in den Cocktail Shaker, schüttelte kräftig, goss sie in ein Martiniglas und schob es ihrer Schwester vor die Nase. «Weißt du ...» Piper drehte an ihrem Ohrring. «Alkohol schadet nicht, aber meiner Erfahrung nach machen einem High Heels und eine tolle Frisur auch jede Menge Mut.»

«Na, dann los.» Hannah kippte den Drink runter. «Ich bin ein bisschen sauer auf euch beide, weil ihr Fox von mir ferngehalten habt, schließlich bin ich ein erwachsener Mensch, aber ich brauche jetzt jede Hilfe, die ich kriegen kann.»

«Stimmt», grummelte Brendan.

«Stimmt genau. Und ich werde das wiedergutmachen.» Piper trat entschlossen hinter der Theke hervor. «Brendan, pass auf die Bar auf. Wir haben zu tun.»

Fox hakte den letzten Punkt auf seinem Klemmbrett ab, hängte es zurück an den Nagel und atmete einmal tief durch. Dann nahm er die Mütze vom Kopf und ließ sich auf dem Kapitänsstuhl nieder. Allmählich ließ die Anspannung nach.

Unten, auf dem Deck der *Della Ray*, verluden Deke, Sanders und der Rest der Crew den letzten Teil der Ladung. Normalerweise wäre er da unten dabei, aber als Kapitän hatte er mit dem Markt telefoniert, um den frischen Schwertfisch anzukündigen. Er hatte das Boot von oben bis unten inspiziert und sich vergewissert, dass im Maschinenraum alles ordnungsgemäß funktionierte, die Ausrüstung kontrolliert und darauf geachtet, dass die Zahlen richtig erfasst wurden.

Er hatte es geschafft.

Eine erfolgreiche Ausfahrt von fünf Tagen.

Er hatte Befehle gegeben, und sie waren befolgt worden. Dabei hatte es geholfen, dass er im Steuerhaus gewesen war und nicht unten auf dem Deck, wo die Männer sich aufhielten. Außerdem war Fox, wenn die Männer abends erschöpft in die Kojen fielen, lange aufgeblieben, um den Kurs für den nächsten Morgen festzulegen und Brendan nicht zu enttäuschen.

Oder Hannah.

Es hatte keine Gelegenheit gegeben festzustellen, was die Männer davon hielten, dass er das Kommando übernommen hatte – und vielleicht war das auch besser so. Wenn er sich zurückhielt und noch ein paar Ausfahrten ohne Zwischenfälle erledigte, würde die Crew ihr Bild von ihm vielleicht revidieren. Soweit das nach all den Jahren möglich war. Denn er hätte selbst ja auch nie gedacht, dass er mal ein halbes Jahr lang auf Sex verzichten würde, um dafür Nachrichten zu schreiben und Schallplatten zu sammeln. Aber hier war er nun.

Und er verging vor Sehnsucht. Er brannte darauf, zu seinem Mädchen nach Hause zu kommen. Er vermisste sie so sehr, dass es fast wehtat.

Aber Hannah würde den Schmerz wegküssen. Und er begann zu denken, dass er irgendwann einmal in der Lage sein könnte, das Gleiche für sie zu tun.

«Hey, Mann», sagte Deke, klopfte an die Scheibe des Steuerhauses und steckte den Kopf herein. «Wir sind fertig. Ich fahre zum Markt.»

«Super», sagte Fox und setzte die Mütze wieder auf. «Ruf mich an, wenn du den Preis hast.» Auf dem Markt wurde der Fisch erst auf seine Qualität überprüft und dann erst folgte das Angebot, welcher Preis dafür bezahlt wurde. Dieser Vorgang war wichtig, denn er entschied über die Höhe des Lohns für alle. «Ich werde es an Brendan weitergeben, und er kann ihnen die Rechnung schicken.»

«Klingt gut.» Deke nickte Fox zu und tat dann so, als würde er ihn schief ansehen. «Wie du da auf dem Platz des Captains sitzt ... so wichtig und mächtig und dann auch noch gut bezahlt ... Das wird den Ladys gefallen.»

Sanders tauchte neben Deke im Steuerhaus auf und stieß seinen Freund mit dem Ellbogen an. «Stimmt. Wir könnten vor der *Della Ray* einen roten Teppich ausrollen. Dann können die Frauen dich noch leichter finden.»

Fox saß wie erstarrt auf seinem Sitz.

Oh Gott. Wirklich?

Er hatte nicht erwartet, dass sich ihre Haltung ihm gegenüber über Nacht ändern würde, aber dass sie so gar keinen Respekt zeigten, hätte er nach der Tour auch nicht gedacht. Wenn sie so mit Brendan gesprochen hätten, wären sie auf der Stelle gefeuert worden.

Fox fühlte sich, als hätte ihn jemand mit einer Schaufel vor den Kopf geschlagen, aber er rang sich ein Lächeln ab. Es war klüger, sich seinen Ärger nicht anmerken zu lassen, sonst würden die Sticheleien nur noch schlimmer. «Ich fühle mich echt geschmeichelt, wie besessen du von meinem Sexleben bist.

Aber mach dir doch lieber Gedanken um dein eigenes, dann hätten wir unsere Ruhe.» Fox stand auf und trat den beiden gegenüber. Die nächsten Worte rutschten ihm einfach so raus, umschifften seinen inneren Zensor, weil sein Verstand nur mit dem Gedanken an eine Person beschäftigt war. «Und außerdem fahre ich nicht nach Seattle. Oder sonst wohin. Ich gehe jetzt zu Hannah.»

Die ungläubigen Blicke der beiden brachten sein Inneres zum Brodeln.

«Hannah», wiederholte Sanders langsam. «Die kleine Schwester? Ist das dein Ernst?»

Fox spürte, dass er einen Fehler gemacht hatte. Er hätte das so nicht sagen sollen. Es war viel zu früh, und ihm wurde nicht die nötige Achtung entgegengebracht, die ein Mann brauchte, um Hannah zu verdienen. Ohne ein weiteres Wort ging er an den beiden Männern vorbei und verließ das Steuerhaus. Aber sie folgten ihm. «Ich habe ein Gerücht über euch zwei im *Blow the Man Down* gehört, aber selbst ich hätte nicht gedacht, dass du es so weit treibst», sagte Sanders, der nun gar nicht mehr amüsiert wirkte. «Komm schon, Mann. Hannah ist ein unschuldiges kleines Ding. Muss das sein?»

«Ja», mischte sich Deke ein und verschränkte die Arme vor der Brust. «Konntest du dir nicht eine von den tausend anderen Frauen aussuchen, die dir zur Verfügung stehen?»

«Das ist echt nicht okay, Fox.» Sanders' Gesichtsausdruck zeigte immer mehr Abscheu. «So eine Frau sollte man heiraten. Die benutzt man doch nicht nur für eine Nacht.»

«Glaubst du, ich weiß das nicht?», knurrte Fox und machte einen Schritt auf die beiden Männer zu. Seine Kontrolle verabschiedete sich und mit ihr die winzige, dämliche Hoffnung, die sich vorher langsam aufgebaut hatte. «Denkst du, ich weiß nicht, dass sie nur das Beste von allem verdient? Das ist das Einzige, woran ich denke.»

Ich küsse den Boden, auf dem sie geht.
Ich liebe sie.

Perplex sahen Deke und Sanders Fox an, bevor sie ihn mit vorsichtiger Neugier musterten. Aber anstatt nach Fox' Absichten in Bezug auf Hannah zu fragen, sagte Deke: «Weiß Brendan davon?»

Fox drehte sich wortlos um und ging lachend weg. Aber es war ein bitteres Lachen.

Gott, wie sie ihn angesehen hatten. Sie brachten nicht mal einen Bruchteil des Respekts auf, der für den Captain eines Schiffes normalerweise selbstverständlich war. Er war ein Idiot gewesen zu glauben, dass sie ihn jemals in einem anderen Licht sehen könnten. Sie hatten ihn wie den letzten Dreck behandelt, nur weil er die gleiche Luft wie Hannah atmete. Dabei war das Wort «Beziehung» noch gar nicht gefallen. Fox stellte sich vor, wie Hannah von ihrer Schwester, von ihren gemeinsamen Freunden, von jedem in ihrem Umfeld genau so behandelt wurde – und dabei wurde ihm übel. Er spürte einen schmerzhaften Stich, als ob ihm jemand einen Dolch zwischen die Rippen gerammt hätte.

Sein schlimmster Albtraum wurde wahr. Sogar früher als erwartet.

Aber er konnte es jetzt noch aufhalten. Bevor es für Hannah noch schlimmer wurde. Bevor sie L.A. verließ und zu spät erkannte, was für einen Fehler sie gemacht hatte.

Bevor sie dazu gezwungen wäre, eine harte Entscheidung zu treffen.

Nein, er würde es für sie beide tun, selbst wenn es ihn umbringen würde.

Er hielt ein unsichtbares brennendes Streichholz in den Fingern. Und es schien keine andere Wahl zu geben, als das Beste in seinem Leben in Kerosin zu tauchen und das Streichholz direkt darauf fallen zu lassen.

KAPITEL 23

Eine Stunde später stand Fox im Dunkeln neben dem *Red Buoy* gegenüber vom *Cross and Daughters* und sagte sich, dass er besser zu Hause geblieben wäre. Er sollte nicht hier draußen herumlungern und versuchen, durchs Fenster einen Blick auf Hannah zu erhaschen. Aber seine ganze Existenz schien davon abzuhängen, sie einfach nur zu *sehen*. Nur noch ein einziges Mal, bevor er ihr erklärte, dass er sich geirrt hatte. Dass es falsch war, auch nur zu denken, dass er gut genug für sie sein könnte.

Jemand verließ die Bar, um sich draußen eine Zigarette anzuzünden, und in der kurzen Sekunde, in der die Tür offen stand, drang Hannahs Lachen zu ihm heraus. Sofort spannten sich seine Muskeln an, und er trat unwillkürlich einen Schritt vor.

Er ... er war immer noch für ihre Sicherheit verantwortlich, bis sie nach Los Angeles zurückkehrte, oder? Also würde er ... einfach dafür sorgen, dass sie gut nach Hause kam.

War er wahnsinnig? Wenn er auch nur ein klitzekleines bisschen Selbsterhaltungstrieb besaß, würde er sofort zurück in seine Wohnung gehen, um das Türschloss auszutauschen. Um sich dann mit Whiskey zu betrinken und erst wieder aufzuwachen, wenn sie fort war.

Doch was tat er stattdessen?

Mit den Worten von Sanders und Deke im Kopf war er wie ein Roboter nach Hause gegangen, hatte geduscht, Aftershave aufgelegt. Hannah war in der Stadt, und es gab keine Chance, dass er ihr fernbleiben würde. Sein Bedürfnis, ihre Nähe zu suchen, war schlicht ein Naturgesetz. Aber sobald er sie gesehen hatte, musste er das Richtige tun.

Konzentrier dich auf das, was nötig ist.

Du wirst mit ihr Schluss machen.

Bei dem Gedanken daran spürte Fox einen stechenden Schmerz im Bauch, als ob jemand einen Schraubenzieher hineingerammt hätte. Schluss machen. Das klang so hart, obwohl es das Beste war. Damit verhinderte er, dass Hannah sich falsch entschied, indem sie ihre Zeit mit ihm verschwendete und Gefahr lief, auch nicht mehr respektiert zu werden. So wie es bei ihm der Fall war. Er konnte nicht zulassen, dass sie tausend Meilen weit von ihrem Zuhause wegzog, um mit jemandem zusammen zu sein, von dem die Leute annahmen, dass er sie nur ausnutzen würde. Wenn seine eigenen Freunde schon so wenig von ihm hielten, was würde dann der Rest der Stadt denken? Hannahs Familie?

Also geh da rein und sag es ihr.

Das würde er ... bald.

Am Mittwochmorgen hatte er voller Hoffnung das Schiff betreten. Während der Fahrt hatte sich das Steuer in seinen Händen, die Verantwortung des Captains gut angefühlt. Für einen kurzen Moment waren die Träume seiner Jugend wieder da und hatten ihn hoffen lassen, aber dieses Gefühl war längst verflogen.

Da Hannah an ihn glaubte, hatte Fox gedacht, er könnte sich den Respekt auch bei den Männern auf der *Della Ray* verdienen, aber das war offensichtlich nicht der Fall. Er saß an diesem Ort fest, an dem es kein Vorwärtskommen gab, gefangen durch seinen Ruf. Und er wollte nicht, dass Hannah darunter litt. Auf keinen Fall. Fox ging ein paar Schritte auf dem Gehsteig, konnte Hannah durchs Fenster aber immer noch nicht entdecken. Vielleicht sollte er zum *Blow the Man Down* gehen und etwas trinken, um seine Nerven zu beruhigen, und dann zurückkommen. Er wandte sich in die entsprechende Richtung und – da sah er sie.

Sie stand im *Cross and Daughters* an der Theke.

Als er ihr Gesicht sah, rutschte ihm das Herz in die Hose wie eine reife Tomate, die einen dreißig Meter tiefen Brunnen hinabstürzt und auf dem Grund zerplatzt. Oh Gott. Sie war so schön. War ihr Haar schon immer so lockig gewesen?

Er kannte Hannahs Gesichtsausdruck gut, diese Mischung aus Ernsthaftigkeit und Abwesenheit, weil sie einfach nicht anders konnte, als der Musik zuzuhören, die Songtexte in ihrem Kopf zu wiederholen und das Thema des Lieds in ihre Unterhaltung einfließen zu lassen. In diesem Fall in die Unterhaltung mit einem Mann.

Nicht mit Sergei, sondern mit einem attraktiven Typ, vermutlich einer der Schauspieler.

Fox fuhr sich mit der Zunge über die Lippen; seine Kehle war trocken.

Wage es nicht, eifersüchtig zu sein, wenn du kurz davor bist, die Sache zu beenden. Sie würde bald wieder in L.A. sein und mit Millionen von Männern sprechen. Wahrscheinlich würde eine ganze Horde von ihnen auf sie warten, mit den richtigen Worten und guten Absichten und …

… und ihm fiel das kurze türkisfarbene Kleid auf.

«Oh, fuck», murmelte er, wandte sich wieder in die andere Richtung und ging auf das *Cross and Daughters* zu. Noch bevor er die Bar betrat, wusste Fox bereits, dass er mehr wollte als nur einen Blick auf sie werfen. Er hatte fünf einsame Nächte auf dem Schiff mit seinem harten Schwanz verbracht, der sich nach Hannah gesehnt hatte, nur nach Hannah. Als er sich nun durch die Menge drängte und sich nur auf sie konzentrierte, juckte es ihn bereits in den Fingern, und das war kein gutes Zeichen. Wenn er wirklich Schluss machen wollte, musste er die Hände von ihr lassen.

Sei stark.

Sie drehte sich um, und ihre Blicke trafen sich – und Gott sei Dank war die Musik laut genug, um sein gequältes Stöhnen zu übertönen. Da war sie. Sicher und lebendig. Wunderschön und allwissend und gütig und perfekt. Jeder Mann mit ein bisschen Hirn im Kopf würde auf die Knie gehen und zu ihr kriechen, aber er konnte nicht dieser Mann sein. Es war so schwer, sich das einzugestehen, jetzt, wo ihr Gesicht erstrahlte, ihre Augen leuchteten und ihr Mund sich zu einem Lächeln verzog.

«Fox. Du bist wieder da.»

«Ja», brachte er hervor, was sich anhörte, als wäre er kurz vor dem Ersticken. Und es war gut, dass Piper hinter der Theke stand, sonst hätte er Hannah vielleicht auf der Stelle geküsst. Zwei Sekunden in ihrer Gegenwart, und er hätte fast seine Absichten über den Haufen geworfen. «Wie geht es dir?»

Ein Hauch von Traurigkeit umspielte Hannahs Gesicht – weil er sie nicht geküsst hatte? –, und sie stellte ihren Drink auf der Theke ab. «Gut. Mir geht's gut.» Warum wirkte sie so zurückhaltend? Stimmte etwas nicht? «Fox, das ist Christian.» Hannah wies auf den Mann neben ihr. «Er ist der Hauptdarsteller in diesem Film. Und er ist ein absoluter Albtraum.»

«Das stimmt», bestätigte der Schauspieler und hielt Fox die Hand hin. «Und du musst derjenige sein, der sie uns wegnimmt.»

Gerade als Fox dachte, sein Magen könnte sich nicht noch fester zusammenziehen, verdrehte er sich zu einer Brezel. Zumindest fühlte es sich so an. Hannah hatte bereits Pläne gemacht. Sie hatte Pläne gemacht, die es ihnen ermöglichen würden, zusammen zu sein. Jetzt, da sie vor ihm stand, so vertraut und süß und weich, klang das Wort «Pläne» nicht mehr ganz so beängstigend. Erst als sie getrennt waren, hatte er angefangen, an sich zu zweifeln. Es waren die Zweifel der anderen, die ihn erschütterten.

Das Lederarmband um sein Handgelenk schien zu glühen und seine Haut zu verbrennen.

«Oh. Nein», beeilte sich Hannah zu sagen, und ihr Gesicht errötete. «Ich meine, ich werde die Produktionsfirma verlassen. Aber das ist eine Entscheidung, die ich für mich selbst getroffen habe. Unabhängig von Fox. Oder von sonst irgendwas.»

Bis er dies aus ihrem Mund hörte, war Fox die Tragweite dieser Worte noch gar nicht bewusst geworden. Was es wirklich für sie bedeutete. «Du hast deinen Job gekündigt?»

Hannah nickte und atmete einmal tief durch. «Sie werden die Songs für den Film verwenden.»

«Hannah.» Fox' Stimme klang rau, und er musste sich eine Hand auf die Brust legen, so intensiv war das Gefühl dort. «Verdammt. Das ist unglaublich. Du hast es geschafft.»

Ihre Augen funkelten und verrieten eine Million Dinge. Ihre Nervosität, ihre Aufregung, ihre Freude darüber, die Neuigkeiten mit ihm teilen zu können. Für Fox fühlte sich das an wie ein Glas kühles Wasser, das man einem Verdurstenden vorsetzt.

«Ja ...» Christian schwenkte seinen Drink träge hin und her, während er seine Aufmerksamkeit mit unverhohlenem Interesse mal auf Hannah, mal auf Fox richtete. «Jetzt geht sie los, um noch mehr neue Bands zu entdecken und sie in den Soundtracks von Indie-Filmen unterzubringen. Hannah Bellinger, Music-Brokerin. Sie wird bald zu gut für mich sein.»

Hannah legte feierlich eine Hand auf die Schulter des Schauspielers. «Ich bin jetzt schon viel zu gut für dich.»

Der Mann legte den Kopf in den Nacken und lachte.

Der Höhlenmensch in Fox' Gehirn entspannte sich.

Es gab keinen Grund, eifersüchtig zu sein. Hannah und Christian waren offensichtlich nur Freunde. Aber es gab trotzdem eine Menge, worüber man sich Sorgen machen konnte. Es konnte doch kein Zufall sein, dass Hannah ihren Job gekündigt hatte, nachdem sie gerade über eine mögliche Beziehung gesprochen hatten, oder? Hatte sie den Schritt tatsächlich unternommen, um es mit ihm zu versuchen?

Trotz seiner Sorge darüber wollte Fox mehr über diese Sache erfahren. Music-Brokerin. Was bedeutete das genau? Würde sie viel reisen müssen? War das von Seattle aus möglich? Wie aufgeregt war sie auf einer Skala von eins bis zehn?

«Du hast auf jeden Fall eine Menge Entscheidungen getroffen, während ich auf See war», sagte er und behielt seine Fragen für sich. Schon bald würden sie ihn ohnehin nichts mehr angehen.

Hannah studierte sein Gesicht. «Sieht aus, als hättest du auch einige Entscheidungen getroffen.»

«Oh, ich spüre es zwischen den Zeilen rumoren», murmelte Christian. «Ich gehe lieber und mache mich über die Praktikanten lustig. Viel Spaß dabei, das zu klären, Kinder.»

Als Fox und Hannah allein waren, hüllten sie sich zunächst in unbehagliches Schweigen.

Fox' Gehirn wiederholte die Rede, die er auf dem Weg durch die Stadt geübt hatte. *Es tut mir leid. Du bist unglaublich. Meine beste Freundin. Aber ich kann dich nicht bitten, hierherzuziehen. Das wird nicht funktionieren.*

Doch sein Mund sagte: «Du siehst unglaublich aus.»

«Danke.» Hannah zwang sich zu einem Lächeln – es war nicht echt –, und er hätte es ihr am liebsten vom Mund geküsst. *Du warst bisher noch nie unecht bei mir.* «Willst du hier mit mir Schluss machen oder irgendwo, wo es etwas privater ist?»

«Hannah.» Der Schock ließ ihren Namen verzweifelt klingen, und Fox wandte sein Gesicht ab, unfähig, sie anzuschauen. «Sag nicht ‹Schluss machen›. Ich mag nicht, wie das klingt.»

«Warum?»

«Es klingt, als würde ich …»

Dich wegstoßen. Unsere Verbindung beenden.

Oh Gott, das konnte er nicht tun! Genauso gut könnte er sich einen Eispickel ins Herz rammen.

«Können wir uns auf diese Sache bitte einigen?», fragte Fox, und sein Unterkörper spannte sich an, als jemand in der Menge sie näher an ihn heranschob und die Spitzen ihres Busens gegen seine Brust drückten. Für einen Moment war er abgelenkt. Hatte sie unter diesem Kleid überhaupt einen BH an?

Was hatte er gesagt?

«Wenn wir uns beide einig sind, dass wir ...» Fox schluckte die Worte «Schluss machen» hinunter. «Dass wir unseren Status verändern möchten, dann können wir Freunde bleiben. Ich muss mit dir befreundet bleiben, Hannah.»

«Mm.» Der Schmerz, den sie entschlossen zu verbergen versuchte – das Kinn angehoben, den Blick fest –, riss ihm langsam die Eingeweide raus. «Das heißt, wenn ich dich in Westport besuche, tun wir so, als wäre nie etwas passiert. Vielleicht hören wir uns zusammen mein Fleetwood-Mac-Album an?»

Es dauerte einen Moment, bis Fox sprechen konnte. Er suchte verzweifelt nach einer Antwort. Was sollte er darauf erwidern? Er hatte ihr im Klanggarten die Wahrheit gesagt.

Es hatte mich voll erwischt, Hannah. Wenn das durch die Börse noch nicht klar geworden war, dachte ich, dass spätestens das Fleetwood-Mac-Album dafür sorgen würde.

Es hat mich voll erwischt, Hannah.

Ob sie sich an diese Worte erinnerte? Hob sie deshalb ihr Kinn noch ein Stück weiter an und versetzte seiner Willensstärke einen weiteren Schlag? «Hör zu, ich werde mich nicht mit dir streiten, Fox.» Sie zuckte mit den zarten Schultern. «Du beendest, was auch immer das zwischen uns gerade wurde, und das ist okay. Das ist dein gutes Recht.»

Fox sah hilflos und unglücklich zu, wie sie ihre Lippen befeuchtete.

Was passierte jetzt? Würden sie einfach so auseinandergehen?

War er wirklich stark genug, um das zu tun?

«Könntest du noch eine letzte Sache für mich tun?», fragte Hannah und strich mit ihren Fingerspitzen leicht über seine.

«Ja», sagte er heiser, und in seinen Schläfen begann es zu pochen.

Hannah neigte ihren Kopf, und er prägte sich hastig die Kurve ihres Halses ein.

«Ich möchte einen Abschiedskuss.»

Fox' Blick zuckte hoch zu ihrem. Er wurde von heftiger Sehnsucht erfasst, zusammen mit ... Panik. Völliger Panik. Auf keinen Fall konnte er sie küssen und es dabei belassen. War sie sich bewusst, wie schwierig das sein würde? Nein, wie unmöglich? Spielte sie mit ihm? Aber ihr Gesichtsausdruck war so unschuldig, dass er es für ausgeschlossen hielt. Ebenso ausgeschlossen, wie ihr ihre Bitte abzuschlagen. Ihr irgendwas abzuschlagen.

Er würde sie hier küssen. In der Öffentlichkeit, wo es sicher war.

Okay.

Als ob es irgendwo sicher wäre, sie zu berühren. Er stand ja jetzt schon am Rand des Zusammenbruchs. Er würde in tausend kleine Stücke zerspringen.

Fox leckte sich über die Lippen und trat näher an Hannah heran. Seine Hand legte sich auf ihre Hüfte, als würde sie magnetisch angezogen. Sein Daumen berührte etwas unter dem Stoff, etwas Dünnes, wie eine Schnur, und er tastete danach, schaute nach unten. «Was ist das für Unterwäsche?»

«Ich wüsste nicht, inwiefern das wichtig ist. Es geht nur um einen Kuss.»

Es ist ein String. Ich weiß, dass es ein verdammter String ist.

Gott, sie würde darin so heiß aussehen.

«Stimmt.» Er atmete aus, der Puls hämmerte in seinen Schläfen. «Einen Abschiedskuss.»

«Genau.» Hannah blinzelte ihn an. «Ein Abschluss.»

Abschluss.

Der Fall war abgeschlossen.

Das war es, was er entschieden hatte. Das war es, was geschehen musste.

Eines Tages würde sie es ihm danken.

Ihr Mund sah so weich aus, die Lippen waren nur einen Hauch geöffnet und warteten darauf, dass seine sie berührten. Ein Kuss. Keine Zunge. Kein Schmecken, sonst wäre er tot, denn nichts und niemand auf der Welt schmeckte so gut, und er wollte, dass die Erinnerung daran verblasste, und nicht, dass sie stärker wurde.

Als ob.

Die Erinnerung daran wird nie mehr verblassen.

Er wollte sich so sehr in ihr verlieren. Noch ein letztes Mal. Wissend, dass das nicht gut gehen würde, senkte Fox den Kopf ...

Hinter der Theke läutete die Glocke, und Piper rief: «Letzte Runde. Dann wird bezahlt und ab nach Hause, Leute.»

Hannah löste sich aus Fox' Armen und zuckte mit den Schultern. «Oh. Na ja.»

Fox' Verstand bemühte sich aufzuholen, abgelenkt davon, dass der Sitz seiner Jeans im Schritt inzwischen unendlich viel enger war als beim Betreten der Bar. «Warte. Was?»

Trotz Hannahs leicht geröteter Gesichtsfarbe war ihr Tonfall lässig. «Schlechtes Timing, schätze ich.»

«Hannah», knurrte er, trat wieder dicht an sie heran und legte die Hände auf ihre Hüften. «Du wirst diesen Kuss bekommen.»

Sie machte ein Geräusch irgendwo zwischen Zustimmung und Ablehnung. «Schätze schon. Ich meine, ich muss sowieso noch meine Tasche aus deiner Wohnung holen. Der Bus fährt morgen früh um sieben.»

Fox' Knie wurden weich, sein Blick verschwamm, und er konnte sich kaum noch auf den Beinen halten. Natürlich hatte er gewusst, dass der Bus irgendwann abfahren würde, aber irgendwie hatte er es verdrängt. Jetzt ließ es sich nicht mehr aufschieben. Hannah würde gehen. Weggehen. Ihre Entscheidung hing von ihm ab, und sie wussten beide, dass er sie getroffen hatte.

Du tust das Richtige.

«Ich muss mir auch etwas anderes anziehen», murmelte sie, halb zu sich selbst.

Oh, aber er hatte es gehört. Und er stellte sich vor, wie sie aus dem türkisfarbenen Stoff schlüpfte, nur mit einem String und High Heels bekleidet. Er stellte sich seinen Mund auf ihrer Haut vor und, Herrgott, dieses absolut perfekte Gefühl des Nach-Hause-Kommens, das ihm nur Hannah gab.

Piper läutete erneut, und in der Bar ging das Licht an.

«Ich glaube, wir sollten uns auf den Weg machen», sagte Hannah und schob sich an ihm vorbei.

Fox fürchtete, dass er ins Verderben laufen würde, aber er konnte nichts anderes tun, als ihr zu folgen.

KAPITEL 24

Hannahs Herz brach.

Er hatte es getan. Er hatte es wirklich getan.

Natürlich hatte sie sich Sorgen gemacht. Wie Fox von seiner Reise zurückkehren würde, nachdem er von seinem besten Freund enttäuscht worden war. Dass er unter dem Druck der gleichzeitigen Veränderungen in seinem Job und seinem Privatleben leiden würde. Aber sie hatte an ihrem Glauben festgehalten, weil sie sich sicher war, dass er ihr nicht in die Augen sehen und das, was sie gemeinsam aufgebaut hatten, niederreißen konnte. Aber er hatte es getan. Er hatte es wirklich getan, und als sie die Treppe zu seiner Wohnung hinaufging, tat ihr das Herz so unendlich weh.

Oh Gott. Das ungehorsame Organ war ihr fast aus der Brust gesprungen, als er im *Cross and Daughters* aufgetaucht war, so glücklich war sie gewesen, ihn zu sehen.

Wie dumm. Wie naiv und dumm.

Nimm deine Tasche und geh.

Geh einfach.

Ihn zu küssen, würde den Schmerz nur noch zehnmal schlimmer machen. Sie hatte sich das mit dem Abschiedskuss als letzten Ausweg überlegt, weil sie wusste, dass sie damit jede Abwehr brechen würde, die er in den letzten fünf Tagen aufgebaut hatte, aber jetzt ... Jetzt wollte sie nicht mehr auf diesen letzten Ausweg zurückgreifen. Sie wollte einen dunklen Ort finden, an dem sie sich verkriechen und weinen konnte.

Ein Teil von ihr wusste, dass dieser Kuss nicht fair war.

Wenn Fox keine Beziehung wollte, sollte sie das respektieren, ein großes Mädchen sein und ihm alles Gute wünschen. Immerhin hatte sie von Anfang an gewusst, dass er ein überzeugter Junggeselle war. Aber wie sollte sie das ihrem Herzen beibringen?

Hannah schloss die Tür auf und betrat das Apartment. Ihre Absätze klackten, als sie die Wohnung durchquerte, gefolgt von Fox. Der Geruch seines Duschgels hing noch in der Luft, und sie atmete ihn ein, während sie sich auf den Weg in ihr Zimmer machte. Dort stand ihre Tasche schon bereit, denn ein sechster Sinn hatte ihr gesagt, dass es klug wäre, vorbereitet zu sein. Wenn sie auch gehofft hatte, die Tasche am nächsten Tag wieder auspacken zu können. Um in Westport zu bleiben. Weil er sie nicht ziehen lassen würde, ohne herauszufinden, wie es mit ihnen weitergehen könnte.

Wie sonst machte Hannah nur die rosafarbene Salzlampe an, verzichtete auf das Deckenlicht und trat in den in schummriges rötliches Licht getauchten Raum. Sie hob die Tasche aufs Bett, öffnete den Reißverschluss und nahm Unterwäsche, eine Jeans und ein Johnny-Cash-T-Shirt heraus. Nachdem sie alles aufs Bett gelegt hatte, wandte sie sich um, um die Tür zu schließen und sich umzuziehen. Doch als sie Fox dort sah, wie er mit gequältem Gesichtsausdruck im Türrahmen lehnte, hielt sie inne.

«Ich muss mich umziehen.»

Er bewegte sich nicht von der Stelle.

Frustriert über ihn, über alles, ging sie auf ihn zu und versuchte, ihn mit den Händen auf seiner Brust aus der Tür zu schieben.

Als sich sein blöder muskulöser Körper nicht einen Zentimeter rührte, wurde sie wütend. «Lass mich gefälligst die Tür schließen, damit ich mich umziehen und gehen kann.»

«Ich will nicht, dass du so gehst.»

«Man kriegt aber nicht immer, was man will.»

Fox blieb trotzdem stehen, die Zähne so fest aufeinandergepresst, dass er vermutlich Glas hätte zermahlen können.

Und Hannah hatte genug.

Sie konnte sich nicht erinnern, schon einmal so wütend gewesen zu sein. Von Natur aus war sie freundlich und hilfsbereit. Eine Vermittlerin. Eine Problemlöserin. Und nun wollte Fox nicht, dass sie blieb, aber er wollte auch nicht, dass sie sich umzog, um gehen zu können? Für wen, zum Teufel, hielt er sich? Hannahs Handflächen juckten, so sehr wollte sie ihn erneut wegstoßen. Fester. Sie hatte jedoch noch eine effektivere Waffe, und sie hatte von der Besten gelernt, wie man sie einsetzte. Es würde ihr selbst wehtun, sicher, aber wenigstens würde sie ihren Stolz behalten.

Zeig ihm, was er verpassen wird.

Auf dem Weg zurück zum Bett streifte sie sich das türkisfarbene Kleid über den Kopf, wobei sie eine ungeheure Befriedigung daraus schöpfte, als er zischend ausatmete. Langsam faltete sie das geliehene Kleidungsstück zusammen, beugte sich leicht vor, um es in ihre Tasche zu legen, und Fox' gutturaler Fluch erfüllte den Raum.

«Mein Gott, Hannah. Du siehst so verdammt heiß aus.»

Jedes einzelne Haar in ihrem Nacken stellte sich auf, als sie seine Wärme hinter sich spürte. Sie richtete sich auf, und ihr nackter Rücken stieß an seine breite Brust. Dieses Gefühl könnte sie nur mit dem ersten Mal auf einem Riesenrad vergleichen, mit diesem atemlosen Moment, wenn man oben ankam und sich die ganze Welt vor einem ausbreitete. Heiße Schauer liefen ihre Arme herauf, angefangen bei ihren Fingerspitzen. Ihre Brustwarzen kribbelten und zogen sich zusammen – und er hatte sie noch nicht einmal berührt.

Der Kloß in Hannahs Kehle brachte sie fast dazu, sich umzudrehen, ihr Gesicht an seine Brust zu drücken und ihn anzuflehen, sie nicht gehen zu lassen. Fast hätte sie es getan. Doch dann spürte sie seine Lippen an ihrem Ohr, und er murmelte: «Zeit für den Abschiedskuss?»

Und ihre Entschlossenheit, ihm zu zeigen, was er aufgab, festigte sich.

Am liebsten wäre sie mit einem Vorschlaghammer auf die Mauern losgegangen, die er um sich gebaut hatte, um nur rauchende Trümmer zu hinterlassen. So etwas hatte sie noch nie empfunden. Aber das galt auch für die Liebe und den Herzschmerz, die sie mit diesem Mann erlebt hatte. Nichts davon war ihr vertraut, und alles tat weh, also würde sie nun ihren Impulsen nachgeben und sich später um die Folgen kümmern. Wehtun würde es in jedem Fall.

Hannah drehte sich um, und die verführerische Bewegung ihrer Hände aufwärts über seine Brust kam ins Stocken, als sie den schmerzerfüllten Ausdruck auf seinem Gesicht sah. Doch sie riss sich schnell zusammen und packte seinen Kragen, um sich mit ihm umzudrehen und ihn in eine sitzende Position auf der Bettkante zu manövrieren. Sein begieriger Blick wanderte über ihren Körper, ihre Brüste, ihren Mund, die Stelle zwischen ihren Beinen. Seine Hände strichen über seine Schenkel, und er schluckte hart.

«Nur ein Kuss», flüsterte Hannah gegen seinen Mund. «Unser letzter.» Er seufzte gequält, was etwas in ihr verschob. Sie wollte ihn umarmen, aber der Schmerz drängte sie weiterzumachen.

Langsam spreizte sie ihre Schenkel und setzte sich auf seinen Schoß, rückte nach vorn, bis sie den Beweis dafür spüren konnte, was er wirklich wollte. Sie presste sich gegen seine Härte, während sie gleichzeitig ihre Zunge in seinen Mund gleiten ließ. Ihre weichen Lippen bewegten sich sanft auf seinen. Seine Bartstoppeln streiften ihr Kinn. Doch als sich das Tempo beschleunigte und seine Hände sich um ihre Pobacken schlossen, um sie näher, noch näher, an sich zu ziehen, wich Hannah zurück. Beide atmeten unregelmäßig.

Fox vergrub seine Finger in ihrem Haar, seine Hüften bewegten sich unter ihr. «Du hast dich nicht für mich ausgezogen, um nur geküsst zu werden, Hannah.»

Er zog ihren Unterkörper fester an seinen Schoß, sodass ihr Geschlecht über seine Erektion rieb. Er tat es noch mal, und noch mal, brachte sie dazu, ein Wimmern auszustoßen. «Wie kommst du denn darauf?»

Fox lachte gequält. «Was auch immer du hier für eine Show abziehst, bitte hör auf», knurrte er und drückte seine Stirn an ihre. «Sei einfach meine Hannah.»

Der Stachel in ihrer Brust drang noch tiefer ein. «Ich bin nicht deine Hannah.»

Seine Augen blitzten auf, ein ebenso besitzergreifender wie zwiespältiger Ausdruck lag darin, als ob er wüsste, dass er das Recht verwirkt hatte, sie so zu nennen, aber noch nicht bereit war, den Anspruch auf seine neue Eroberung aufzugeben. Denn mehr war sie für ihn nicht gewesen, nicht wahr? Eine Eroberung. Eine vorübergehende Ablenkung. Sosehr sie sich auch gewünscht hatte, für ihn etwas Besonderes zu sein, es hatte für sie genauso geendet wie für alle anderen.

Nur eine von vielen.

«Vielleicht habe ich wenigstens einen Samen gepflanzt», flüsterte sie. «Vielleicht triffst du eines Tages wieder jemanden, und dann ist all das hier nicht mehr so beängstigend.»

Seine Augen weiteten sich, während sie sprach. «Jemanden treffen? Jemand ... anderen? Ist das dein Ernst? Denkst du, so etwas könnte ein zweites Mal passieren?»

Der Schmerz traf sie wie eine Faust. Er versteckte seine Gefühle nicht. Er wollte sie, brauchte sie, aber er schickte sie trotzdem weg? Zum Teufel mit ihm. Hannah versuchte, sich von ihm zu lösen, aber Fox lehnte sich panisch vor und küsste sie auf den Mund, ein so tiefer, intensiver Kuss, dass er jede Zelle in ihrem Körper in höchste Alarmbereitschaft versetzte. Ihr Körper warnte sie, dass er erobert wurde. Hannah bemühte sich, klar zu denken, sich an ihren Plan zu erinnern: Er sollte bereuen, dass er sie weggeschickt hatte. Aber da war nur die Magie seines Mundes, sein starker, warmer Körper und die begierige Bewegung ihrer Hüften.

Die Barrieren, die Hannah aufgebaut hatte, brachen zusammen. Ein Schluchzen entrang sich ihrer Kehle, ihre Hände umfassten sein Gesicht, hielten es fest. Dann fuhr sie mit ihren Fingern durch sein Haar, während sie sich verzweifelt küssten, in dem Bewusstsein, dass es das letzte Mal sein würde. Schon sehr bald war klar, dass es nicht beim Küssen bleiben würde. Hannah hatte es im Grunde bereits gewusst, als sie das türkisfarbene Kleid ausgezogen hatte. Sein Mittelfinger wanderte die Ritze zwischen ihre Pobacken hinunter und streichelte sie von hinten. Und damit wurde der Sex noch so viel unvermeidlicher, denn, Gott, sie war so feucht. Augenblicklich.

Ihre Münder lösten sich kurz voneinander, um Fox das Shirt auszuziehen, und dann fielen sie erneut übereinander her. Hannahs Handflächen fuhren über seine Muskeln und vergruben sich dann wieder in seinem Haar. Er steckte einen zweiten Finger in ihr feuchtes Höschen, dann einen dritten, massierte sie von hinten, während seine Zunge immer wieder in ihren Mund eindrang. Oh Gott, sie hatte sich nicht mehr unter Kontrolle. Ihr Körper bettelte, flehte nach dem Gefühl, von ihm ausgefüllt zu werden, und sie öffnete gierig den Knopf und den Reißverschluss an seiner Jeans, bevor sie sich überhaupt bewusst dazu entschlossen hatte, einzig beherrscht von ihrem Verlangen.

Die Zeit schien stehen zu bleiben, als Hannah seinen Schwanz herausholte, ihre Hand um ihn schloss und sie auf und ab bewegte. Ihre Zungen legten eine Pause ein, und sie atmeten schwer, aber ihre Münder lösten sich nicht voneinander.

«Na los, Babe, reite mich», raunte Fox, die Augen glasig vor Verlangen und etwas anderem, etwas Tieferem, das sie nicht benennen konnte. «Er hat dich vermisst. Ich ... fuck, ich habe dich vermisst. Ich habe dich so sehr vermisst, Hannah, bitte.»

Er hatte sie fallen gelassen, ihr wehgetan, sie verletzlich gemacht, also schloss sie die Augen und antwortete nicht, obwohl ihr die Worte auf der Zunge lagen. *Ich habe dich auch vermisst. Ich liebe dich.* Doch stattdessen führte sie seinen Schaft zwischen ihre Schenkel. Fox stöhnte und zerrte den String zur Seite, sodass sie seine Spitze genau an ihrer Öffnung positionieren und ihn langsam, ganz langsam, tief in sich aufnehmen konnte. Beide sahen sie dabei zu, Voyeure ihrer eigenen Lust.

«Scheiße, scheiße, scheiße», fluchte Fox und legte den Kopf nach hinten. «Kein Kondom. Ich habe kein Kondom übergezogen, Hannah.»

Er tastete blind nach seiner Brieftasche, gab es jedoch schnell auf, keuchte und umklammerte Hannahs Hüften, als sie sich unwillkürlich bewegte, auf seinem Schoß stöhnte und ihre Fingernägel in seine Schultern grub. «Ich kann nicht. Ich kann nicht.»

Ein Zittern durchlief ihn. «Du kannst was nicht? Aufhören?»

Hatte sie genickt oder den Kopf geschüttelt? Sie hatte keine Ahnung. Das Gefühl seiner Härte tief in ihr raubte ihr den Verstand, die Empfindungen bestürmten sie, ließen ihre intimen Muskeln zucken, verwandelte sie in pulsierende Hitze.

«Hannah», sagte Fox und zwang sie, ihm in die Augen zu sehen, während sein schneller Atem über ihre Lippen strich. «Verhütest du irgendwie?»

«Ja», schluchzte sie, als die Bedeutung seiner Worte endlich durch das Rauschen in ihrem Gehirn drang. «Ja, ich habe mir eine Depot-Spritze geholt. Ja.»

Hannah begann ihn mit kreisenden Hüften zu reiten, und Fox schloss die Augen. «Oh Gott. Das fühlt sich so verdammt gut an.» Fox kämpfte sichtlich darum, nicht die Kontrolle zu verlieren. «Ich bin gesund. Hab mich testen lassen, als du das letzte Mal hier warst.»

Dieses Geständnis ließ sie erschaudern. «Und seitdem gab es niemanden mehr.»

Das war keine Frage. Sie kannte die Antwort bereits.

Mit fest zusammengepressten Augen schüttelte er den Kopf. «Nein», flüsterte er. «Gott, nein, Sommersprosse. Ich will nur von dir berührt werden.»

Sein Mund war wieder auf ihrem, er küsste sie verzweifelt; seine Hände hielten ihre Pobacken fest, um sie in seinem Schoß auf und ab zu bewegen. Sein Schwanz drang in sie ein, wieder und wieder, und rieb dabei über diese Stelle, oh Gott, genau diese Stelle. Sie war bereits von seinen Fingern geschwollen, und jetzt nutzte er das aus, bewegte sich genau richtig. Genau so, wie sie es brauchte, eine Reibung, die ihren ganzen Körper erglühen ließ. Es ließ sie sich sinnlich und mächtig und weiblich und ungehemmt fühlen. So sehr, dass sie den Kuss unterbrach und sich zurücklehnte, ihre Brüste mit zitternden Händen seinem Mund anbot und seinen Namen stöhnte, als er begierig und hungrig an ihren Brustwarzen saugte, erst links, dann rechts, während die Bewegungen ihrer Hüften heftiger wurden.

Und dann holte Fox mit einer Hand aus und schlug ihr auf den Hintern; seine Zähne bissen in ihr Ohrläppchen. «Berühr dich selbst.» Er schlug erneut zu. Härter. Zweimal. «Hilf mir, dich zu befriedigen, Hannah. Jetzt. Gott, du machst mich so hart, keine Ahnung, wie lange ich noch durchhalte. Ich weiß nur, wenn ich deine Muschi berühre, ist es vorbei. Also mach du es.»

Hannah atmete schnell, nahm ihre zitternde rechte Hand von seiner Schulter und führte sie nach unten. Sie fand die empfindliche Knospe, biss sich auf die Lippe und rieb hoch und runter, wechselte zu schnellen Kreisen. Sie stöhnten gemeinsam, während Fox sie auf und ab bewegte, schneller, schneller. «Sieh mich an.» Eine Schweißperle rann über seine Schläfe. «Sieh mich an, während wir dir einen Orgasmus besorgen.» «Nicht nur mir», brachte sie heftig atmend heraus.

Fox schüttelte ruckartig den Kopf. «Ohne Gummi in dir zu sein und dabei zuzusehen, wie du meinen Schwanz reitest?» Er lehnte sich auf die Ellbogen zurück und begann, nach oben zu stoßen, seine Bauchmuskeln zitterten. Die Stöße ließen sie auf seinem Schoß erbeben und den Damm ihrer Lust endgültig brechen. «Nichts auf dieser Welt könnte verhindern, dass ich komme.»

Hannah kam zum Höhepunkt, ihre Lunge zog sich zusammen, ihre Muskeln spannten sich an, als der Orgasmus die Kontrolle übernahm und ihren Körper gefangen hielt, während er in ihr tobte. Ihr Geschlecht pulsierte um seinen Schwanz und ließ Fox ebenfalls explodieren.

Die Nachbeben ließen nur langsam nach. Ihre Hüften pressten sich zusammen, Finger gruben sich in Haut, lautes Stöhnen erfüllte das rosafarben leuchtende Zimmer. Seine Feuchtigkeit rann an der Innenseite ihrer Schenkel herunter, und seine Worte hallten in ihrem Kopf wider und verlängerten die Lust.

Ohne Gummi in dir zu sein ...

Dabei zuzusehen, wie du meinen Schwanz reitest ...

Fox ließ sich flach auf den Rücken fallen und zog Hannah mit sich. Erschöpft hielten sie einander fest, ihr Kopf ruhte dabei auf seiner Schulter. Ihr schnelles Ein- und Ausatmen erfüllte den Raum, seine Fingerspitzen strichen über den kühlenden Schweißfilm auf ihrem Rücken, sein Mund bewegte sich in ihrem Haar. Eine unendlich kostbare Umarmung, ein Moment, in dem alles auf der Welt stimmte. Alles war ehrlich und perfekt. Und ...

Sie würde das nicht aufgeben.

Gott, sie hatte an diesem Abend mehr Emotionen empfunden als in ihrem ganzen Leben. Hoffnung, Verleugnung, Verzweiflung, Wut. Als Fox im *Cross and Daughters* aufgetaucht war, offensichtlich entschlossen, mit ihr Schluss zu machen, hatte sie ihren Mut verloren. Ihre Entschlossenheit. Der Schmerz war so groß gewesen, dass für Positives kein Platz mehr war. Es galt nur zu überleben. Aber während er auf See war, hatte sie beschlossen zu kämpfen. Und jetzt war sie hier, in der letzten Runde, der Ohnmacht nahe, bereit aufzugeben, nur um den Schmerz zu lindern. War das nicht der Zeitpunkt, an dem sie am stärksten sein musste?

War das nicht der Moment, in dem es darauf ankam, eine Hauptdarstellerin zu sein? Wenn sie schon aufgeben wollte?

Nach dem, was sie in den letzten zwei Wochen erreicht hatte, gab es für sie keine Ausrede mehr. Sie konnte alles schaffen. Sie konnte mutig sein. Sich mit einem Becher Eiscreme aufs Sofa zu legen, würde diese Beziehung nicht retten, von der sie genau wusste, dass sie unglaublich und dauerhaft sein konnte. Fox brauchte sie, sie musste an ihn glauben, gerade jetzt, da seine Selbstzweifel ihn blind machten – und sie musste an sich selbst glauben.

Hannah küsste Fox' Schulter, rollte sich zur Seite und kletterte vom Bett.

Äußerlich wirkte sie ruhig, aber ihr Puls raste, und eine Faust schien ihren Magen zusammenzudrücken. Fox setzte sich auf und sah mit geröteten Augen zu, wie sie sich die Jeans und ihr Johnny-Cash-T-Shirt anzog. Er bedeckte sein Gesicht mit den Händen und fuhr sich dann durchs Haar.

Hannah schloss den Reißverschluss ihrer Tasche und stellte sich vor ihn. Sie bemühte sich, ihre Stimme ruhig zu halten, was ihr jedoch nicht ganz gelang. «Ich werde uns nicht aufgeben.»

Fox hob hastig den Kopf, sein Blick suchte ihren. Was war darin zu lesen? Hoffnung? Angst?

«Tja, also ...» Hannah schluckte und nahm all ihren Mut zusammen. «Ich gebe nicht auf. Ich gebe dich nicht auf. Uns. Du musst einfach damit klarkommen, in Ordnung?»

Fox war ein Mann, der Angst hatte, auf das Rettungsboot zuzuschwimmen. Sie konnte es sehen.

«Was ist passiert, während du auf See warst?», flüsterte sie und kämpfte gegen den Drang an, sein Gesicht zu streicheln. Sein wunderschönes Gesicht, das in diesem Moment gequält und verhärmt aussah.

Fox presste die Lippen aufeinander, wandte den Blick ab. Er sprach mit rauer Stimme. «Es spielt keine Rolle. Es hat nie eine Rolle gespielt, ob ich für den Job des Captains geeignet bin. Wie gut ich das Schiff unter Druck steuern kann. Was ich auch tue, ich werde immer jemand sein, den sie verspotten, anzweifeln und kritisieren. Jemand, den sie nicht respektieren oder ernst nehmen können. Einfach nur der Typ, der gern Frauen flachlegt. Und darunter würdest du leiden, Hannah. Du bist rein wie klares Wasser, und ich würde es trüben.» Fox massierte sich die Stirn. «Du hättest hören sollen, wie entsetzt sie waren. Über uns. Ich wusste, dass es irgendwann passiert, aber, verdammt noch mal, das war schlimmer als erwartet.»

Mit jeder Faser ihres Wesens wollte Hannah seinen Kopf an ihre Brust drücken und ihn trösten. Ihn unterstützen. Wenn er dazu gedrängt worden war, mit ihr Schluss zu machen, musste das, was seine Kumpel gesagt hatten, furchtbar gewesen sein. Wirklich furchtbar. Aber er brauchte jetzt keine sanfte und liebevolle Ermutigung.

Er brauchte einen lauten, heftigen Weckruf.

«Fox, hör mir zu. Es ist mir egal, in wie vielen verschiedenen Betten du gelegen hast. Ich weiß, dass du in meins gehörst. Und ich gehöre in deines. Nur das zählt. Du überträgst das, was im College passiert ist, auf uns. Du überträgst die Dummheit und die Kurzsichtigkeit anderer auf uns. Der Schmerz, den sie dir zugefügt haben ... Er ist berechtigt. Er ist bedeutsam. Aber du kannst nicht wegen allem Schlechten, das dir widerfährt, das Gute kaputtmachen, das sich dir bietet. Denn es ist nichts Schlechtes an dem, was wir haben. Es ist wirklich, wirklich gut.» Hannahs Stimme wurde brüchig. «Du bist wundervoll, und ich liebe dich. Okay, du dummer Idiot? Also, wenn du nachgedacht hast und deinen Kopf aus deinem sturen Arsch gezogen hast, komm zu mir. Du bist das Warten wert.»

Mit Tränen in den Augen und schwer atmend stand Fox auf und versuchte, seine Arme um sie zu legen, aber sie entzog sich ihm. «Hannah. Komm her, bitte. Lass mich dich festhalten. Lass uns darüber reden.»

«Nein.» Ihr Körper sehnte sich schmerzhaft nach der Berührung, die sie sich selbst verwehrte, aber sie würde stark sein. Sie würde tun, was getan werden musste. «Ich meine, was ich gesagt habe. Nimm dir etwas Zeit und denk darüber nach. Denn wenn du mir das nächste Mal Lebewohl sagst, werde ich dir glauben.»

Auf wackligen Beinen drehte sich Hannah um und ging, ihre Tasche in der Hand, aus der Wohnung. Und ließ einen völlig verstörten Fox zurück.

KAPITEL 25

F ox war noch nie über Bord gegangen, aber allein die Vorstellung jagte jedem Fischer Angst ein. Die Vorstellung, in das eiskalte Meer hinabgezogen zu werden, die Luft aus den Lungen gepresst zu bekommen, während der Rumpf des Schiffes immer kleiner wurde und das Land nur eine ferne Erinnerung war. Und doch wusste er mit absoluter Gewissheit, dass der Tod auf dem Grund des Ozeans weniger schrecklich wäre, als zuzusehen, wie Hannah mit vom Weinen zitternden Schultern seine Wohnung verließ.

Er war sich so sicher gewesen, dass er das Richtige tat.

Aber wie konnte es richtig sein, dieses süße Mädchen zum Weinen zu bringen?

Oh Gott, er hatte sie zum Weinen gebracht. Und sie liebte ihn.

Sie liebte ihn, verdammt noch mal.

Seine Füße wollten sich nicht bewegen, seine Augen brannten, sein Körper schmerzte. Er sollte ihr nachgehen, aber er kannte Hannah. Keines der Worte, die er im Moment im Kopf hatte, war das richtige, und sie würde nichts anderes akzeptieren. Himmel, er konnte nicht anders, als stolz darauf zu sein, wie sie ihm in die Augen gesehen und ihm die Leviten gelesen hatte, selbst wenn sie ihm damit das Herz aus der Brust riss. Ein echter Hauptdarstellerinnen-Moment.

Ich liebe dich mehr als mein Leben. Geh nicht weg.

Das waren die Worte, die er ihrem Rücken entgegenschreien wollte. Aber sie würden nicht zu ihr durchdringen. Das konnte er sehen. Sie wollte keine impulsiven emotionalen Aussagen von ihm. Sie wollte, dass er ... seinen Kopf aus seinem sturen Arsch zog.

Die Tür schloss sich hinter Hannah, und seine Knie gaben nach, sodass er auf das Bett sank. Splitternackt und mit dröhnendem Kopf schrie er einen Fluch in den stillen Raum, der noch nach ihr roch. Er sehnte sich so sehr nach ihrem Körper in seinen Armen, dass es ihm im ganzen Körper wehtat.

Aber sosehr Fox sie auch zurückhaben wollte, er wusste einfach nicht, wie er es anstellen sollte. Er hatte keinen blassen Schimmer, wie er die dummen Gedanken aus seinem Kopf kriegen sollte. Für sie beide.

Er wusste nur eines. Die Antworten waren nicht in dieser leeren Wohnung zu finden, wo Hannahs Abwesenheit ihn überall verhöhnte. In seinem Schlafzimmer, wo sie eng umschlungen geschlafen hatten, in der Küche, wo er sie mit Suppe und Eiscreme gefüttert hatte, im Wohnzimmer, wo sie um ihren Vater geweint hatte. So schnell er konnte, zog er seine Jeans und sein T-Shirt wieder an, schnappte sich seine Autoschlüssel und fuhr los.

Die Flucht war nicht hilfreich.

Es war nicht nur die Wohnung, in der Hannah ihr Unwesen trieb. Sondern auch in seinem Kopf.

Egal, wie stark Fox das Gaspedal durchtrat, sie war bei ihm, als ob ihr Kopf mit dem blonden Haar an seiner Schulter lehnte, während ihre Finger träge mit dem Radio spielten. Das Bild traf ihn so heftig, dass er erst einmal durchatmen musste.

Fox hatte keine Ahnung, wohin er fuhr. Überhaupt keine. Nicht, bis er vor der Wohnung seiner Mutter hielt.

Er stellte den Motor ab und saß wie betäubt da. Was wollte er hier? Und war er wirklich volle zwei Stunden gefahren?

Charlene hatte das Haus, in dem Fox aufgewachsen war, schon vor langer Zeit verkauft und eine Eigentumswohnung in einer Anlage erworben, in der fast nur alte Menschen lebten. Sie selbst war neben dem Altersheim aufgewachsen, in dem ihre Eltern gearbeitet hatten, und sie hatte sich in der Nähe von grauhaarigen Menschen immer am wohlsten gefühlt – daher auch ihre Wohnsituation und ihr Job als Bingo-Callerin. Fox' Vater hatte sich deswegen immer über sie lustig gemacht und ihr gesagt, sie würde sicher vorzeitig altern, aber Fox sah das nicht so. Charlene hielt sich einfach an das, was sie kannte.

Er starrte durch die Windschutzscheibe auf den Wohnkomplex und den leeren Pool, der durch das Seitentor zu sehen war. Er konnte an einer Hand abzählen, wie oft er schon hier gewesen war. Ein oder zwei Geburtstage. Ein Weihnachten. Er würde öfter kommen, wenn er nicht wüsste, dass es für seine Mutter schwierig war, ihn anzuschauen, weil er sie so an seinen Vater erinnerte.

Wollte er nach der Katastrophe von heute Abend wirklich bei seiner Mutter sein, die jedes Mal zusammenzuckte, wenn sie ihn sah? Vielleicht war er hergekommen, um sich dafür zu bestrafen, dass er Hannah wehgetan hatte. Weil er sie zum Weinen gebracht hatte. Dafür, dass er nicht der Mann war, für den sie ihn immer noch hielt.

Nimm dir etwas Zeit und denk darüber nach.

Denn wenn du mir das nächste Mal Lebewohl sagst, werde ich dir glauben.

Hieß das, dass sie ihm heute Abend nicht geglaubt hatte?

Wusste sie, dass er es keinen Tag ausgehalten hätte, ohne ihr eine Nachricht zu schicken? Wusste sie, dass er bei ihrem Anblick, jedes Mal, wenn sie nach Westport käme, dahinschmelzen würde? Vermutete sie, dass er nach L.A. geflogen wäre, um sie um Vergebung zu bitten?

Wahrscheinlich hätte er all das getan.

Aber auch dann wäre er immer noch derselbe Mensch mit denselben Problemen.

Und er wollte diese Probleme nicht mehr.

Sich das endlich einzugestehen, verminderte den Druck in seinem Magen etwas und gab ihm den Anstoß, aus dem Auto zu steigen. Die Wohnungen sahen alle gleich aus, sodass er in seinem Handy nach der Hausnummer suchen musste. Dann stand er vor ihrer Tür, die Faust zum Klopfen erhoben, gerade als Charlene sie von innen öffnete.

Bei seinem Anblick zuckte sie zusammen.

Fox nahm es hin, wie er es immer tat. Er lächelte. Beugte sich vor und küsste sie auf die Wange. «Hey, Ma.»

Sie legte ihm die Arme um den Hals und drückte ihn fest an sich. «Caroline aus der 1A hat angerufen und gesagt, dass sich ein gut aussehender Mann auf dem Parkplatz herumtreibt. Ich wollte nachsehen, und siehe da: Es ist mein Sohn.»

Fox versuchte zu lachen, aber seine Kehle war wie zugeschnürt. Gott, er fühlte sich, als wäre er überfahren worden. Die Schmerzen gingen von der Mitte seiner Brust aus. «Das nächste Mal geh nicht selbst nachsehen. Ruf lieber die Polizei.»

«Oh, ich wollte nur durch Carolines Fernglas schauen und ein bisschen mit ihr plaudern. Mach dir keine Sorgen um mich, Junge. Unkraut vergeht nicht.» Charlene trat einen Schritt zurück und sah ihn an. «Aber ich weiß nicht, ob ich das auch von dir sagen kann. Du wirkst ein bisschen grün im Gesicht.»

Er zuckte nur mit den Schultern, und schließlich griff sie nach seinem Ellbogen, zog ihn in die Wohnung und wies auf den kleinen runden Esstisch. Er war hellblau lackiert und voller Schnickschnack. Ein hässlicher, unförmiger Frosch-Aschenbecher erregte seine Aufmerksamkeit. «Habe ich den gemacht?»

«Aber sicher doch. Im Keramikkurs in deinem zweiten Jahr an der Highschool. Kaffee?»

«Nein danke.»

Charlene setzte sich mit einer dampfenden Tasse in der Hand ihm gegenüber. «Na, dann mal los.» Sie hielt inne und nahm einen Schluck. «Erzähl mir, was mit Hannah passiert ist.»

Allein ihren Namen zu hören, versetzte Fox einen Stich in der eh schon schmerzenden Brust. «Woher weißt du das?»

«Wie ich immer zu sagen pflege: Ein Mann bringt eine Frau nur dann mit zum Bingo, wenn es ihm ernst ist.» Sie klopfte mit einem Fingernagel gegen ihren Becher. «Aber im Ernst: Ich konnte an deinem Blick erkennen, dass sie etwas Besonderes ist.»

«Wie war denn mein Blick?» Fox hatte Angst, es herauszufinden.

«Ach, mein Sohn. Du hast sie angesehen wie einen Sommertag nach hundert Jahren Winter.»

Fox senkte den Kopf, schaute auf den Tisch und schluckte, um die schmerzhafte Enge in seiner Kehle loszuwerden, während siebzehn Inkarnationen von Hannahs Lächeln in seinem Kopf herumspukten. «Ich habe ihr heute Abend gesagt, dass es vorbei ist. Sie hat es nicht akzeptiert.»

Charlene musste den Becher absetzen, so sehr lachte sie. «Du solltest bei ihr bleiben.» Fox' Mutter wischte sich mit dem Handgelenk über die Augen. «Sie ist eine Kämpferin.»

«Du glaubst doch nicht wirklich, dass ich das könnte.» Fox drehte den Keramikaschenbecher auf dem Tisch. «Bei ihr bleiben. Bei irgendwem bleiben.»

Das Lachen seiner Mutter verstummte abrupt. «Und warum nicht?»

«Du weißt, warum.»

«Nein, das weiß ich nicht.»

Fox lachte bitter. «Natürlich weißt du es, Ma. Weil ich Dads Erbe in Ehren halte. Und das schon mein halbes Leben lang.

Ich kenne nichts anderes. Ich habe mich daran gewöhnt. Es ist sinnlos zu versuchen, etwas zu sein, was ich nicht bin. Und ich bin definitiv nicht die eine Hälfte eines Paares.»

Charlene schwieg, in ihrem Blick lag fast so etwas wie Schmerz. Ein stummer Beweis ihrer Zustimmung. Vielleicht wollte sie es nicht laut aussprechen, aber sie wusste, dass er recht hatte.

Um ihre Enttäuschung nicht länger ertragen zu müssen, stand Fox auf, um zu gehen, aber da ergriff Charlene das Wort, und er ließ sich auf den Stuhl zurücksinken.

«Du ... du hattest nie die Chance, etwas anderes zu sein. ‹Er wird ein Herzensbrecher, genau wie sein Vater.› Das haben alle immer gesagt, und ich habe gelacht. Ich habe gelacht, aber es ging mir nicht aus dem Kopf. Und dann ...»

«Was?»

«Es ist schwer, darüber zu reden», sagte Charlene leise, stand auf, um ihren Kaffeebecher neu zu füllen, setzte sich wieder hin und riss sich sichtlich zusammen. «Ich habe Jahre meines Lebens in dem Bemühen verbracht, deinen Vater zu ändern. Ihm ein Zuhause zu geben, ihn glücklich zu machen mit mir allein. Mit uns allein. Und ... na ja, du weißt, wie es war. An fünf von sieben Abenden kam er nach Hause und roch wie eine Parfümfabrik.» Charlene hielt inne und atmete tief durch. «Als du älter wurdest und ihm so ähnlich sahst, da ... Ich habe mich nicht getraut, dir beizubringen, anders zu sein als er, denn ich hätte es nicht ertragen zu versagen. Also habe ich einfach ... Ich habe nichts dagegen getan. Ich habe sogar in den Chor eingestimmt und dich ermutigt, Herzen zu brechen und ... und dann die Kaffeedose ...» Charlene bedeckte ihr Gesicht mit den Händen. «Ich möchte sterben, wenn ich nur daran denke.»

Reflexartig warf Fox einen Blick auf den Schrank, als ob er die Dose mit dem Kondomgeld dort finden könnte. «Es ist okay, Ma.»

«Nein, ist es nicht.» Charlene schüttelte den Kopf. «Ich hätte dir erklären müssen, Fox, dass du nicht bist wie er. Um dein negatives Selbstbild zu korrigieren. Diese Fehleinschätzungen. Aber du hattest bereits begonnen, genau das zu tun, wozu wir dich von Anfang an ermutigt hatten. Und als du vom College zurückkamst, hattest du dich hinter einem harten Panzer verschanzt. Damals konnte man nicht mit dir reden. Und hier sitzen wir nun, Jahre später. Hier sitzen wir nun.»

Fox ging jedes einzelne Wort, das sie gesagt hatte, noch einmal durch. Seine größten Unsicherheiten lagen offen wie ein ungeschützter Nerv, aber was sollte es. Nichts tat so weh, wie Hannah zu verlieren. Nicht einmal das. «Wenn du nicht glaubst, dass ich so bin wie er, warum zuckst du dann jedes Mal zusammen, wenn du mich siehst?»

Charlene wurde blass. «Es tut mir leid. Mir war nicht klar, dass ich das tue.» Ein Augenblick verging. «Meistens kann ich mit der Schuld leben, dich im Stich gelassen zu haben. Aber wenn ich dich sehe, trifft sie mich jedes Mal wie eine Ohrfeige. Dieses Zusammenzucken gilt mir, nicht dir.»

Seine Augen begannen zu brennen.

Und etwas Hartes in der Nähe seines Herzens schien sich ein Stück weit aufzulösen.

«Ich erinnere mich an einige Dinge, die er zu dir gesagt hat, selbst schon in der vierten oder fünften Klasse. ‹Welches Mädchen aus deiner Klasse ist deine Freundin? Wann fängst du endlich an, dich zu verabreden? Junge, dir kann keiner das Wasser reichen!› Und ich fand das lustig. Ich habe solche Dinge sogar selbst hin und wieder gesagt.» Charlene griff nach ihrer Zigarettenschachtel, nahm eine heraus, zündete sie an und blies den Rauch seitlich aus dem Mund. «Wir hätten dich ermutigen sollen, in der Schule dein Bestes zu geben. Oder einem Verein beizutreten. Stattdessen haben wir … Wir haben dafür gesorgt, dass sich dein Leben um Intimität dreht. Von Anfang an. Und ich habe keine andere Entschuldigung, als zu sagen, dass das Leben deines Vaters aus anderen Frauen bestand. Und damit automatisch auch meins. Seine Affären haben damals so viel Raum eingenommen, es gab kaum noch Luft zum Atmen. Wir haben zugelassen, dass es auch unseren Sohn verletzte. Wir haben zugelassen, dass es zu einem Schatten wurde, der dich verfolgte. Das ist die eigentliche Tragödie. Nicht die Ehe.»

Fox musste aufstehen. Er konnte nicht länger still dasitzen.

Er erinnerte sich daran, dass seine Eltern diese Dinge zu ihm gesagt hatten. Natürlich erinnerte er sich. Aber bis zu diesem Moment war er noch nie auf den Gedanken gekommen, dass es anders hätte sein können. Es war ihm nie in den Sinn gekommen, dass man ihm eine Gehirnwäsche verpasst hatte, damit er glaubte, seine Identität sei die Summe seines Erfolgs bei Frauen. Und ...

Und seine Mutter zuckte bei seinem Anblick nicht zusammen, weil er sie an seinen Vater erinnerte. Es waren Schuldgefühle. Das war auch nicht gut, denn er stand zu seinen Taten und wollte nicht, dass seine Mutter die Verantwortung für sie übernahm, denn das wäre feige. Aber, Gott, es war eine Erleichterung. Zu wissen, dass seine Mutter keine Angst davor hatte, ihm ins Gesicht zu sehen. Zu wissen, dass er nicht von Natur aus verdorben war, sondern vielleicht, nur vielleicht, in eine Kategorie hineingezwungen wurde, bevor er selbst sich dafür hätte entscheiden können.

Mehr als alles andere wünschte Fox sich in diesem Moment, dass Hannah da wäre. Er wünschte sich, sein Gesicht an ihrem Hals zu vergraben und ihr alles zu erzählen, was Charlene gesagt hatte, damit sie es für ihn auf ihre Hannah-Art perfekt zusammenfassen konnte. Damit sie ihm die salzigen Tränen von der Haut küssen und ihn retten könnte. Aber Hannah war nicht da. Sie war weg. Er hatte sie weggeschickt. Also musste er sich selbst retten. Er musste das ganz allein in Ordnung bringen.

«Die Leute werden Hannah für verrückt halten, wenn sie sich auf mich einlässt. Sie werden annehmen, dass ich ihr genau das antue, was Dad dir angetan hat.»

Als er keine Antwort erhielt, schaute Fox über seine Schulter zurück und sah, wie Charlene aggressiv ihre Zigarette ausdrückte. «Ich will dir eine Geschichte erzählen. Earl und Georgette kommen seit über einem Jahrzehnt zum Bingo und haben lange Zeit auf den entgegengesetzten Seiten des Saals gesessen. So weit voneinander entfernt wie möglich. Sie mögen wirken wie der Liebreiz in Person, aber ich kann dir sagen, dass sie verdammt stur sind.» Charlene zündete sich eine weitere Zigarette an und setzte sich bequem hin. «Earl war mit Georgettes Schwester verheiratet, bis zu ihrem Tod. Sie ist jung gestorben. War nicht viel älter als fünfzig. Und, na ja, während sie sich gegenseitig trösteten, haben sich Earl und Georgette ineinander verliebt. Beide hatten Angst, dass die Leute sie verurteilen könnten, also haben sie aufgehört, sich zu treffen. Sie trennten sich. Und starrten sich in der Bingo-Halle jahrelang an wie zwei liebeskranke Welpen.»

«Was ist passiert?»

«Das werde ich dir sagen.» Charlene stieß den Rauch ihrer Zigarette aus. «Georgette wurde krank. Derselbe Mist wie bei ihrer Schwester. Und Earl wurde klar, dass er nicht nur die Chance verpasst hatte, sich ein Leben mit der Frau, die er liebte, aufzubauen, er hatte jetzt auch kein Recht, ihr durch diese schwere Zeit zu helfen. Sich um sie zu kümmern. Spielte es zu diesem Zeitpunkt eine Rolle, was andere Leute dachten? Nein. Das tat es nicht.»

«Mein Gott, Ma. Hättest du mir nicht etwas Aufmunternderes erzählen können?»

«Ich bin noch nicht fertig», sagte Charlene geduldig und lächelte. «Earl gestand Georgette schließlich seine Liebe, ist bei ihr eingezogen und hat sie gesund gepflegt. Jetzt sitzen sie immer in der ersten Reihe, wenn ich in Aberdeen bin. Sie sind unzertrennlich. Und weißt du was? Jeder freut sich für sie. Man kann nicht sein ganzes Leben davon abhängig machen, was die Leute denken. Eines Tages wachst du auf, schaust auf den Kalender und zählst die Tage, an denen du hättest glücklich sein können. Mit ihr. Und niemand sonst wird da sein, um dich zu trösten. Schon gar nicht diejenigen, die die Nase gerümpft haben.»

Fox stellte sich vor, wie er in fünfzehn Jahren aufwachte und nicht einen Tag dieser fünfzehn Jahre mit Hannah verbracht hatte – und ihm wurde schwindlig. Er ging ins Wohnzimmer, ließ sich aufs Sofa fallen, zählte seine Atemzüge und versuchte, die plötzliche Übelkeit zu bekämpfen.

Auf einmal fühlte er sich vollkommen erschöpft, ohne zu wissen, warum. Ob es daran lag, dass seine langjährigen Probleme angesprochen und erklärt worden waren und sich sein Magen plötzlich schwerelos anfühlte? Vielleicht war es der emotionale Überschuss oder die völlige Depression, weil er Hannah verloren und sie zum Weinen gebracht hatte und weil er nun wusste, dass seine Mutter ihn nicht hasste. All das legte sich wie ein dicker Verband um seinen Kopf und ließ seine Gedanken verstummen, bis sie nicht mehr als ein verhallendes Echo waren. Sein Kopf sank aufs Kissen, und seine Erschöpfung ließ ihn kurz darauf tatsächlich tief einschlafen. Das Letzte, an das er sich erinnerte, war, dass seine Mutter ihm eine Decke brachte und dass er sich selbst ein Versprechen gab: Sobald er aufwachte, würde er zu ihr fahren.

Warte auf mich. Ich bin gleich da, Sommersprosse.

Fox erwachte im Sonnenlicht und hörte Stimmengewirr.

Er setzte sich auf und schaute sich desorientiert um. Nippesfiguren überall, Zigarettengeruch in der Luft. Dies war das Wohnzimmer seiner Mutter. So viel wusste er. Und dann erinnerte er sich an ihr Gespräch, gefolgt von einem flauen Gefühl im Magen.

Es war Morgen. Acht Uhr.

Der Bus nach L.A. war um sieben gefahren.

«Nein.» Fox wurde schlecht. «Nein, nein, nein.»

Wie der Blitz sprang er von der Couch auf, und sein Magen rebellierte beinahe. Aus der Küche starrten ihn mehrere Augenpaare an, die zu ein paar älteren Frauen gehörten, die sich offenbar bei Charlene zu Kaffee und Donuts versammelt hatten.

«Morgen, Schatz», rief seine Mutter von dem Tisch aus, an dem sie am Vorabend auch gesessen hatte. Sie hielt dieselbe Tasse in der Hand. «Ich habe hier ein Croissant, das auf dich wartet. Komm und lern diese bezaubernden Damen kennen.»

«Ich kann nicht. Sie will weg. Sie ist vielleicht schon weg ...»

Fox zog sein Handy aus der Tasche, dessen Akku beinahe leer war, und drückte Hannahs Nummer. Er fuhr sich mit der Hand durchs Haar und ging auf und ab, während es klingelte. Nein. Auf keinen Fall würde er zulassen, dass sie zurück nach Kalifornien fuhr. Er hatte noch keinen Plan, noch keine Strategie, wie er Hannah zurückhalten konnte. Er wusste nur, dass er eine Scheißangst hatte, sie zu verlieren. Und dass die Tatsache, dass Hannah wirklich weg war, zusammen mit dem, was seine Mutter ihm am Vorabend erklärt hatte, alles veränderte. Es hatte seine verdammten Prioritäten zurechtgerückt.

Mein Kopf steckt nicht mehr in meinem Arsch, Hannah. Geh ans Telefon.

Die Mailbox.

Natürlich ertönten die ersten Takte von *Me and Bobby McGee*, bevor Hannah ihren Namen sagte.

Fox blieb stehen, und der Klang ihrer Stimme an seinem Ohr

überflutete ihn wie die Wärme eines Kamins. Oh Gott, er war so ein Trottel. Diese Frau, dieser einmalige Engel in menschlicher Gestalt, liebte ihn. Und er liebte sie auch, auf eine verzweifelte, unkontrollierbare Weise. Er wusste nicht, wie ein gemeinsames Leben mit ihr aussehen konnte, aber sie würden es zusammen herausfinden. Dessen war er sich sicher.

Hannah gab ihm den Glauben daran. Sie *war* sein Glaube.

Es folgte der Piepton. «Hannah, ich bin's. Bitte, bitte, steig aus dem Bus aus. Ich komme jetzt sofort zu dir. Ich bin ...» Seine Stimme verlor an Kraft. «Steig einfach an der nächsten Haltestelle aus und warte auf mich, in Ordnung? Ich liebe dich, verdammt. Ich liebe dich. Und es tut mir leid, dass du dich in einen Idioten verliebt hast. Ich bin ...» *Finde die Worte. Finde die richtigen Worte.* «Weißt du noch, wie du in Seattle gesagt hast, dass wir im Grunde schon die ganze Zeit eine Beziehung hatten? Seit letztem Sommer. Damals habe ich es nicht verstanden, aber jetzt schon. Ich hätte nie ohne dich leben können, denn, oh Gott, ohne dich ist es überhaupt kein Leben. Du, Hannah, bist mein Leben. Ich liebe dich, und ich komme nach Hause, also bitte, Babe. Ich bitte dich. Warte auf mich. Es tut mir leid.»

Fox blieb stehen und lauschte, als ob sie irgendwie doch noch drangehen und ihn beruhigen würde, wie sie es immer tat. Dann legte er mit einem eisigen Gefühl im Magen auf. Als er den Blick hob, sah er die Freundinnen seiner Mutter in verschiedenen Zuständen des Aufgelöst-Seins vor sich, vom Abwischen einer einzelnen Träne bis zum lauten Schluchzen.

«Ich muss los.»

Niemand versuchte, Fox aufzuhalten, als er aus der Tür rannte und zu seinem Wagen sprintete, sich auf den Fahrersitz warf und Gas gab. Als er auf den Zubringer zum Highway abbiegen wollte, übersah er beinahe eine rote Ampel und trat fluchend auf die Bremse. Unfähig, nichts zu tun, griff er wieder nach seinem Handy und rief Brendan an.

«Fox», sagte sein Freund gleich nach dem ersten Klingeln. «Ich wollte dich schon längst anrufen, um mich noch mal zu entschuldigen ...»

«Gut. Aber tu es ein anderes Mal.» Die Ampel wurde grün, und Fox gab Gas, fuhr auf den Highway und dankte dem Himmel, dass nicht so viel Verkehr herrschte. «Ist Hannah bei euch? Hat sie bei euch übernachtet?»

Eine kurze Pause. «Nein. War sie nicht bei dir?»

«Nein.» Die Erkenntnis, dass er die Nacht mit Hannah hätte verbringen können und es nicht getan hatte, traf Fox erneut mit voller Wucht. Eine Welt ohne Hannah ergab keinen Sinn, und er wollte nie wieder in ihr leben. Wo war sie hingegangen? Es gab ein paar Hotels in Westport, aber sie hatte sich doch sicher kein Hotelzimmer genommen, oder? Vielleicht hatte sie dort übernachtet, wo die Filmcrew untergebracht war. Die vor einer Stunde in den Bus gestiegen war. Und Hannah mit ihnen. *Sie ist weg.* «Nein, sie ist nicht bei mir», murmelte er rau. «Es ist kompliziert. Wie erwartet, habe ich alles vermasselt. Und ich brauche eine Chance, es wieder in Ordnung zu bringen.»

«Hey. Was auch immer du getan hast, ich bin sicher, du kannst es wiedergutmachen.»

Keine Anschuldigungen. Kein wissender Seufzer oder Enttäuschung.

Nur Vertrauen.

Wieder einmal flammte Schmerz – aber ein guter Schmerz diesmal – in seiner Brust auf. Vielleicht konnte er sich doch verändern – wie der Ozean.

Vielleicht würde die Crew auf dem Boot nach einiger Zeit erkennen, dass sie sich in ihm getäuscht hatte. Schließlich folgten sie nur seinem Beispiel und behandelten ihn so, wie er es von ihnen erwartete. Wie die billige Version von sich selbst, die er ihnen gezeigt hatte. Brendan ein einziges Mal um Respekt zu bitten, hatte ausgereicht, um seinen Freund zu überzeugen.

Was, wenn mehr gar nicht nötig war, um das Gleiche bei allen anderen zu erreichen?

Und wenn es nicht funktionierte? Dann zum Teufel mit ihnen. Seine Beziehung zu Hannah gehörte nur ihm und ihr. Niemandem sonst.

So oder so würde er alles in seiner Macht Stehende tun, um Hannah nicht zu verlieren.

Das stand fest.

Als Fox sich erneut eine Zukunft ohne sie vorstellte, begannen seine Hände am Lenkrad zu zittern.

Zum ersten Mal seit dem College wollte er herausfinden, wozu er in der Lage war. Er war bereit, wieder etwas zu wagen. Vielleicht, weil er jetzt, nachdem er offen mit Charlene gesprochen hatte, wusste, dass er die falschen Signale bekommen hatte. Oder weil er nicht mehr so viel Angst davor hatte, verurteilt zu werden. Wie im Blindflug raste er über den Highway, sicher, dass Hannah auf dem Rückweg nach L.A. war. Das tat weh. Er hasste sich selbst dafür, dass er die Liebe seines Lebens – seine Zukunft – zu verlieren drohte, weil er die Vergangenheit hatte gewinnen lassen. Er konnte alles ertragen und überwinden, nur das nicht.

Das Handy zwischen Wange und Schulter geklemmt, riss er das Lederarmband ab und warf es aus dem Autofenster. «Ich will das Boot, Brendan.»

Auch ohne das Gesicht seines besten Freundes zu sehen, konnte er sich die hochgezogene Augenbraue und das nachdenkliche Über-den-Bart-Streichen vorstellen. «Bist du sicher?»

«Absolut. Und ich baue einen neuen Sitz ein. Einen ohne den Abdruck von deinem Hintern.» Fox wartete, bis sein Freund aufhörte zu lachen. «Ist Piper da? Hat sie mit Hannah gesprochen?»

«Sie ist grad laufen. Ich kann sie anrufen ...»

Fox' Handy gab den Geist auf. Der Akku war leer.

Er warf das Gerät auf das Armaturenbrett, und sein Herz raste, während er sich durch den Verkehr schlängelte. Sie durfte nicht weg sein. Okay, durchatmen. Sie hatten über die nächsten Schritte nicht gesprochen. Vielleicht dachte sie, dass sie nach L.A. zurückkehren würde und er ein paar Wochen oder sogar Monate brauchen würde, um zu begreifen, dass er ohne sie nicht leben konnte? Vielleicht hätte er davon ausgehen sollen, dass sie heute fuhr? Nur leider hatte er das nicht. Er hatte wochenlang darüber nachgedacht, und als der Moment gekommen war, hatte sein Herz die schmerzhafte Wahrheit nicht zu ihm durchdringen lassen.

Zu spät. Er war zu spät.

Sie könnte ihre Meinung auch geändert haben. Vielleicht wartete Hannah gar nicht darauf, dass er seinen Kopf aus seinem sturen Arsch zog. Das würde erklären, warum sie nicht ans Telefon gegangen war. Sie hatte begriffen, dass Fox mehr Probleme machte, als er wert war. Wenn das der Fall war, würde es nichts bringen, nach L.A. zu fliegen. Oder wie ein Irrer über die Straße zu jagen, um den Bus irgendwie zu erwischen. Wenn sie mit ihm fertig war ...

Nein.

Nein, bitte nicht. Daran durfte er nicht denken.

Als Fox anderthalb Stunden später die Ausfahrt nach Westport nahm und sich auf den Straßen umblickte, ob die Filmcrew vielleicht doch noch irgendwo zu sehen war, brach ihm der kalte Schweiß aus. Würde er überhaupt jemanden von den Filmleuten erkennen? In diesem Moment wäre er sogar dankbar gewesen, den verdammten Regisseur in seinem Yuppie-Rollkragenpullover zu entdecken. Aber keiner der Leute, die ihm zuwinkten, war ein Ortsfremder. Kein Bus wartete am Hafen.

Er war weg.

«Nein, Hannah», sagte er heiser. «Nein.»

Fox parkte hektisch vor seinem Haus und wollte nur kurz hineingehen, um dann gleich weiterzufahren. Er würde dem Bus hinterhereilen, um ihn einzuholen. Warten, bis er anhielt, und sie anflehen, ihm zuzuhören. Wenn er den Bus nicht fand, würde er ein Flugzeug nach L.A. nehmen. Und er würde erst zurückkommen, wenn sie sich geeinigt hatten. Einen Plan hatten. Einen Plan.

Fox hätte lachen können, wenn er nicht kurz davor gewesen wäre, den Verstand zu verlieren. Plötzlich fiel es ihm leicht, Pläne zu schmieden. Millionen Pläne. Denn er war zu allem fähig. Sie waren zu allem fähig. Zusammen.

Solange sie ihn noch nicht aufgegeben hatte ...

Fox betrat seine Wohnung und blieb wie angewurzelt stehen.

Hannah saß im Schneidersitz vor seinem Plattenspieler auf dem Boden, die großen Kopfhörer auf den Ohren, und summte die Musik mit.

Hätte sie ihn gehört und sich in diesem Moment umgedreht, hätte sie gesehen, wie er sich zitternd an den Türrahmen lehnte. Hätte gesehen, wie er sich mit dem Saum seines Shirts die Tränen abwischte. Hätte die Dankesgebete gehört, die er vor sich hin murmelte. Aber sie drehte sich nicht um. Sah nicht, wie er den Schwung ihres Halses mit dem Blick verschlang, die Linie ihrer Schultern. Wie er den Hauch ihrer Stimme einatmete, während sie zu Soundgarden mitsang.

Sobald er sich wieder aufrecht halten konnte, ging er auf sie zu und griff nach ihrem Handy, das achtlos auf dem Küchentresen lag. Ob sie die Mailbox schon abgehört hatte?

Er versuchte, die richtigen Worte zu finden.

Worte, die möglicherweise ausdrücken konnten, wie sehr er sie liebte.

Aber am Ende beschloss er, nur auf sein Herz zu hören und sich selbst zu vertrauen.

Als er neben sie trat, zuckte sie zusammen und sah zu ihm auf.

Sie blickten sich lange an und suchten in den Augen des anderen nach Antworten.

Fox gab ihr seine, indem er die Schallplatte wechselte. Er legte *Let's Stay Together* von Al Green auf. Dann beobachtete er, wie ihr Gesichtsausdruck mit jedem Wort weicher wurde. Der Text hätte nicht treffender sein können. Als Hannah Tränen in die schönen Augen stiegen, zog Fox sie auf die Beine, und sie tanzten langsam zu der Musik in ihren Ohren und der Musik in seinem Herzen. Sie nahm die Kopfhörer erst ab, als der Song zu Ende war.

«Ich liebe dich, Hannah», sagte Fox mit fester Stimme. Er hielt sich an ihr fest wie an einem Rettungsring mitten in der Beringsee. «Oh mein Gott, ich liebe dich so sehr.» Er vergrub sein Gesicht in ihrem Haar, brauchte ihre Nähe, diesen unglaublichen Menschen, der ihn aus irgendeinem nicht nachvollziehbaren Grund liebte. «Ich dachte, du wärst weg», sagte er, hob sie auf und trug sie in Richtung Schlafzimmer. «Ich dachte, du wärst gegangen.»

«Nein. Ich konnte nicht. Ich wollte nicht.» Sie legte ihm die Arme um den Hals. «Ich liebe dich zu sehr.»

Als er sie aufs Bett legte, liefen ihm Tränen über die Wangen, und sie streckte die Hand aus und wischte sie zärtlich weg. Genau wie ihre eigenen. «Was ist aus der Zeit geworden, die du mir geben wolltest, um den Kopf aus meinem Arsch zu ziehen?»

«Sechs Stunden schienen mir mehr als genug», sagte sie leise.

Reines Glück durchflutete ihn, strömte von allen Seiten auf ihn ein. Und er ließ es zu. Er ließ es zu und dachte an all die Möglichkeiten, wie er sie glücklich machen konnte. Für den Rest seines Lebens. Jede Stunde, jeden Tag.

Fox schob sich über Hannah, umfing sie mit seinem Körper und küsste sie. Beide stöhnten gegen den Mund des anderen, schmiegten sich aneinander. «Wir können uns eine Wohnung zwischen hier und Seattle suchen. Wenn du dort arbeiten willst, halbieren wir die Fahrtzeit für uns beide.» Er öffnete ihre Jeans, schob eine Hand hinein und sah zu, wie sich ihr Blick verschleierte, als seine Finger in ihr Höschen glitten und fanden, was sie suchten. Er streichelte sie, rieb mit zunehmendem Druck. «Würde das für dich funktionieren?»

«Ja», keuchte sie, als er mit dem Mittelfinger langsam in sie stieß und ihn wieder herauszog. «Mhm. Die Idee gefällt mir. W-wir können erst mal allein herausfinden, wer wir zusammen sind. Ohne die a-anderen.»

Fox nickte und nahm sich Zeit dabei, ihr die Jeans und den Slip auszuziehen, sodass sie schließlich nackt war, während er noch vollständig bekleidet auf ihr lag. «Was auch immer passiert, Hannah», sagte er, während seine Lippen die ihren berührten und seine Finger nach unten griffen, um seinen Reißverschluss zu öffnen. «Ich gehöre dir, und du gehörst mir. Es wird also immer richtig sein.» Er spürte einen Kloß im Hals, als sie ihre Schenkel für ihn öffnete und er in sie eindrang. «Ich wusste nicht, wie sich etwas richtig anfühlt, bis du kamst», brachte er hervor. «Ich halte mich an dem Guten fest, das du mir gibst. Ich halte mich an dir fest.»

«Ich halte mich auch an dir fest, Fox Thornton», murmelte Hannah atemlos, als ihr Körper bei seinem ersten Stoß nach oben geschoben wurde. «Und ich werde dich nie wieder loslassen.»

«Ich bleibe für das Gute, das Schlechte und alles dazwischen, Hannah.» Fox presste seine Lippen an die Seite ihres Halses und stieß tiefer, tief genug, nah genug, um ihren Atem zu spüren. «Für Jahrzehnte. Ein ganzes Leben. Ich bleibe bei dir.»

EPILOG

Zehn Jahre später

Die sanfte Stimme von Nat King Cole erfüllte das Innere von Hannahs Jeep, als er über die verschneite Straße fuhr. Die Scheinwerfer fingen die herabfallenden Flocken ein, die Dämmerung verlieh dem Himmel einen violett-grauen Schimmer, und hoch aufragende Kiefern flankierten den vertrauten Weg auf beiden Seiten – den Weg nach Hause zu ihrer Familie. Nach zehn Jahren in Puyallup war es schwer zu glauben, dass sie jemals im sonnigen Los Angeles gelebt hatte. Um nichts in der Welt würde sie je dorthin zurückwollen, nicht mal für sämtliche Schallplatten Washingtons.

Sie sah in den Rückspiegel, und ihr Blick fiel auf die mit kunstvoll verpackten Geschenken gefüllten Einkaufstüten auf dem Rücksitz. Zufriedenheit erfüllte ihre Brust. So intensiv, dass ihr die Tränen kamen. Es würde nie etwas Besseres geben als das hier. An Heiligabend nach vier Tagen, die sie unterwegs gewesen war, zu ihrer Familie nach Hause zu kommen. Sie vermisste sie so sehr, dass es ihr nicht leichtfiel, auf der winterlichen Straße langsam und vorsichtig zu fahren.

Als sie wenige Minuten später in der Einfahrt hielt, schlug ihr Herz schneller. Aus dem Schornstein ihres Hauses im Blockhüttenstil stieg träger Rauch auf, und an der Wand neben dem Eingang lehnten Schlitten – große und kleine. In einem der vielen Fenster funkelte ein Weihnachtsbaum. Und als dahinter ihr Mann mit einer ihrer Töchter auftauchte, die er sich wie einen Wäschesack über die Schulter geworfen hatte, lachte sie in dem stillen Auto auf, ein Lachen voller Sehnsucht, Liebe und Dankbarkeit.

Sie hatten es geschafft. Mehr noch: Ihr Leben war glücklicher und erfüllter, als es sich einer von ihnen hätte vorstellen können.

Ein Jahrzehnt zuvor waren Fox und Hannah nach Bel Air gefahren, um ihre Sachen zu packen. Sie erinnerte sich noch an das Gefühl der Schwerelosigkeit auf dieser Reise. Die Intensität ihres Zusammenseins, die jede Berührung, jedes Flüstern verstärkte, sodass es eine neue Bedeutung bekam. Und doch, an der Schwelle zu dem, was sich wie wahres Erwachsensein anfühlte, hatten sie beide auch ein wenig Angst gehabt. Aber sie hatten gemeinsam Angst gehabt, waren bei jedem Schritt ehrlich zueinander gewesen und hatten sich zu einem unschlagbaren Team entwickelt.

Zu Anfang hatten sie in der Kleinstadt am Fuß des Mount Rainier eine Wohnung gemietet, auf halbem Weg zwischen Westport und Seattle. Manchmal vermisste sie diese Wohnung, sehnte sich danach, wieder über den knarrenden Boden zu gehen und sich an all das zu erinnern, was sie in diesen Wänden erlebt hatten. Wie heftig sie sich geliebt hatten, wie laut sie gestritten und sich wieder versöhnt hatten. Hannah dachte an die Musik, zu der sie getanzt hatten, und daran, wie Fox in einer Winternacht wie dieser auf die Knie gegangen war und sie gebeten hatte, seine Frau zu werden. Und dann ihre Panik, als sie ein Jahr später schwanger wurden. Wie sie auf dem Boden gesessen und Kuchen direkt aus der Schachtel gegessen hatten – Fox im Anzug, sie im Kleid –, an dem Morgen, an dem sie dieses Haus gekauft hatten.

Seitdem hatten sie eine Million Erinnerungen erschaffen, jede mit einem anderen Soundtrack, und sie liebte jede einzelne davon.

Hannah konnte keine Sekunde länger warten, Fox und die

Mädchen zu sehen, und öffnete die Fahrertür, wobei sie darauf achtete, mit ihren schicken Keilabsätzen nicht auf der Auffahrt auszurutschen. Solche Stiefeletten waren bei diesem Wetter nicht gerade praktisch, aber sie war nach ihrem letzten Kundentermin in L.A. direkt zum Flughafen gefahren. Gott sei Dank stand nun bis Mitte Januar keine Dienstreise mehr an. Inzwischen war sie nicht mehr ganz so oft unterwegs. Im Laufe der Jahre hatte sich einiges geändert, Prozesse hatten sich eingespielt, und vieles konnte sie online erledigen, aber hin und wieder entdeckte sie eine Band, die es wert war, sie persönlich zu treffen, so wie in dieser Woche.

Ihre Firma *Garden of Sound Inc.* war ihr Baby. Ihr Ziel war es, aufstrebende Bands mit Filmproduktionsfirmen zusammenzubringen, die auf der Suche nach neuen Stimmen für ihre Filmmusik waren – und inzwischen war sie zu einer festen Größe in der Branche geworden. Nach der Premiere von *Glory Daze* und dem Aufstieg der Unreliables wurde ihr Name immer häufiger empfohlen. Sie hatte sich den Ruf erworben, Filmen einen unverwechselbaren Sound zu verleihen und dabei einen komplett neuen Ansatz zu verfolgen, und sie konnte sich nicht mehr vorstellen, beruflich irgendetwas anderes zu tun.

Hannah öffnete die Hintertür des Jeeps und überlegte, ob sie Fox bitten sollte, ihr beim Tragen der Taschen zu helfen, entschied sich dann aber, lieber durch die Vordertür zu gehen und die drei zu überraschen. Und sie sollte sich besser beeilen, denn Piper und Brendan würden mit ihren beiden Kindern auch bald ankommen und über Silvester bleiben. Ganz zu schweigen davon, dass Charlene – jetzt auch Grams genannt – am nächsten Morgen eintreffen würde.

In jeder Hand eine schwere Tasche, stieß Hannah die Autotür mit der Hüfte zu und ging den Weg hinauf, wobei ihre Wangen vom Lächeln beinahe schmerzten. Sie stellte die Geschenke kurz vor der Haustür ab und kramte in ihrer Manteltasche nach ihren Schlüsseln. Sie klirrten nur leicht, aber das war alles, was nötig war, um die beiden Labradore zum Bellen zu bringen.

Hannah lachte und schüttelte den Kopf, während sie weiter versuchte, den Schlüssel ins Schloss zu bekommen. Deshalb hätte sie den Elch fast nicht gesehen. Doch als der riesige Schatten näher kam, erstarrte sie und drehte langsam den Kopf. Der Mund blieb ihr vor Schock offen stehen. Der Prototyp eines Elchbullen schlenderte auf sie zu, als wollte er im Supermarkt ein lockeres Gespräch führen, und Hannah blieb vor Schreck der Mund offen stehen. Elche waren keine besonders gefährlichen Tiere, aber sie lebte schon lange genug in dieser Gegend, um von Angriffen gehört zu haben. Normalerweise reagierten die Tiere nur aggressiv, wenn sie provoziert wurden, aber Hannah wollte kein Risiko eingehen. Dieses Prachtexemplar hier könnte sie plattmachen wie eine Dampfwalze.

«Fox», rief Hannah viel zu leise, um von menschlichen Ohren wahrgenommen zu werden. Und dann fielen ihr die Schlüssel in den Schnee. Ach, komm schon! Sie würde sich auf keinen Fall bücken, um sie aufzuheben, denn dazu musste sie die Augen von dem Tier abwenden. Hannah ließ die Geschenke stehen, trat ganz langsam seitwärts von der Veranda und wich dann in Richtung Auto zurück. Der Elch beobachtete sie aus einer Höhe von etwa vier – nein, wahrscheinlich eher zehn – Metern, während Hannah das Handy aus der Tasche zog und «Zuhause» anrief.

«Du musst draußen sein, denn die Hunde drehen gerade durch», erklang Fox' warme Stimme in ihrem Ohr. «Gott sei Dank, Babe. Ich habe dich wie verrückt vermisst. Brauchst du Hilfe beim Tragen? Ich komme ...»

«Ein Elch», sagte Hannah im erstickten Flüsterton. «Da ist ein Elch direkt vor der Tür. Die Mädchen müssen auf jeden Fall drinnen bleiben. Er ist zweihundert Meter groß, ohne Witz.»

«Ein Elch?» Fox' Stimme wurde hart vor Sorge. «Hannah, komm rein.»

«Mir ist der Schlüssel in den Schnee gefallen.» Sie drehte sich um und rannte los, während ihr ein ersticktes Quietschen entwich. «Ich verstecke mich hinter dem Auto.»

Fox atmete schwer. «Ich bin gleich da.»

Keine zehn Sekunden später stürmte ihr Mann auf die Veranda, barfuß, in Jogginghose und Kapuzenpulli, und schlug, laut Schimpfwörter brüllend, Töpfe gegeneinander, was das Tier mehrere Schritte zurückweichen ließ. Im Haus schrien die beiden Mädchen – die sechsjährige Abigail und die vierjährige Stevie – wie am Spieß und schlugen mit ihren kleinen Handflächen so enthusiastisch gegen die Fensterscheibe, dass das Glass zitterte. Die Hunde heulten. Und Hannah, die hinter der Stoßstange des Jeeps kauerte, verlor die Beherrschung. Sie musste derart laut lachen, dass sie wegrutschte und auf dem Hintern landete, was sie noch mehr zum Lachen brachte. Als sie sich wieder unter Kontrolle hatte, sah sie mit Tränen in den Augen zu Fox hinauf.

Dann entkam ihr ein langer, erleichterter, zittriger Seufzer voller Dankbarkeit für den Mann, der seine raue Hand ausstreckte, um ihr aufzuhelfen.

Mit zunehmendem Alter war Fox noch attraktiver geworden. Inzwischen war der Captain der *Della Ray* einundvierzig Jahre alt, hatte einen Vollbart, und erste graue Strähnen zeigten sich in seinem dunkelblonden Haar, das ihm fast bis zu den Schultern reichte. Im letzten Jahr hatte er es einmal schneiden lassen, und die Mädchen hatten danach so geweint, dass er sich geschworen hatte, es nie wieder zu tun. Fox machte keinen Hehl daraus, dass seine Töchter ihren Vater um den kleinen Finger gewickelt hatten. Nach Hannahs Berechnung machte ihn die Hingabe an seine Kinder noch um etwa vierhundert Prozent attraktiver.

Und wie immer stand die Liebe zu Hannah in seinen leuchtend blauen Augen, die bei all dem Chaos genauso funkelten wie ihre.

«Er ist weg», brummte Fox und griff nach Hannahs Hand. «Komm rein und mach wieder gut, dass du mich vor Schreck zehn Jahre hast altern lassen.»

«Das dürfte kein Problem sein, denn ich habe Geschenke mitgebracht.»

Hannah rutschte schon wieder auf dem Eis aus, und Fox, den als erfahrener Seemann normalerweise nichts aus dem Gleichgewicht brachte, ging mit seiner Frau zu Boden. Er versuchte, ihren Sturz abzumildern, aber am Ende landeten einfach beide auf dem Hintern, während um sie herum der Schnee fiel und ihr Lachen die Mädchen dazu brachte, in Flanellnachthemden und eilig angezogenen Stiefeln aus dem Haus zu rennen. Während Abby und Stevie eine improvisierte Schneeballschlacht veranstalteten, zog Fox Hannah in seine Arme, hob ihr Kinn an, um ihr ins Gesicht sehen zu können.

«Mein Gott, Hannah», flüsterte er mit rauer Stimme. «Bist du manchmal auch so glücklich, dass du es kaum aushalten kannst?»

«Ja.» Sie streichelte sein Gesicht. «Mit dir? Die ganze Zeit.»

Liebevoll strich er ihr ein paar Schneeflocken von der Wange. «Es scheint mir inzwischen nicht mehr genug, einfach nur zu sagen, dass ich dich liebe.»

«Unsere Liebe ist immer genug. Sie ist immer mehr als genug.» Fox schluckte schwer und nickte. Er sah Hannah für einige lange Momente in die Augen, bevor er seinen Kopf zu ihr neigte und sie zärtlich küsste, wobei die Berührung seiner Zunge so geschickt und verheißungsvoll war, dass sie begann, sich atemlos zu winden. Ein Kuss entfachte nur das Verlangen nach mehr, und da die Mädchen und die Hunde fröhlich durch den Vorgarten tollten, hatten sie es nicht eilig, aufzuhören.

Erst Minuten später lösten sie sich voneinander, als ein anderes Auto vorfuhr und Pipers Kichern in der Abendluft zu hören war, gefolgt von Brendans genervtem Schnauben.

«Hey, Tante Hannah und Onkel Fox!», rief ihr neunjähriger Neffe Henry. «Mietet euch ein Zimmer.»

«Wir haben drinnen mehr als genug davon», sagte Fox, stand auf, zog Hannah auf die Beine und drückte sie an sich. «Wir haben alles, was wir uns nur wünschen können», fügte er nur für ihre Ohren hinzu. Und gemeinsam gingen Tanten, Onkel, Cousins und Cousinen und die Hunde zum Haus hinauf, um den Weihnachtsabend gemeinsam zu verbringen. So, wie sie es jedes Jahr tun würden. Für immer.

DANKSAGUNG

Ich weiß gar nicht, bei wem ich mit den Danksagungen für dieses Buch anfangen soll! Die Arbeit daran hat sich verzögert, weil mein Mann die Frechheit besaß, krank zu werden und drei Monate auf der Intensivstation zu verbringen. Hätten wir nicht ein Wunder erlebt und ihn wieder nach Hause holen können, wäre dieses Buch wohl nie geschrieben worden, geschweige denn ein anderes. Ich habe es also wirklich der modernen Medizin, den Ärztinnen und Ärzten, dem Pflegepersonal, der Wissenschaft, Freundinnen und Freunden und meinem Glauben zu verdanken, dass ich hierher zurückkehren konnte, um eine wahnsinnig berührende Liebesgeschichte zu schreiben und mit meinen geliebten Hannah und Fox zurück nach Westport fliehen zu können.

Danke an Floral Park, Long Island, für den Zusammenhalt in dieser Krisensituation. Ich kannte die Bedeutung von Freundschaft nicht wirklich, bis ich bei zehn Grad in meinem Garten saß, umgeben von frierenden Leuten mit Schutzmasken, die entschlossen waren, mir moralischen Beistand zu leisten, egal, was sie dafür aushalten mussten. Monatelang. Sie haben so viel mehr getan, als irgendjemand hätte erwarten können. Ich werde ihnen ewig dankbar sein.

Danke an die Romance-Community für die Liebe, die Unterstützung und die Geschenke, die mich trösten sollten. Danke an meinen (zum Glück noch lebenden!) Ehemann dafür, dass er mir so viele verschiedene Arten von Musik näherbringt (sogar und vielleicht besonders Meat Loaf) und mein Interesse für das Schallplattensammeln geweckt hat. Bei der Beschreibung von Hannah war es wirklich hilfreich, dass ich verstehen konnte, wie wählerisch man bei Vinyl sein kann. Ich werde niemals mein Getränk auf eine deiner Plattenhüllen stellen – vor allem nicht auf die von The Floyd. Versprochen.

Danke an meine Lektorin Nicole Fischer, die die Stimmung und meine Vision für die Bellinger-Schwestern-Reihe verstanden und geholfen hat, ihr Leben einzuhauchen. Dies ist unser elftes gemeinsames Buch, und ich habe jedes einzelne fertige Werk geliebt, das wir erarbeitet haben. Vielen Dank an alle bei Avon Books, einschließlich allen, die an den Covern, der Presse und dem Marketing mitgearbeitet haben. Ihr macht all dies möglich!

Und schließlich vielen Dank an alle, die sich in diese Serie verliebt haben. Dieses Buch kommt von Herzen, und ich fühle mich geehrt, dass ihr mich auf dieser Reise begleitet habt! Auf dass es noch viele weitere werden.

Tessa Bailey
Duty & Desire – Vorsätzlich verliebt

Der Auftakt zu einer sexy Trilogie um
drei Polizeirekruten in New York.

Charlie und Ever sind Freunde mit
gewissen Vorzügen. Für Charlie ist dieses
Arrangement perfekt. Als angehender
Cop investiert er fast jede Minute des
Tages in sein Training. Er geht in seinem
Beruf auf, eine Beziehung würde immer
nur an zweiter Stelle stehen. Deshalb
lässt er sich erst gar nicht auf etwas Ernstes ein. Ever ist daher das Beste, was ihm

352 Seiten

passieren konnte. Nur leider streicht sie plötzlich die gewissen Vor-
züge, um wieder nach dem Richtigen zu suchen. Verdammt! Irgendwie muss sie sich doch überzeugen lassen, dass multiple Orgasmen mit
Charlie besser sind als langweilige Dates mit irgendwelchen Schnö-
seln. Notfalls auch mit kreativen Mitteln ...

Weitere Informationen finden Sie unter **rowohlt.de**